LA MARCA DEL ESCORPIÓN

Nancy Farmer

Traducción de Daniel Cortés

La Isla del Tiempo
Directora de la colección: Patrizia Campana

Realización editorial: Dolors Escoriza
Realización de cubierta: Patricia Álvarez
Ilustraciones de cubierta y de interior: Escletxa
Composición fotomecánica: Zero Preimpresión, S. L.

EDICIONES DESTINO, 2003
www.edestino.es
destinojoven@edestino.es

Título original: *The House of the Scorpion*

© Nancy Farmer, 2002
Publicado de acuerdo con Atheneum Books for Young Readers,
un sello de Simon & Schuster Children's Publishing Division
© de la traducción, Daniel Cortés, 2003
© Editorial Planeta, S. A., 2003
Avda. Diagonal, 622-664, 08034 Barcelona
Primera edición: junio de 2003
ISBN 84-08-04815-5
Depósito legal: M. 24.930-2003
Impresión y encuadernación: Larmor Encuadernación
Impreso en España - Printed in Spain

A Harold, por su apoyo y su amor inquebrantable,
y a Daniel, nuestro hijo. A mi hermano, el doctor Elmon Lee Coe
y a mi hermana, Mary Marimon Stout.
Sin olvidar a Richard Jackson,
il capo di tutti i capi de los editores de libros infantiles.

LISTA DE PERSONAJES

LA FAMILIA ALACRÁN
Teo: Mateo Alacrán, el clon
El Patrón: el primer Mateo Alacrán; un poderoso jefe de la droga
Felipe: hijo del Patrón; fallecido hace tiempo
El Viejo: nieto del Patrón y padre del señor Alacrán; hombre muy anciano
El señor Alacrán: bisnieto del Patrón y marido de Felicia
Felicia: esposa del señor Alacrán y madre de Benito, Steven y Tom
Benito: hijo mayor de Felicia
Steven: segundo hijo de Felicia
Tom: tercer hijo de Felicia
Fani: esposa de Benito

ASOCIADOS E INVITADOS DE LA FAMILIA ALACRÁN
Senador Mendoza: influyente político estadounidense y padre de Emilia y María
Emilia: hija mayor del senador Mendoza
María: hija menor del senador Mendoza

Esperanza: madre de Emilia y María; desaparecida cuando María contaba cinco años

Mr. McGregor: jefe de la droga

ESCLAVOS Y CRIADOS

Celia: cocinera jefe; nodriza de Teo

Tam Lin: guardaespaldas del Patrón y de Teo

Donald el Bobo: guardaespaldas del Patrón

Rosa: ama de llaves

Willum: médico jefe de los Alacrán

Señor Ortega: profesor de música de Teo

Maestra: primera maestra de Teo

Hugh, Ralf y Wullie el Chico: miembros de la Patrulla de las Plantaciones

GENTE DE AZTLÁN

Raúl: custodio

Carlos: custodio

Jorge: custodio

Chacho: niño perdido

Fidelito: niño perdido, de ocho años

Ton-Ton: niño perdido; conductor de la cosechadora de plancton

Flaco: el mayor de los niños perdidos

Lu: niño perdido; encargado de la enfermería

Guapo: anciano que celebra el Día de los Muertos

Consuelo: anciana que celebra el Día de los Muertos

Sor Inés: monja del Convento de Santa Clara

OTROS PERSONAJES

Bolita: perro de María

Zonzos: personas con inhibidores cerebrales; denominadas también zombis

ÁRBOL GENEALÓGICO DE LA FAMILIA ALACRÁN

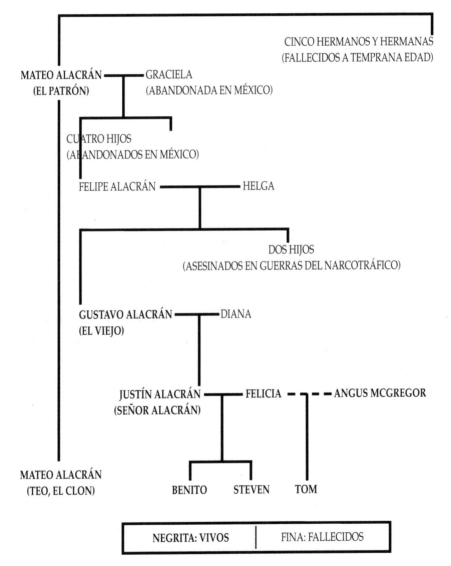

PADRES EN MÉXICO (DESCONOCIDOS)

CINCO HERMANOS Y HERMANAS
(FALLECIDOS A TEMPRANA EDAD)

**MATEO ALACRÁN
(EL PATRÓN)** — GRACIELA
(ABANDONADA EN MÉXICO)

CUATRO HIJOS
(ABANDONADOS EN MÉXICO)

FELIPE ALACRÁN — HELGA

DOS HIJOS
(ASESINADOS EN GUERRAS DEL NARCOTRÁFICO)

**GUSTAVO ALACRÁN
(EL VIEJO)** — DIANA

**JUSTÍN ALACRÁN
(SEÑOR ALACRÁN)** — FELICIA – – – ANGUS MCGREGOR

**MATEO ALACRÁN
(TEO, EL CLON)**

BENITO **STEVEN** TOM

| NEGRITA: VIVOS | FINA: FALLECIDOS |

alacrán.

(Del árabe hispánico *al'aqráb*, y este del árabe clásico *'aqrab*.)
m. Nombre con el que se designa en ciertos lugares de habla
hispana al escorpión, arácnido de cuerpo plano y estrecho dotado de dos pinzas, ocho patas y una cola que termina en un
aguijón curvo y venenoso. El alacrán es símbolo inconfundible
del estado mexicano de Durango, hasta el punto que los du-
rangueños a menudo se llaman a sí mismos «alacranes».

INFANCIA
(DE 0 A 6 AÑOS)

1

AL PRINCIPIO

Al principio había treinta y seis. Treinta y seis gotitas de vida, tan minúsculas que Eduardo solo era capaz de verlas con un microscopio, en la sala oscura, mientras las examinaba con inquietud.

En las paredes cálidas y húmedas serpenteaban tubos por donde el agua borboteaba constantemente. Las cámaras de crecimiento absorbían aire hacia su interior. La luz roja y tenue se posaba en las caras de los trabajadores, atentos a sus respectivas series de láminas de cristal. Cada una de ellas contenía una gota de vida.

Eduardo pasó sus láminas, una por una, bajo las lentes del microscopio. Las células eran perfectas (o, al menos, lo parecían). Cada una de ellas estaba provista de todo lo necesario para crecer. ¡Cuánta información encerraba ese mundo en miniatura! Hasta Eduardo, que conocía el proceso al detalle, estaba admirado. La célula dictaba qué color de pelo tendría, qué altura alcanzaría e incluso si las espinacas le gustarían más que la coliflor. Hasta podría abrigar una vaga afición por la música o por los crucigramas. Todo eso encerraba cada gotita.

Por fin, las siluetas redondeadas se estremecieron y aparecieron líneas que dividían las células en dos. Eduardo dio un suspiro. Todo iba a salir bien. Observó cómo crecían las muestras y las colocó minuciosamente en la incubadora.

Pero no todo salía bien. Algo fallaba, y Eduardo no sabía si era la alimentación, la temperatura, o la luz. Más de la mitad murieron repentinamente. Ya solo quedaban quince, y al hombre se le hizo un frío nudo en el estómago. Si fracasaba, lo mandarían a las plantaciones y, entonces, ¿qué sería de Ana y los niños, y de su padre, tan mayor ya?

—No pasa nada —dijo Lisa, tan cerca que Eduardo dio un respingo. Lisa era una de los técnicos superiores. Había trabajado tantos años a oscuras que tenía la cara blanca como el yeso. A través de la piel se le transparentaban las venas azules.

—¿Cómo que no pasa nada? —dijo Eduardo.

—Estas células llevan más de cien años congeladas. No pueden estar tan en forma como si las hubiesen extraído ayer.

—Eso es mucho tiempo —dijo él, asombrado.

—Pero alguna de ellas tendrá que sobrevivir —dijo Lisa con tono de gravedad.

Al oír eso, Eduardo empezó a preocuparse otra vez. Durante un mes, todo había ido sobre ruedas. Al fin, llegó la hora de implantar los minúsculos embriones en las vacas de cría. Dispuestas en fila, las vacas esperaban pacientemente. Se alimentaban por tubos y sus cuerpos se ejercitaban gracias a unos brazos gigantes de metal que les agarraban las piernas y las flexionaban como si las vacas caminasen por pastos sin fin. De vez en cuando, alguna movía la mandíbula como si intentase rumiar.

¿Soñaban las vacas con flores silvestres? Eduardo no lo sabía. ¿Sentían sus patas la caricia de la hierba movida por vientos imaginarios? Unos implantes cerebrales llenaban sus mentes de una alegre paz. ¿Notaban a los niños que crecían en sus vientres?

Tal vez las vacas odiaban lo que les habían hecho, porque no había duda de que rechazaban los embriones. Uno tras otro, los bebés, todavía más pequeños que alevines, fueron muriendo.

Hasta que solo quedó uno.

Aquella noche, Eduardo no durmió bien. Gritó en sueños. Ana le preguntó qué le pasaba, pero él no se lo podía decir. No podía decirle que, si moría el último embrión, le quitarían el trabajo. Lo enviarían a las plantaciones. Y ella, sus hijos y su padre serían expulsados y tendrían que vagar por las áridas y polvorientas carreteras.

Sin embargo, ese último embrión creció hasta convertirse en un ser en el que se apreciaban ya brazos, piernas y una cara dulce y soñadora. Eduardo lo contemplaba a través de los escáneres.

—Mi vida está en tus manos —le dijo al bebé que, como si pudiera oírlo, empezó a mover su minúsculo cuerpo dentro del vientre hasta quedar frente al hombre. En ese momento, Eduardo sintió un brote de afecto irracional.

Cuando llegó el día, Eduardo acogió al recién nacido en sus manos como si fuera su propio hijo. Sus ojos se empañaron al dejarlo en una cuna y coger la jeringuilla que anularía la inteligencia del bebé.

—No arregles a este —dijo Lisa, agarrándolo apresuradamente del brazo—. Es un Mateo Alacrán. A estos hay que dejarlos siempre intactos.

15

«¿Te habré hecho un favor?», se preguntó Eduardo mientras observaba al bebé que seguía con la cabeza el movimiento de las enfermeras atareadas, vestidas con sus uniformes blancos y almidonados. «¿Me lo agradecerás con el tiempo?»

2

LA CASITA DEL CAMPO DE AMAPOLAS

Teo se plantó frente a la puerta y abrió los brazos para impedir que Celia se fuera. El salón pequeño y atestado todavía conservaba el azul de las primeras luces de la mañana. El sol no había aparecido todavía detrás de las montañas que perfilaban el lejano horizonte.

—¿Con esas me vienes ahora? —dijo la mujer—. Ahora ya eres mayor, tienes casi seis años. Ya sabes que tengo que ir a trabajar.

Dicho esto, lo levantó del suelo para apartarlo del camino.

—Quiero ir contigo —suplicó Teo, cogiéndole la falda y aferrándola entre sus manos.

—¡Para ya! —Celia le quitó con suavidad la ropa de las manos—. No puedes ir conmigo, mi vida. Tienes que quedarte escondido en la madriguera como un ratoncito. Ahí fuera hay halcones que se comen a los ratoncitos como tú.

—¡Yo no soy ningún ratoncito! —gritó Teo.

Chilló con todas sus fuerzas, de una forma que sabía que era irritante. Valdría la pena aunque fuera solo por el tiempo que Celia se quedaría en casa mientras durara la reprimenda. No podía soportar que lo dejaran solo en casa un día más.

—¡Cállate! —dijo Celia, apartándolo de un empujón—. ¿Quieres que me quede sorda? ¡No eres más que un mocoso con sesos de mantequilla!

Resentido, Teo se dejó caer sobre la gran butaca. Al momento, Celia se arrodilló junto a él y lo abrazó.

—No llores, mi vida. Eres lo que más quiero en el mundo. Te lo explicaré todo cuando seas mayor.

Pero eso no era cierto. Ya había hecho antes esa misma promesa.

De pronto, Teo dejó de resistirse. Era demasiado pequeño y débil como para enfrentarse a lo que obligaba a Celia a abandonarlo cada día, fuera lo que fuera.

—¿Me traerás un regalo? —dijo, esquivando el beso de ella.

—¡Claro que sí! ¡Como siempre! —exclamó la mujer.

Al final, Teo dejó que Celia se fuera, pero seguía estando enfadado. Era un enfado algo extraño, porque también sentía ganas de llorar. La casa se quedaba muy vacía cuando no estaba Celia cantando, haciendo ruido con los cacharros de la cocina o hablando de gente a quien él nunca había visto ni vería jamás. Incluso cuando ella dormía (y se dormía con facilidad tras muchas horas de trabajo en la Casa Grande) parecía llenar las habitaciones con su cálida presencia.

Cuando Teo era más pequeño, todo eso no parecía importarle mucho. Jugaba con sus juguetes y veía la televisión. Por la ventana podía ver el campo de amapolas blancas que lo llenaban todo hasta las oscuras montañas. La blancura de las flores le dañaba la vista y sentía alivio cuando dirigía de nuevo la mirada a la suave oscuridad del interior.

Recientemente, Teo había empezado a mirar las cosas con

mayor atención. El campo de amapolas no estaba totalmente desierto. De vez en cuando veía caballos (los había visto antes en libros) pasando entre las filas de flores blancas. Con toda esa luminosidad no se podía distinguir quién montaba en ellos, pero los jinetes no parecían adultos, sino niños como él.

Ese descubrimiento despertó en él un deseo de verlos más de cerca.

Teo había visto a niños por la tele y se había dado cuenta de que pocas veces aparecía un niño solo. Todo lo hacían juntos: construían refugios secretos, jugaban a la pelota o se peleaban. Incluso pelearse era interesante, si eso quería decir que tenías gente a tu alrededor. Teo nunca había visto a nadie excepto a Celia y, una vez al mes, al médico, un hombre muy agrio que no era nada amable con él.

Teo dio un suspiro. Si quería hacer cualquier cosa tendría que salir fuera, pero Celia le repetía una y otra vez que eso era muy peligroso. Además, las puertas y ventanas estaban cerradas con llave.

Teo se instaló en una mesita de madera para mirar uno de sus cuentos. *Peter Rabbit*, ponía en la cubierta. Teo sabía leer (aunque no mucho) en inglés y en español. De hecho, él y Celia mezclaban los dos idiomas al hablar, pero daba igual. Se entendían de todos modos.

Peter Rabbit era un conejo travieso que se coló en el huerto de Mr. McGregor para comerse sus lechugas. Mr. McGregor quería hacer picadillo con él, pero el conejo, después de muchas aventuras, lograba escapar. Era un cuento muy reconfortante.

Teo se levantó y entró en la cocina a curiosear. En ella había una nevera pequeña y un microondas. Del microondas colgaba un cartel que decía: «¡PELIGRO! DANGER!» y notas adhesivas amarillas que decían: «¡NO! ¡NO! ¡NO! ¡NO!». Por si las moscas, Celia había atado la puerta del microondas con un cinturón y la había cerrado con un candado. Vivía con el miedo de que Teo encontrase un modo de abrirlo mientras ella estuviera trabajando y se cociese la sesera, como decía ella.

Teo no sabía lo que era la sesera y no quería ni saberlo. Pasó despacito junto a la peligrosa máquina para llegar a la nevera. Ese sí que era su territorio. Celia lo llenaba de cosillas todas las noches. Era cocinera en la Casa Grande, y por eso nunca faltaba comida. Teo encontraba en la nevera sushi, tamales, falafel, tacos, lo que fuera que hubieran comido en la Casa Grande. Y siempre había cartones de leche y botellas de zumo.

Se sirvió un plato de comida y fue a la habitación de Celia.

A un lado estaba la cama grande y abombada de Celia, cubierta de cojines tejidos a ganchillo y animales de peluche. En la cabecera había un enorme crucifijo y un dibujo de Nuestro Señor Jesucristo, con el Sagrado Corazón atravesado por cinco espadas. A Teo le daba miedo ese dibujo. El crucifijo todavía era peor, porque brillaba en la oscuridad. Teo siempre le daba la espalda para no verlo, pero la habitación de Celia le gustaba de todos modos.

Se dejó caer sobre los cojines e hizo como que daba de comer a los animales de peluche: el perro, el osito, el conejo (*rabbit*, recordó Teo). Se entretuvo un rato así, pero luego empezó a notar una sensación de vacío en su interior. No eran animales de verdad. Podía hablarles cuanto quisiera, pero no podían comprenderlo. De un modo que no podía expresar con palabras, era como si ni siquiera existieran.

Teo los puso de cara a la pared para castigarlos por no ser de verdad y se fue a su propia habitación. Era mucho más pequeña, y su cama ocupaba la mitad de la habitación. Las paredes estaban llenas de fotos y dibujos que Celia había arranca-do de revistas: estrellas de cine, animales, bebés (a Teo no le en-tusiasmaban los bebés, pero a Celia le parecían encantadores), flores, artículos. Había uno sobre unos acróbatas que mantenían el equilibrio subidos de pie uno encima de otro. «¡SESENTA Y CUATRO!», decía el titular. «NUEVO RÉCORD EN LA CO-LONIA LUNAR.»

Teo había leído tantas veces esas palabras que se las sabía de memoria. En otra foto se veía a un hombre que mostraba un pollito metido entre dos rebanadas de pan. El titular decía: «AL RICO BOCAPÍO». Teo no sabía qué quería decir «boca-pío», pero Celia se reía cada vez que lo veía.

Encendió la televisión y se puso a mirar culebrones. La gen-te siempre hablaba a gritos en los culebrones. No se entendía nada pero, cuando se entendía, tampoco era interesante. «No es de verdad», pensó Teo, con un miedo repentino. «Igual que los animales.» Podía hablar sin parar, pero la gente no lo oiría.

Teo se sintió invadido por una sensación de desconsuelo tan intensa que pensó que se iba a morir. Se abrazó a sí mismo para no ponerse a gritar. Le caían lágrimas por las mejillas y se ahogaba de tanto sollozar.

Y entonces, justo entonces, por encima del ruido de la tele y de su propios sollozos, Teo oyó una voz. Era clara y fuerte. Una voz de niño. Y era de verdad.

Teo se acercó corriendo a la ventana. Celia siempre le decía que tuviera cuidado cuando mirase por la ventana, pero esta-ba tan entusiasmado que ni se acordaba. Al principio solo vio lo de siempre, la claridad cegadora de las amapolas. De pron-to, una sombra se acercó a la casa. Teo retrocedió tan brusca-mente que cayó al suelo.

—¿Qué es esta casucha? —dijo el niño desde fuera.

—La chabola de uno de los trabajadores —se oyó otra voz, más aguda.

—Yo creía que no dejaban vivir a nadie en los campos de opio.

—A lo mejor es un almacén. Vamos a ver si se abre la puerta.

El pomo de la puerta chirrió. Teo se puso de cuclillas en el suelo, con el corazón desbocado. Un niño acercó la cara a la ventana, llevándose las manos a los lados de los ojos para ver mejor por entre la penumbra. Teo estaba paralizado. Había deseado compañía, pero todo estaba yendo demasiado rápido. Se sintió como Peter Rabbit en el jardín de Mr. McGregor.

—¡Mira! ¡Hay un niño dentro!

—¿Qué? Déjame ver.

Una cara de niña se pegó al cristal. Tenía el pelo negro y la piel tostada como Celia.

—¡Oye! ¡Abre la puerta! —dijo la niña—. ¿Cómo te llamas?

Pero Teo estaba tan aterrorizado que no podía sacar de la garganta ni una sola palabra.

—A lo mejor es idiota —dijo con naturalidad la niña—. ¡Oye! ¿Eres idiota?

Teo dijo que no con la cabeza. La niña se puso a reír.

—Ya sé quién vive aquí —dijo de pronto el niño—. Conozco a la de la foto que hay en la mesa.

Teo sabía que hablaba del retrato que Celia le había regalado por su cumpleaños.

—Es la vieja cocinera gorda. ¿Cómo se llama? —dijo el niño—. No vive con los demás criados. Esta debe ser su casa. No sabía que tuviera un hijo.

—Ni marido —observó la niña.

—Ah, claro. Eso explicaría muchas cosas. ¿Lo sabrá papá? Se lo preguntaré.

—¡No se lo preguntes! —gritó la niña—. La vas a meter en un lío.

—Oye, todo esto es de mi familia, y mi padre me dijo que estuviera siempre atento. Tú solo estás de visita.

—Me da lo mismo. A mí, mi papá siempre me dice que los criados tienen derecho a la intimidad, y él es senador de Estados Unidos y su opinión cuenta más.

—A tu papá le cuesta menos cambiar de opinión que de calcetines —dijo el niño.

Teo no pudo oír qué contestó ella. Los niños se estaban alejando de la casa, y solo pudo captar el tono indignado de la voz de la niña. A Teo le temblaba todo el cuerpo, como si hubiese visto a uno de los monstruos que, según Celia, rondaban fuera. El chupacabras, por ejemplo. El chupacabras te chupaba la sangre y te dejaba seco como la piel de un melón. Todo estaba pasando muy rápido.

Pero la niña le había caído bien.

Teo se sintió abrumado por el miedo y la alegría a partes iguales durante el resto del día. Celia le había advertido que nunca, nunca, dejara que lo vieran por la ventana. Si se acercaba alguien, tenía que esconderse. Pero los niños habían resultado una sorpresa tan fantástica que no pudo evitar ir corriendo a verlos. Eran mayores que él. Teo no sabía cuántos años más tendrían. Eso sí, no eran adultos, y no parecían peligrosos. Aun así, Celia se enfadaría mucho si se enteraba. Teo decidió no decírselo.

Por la noche, Celia le trajo un libro para colorear que los niños de la Casa Grande habían tirado. Como solo estaba usada la mitad, Teo pasó muy entretenido la media hora que faltaba para la cena pintando con lápices de cera que ella le había traído otras veces. Un aroma a queso y cebollas fritas llegó flotando de la cocina, y Teo adivinó por el olor que estaba preparando comida aztlana, lo que convertía la cena en algo especial. Celia solía estar tan cansada al volver a casa que solo calentaba las sobras.

Teo pintó de verde un prado entero. La cera casi se había terminado, y el niño tenía que cogerla con cuidado para poder utilizarla. El verde le hacía feliz. Ojalá pudiera contemplar un prado así en lugar de las cegadoras amapolas blancas. Estaba convencido de que la hierba sería blanda como una cama y olería a lluvia.

—Muy bonito, chico —dijo Celia, mirándolo desde atrás.

A Teo se le rompió en los dedos el último trozo de cera que quedaba.

—¡Qué lástima! A ver si puedo encontrar más en la Casa Grande. Esos niños son tan ricos que si me llevase toda la caja, ni se enterarían —Celia dio un suspiro—. Me llevaré solo unos cuantos. Será mejor que esta ratoncita no deje huellas en la mantequilla por si acaso.

Para cenar había quesadillas y enchiladas. Teo se quedó muy lleno con la cena.

—Mamá —dijo sin pensar—, dime más cosas de los niños de la Casa Grande.

—No me llames «mamá» —lo cortó Celia.

—Perdona —dijo Teo.

La palabra le había salido sin querer. Celia le había dicho hacía tiempo que ella no era su madre de verdad. Pero los niños de la tele tenían mamás, y Teo se había acostumbrado a pensar en Celia como si lo fuera.

—Eres lo que más quiero en el mundo —se apresuró a decir la mujer—. Nunca lo olvides. Pero solo te tengo prestado, mi vida.

A Teo le costaba entender el significado de la palabra «prestado». Al parecer, era algo que te daban solo durante un tiempo, o sea que, quien fuera que lo «prestó» a él, algún día querría recuperarlo.

—De todos modos, los chicos de la Casa Grande son unos malcriados, te lo digo de verdad —continuó Celia—. Son vagos como gatos e igual de desconsiderados. Lo dejan todo perdido y luego ordenan a las criadas que lo limpien. Y nunca te dan las gracias. Aunque te pases horas preparando pasteles especiales con rosas, violetas y hojas verdes, no te darán las gracias ni que los maten, los muy egoístas. ¡Se atiborran y luego te dicen que sabe a arena!

Celia parecía enfadada, como si le hubiera pasado eso hacía poco.

—Háblame de Steven y Benito —insistió Teo.

—Benito es el mayor. ¡Es un auténtico diablo! Tiene diecisiete años y no hay una sola chica en las plantaciones que esté a salvo de él. Pero eso da igual. Son cosas de mayores, muy aburridas. Además, Benito es como su padre: un perro disfrazado de hombre. Este año va a ir a la universidad y todos vamos a alegrarnos mucho de no volver a verlo.

—¿Y Steven? —preguntó Teo pacientemente.

—No es tan malo. Algunas veces pienso que hasta tiene alma. Pasa mucho tiempo con las chicas Mendoza. No son mala gente, aunque lo que hacen con nuestra gente dejaría pasmado al mismo Dios.

—Pero ¿cómo es Steven? —A veces costaba mucho tiempo hacer hablar a Celia de las cosas que Teo quería saber; en este caso, los nombres de los niños que aparecieron al otro lado de la ventana.

—Tiene trece años. Bastante alto para su edad. Cabello rubio rojizo. Ojos azules.

«Tiene que ser él», pensó Teo.

—Estos días han venido los Mendoza de visita. Emilia también tiene trece años y es muy bonita, con pelo negro y ojos castaños.

«Tiene que ser ella», dedujo Teo.

—Al menos, ella sí que tiene buenos modales. Su hermana, María, tendrá tu edad y siempre juega con Tom. Bueno, si a eso se le puede llamar jugar. La mayoría de las veces, ella termina llorando hasta desgañitarse.

—¿Por qué? —dijo Teo, a quien le gustaba que le explicaran las diabluras de Tom.

—¡Tom es Benito multiplicado por diez! Es capaz de derretirle el corazón a cualquiera con esos ojos grandes e inocentes. Todos se dejan engatusar, pero yo no. Hoy le dio a María un botellín de limonada. «Es la última que queda», dijo. «Está muy fría y la he guardado para ti.» ¿Sabes qué había dentro?

—No —dijo Teo, meneándose de impaciencia.

—¡Pipí! ¿Qué te parece? Hasta había vuelto a ponerle la chapa. ¡Qué manera de llorar! La pobre niña nunca escarmienta.

Celia se quedó de pronto sin energía. Dio un gran bostezo y Teo vio cómo de repente la fatiga se le marcaba en la cara. Había estado trabajando desde el alba hasta mucho después de oscurecer y además había preparado la comida en casa.

—Lo siento, chico. No le pidas agua a un pozo vacío.

Teo enjuagó los platos y llenó el lavavajillas mientras Celia se daba una ducha. Salió con su voluminoso albornoz rosa e hizo un gesto de satisfacción al ver la mesa ordenada.

—Eres un niño bueno —dijo, soñolienta.

Levantó al niño del suelo y lo llevó en brazos hasta su habitación. Por muy cansada que estuviera, y a veces casi se caía al suelo de agotamiento, nunca pasaba por alto este ritual.

Arropó a Teo en la cama y encendió la vela sagrada frente a la estatua de la Virgen de Guadalupe que se trajo de su pueblo, en Aztlán. El manto de la estatua estaba algo agrietado, y Celia lo disimulaba con un ramillete de flores artificiales. Las rosas de yeso sobre las que se alzaba la virgen estaban llenas de polvo y el manto de estrellas estaba salpicado de cera, pero su mirada flotaba sobre la vela con la misma dulzura que muchos años atrás lo hacía en la habitación de Celia.

—Estoy en la habitación de al lado, mi vida —susurró la mujer, dando a Teo un beso en la frente—. Si tienes miedo, llámame.

Al poco rato, la casa empezó a estremecerse con los ronquidos de Celia. Para Teo, ese sonido era tan normal como el trueno que a veces resonaba sobre las montañas. No le quitaba el sueño para nada.

—Steven y Emilia —susurró, escuchando el sonido de las palabras en su boca. No sabía lo que diría a aquellos extraños niños si volvían a presentarse, pero estaba decidido a hablar con ellos. Practicó varias frases:

—Me llamo Teo. Vivo aquí. ¿Queréis pintar dibujos?

No, no podía hablar del libro para colorear o de los lápices de cera porque habían sido robados.

—¿Queréis comer algo?

Pero también la comida podría ser robada.

—¿Queréis jugar conmigo?

Mejor. Steven y Emilia propondrían algo y Teo ya habría salido del apuro.

—¿Queréis jugar conmigo? ¿Queréis jugar conmigo? —murmuró hasta que los ojos se le cerraron, mientras la dulce cara de la Virgen de Guadalupe palpitaba a la luz de la vela.

3

PROPIEDAD DE LA FAMILIA ALACRÁN

Celia se fue por la mañana y Teo pasó todo el día esperando a los niños.

Cuando ya había perdido la esperanza de que se presentaran, justo antes del atardecer, oyó unas voces que se acercaban por el campo de amapolas.

Se colocó frente a la ventana y esperó.

—¡Míralo! ¿Ves como era verdad, María? —gritó Emilia. Tenía la mano apoyada en el hombro de una niña más pequeña—. No quiere hablar con nosotros, pero tú tienes la misma edad que él. A lo mejor a ti no te tiene miedo.

Emilia dio un empujón a la niña para que se acercara más y luego dio unos pasos atrás para esperar junto a Steven.

María se asomó a la ventana sin pizca de timidez.

—¡Hola, niño! —gritó, dando golpecitos al cristal con el puño—. ¿Cómo te llamas? ¿Quieres jugar con nosotros?

De un solo golpe, la niña había dicho palabra por palabra todo el discurso que a Teo le había costado tanto preparar. Teo se la quedó mirando, sin saber qué más decir.

—¿Quieres o no? —María miró a los otros dos niños y dijo—: Decidle que abra la puerta.

—Eso lo tiene que decidir él —respondió Steven.

Teo quería decirles que no tenía la llave, pero no le salían las palabras.

—Al menos, hoy no se esconde —observó Emilia.

—Si no puedes abrir la puerta, abre la ventana —dijo María.

Teo trató de abrirla, aunque sabía que no podría. Celia había fijado la ventana con clavos. Teo les indicó con gestos que no podía hacer nada.

—Entiende lo que le decimos —dijo Steven.

—¡Oye! Si no haces algo ya, nos vamos —gritó María.

Teo se puso a pensar, ansioso. Tenía que conseguir captar su atención de algún modo. Levantó el dedo, como hacía Celia para decirle que esperase un momento, e hizo un gesto de asentimiento para que los niños supieran que estaba dispuesto a hacer algo ya, como le había pedido María.

—¿Qué querrá decir con eso? —preguntó Emilia.

—Ni idea. A lo mejor es mudo y no puede decirnos nada —aventuró Steven.

Teo entró a toda prisa en su habitación y arrancó de la pared la foto del hombre con un bocadillo de pollito. Celia se reía cuando lo veía. Tal vez los niños también se reirían. Volvió corriendo y pegó la página del periódico al cristal de la ventana. Los tres niños se acercaron para examinarlo.

—¿Qué pone? —preguntó María.

—«Al rico bocapío» —leyó Steven—. ¿Lo entiendes? Es un pollito que hace «pío, pío», y está metido en un bocadillo. Tiene su gracia.

Emilia se rió por lo bajo, pero María parecía desconcertada:

—Los pollitos no se comen. Bueno, cuando están vivos, no.

—Es una broma, so idiota.

—¡No soy una idiota! ¡Comer pollitos vivos no está bien! ¡No tiene ninguna gracia!

—¡Señor, líbranos de los zonzos! —dijo Steven, mirando al cielo.

—¡Tampoco soy una zonza!

—No seas pesada, María —dijo Emilia.

—Me habéis traído aquí para enseñarme un niño y me habéis hecho andar kilómetros y kilómetros por el campo y estoy muy cansada y este niño no quiere decir nada. ¡Sois malos!

Teo observó desilusionado la escena. No era esta la reacción que él esperaba. María estaba llorando, Emilia se había enfadado y Steven había dado la espalda a las otras dos. Teo dio golpecitos a la ventana. Cuando María miró hacia arriba, Teo agitó la foto y luego la arrugó en forma de pelota, que lanzó con todas sus fuerzas al otro lado de la sala.

—¡Mirad! ¡Él piensa lo mismo que yo! —gritó María entre lágrimas.

—Esto se está poniendo cada vez más raro —dijo Steven—. Ya te dije que no teníamos que traer aquí a esta zonza.

—Yo pensaba que se pondría a hablar si veía a otro niño de su edad —se explicó Emilia—. Vámonos, María. Tenemos que volver antes de que se haga de noche.

—¡Yo no quiero andar más! —dijo la niña, dejándose caer al suelo.

—Pues yo no te pienso llevar. Estás demasiado gorda.

—Déjala —Steven se puso a andar y, al poco rato, Emilia se fue tras él.

Teo sintió pánico. Si los niños mayores se iban, María se quedaría ahí sola. Estaba a punto de oscurecer y Celia todavía tardaría horas en regresar. María se quedaría sola, sin más compañía que todas esas amapolas y...

¡El chupacabras, que aparecía cuando se hacía de noche y te chupaba toda la sangre hasta dejarte seco como la piel de un melón!

A Teo se le ocurrió una idea de pronto. María se había alejado unos pasos de la ventana antes de volverse a sentar en el suelo. Seguía insultando a Steven y Emilia, aunque ya no se los veía. Teo cogió la olla de hierro que Celia usaba para preparar el menudo y apuntó a la ventana antes de pararse a pensar en la reacción de Celia. ¡Se iba a enfadar mucho! Pero estaba salvando la vida a María. El cristal estalló en mil pedazos que cayeron fuera de la casa tintineando al caer por todo el suelo. María se incorporó de un salto. Steven y Emilia se levantaron de golpe del suelo, donde se habían escondido entre las amapolas.

—¡Ay, caramba! —dijo Steven. Los tres se quedaron mirando boquiabiertos el agujero en la ventana rota.

—Me llamo Teo. Vivo aquí. ¿Queréis jugar conmigo? —dijo Teo, a quien no se le ocurría nada más que decir.

—¡Sí puede hablar! —dijo Emilia, ya repuesta del susto que se había llevado.

—¿Siempre abres así la ventana, niño? —dijo Steven—. No te acerques, María. Hay cristales por todas partes.

Steven se acercó a la abertura midiendo cada paso y apartando los cristales con un palo. Luego se asomó para mirar dentro de la casa. Teo tuvo que contenerse para no salir corriendo a la habitación de al lado.

—¡Yo flipo! ¡La ventana está remachada con clavos! ¿Te han encerrado aquí o qué?

—Vivo aquí —contestó Teo.

—Eso ya lo has dicho antes.

—¿Queréis jugar conmigo?

—Igual le pasa como a los loros y solo sabe repetir las mismas palabras —conjeturó Emilia.

—Yo sí que quiero jugar —dijo María.

Teo la miró, satisfecho. La niña se retorcía en los brazos de Emilia, intentando claramente irse con él. Steven sacudió la cabeza contrariado y se apartó. Esta vez parecía que iba a irse de verdad.

Teo tomó una decisión. Daba miedo, pero nunca se le había presentado una ocasión como aquella y tal vez no se le volvería a presentar nunca. Empujó una silla hasta el agujero de la ventana, se encaramó a ella y saltó.

—¡No! —gritó Steven.

Corrió hacia él para atraparlo, pero no llegó a tiempo.

Un terrible dolor laceró los pies de Teo al caer. Se desplomó hacia adelante y apoyó las manos y las rodillas sobre los fragmentos de cristal.

—¡Iba descalzo! ¡Ay, madre! ¡Ay, madre! ¿Qué vamos a hacer ahora? —dijo Steven, mientras levantaba a Teo del suelo de un tirón y lo llevaba a una zona despejada.

Teo miraba asombrado la sangre que le goteaba de los pies y las manos. De las rodillas le brotaban hilillos de sangre.

—¡Sácale los cristales! —gritó Emilia, con voz aguda y asustada—. María, no te acerques.

—¡Quiero verlo! —chilló la niña.

Teo oyó un bofetón y el indignado grito de María que le siguió. La cabeza le daba vueltas. Tenía ganas de vomitar, pero no tuvo tiempo de hacerlo antes de que todo se volviese de color negro.

Se despertó con la sensación de ir en volandas. Estaba mareado y le ardía el estómago, pero lo peor es que todo el cuerpo le temblaba de forma alarmante. Gritó tan fuerte como pudo.

—¡Lo que faltaba! —resopló Steven, que llevaba a Teo por los hombros.

Emilia lo cogía por los pies. Teo vio que ella tenía la camisa y los pantalones empapados de sangre. ¡Su sangre! Se puso a gritar otra vez.

—¡Cállate! —gritó Steven—. ¡No podemos correr más rápido!

Las amapolas, que se habían vuelto azules bajo la larga sombra de las montañas, cubrían todo el campo de visión. Steven y Emilia corrían por un camino de tierra. La respiración de Teo se convirtió en sollozos. A duras penas podía respirar.

—¡Para! —dijo Emilia—. María va más despacio. Tenemos que esperarla.

Los dos niños se sentaron y dejaron a Teo tumbado en el suelo. Al poco rato, Teo oyó el corretear de unos piececitos.

—¡Yo también quiero descansar! —exigió María—. Llevamos corriendo kilómetros y kilómetros. Y le voy a decir a papá que me has pegado.

—No te prives —dijo Emilia.

—A callar todos —ordenó Steven—. Ya has dejado de sangrar, niño. No creo que tengas nada grave. ¿Cómo has dicho que te llamabas?

—Teo —respondió María en su lugar.

—Ya estamos cerca de casa, Teo. Has tenido suerte, porque el médico se queda hoy a dormir. ¿Te duele mucho?

—No lo sé —contestó Teo.

—Sí que lo sabes. ¡Estabas gritando! —dijo María.

—Es que no sé cuánto es «mucho» —explicó Teo—. Nunca me había hecho tanto daño.

—Has perdido sangre... aunque no mucha —añadió Steven al ver que Teo se ponía a temblar otra vez.

—Pues a mí me parece mucha —intervino María.

—¡Cállate, zonza!

Los dos niños mayores se pusieron en pie y volvieron a coger a Teo entre los dos. María los siguió, quejándose a voz en grito de tener que andar tanto y de que la llamaran zonza.

A Teo lo invadió una especie de sueño pesado mientras lo transportaban dando trompicones. El dolor había disminuido, y Steven había dicho que no había perdido mucha sangre. Estaba demasiado aturdido como para preocuparse de lo que diría Celia cuando viese la ventana rota.

Llegaron al final del campo de amapolas cuando los últimos rayos de sol se deslizaban por detrás de las montañas. El camino de tierra los condujo a una amplia explanada con césped. Era de un verde resplandeciente, al que la luz azulada del atardecer daba un tono cada vez más intenso. Teo no había visto tanto verde en su vida.

«Es un prado», pensó, adormilado. «Y huele a lluvia.»

Los niños empezaron a subir por unos amplios escalones de mármol cuya claridad destacaba tenuemente en la noche que empezaba a caer. De pronto, se encendieron unas luces entre las hojas de los naranjos que flanqueaban la escalera. A la nueva luz se iluminaron más arriba las paredes blancas de una gran mansión con columnas, estatuas y pórticos que quién sabe adónde conducirían. En el centro de un arco había la figura tallada de un escorpión.

—¡Oh! ¡Oh! ¡Oh! —sonó un coro de mujeres que bajaron rápidamente la escalera y cogieron a Teo de los brazos de Steven y Emilia.

—¿Quién es? —preguntaron las criadas.

Iban vestidas de negro, con delantales blancos y cofias almidonadas. Una de ellas, una mujer de mirada severa y profundas arrugas a ambos lados de la boca, llevaba a Teo en brazos mientras las demás se adelantaban para abrirle las puertas.

—Lo he encontrado en una casa que hay en el campo de amapolas —explicó Steven.

—Ahí es donde vive Celia —comentó una criada—. Se cree demasiado importante como para vivir con todas nosotras.

—No me extrañaría que estuviera escondiendo a un hijo suyo. ¿Quién es tu padre, niño? —dijo la mujer que llevaba a Teo en brazos.

El delantal le olía a rayos de sol, igual que el de Celia cuando lo acababa de recoger del tendedero. Teo se quedó mirando un broche que decoraba el cuello del uniforme de la mujer, un escorpión de plata con la cola hacia arriba. Debajo del escorpión había un nombre escrito: ROSA. Teo se sentía demasiado mal como para hablar. Además, ¿qué más daba quién fuera su padre? De todos modos, tampoco hubiera sabido qué contestar.

—No habla mucho —explicó Emilia.

—¿Dónde está el médico? —preguntó Steven.

—Tendremos que esperar un poco. Está atendiendo a tu abuelo. Lo que podemos hacer es limpiarle las heridas al chico —dijo Rosa.

Las criadas abrieron una puerta para revelar la sala más bonita que Teo había visto jamás. Tenía vigas de madera tallada en el techo y papel pintado con cientos de pájaros que parecían moverse ante los ojos mareados de Teo. Entonces vio un sofá tapizado en tela tornasolada con flores que cambiaban del color azul celeste al rosa como las plumas en las alas de una paloma. Rosa llevaba a Teo a ese sofá.

—Estoy muy sucio —musitó Teo, recordando las veces que Celia le había gritado por subirse a su cama con los zapatos sucios.

—No hace falta que lo jures —dijo Rosa secamente.

Las otras mujeres desdoblaron una sábana blanca y bien planchada y cubrieron con ella el fabuloso sofá antes de tumbar a Teo sobre él. Al niño no le parecía menos grave manchar de sangre esa sábana.

Rosa cogió unas pinzas y empezó a sacarle trocitos de cristal de las manos y los pies.

—Ajá —murmuraba a medida que iba depositando los fragmentos en un vaso—. Eres muy valiente por no llorar.

Pero Teo no se sentía nada valiente. Tampoco podía decir que sintiese nada. Tenía la sensación de estar muy lejos de su cuerpo, mientras observaba a Rosa como si fuera una imagen salida de la tele.

—Pues antes sí que lloraba —comentó María, sin dejar de dar brincos de un lado para otro para no perderse nada de lo que estaba pasando.

—No te las des de superior. Si se te metiera una astilla chiquitita en el dedo, gritarías hasta quedarte afónica —dijo Emilia.

—¡No es verdad!

—¡Sí que lo es!

—¡Eres mala!

—Me importa un bledo —repuso Emilia. Igual que Steven, observaba fascinada cómo la sangre volvía a manar de los cortes de Teo—. Cuando crezca voy a ser médico. Ahora estoy acumulando experiencia.

Las otras criadas habían traído un cubo de agua y toallas, pero no hicieron ningún gesto para limpiar a Teo hasta que Rosa les dio permiso.

—Tened cuidado. El pie derecho tiene cortes muy feos —advirtió Rosa.

El aire zumbaba en los oídos de Teo. Notó el calor del agua y el dolor volvió de pronto. Se le clavaba en el pie y le subía por todo el cuerpo hasta la cabeza. Abrió la boca para gritar, pero no salió ningún sonido. La angustia le había hecho un nudo en la garganta.

—¡Dios mío! ¡Le habrán quedado cristales dentro! —gritó Rosa.

Cogió a Teo por los hombros y le ordenó que no tuviera miedo. Parecía casi enfadada.

La neblina de estupor que envolvía a Teo se había desvanecido. Ni siquiera se imaginaba que existiera un dolor tan intenso como las punzadas que sentía en los pies, las manos y las rodillas.

—Ya os dije que antes sí que lloraba —apuntó María.

—¡Tú cállate! —dijo Emilia.

—¡Mirad! ¡Tiene algo escrito en el pie! —gritó María. Trató de acercarse, pero Emilia la apartó de un empujón.

—La que va a ser médico soy yo —protestó Emilia—. ¡Jolín! ¡No se puede leer nada! Hay demasiada sangre.

Cogió un paño y limpió el pie de Teo. El dolor no era tan intenso esta vez, pero Teo no pudo reprimir un gemido.

—¡Le estás haciendo daño, bestia! —aulló María.

—¡Espera! Ya lo veo... «Propiedad de...» ¡Qué letra tan pequeña! «Propiedad de la familia Alacrán.»

—¿«Propiedad de la familia Alacrán»? ¡Si somos nosotros! Esto no hay quien lo entienda —dijo Steven.

—¿Qué pasa aquí? —atronó una voz que Teo oía por primera vez.

Un hombre corpulento y de aspecto amenazador irrumpió en la sala. Steven se puso derecho al instante. Emilia e incluso María parecían asustadas.

—Hemos encontrado a un niño en el campo de amapolas, padre —dijo Steven—. Como se hizo daño, pensé que el médico... el médico...

—¡Idiota! ¡Lo que necesita esta alimaña es un veterinario! —bramó el hombre—. ¿Cómo os atrevéis a deshonrar así esta casa?

—Se había hecho sangre... —empezó Steven.

—¡Ya lo veo! ¡Y ha manchado toda la sábana! Ahora habrá que quemarla. Sacad ahora mismo de aquí a este monstruo.

Rosa no sabía qué hacer, visiblemente desconcertada.

El hombre se inclinó hacia ella y le susurró algo al oído.

Una expresión de horror invadió la cara de Rosa. Acto seguido, levantó en brazos a Teo y salió corriendo. Steven se adelantó rápidamente para abrir las puertas. Había empalidecido de ira.

—¿Cómo se atreve a hablarme así? —dijo entre dientes.

—Seguro que no quería ser desagradable contigo —dijo Emilia, que arrastraba a María del brazo.

—¡Ya lo creo que quería! Me odia —afirmó Steven.

Rosa bajó las escaleras a toda prisa y dejó bruscamente a Teo sobre el suelo de la explanada. Sin decir palabra, se dio la vuelta y volvió apresuradamente a la casa.

4

MARÍA

Teo miró hacia arriba. Cientos de estrellas se agrupaban en una luminosa mancha que cruzaba el cielo oscuro y aterciopelado. Era la Vía Láctea, que, según Celia, había salido del pecho de la Virgen cuando amamantó por primera vez al Niño Jesús. Teo notaba la presión de la hierba en su espalda. No era tan suave como había imaginado, pero tenía un olor fresco. El aire frío también le sentaba bien y contrarrestaba el calor y la fiebre que sentía.

El pavoroso dolor había dado paso a un débil malestar. Teo se alegró de volver a estar al aire libre. El cielo le parecía terreno conocido y seguro. Eran las mismas estrellas que flotaban sobre la casita del campo de amapolas. Celia nunca lo sacaba a pasear de día pero, algunas veces, los dos se sentaban de noche en el portal de la casita. Ella le contaba cuentos o le señalaba una estrella fugaz.

—Es la respuesta de Dios a una oración —explicaba—. Uno de los ángeles ha bajado para cumplir una orden de Dios.

Teo se puso a rezar para que Celia fuera a rescatarlo. Estaría enfadada por lo de la ventana, pero estaba dispuesto a pasar por eso. Por muy fuerte que le gritara, él sabía que, en el fondo, Celia seguía queriéndolo. Miró al cielo, pero no cayó ninguna estrella fugaz.

—Fíjate. Se ha quedado ahí tumbado como un animal —se oyó cerca la voz de Emilia.

Teo dio un respingo. Se había olvidado de los niños.

—Porque eso es lo que es —dijo Steven tras una pausa.

Los niños estaban sentados en el primer escalón de la entrada de la casa. María se entretenía cogiendo naranjas de los árboles y haciéndolas rodar escaleras abajo.

—No lo entiendo —confesó Emilia.

—He sido un idiota. Debería haberme imaginado quién... qué era desde el primer momento. Nunca dejarían que un sirviente criase a un hijo por su cuenta o lo mantuviera apartado de los demás. Benito me lo había contado, pero yo pensé que vivía en otra parte, en un zoo, yo qué sé. Donde sea que meten esas cosas.

—¿Qué me estás diciendo?

—Teo es un clon —dijo Steven.

Emilia ahogó un grito.

—¡No puede ser! ¡Él no...! ¡He visto clones y son horribles! Babean y se lo hacen todo encima. Y gruñen como animales.

—Este es distinto. Me lo dijo Benito. Los científicos deben dejarlos sin mente al nacer. Lo dice la ley. Pero el Patrón quería que el suyo creciese como un niño de verdad. Es tan rico que puede saltarse todas las leyes que quiera.

—¡Es horrible! ¡Los clones no son personas! —gritó Emilia.

—¡Eso digo yo!

Emilia se abrazó las rodillas.

—¡Se me pone la piel de gallina! Yo lo he tocado, y me manchó con su sangre... ¡María! ¡Para de tirarnos naranjas!

—Oblígame —la retó María en son de burla.

—Ahora mismo subo y te hago rodar a ti por la escalera.

María sacó la lengua y arrojó una naranja con tanta fuerza que sobrepasó el primer escalón y cayó en el mullido césped.

—¿Te pelo una naranja, Teo? —se ofreció.

—Ni se te ocurra —ordenó Emilia. El tono severo de su voz hizo que María se detuviera en seco—. Teo es un clon. No debes acercarte a él.

—¿Qué es un clon?

—Un animal malo.

—¿Cómo de malo? —preguntó María, interesada.

Antes de que Emilia pudiera responder, el hombre gritón y el médico aparecieron tras la puerta.

—Debería haberme avisado de inmediato —dijo el médico—. Yo soy responsable de que conserve un buen estado de salud.

—No lo supe hasta que entré en el recibidor. Había sangre por todas partes. Creo que perdí los nervios y ordené a Rosa que lo sacara de casa.

Aunque el hombre gritón ya no parecía tan peligroso, Teo trató de escabullirse de todos modos. El movimiento brusco despertó una oleada de dolor en el pie.

—Tenemos que llevarlo a otra parte. No puedo intervenirlo en la explanada.

—Hay una habitación vacía en las dependencias del servicio —contestó el hombre gritón.

Llamó a Rosa, que bajó la escalera rápidamente con una expresión furibunda, recogió al niño y lo llevó a rastras a otra parte de la casa, por un laberinto de pasillos mal iluminados que olían a humedad. Steven, Emilia y María, obedeciendo órdenes, tuvieron que ir a ducharse y cambiarse.

41

Rosa tumbó a Teo en un colchón rígido y descubierto. La habitación era alargada y estrecha. En un extremo había una puerta y en el otro una ventana con unas rejas de hierro.

—Necesito más luz —indicó el médico escuetamente.

El hombre gritón le acercó una lámpara.

—Sujétalo —ordenó el médico a Rosa.

—Se lo ruego, señor. Es un clon piojoso —objetó la mujer.

—Haz lo que te dicen si sabes lo que te conviene —gruñó el hombre gritón.

Rosa extendió su cuerpo sobre el de Teo y lo sujetó por los tobillos. El peso de ella casi no dejaba respirar al niño.

—Suelta... suelta... —gimió Teo.

El médico hurgó en el corte más profundo de todos con unas pinzas pese a la resistencia y las súplicas de Teo. Finalmente, el niño rompió a llorar cuando se le extrajo la astilla de cristal. Rosa le oprimía los tobillos con tanta fuerza que sus dedos lo quemaban como el fuego. Cuando la herida estuvo ya limpia y cosida, soltaron por fin a Teo, que se encogió como una bola y miró atemorizado a sus torturadores por si se proponían hacerle algo más.

—Le he puesto una inyección para el tétanos —dijo el médico, mientras recogía sus instrumentos—. Puede que quede un daño permanente en el pie derecho.

—¿Puedo devolverlo al campo de amapolas? —preguntó el hombre gritón.

—Demasiado tarde. Los niños ya lo han visto.

Los dos hombres y Rosa salieron de la habitación. Teo se preguntó qué pasaría a continuación. Si rezaba con mucha convicción, seguro que Celia iría a buscarlo. Lo abrazaría, lo metería en su cama y luego encendería la vela sagrada frente a la Virgen de Guadalupe.

42

Lo malo era que la Virgen estaba lejos, en la casita, y que tal vez Celia no sabía siquiera dónde estaba él.

Rosa abrió la puerta de golpe y cubrió todo el suelo de papeles de periódico.

—El médico dice que ya estás adiestrado, pero yo no me fío —dijo—. Aquí tienes este barreño por si eres capaz de hacerlo solo.

Puso un barreño junto a la cama y recogió la lámpara.

—¡Espera! —dijo Teo.

Rosa se detuvo y lo miró con clara hostilidad.

—¿Le puedes decir a Celia dónde estoy? —dijo Teo.

La criada sonrió con malicia.

—Celia no puede verte más. Lo ha ordenado el médico.

La mujer salió y cerró la puerta.

La habitación hubiera estado completamente a oscuras de no ser por una tenue luz amarillenta que se filtraba por las rejas de la ventana. Teo estiró el cuello para ver de dónde salía y vio una bombilla en el extremo de un alambre colgado del techo. Era tan pequeña como las luces que utilizaba Celia para decorar el árbol de Navidad, pero desafiaba en solitario la oscuridad que amenazaba con invadir la habitación.

Teo no veía nada más que el colchón y el barreño. Las paredes estaban desnudas y el techo era alto y oscuro. La habitación era tan estrecha que Teo tenía la sensación de estar encerrado en una caja.

Nunca, nunca en su vida se había ido solo a dormir. Por tarde que fuera, siempre podía contar con que Celia volvería a casa. Si se despertaba de noche, los ronquidos de la otra habitación lo reconfortaban. Pero en ese sitio no se oía nada, ni siquiera el viento pasando sobre el campo de amapolas ni el arrullo de las palomas sobre el techo.

El silencio era aterrador.

Teo sollozaba sin parar. No sabía cómo poner fin a su angustia. Cada vez que se empezaba a calmar, se acordaba de Celia y entonces se ponía a llorar otra vez. Con los ojos empañados de lágrimas, miró hacia arriba. Allí estaba la lucecita amarilla, que parecía temblar como la llama de una vela. Entonces se le ocurrió que era como la vela sagrada de la Virgen. Al fin y al cabo, la Virgen podía estar donde quisiera. No se la podía encerrar como a una persona. Podía volar por el aire e incluso derribar paredes, como los superhéroes que Teo había visto por la tele. Claro que ella no haría algo así, porque era la madre de Jesús. A lo mejor estaba al otro lado de la pared en ese mismo momento, vigilando la ventana. Algo se calmó en el interior de Teo. Exhaló un profundo suspiro y al poco rato ya dormía profundamente.

Lo despertó el ruido de la puerta al abrirse. Teo trató de sentarse, pero el dolor lo obligó a echarse de nuevo. Lo deslumbró la luz de una linterna.

—¡Qué bien! Tenía miedo de equivocarme de habitación.

Una figura menuda se acercó de prisa a la cama, abrió una pequeña mochila y empezó a sacar comida de ella.

—¿María? —preguntó Teo.

—Rosa ha dicho que no te han dado nada para cenar. ¡Qué mala es! Yo tengo un perro y, si no le damos de comer, no para de llorar. ¿Te gusta el zumo de mango? Es el que más me gusta.

Teo se dio cuenta en ese momento de que tenía mucha sed. Se bebió la botella entera de un tirón. María traía también trozos de queso y de chorizo.

—Te iré poniendo la comida en la boca pero tienes que prometerme que no me vas a morder —dijo.

Teo respondió ofendido que él nunca mordía a la gente.

44

—Bueno, por si acaso —dijo ella—. Emilia dice que los clones son tan feroces como los hombres lobo. ¿Viste por la tele a ese chico que le salía pelo por todo el cuerpo cuando había luna llena?

—¡Sí!

Teo estaba encantado de tener algo en común con María. Después de ver esa película, se escondió en el cuarto de baño hasta que Celia volvió a casa.

—A ti no te saldrá pelo ni nada de eso, ¿verdad? —preguntó María.

—No —aseguró Teo.

—¡Qué bien!

María metió trocitos de comida en la boca de Teo hasta que él ya no pudo comer más.

Se pusieron a hablar de películas y luego de las historias que Celia contaba a Teo sobre los peligros que acechaban al caer la noche. Teo se había dado cuenta de que las heridas casi no le dolían si se quedaba completamente quieto. María iba dando botes sobre la cama y a veces le hacía daño, pero él no se atrevía a reñirla, por si se enfadaba y se iba.

—Celia pone amuletos sobre las puertas para que no entren monstruos —dijo Teo a María.

—¿Y sirven?

—Claro. Tampoco dejan que entren los muertos que no quieren quedarse en sus tumbas.

—Pues aquí no hay amuletos —observó María, asustada.

A Teo también se le había pasado esa idea por la cabeza, pero no quería que ella se fuera.

En la Casa Grande no hacen falta amuletos —explicó Teo—. Está llena de gente y a los monstruos no les gusta estar donde hay demasiada gente.

El entusiasmo de Teo se desbordaba ante el interés de María. El niño hablaba febrilmente, sin poder parar, y le castañeteaban los dientes de puro nerviosismo. Nunca le habían prestado tanta atención en su vida. Celia hacía esfuerzos por escucharlo, pero solía estar demasiado cansada. En cambio, María estaba pendiente de sus palabras como si su vida dependiera de ellas.

—¿Has oído hablar del chupacabras? —siguió hablando Teo.

—¿Qué es el... chupacabras? —preguntó María. El tono de su voz era más agudo y entrecortado.

—Pues eso, un monstruo que chupa cabras.

—Debe dar mucho miedo —dijo María, acercándose a él.

—Mucho. Tiene pinchos por toda la espalda y garras y dientes amarillos... ¡y chupa la sangre!

—¡Anda ya!

—Celia dice que tiene cara de persona, pero los ojos son negros por dentro, como agujeros —agregó Teo.

—¡Puaj!

—Lo que más le gustan son las cabras, pero también come vacas y caballos. Y también niños, si tiene mucha hambre.

María se había pegado a él. Lo rodeó con los brazos y él apretó los dientes para no estremecerse de dolor. Notó que ella tenía las manos congeladas.

—Celia me dijo que el chupacabras se comió todas las gallinas de un corral el mes pasado —dijo Teo.

—Ya me acuerdo. Steven dijo que las robaron unos ilegales.

—Eso es lo que nos dijeron para que no nos fuéramos corriendo muertos de miedo —dijo Teo, repitiendo las mismas palabras que había oído decir a Celia—. Pero en realidad encontraron las gallinas en el desierto sin que les quedara una gota de sangre. Estaban secas como pieles de melones.

Teo tenía miedo de Steven y Emilia, pero con María no pasaba lo mismo. Era igual de pequeña que él y no lo hacía sentir mal. ¿Cómo le había llamado Rosa? Un «clon piojoso». Teo no tenía ni idea de qué era eso, pero cuando lo insultaban se daba cuenta. Rosa lo odiaba, igual que el hombre gritón y el médico. Hasta los dos niños mayores habían cambiado de actitud. Teo quería preguntarle a María qué era un clon, pero tenía miedo de que ella también lo odiase si se lo recordaba.

Entretanto, había descubierto el fabuloso efecto que conseguía repitiendo las historias que Celia le había contado. A él le habían fascinado, y ahora impresionaban tanto a María que estaba completamente pegada a él.

—El chupacabras no es el único monstruo que hay —dijo Teo, con aires de importancia—. La Llorona también sale de noche.

María musitó algo. Tenía la cara apretada contra la camisa de él, y no se entendía lo que decía.

—La Llorona ahogó a sus hijos porque se enfadó con su novio. Y luego se arrepintió tanto que se tiró al agua y se ahogó también —narró Teo—. Se fue al cielo y San Pedro le gritó: «¡Mala mujer! Aquí no puedes entrar sin tus hijos». Luego bajó al infierno, pero el diablo le cerró la puerta en las narices. Ahora tiene que andar sola de noche, sin poder descansar, sin poder dormir. Y grita: «¡Uuuuuuh! ¡Uuuuuuh! ¿Dónde están mis niños?». Se la oye cuando hay viento. Se acerca a las ventanas y dice: «¡Uuuuuuh! ¡Uuuuuuh! ¿Dónde están mis niños?». Y araña los cristales con sus uñas largas...

—¡Para ya! —chilló María—. ¡Te he dicho que pares! ¿Nunca haces caso de lo que te dicen?

Teo dejó de hablar. ¿Por qué le salía mal esa historia? La estaba contando igual que Celia.

47

—¡La Llorona no existe! ¡Te la has inventado!

—¡No! ¡Es verdad!

—¡Pues, si es verdad, no quiero saberlo!

Teo tocó la cara de María.

—¡Estás llorando!

—¡No es verdad, so zonzo! Es que no me gustan los cuentos feos.

Teo sintió pánico. No había querido asustar a María hasta ese punto.

—Lo siento —dijo.

—Más te vale —masculló ella, secándose la nariz.

—No hay nada que pueda pasar por esas rejas de hierro —afirmó Teo—. Y hay un montón de gente en la casa.

—Pero en los pasillos no hay nadie —repuso ella—. Si salgo, me cogerán los monstruos.

—A lo mejor no.

—¡Mira qué bien! ¡A lo mejor no! Cuando Emilia se dé cuenta de que no estoy durmiendo, lo voy a pasar mal. Se lo dirá a papá, y él me hará repasar las tablas de multiplicar horas y horas. ¡Y todo por tu culpa!

Teo no sabía qué decir.

—Tendré que quedarme aquí hasta mañana —siguió diciendo ella—. Pero lo voy a pasar mal igualmente. Al menos, aquí no me comerá el chupacabras. Hazme un sitio.

Teo trató de hacerse a un lado. La cama era muy estrecha y las heridas le dolían cada vez que se movía, aunque fuera unos centímetros. Las manos y los pies le palpitaron de dolor cuando se agarró al borde de la cama.

—Eres un egoísta —se quejó María—. ¿No hay mantas?

—No —contestó Teo.

—¡Ya sé!

María saltó de la cama y se puso a recoger los periódicos que Rosa había esparcido por el suelo.

—No hace falta que nos tapemos —objetó Teo cuando ella empezó a colocarlos encima de la cama.

—Así me siento más segura —dijo María mientras se arrebujaba entre los papeles—. No está tan mal. Yo siempre duermo con mi perro. ¿Seguro que no me vas a morder?

—¡Claro que no! —insistió Teo.

—Mejor —dijo ella, arrimándose a él.

La cabeza de Teo bullía al pensar en el castigo que recibiría María por haberle traído comida. No sabía lo que eran las tablas de multiplicar, pero seguro que era algo espantoso.

Habían pasado muchas cosas en muy poco tiempo y Teo no comprendía ni la mitad de lo que había sucedido. ¿Por qué lo habían arrojado a la explanada cuando al principio todos estaban tan ansiosos por ayudarle? ¿Por qué el hombre gritón lo había llamado «monstruo»? ¿Por qué Emilia había dicho a María que él era un «animal malo»?

Tenía algo que ver con lo de ser un clon y, tal vez, también con lo que tenía escrito en el pie. Teo preguntó una vez a Celia qué querían decir esas palabras y ella le contestó que se las ponían a los bebés para que no se perdiesen. Él dio por sentado que todo el mundo llevaba un tatuaje como el suyo. A juzgar por la reacción de Steven, eso no era así.

María se agitó con un suspiro y estiró los brazos fuera de la cama. Los periódicos cayeron inmediatamente al suelo. Teo tuvo que apartarse de golpe al otro lado de la cama para no recibir una patada. Parecía que María estaba teniendo una pesadilla. Repetía: «Mamá, mamá». Teo quiso despertarla, pero ella le dio un golpe con el puño.

Cuando apareció la primera luz azulada del amanecer, Teo

se obligó a levantarse. El dolor en los pies le hizo reprimir un grito. Era peor que al acostarse.

Se apoyó en el suelo sobre las manos y las rodillas y se movió tan silenciosamente como pudo, empujando el barreño consigo. Cuando llegó al extremo de la cama donde creía que María no lo veía, intentó hacer pis sin hacer ruido. María levantó la cabeza. Al oír el ruido, Teo dio un brinco y el barreño se volcó, así que tuvo que recoger unos cuantos papeles de periódico para secarlo todo. Luego le dolieron tanto las manos y los pies que tuvo que apoyarse en la pared con la espalda para reponerse.

—¡Niña mala! —gritó Rosa mientras entraba en la habitación de un portazo. La seguían una bandada de criadas, estirando el cuello para ver qué pasaba dentro—. ¡Hemos puesto la casa patas arriba buscándote! Y tú, mientras, aquí escondida con este clon piojoso. ¡Esta vez te la has ganado! Te van a mandar ya mismo de vuelta a casa.

María se sentó en la cama, parpadeando por la repentina luz que había entrado por la puerta. Rosa la sacó de la cama de un tirón y arrugó la nariz al ver a Teo, que se encogía de miedo contra la pared.

—Ya veo que al final este animal no estaba adiestrado —gruñó, mientras apartaba a patadas los papeles empapados—. La verdad, no entiendo cómo Celia ha podido aguantar tantos años.

5

ENCERRADO

Aquella noche, cuando Rosa le trajo la cena, Teo le preguntó cuándo iba a volver María.

—¡Nunca! —gruñó la criada—. La han mandado de vuelta a casa con su hermana y, por mí, ¡que no vuelvan! Como su padre es senador, las niñas Mendoza se creen con el derecho de mirarnos por encima del hombro. ¡Bah! El senador Mendoza no es tan orgulloso como para no alargar la mano cuando el Patrón reparte dinero.

El médico visitaba a Teo cada día. El niño lo rehuía, pero el hombre no parecía darse cuenta. Indiferente, cogía el pie de Teo, lo empapaba en desinfectante y examinaba los puntos. En una ocasión le dio una inyección de antibióticos porque la herida se había hinchado y Teo empezaba a tener fiebre. El médico no hacía intento alguno de conversar con él, y Teo lo prefería así.

Con quien sí hablaba el médico era con Rosa. Parecía que les gustaba estar juntos. El médico era alto y huesudo. A ambos lados de la cabeza tenía mechones de pelo parecidos a la pelusa del trasero de un pato y salpicaba saliva al hablar. Rosa era también alta y muy fuerte, como Teo había podido comprobar cuando intentó escapar de ella. Su cara había adoptado una expresión permanente de enfado, aunque algunas veces sonreía cuando el médico le contaba uno de sus chistes malos. A Teo, Rosa le asustaba tanto cuando sonreía como cuando ponía cara de pocos amigos.

—El Patrón lleva años sin preguntar por el monstruo —comentó el médico.

Teo se había dado cuenta de que se referían a él cuando hablaban de «el monstruo».

—Se habrá olvidado de que existe —masculló Rosa.

La mujer estaba ocupada limpiando los rincones de la habitación. Estaba apoyada con las manos y las rodillas en el suelo y tenía un cubo de agua jabonosa al lado.

—Ojalá lo pudiera dar por hecho —dijo el médico—. Hay veces que el Patrón parece haberse vuelto senil del todo—. Se pasa días sin hablar, contemplando la ventana con la mirada perdida, pero otras veces sigue siendo tan astuto como el rufián que fue en el pasado.

—Sigue siendo un rufián —apuntó Rosa.

—No debes decir eso, ni siquiera a mí. Es mejor no saber hasta dónde puede llegar la ira del Patrón.

Teo tuvo la impresión de que la criada y el doctor temblaban ligeramente. Se preguntó por qué era tan temible el Patrón, si estaba tan viejo y débil. Sabía que él era el clon del Patrón, pero el significado de esa palabra se le escapaba. Tal vez el Patrón se lo había dejado prestado a Celia y un día querría recuperarlo.

A Teo se le llenaron los ojos de lágrimas al acordarse de Celia, pero se las tragó. No quería mostrar debilidad ante sus torturadores. Sabía por instinto que la utilizarían para hacerle más daño todavía.

—Te has puesto perfume, Rosa —dijo el médico con picardía.

—¡Ja! ¿Crees que me podría algo solo para complacerte, Willum?

La criada se puso en pie y se secó en el delantal las manos enjabonadas.

—Creo que te lo has puesto detrás de las orejas.

—Es el desinfectante que utilizo para limpiar el cuarto de baño —dijo Rosa—. A un médico puede parecerle agradable ese olor.

—Así es, mi pequeña y arisca Rosa.

Willum intentó cogerla, pero ella se le escurrió entre los brazos.

—¡Déjame! —gritó, apartándolo con brusquedad.

Pese a la hostilidad que mostraba ella, al doctor parecía gustarle. Eso hacía sentir inseguro a Teo. Era como si los dos unieran fuerzas contra él.

Cuando salían de la habitación, Rosa siempre cerraba la puerta con llave. Teo tiraba del pomo cada vez por si ella se olvidaba, pero la puerta siempre estaba cerrada. Tiró de las rejas de la ventana, que estaban clavadas con tanta fuerza como siempre. Se sentó en el suelo, desconsolado.

Teo hubiera deseado al menos ver algo interesante por la ventana. Un trozo de muro tapaba la mayor parte de lo que había detrás, aunque podía ver un prado verde y flores de un rosa vivo por una rendija, lo justo para que le entraran ganas de ver más. Una estrecha franja de cielo dejaba pasar la luz durante el día y mostraba algunas estrellas durante la noche. Teo estaba atento por si oía voces, pero era en vano.

La piel de la llaga había formado una cicatriz en el hueco del pie. Teo inspeccionaba a menudo el tatuaje: «PROPIEDAD DE LA FAMILIA ALACRÁN». La cicatriz cruzaba el minúsculo tatuaje y las letras eran más difíciles de leer.

Un día surgió una terrible discusión entre Rosa y el médico.

—El Patrón quiere que esté con él. Volveré una vez al mes —dijo él.

—Eso es una excusa para no verme —respondió Rosa.

—¡Es mi trabajo, estúpida!

—¡No me llames estúpida! —gruñó ella—. Sé de sobra cuándo me miente un coyote.

—No tengo más remedio —dijo Willum secamente.

—Entonces, ¿por qué no me llevas contigo? Podría ser el ama de llaves.

—El Patrón no necesita ama de llaves.

—Ah, ¿no? ¡Qué casualidad! Escúchame bien: trabajar aquí es horrible —bramó ella—. Los demás criados se ríen de mí. «Ahora cuida del monstruo», dicen. «No vale más que él.» Me tratan como a un gusano.

—Exageras.

—¡No exagero! Quiero ir contigo, Willum. ¡Por favor! ¡Te quiero! ¡Haría cualquier cosa por ti!

El médico se quitó de encima los brazos de ella.

—Estás histérica. Te daré unas pastillas y ya nos veremos el mes que viene.

Tan pronto como se cerró la puerta, Rosa arrojó el cubo a la pared y maldijo al médico y a todos sus antepasados. Tenía toda la cara blanca de ira a excepción de dos manchones rojos en las mejillas. Teo nunca había visto a nadie tan enfadado, y eso le daba mucho miedo.

—¡Tú tienes la culpa de todo! —aulló Rosa, tirando al niño del pelo.

—¡Ay! ¡Ay! —gritó Teo.

—Gimotear no te va a servir de nada, animal inútil. Nadie te va a oír. Toda esta parte de la casa está vacía porque tú estás en ella. ¡Ni siquiera dejarían entrar a los cerdos!

Rosa acercó su cara a la de él. Los pómulos le sobresalían bajo la piel tirante. Tenía los ojos abiertos de par en par y Teo podía ver el blanco que rodeaba todo el ojo. La mujer parecía uno de los demonios que salían en un cómic que Celia le había traído de la iglesia.

—Podría matarte si quisiera —dijo Rosa en voz baja—. Podría enterrarte bajo el suelo. Puede que lo haga...

La criada lo dejó caer al suelo. El niño se frotó la cabeza por donde ella le había tirado del pelo.

—Y puede que no lo haga —prosiguió ella—. No lo sabrás hasta que sea demasiado tarde. Pero será mejor que te metas una cosa en la cabeza: ahora soy tu dueña, y si me haces enfadar... ¡cuidado!

Rosa se fue dando un portazo. Teo se quedó unos minutos paralizado en el suelo. Tenía el corazón desbocado y el cuerpo empapado en sudor. ¿Qué habría querido decir con eso? ¿Qué más podría hacerle? Al cabo de un rato, dejó de temblar y su respiración volvió al ritmo normal. Trató de abrir la puerta, pero ni la ira hacía que Rosa se olvidara de cerrarla con llave. Se acercó renqueando a la ventana y se puso a mirar la luminosa franja de hierba y flores que se veía tras el muro.

Aquella noche, dos jardineros, que no se dignaron mirar a Teo, se llevaron la cama. Rosa lo observaba con mirada de amarga satisfacción. La criada decidió llevarse también el barreño para las necesidades que Teo se había visto obligado a utilizar desde que llegó.

—Puedes hacerlo en el rincón, sobre los periódicos —dijo Rosa—. Es lo que hacen los perros.

Teo tuvo que echarse sobre el suelo de cemento, sin sábanas y, naturalmente, sin almohada. Dormía mal y por la mañana el cuerpo le dolía como una muela. Cuando tenía que usar los periódicos del rincón, se sentía sucio y avergonzado. ¿Cuánto podría durar aquello?

Rosa se limitaba a dejar caer la bandeja del desayuno y después se iba. Ni siquiera lo reñía. Al principio, Teo se sintió aliviado pero, al cabo de un tiempo, empezó a sentirse mal. Hasta las reprimendas eran mejor que el silencio. En casa, tenía al oso, al perro de peluche y a Peter Rabbit por compañía. No hablaban, pero los podía abrazar. ¿Dónde estarían ahora? ¿Los habría tirado Celia porque sabía que él ya no volvería?

Teo comía y lloraba al mismo tiempo. Las lágrimas le resbalaban hasta la boca y caían sobre la tostada que le había traído Rosa. De desayuno había pan tostado, copos de avena, huevos revueltos con chorizo, una taza de plástico con zumo de naranja y una tira de beicon frío. Al menos no se proponía dejarlo morir de hambre.

Por la noche, Rosa le traía un estofado soso con caldo gris cemento. No le daba cubiertos y Teo tenía que meter la cara en el plato como un perro. Con el estofado le traía calabacín hervido, una manzana y una botella de agua. Comía porque tenía hambre, pero no soportaba la comida porque le recordaba lo maravillosamente que cocinaba Celia.

Pasaron los días. Rosa nunca le hablaba. Era como si hubiesen bajado una persiana sobre su cara. Nunca miraba a Teo a los ojos ni le contestaba cuando él le preguntaba algo. El silencio de la criada sacaba a Teo de quicio. Se ponía a hablar frenéticamente en cuanto ella entraba, pero ella no le hacía más caso del que le hubiera hecho un oso de peluche.

Entretanto, el olor de la habitación había llegado a ser insoportable. Rosa limpiaba el rincón todos los días, pero el olor se había pegado al cemento. Teo llegó a acostumbrarse, pero Rosa no. Un día, explotó en un nuevo ataque de ira.

—¿No es suficiente que tenga que servirte? —gritó Rosa mientras retrocedía hacia la ventana—. ¡Preferiría limpiar un corral! ¡Al menos, las gallinas tienen una utilidad! ¿Para qué sirves tú?

En ese momento, una idea pareció cruzar su mente. Se detuvo a media perorata y dirigió a Teo una mirada tan perversa, que él se quedó helado hasta los pies. ¿Qué estaría tramando ahora?

Los huraños jardineros volvieron y construyeron una barrera no muy alta en el marco de la puerta. Teo los miraba interesado. La barrera le llegaba a la cintura: no era tan alta como para no dejarle salir, pero sí lo suficiente como para retrasarlo si intentaba escapar. Rosa, de pie en el pasillo, observaba y criticaba. Los jardineros dijeron unas palabras que Teo nunca había oído y a Rosa se le puso la cara roja de ira, aunque se quedó callada.

Cuando la barrera ya estuvo terminada, Rosa sacó a Teo al pasillo y lo sujetó con fuerza. El niño miró ansioso a su alrededor. El pasillo era triste y silencioso, no mucho más interesante que la habitación, pero agradeció el cambio.

Entonces, sucedió algo tan sorprendente que dejó a Teo con la boca abierta. Los jardineros empezaron a trajinar por el pasillo carretillas llenas hasta arriba de serrín. Una tras otra, las fueron vaciando en la habitación. Iban y venían con más carretillas hasta que el serrín del suelo llegó a la altura de la barrera construida en la puerta.

Rosa levantó a Teo del suelo repentinamente y lo arrojó al interior de la habitación. El niño cayó al suelo con un golpe amortiguado y se sentó tosiendo.

—Así es como viven los animales sucios —dijo ella, antes de cerrar la puerta de un portazo.

Teo estaba tan asombrado que no sabía qué pensar. Todo el suelo de la habitación estaba cubierto del polvo pardusco. Era blando y podría dormir sobre él como si fuera una cama. Anduvo por el serrín preguntándose por qué aquello había entrado de pronto en su mundo. Al menos, era una novedad.

Construía túneles, amontonaba las virutas y tiraba el serrín al aire para verlo caer en una nube de humo. Se entretuvo un buen rato de este modo, hasta que poco a poco, se le acabaron las cosas que podía hacer con el serrín.

Rosa le trajo comida al atardecer sin dirigirle ni una sola palabra. Teo comió despacio, contemplando la pequeña luz amarilla que pertenecía a la Virgen y escuchando los sonidos lejanos que venían del resto de la casa.

—¿Se puede saber qué es lo que has hecho, por el amor de Dios? —gritó el médico cuando vio el nuevo hábitat de Teo.

—Un lecho de serrín para el animal —dijo Rosa.

—¿Te has vuelto loca?

—No es asunto tuyo.

—Pues claro que lo es, Rosa —dijo el médico. Trató de cogerla de la mano, pero ella lo apartó de sí—. Y también es asunto mío la salud de este clon. Por Dios, ¿sabes lo que pasaría si muriera?

—Solo te preocupa lo que te pasaría a ti. Pero no pierdas el sueño por esto, Willum. Yo crecí en una granja avícola, y un lecho de paja o arena es la mejor forma de que las gallinas se mantengan sanas. Las dejas allí sueltas y la porquería se queda en el fondo. Así no se les infectan los pies.

Willum rió con ganas.

—Tienes cosas muy raras, Rosa, pero tengo que admitir que el monstruo se encuentra en un estado excelente. Cuando vivía en casa de Celia, hablaba, pero ahora no dice ni palabra.

—Es un animal arisco y dañino —dijo ella.

El doctor suspiró.

—Todos los clones son así al fin y al cabo. Yo había creído que este era más despierto que la mayoría.

Teo no decía nada, agazapado en un rincón, lo más lejos posible de los dos. Los largos días pasados en soledad en casa de Celia le habían enseñado a permanecer en silencio, y llamar la atención de Rosa o del médico, aunque fuera mínimamente, le podía acarrear sufrimiento.

Los días pasaban con una lentitud insufrible, seguidos de noches de desasosiego. Teo apenas veía nada por la ventana enrejada. Las flores rosa se marchitaron. La franja de cielo era azul de día y negra de noche. Él soñaba con la casita, con Celia, con prados de un verde tan intenso que le hacían llorar al despertarse.

Y, poco a poco, empezó a pensar que Celia se había olvidado de él, que nunca vendría a sacarlo de esa prisión. Esa idea le hacía tanto daño, que la desterró de su mente. Se negaba a pensar en Celia y, cuando lo hacía, pensaba rápidamente en otra cosa para quitarse de encima la imagen de ella. Al cabo de un tiempo, se olvidó de su aspecto, excepto en sueños.

Mientras, Teo seguía luchando contra el tedio que amenazaba con invadirlo. Escondía comida bajo el serrín, no para comérsela después sino para atraer a insectos. La ventana no tenía cristales y las rejas podían dejar pasar a todo tipo de animales pequeños.

Primero atrajo a avispas con un corazón de manzana. Luego logró atraer a una magnífica y zumbante mosca hacia un trozo de carne podrida. Se posó en la carne como si la hubieran invitado a una cena y se frotaba las patas peludas mientras se deleitaba comiendo. Más tarde, descubrió una serpenteante masa de gusanos que vivían en la carne. Los estuvo observando a medida que crecían hasta que se convirtieron en moscas zumbantes. A Teo, todo aquello le parecía enormemente interesante.

Los escarabajos eran un tema aparte. Mientras pequeñas y marrones cucarachas maniobraban por el serrín, recios escarabajos gigantes cruzaban el aire y hacían gritar a Rosa:

—¡Eres un monstruo! ¡No me sorprendería que también te los comieras!

Sí señor, los bichos permitían divertirse de muchas maneras.

Un mágico día, una paloma consiguió colarse por entre las rejas de la ventana y se puso a hurgar en el serrín. Teo se quedó completamente inmóvil, hechizado por la belleza del pájaro. Cuando se fue volando, dejó tras de sí una pluma gris perla, que Teo ocultó a Rosa. Daba por sentado que ella destruiría cualquier cosa que fuera bonita.

Cantó para sí mismo (bajito, para que Rosa no pudiera oírlo) una de las canciones de cuna de Celia: «Buenos días, paloma blanca. Hoy te vengo a saludar». Celia decía que era una canción para la Virgen. A Teo se le ocurrió que esta paloma venía de parte de la Virgen y que esa pluma quería decir que ella cuidaría de él allí como lo había hecho en la casita.

Un día, oyó pasos fuera. Se asomó y vio una cara nueva al otro lado de las rejas. Era un niño algo mayor que él, con pecas y el pelo rojo e hirsuto.

—Eres feo —dijo—. Pareces un cerdo en una pocilga.

Teo quiso responder, pero el hábito de guardar silencio había arraigado demasiado en él. Todo lo que pudo hacer fue mirar al recién llegado de arriba abajo. En una zona difusa de la memoria podía recordar a un niño llamado Tom, que era malo.

—Haz algo —dijo Tom—. Escarba un poco. Ráscate la colita de cerdo contra la pared. Para que pueda contárselo luego a María.

Teo dio un respingo. Recordaba a una niñita alegre y morena, que se preocupaba por él y que fue castigada por traerle comida. Había vuelto, pues. Y no había ido a verlo.

—No te lo esperabas, ¿eh? Ya verás cuando le diga a tu novia lo guapo que estás ahora. Hueles a estiércol.

Teo jugueteó distraídamente bajo el serrín y encontró algo que guardaba para los gusanos. Era una naranja entera. Al principio había sido verde, pero el tiempo la había teñido de azul y la había ablandado mucho. El interior estaba repleto de gusanos, y sus cuerpos serpenteantes distrajeron la atención de Teo. Tanteó la naranja con los dedos. La fruta mantenía su forma... a duras penas.

—Ya no me acordaba. Eres demasiado tonto como para hablar. Eres un clon estúpido que se hace pis encima y se ensucia los pies de vómitos. A lo mejor me entenderás si hablo tu idioma.

Tom metió la cara entre las rejas y se puso a gruñir. En ese mismo instante, Teo le arrojó la naranja. Tenía una puntería excelente porque se había pasado días afinándola lanzando frutas contra objetos.

61

La naranja podrida le reventó a Tom en plena cara. El niño retrocedió de un salto, gritando.

—¡Se mueve! ¡Se mueve! —La pulpa le manchaba toda la cara hasta la barbilla y los gusanos, revolviéndose, se le metían por el cuello de la camisa—. ¡Me las pagarás! —aulló, mientras se alejaba corriendo.

Teo se sentía plenamente en paz. La habitación podía ser un desierto monótono para Rosa, pero para él era todo un reino lleno de tesoros ocultos. El serrín escondía, en lugares que él conocía perfectamente, cáscaras, semillas, huesos, frutas y cartílagos. Él apreciaba especialmente los cartílagos. Podía estirarlos, doblarlos, ponerlos al trasluz e incluso chuparlos si no estaban demasiado estropeados. Los huesos eran sus muñecas. Les hacía correr aventuras y hablaba con ellos.

Teo cerró los ojos. Le hubiera gustado encerrar a Rosa y al médico. Los alimentaría a base de leche agria y naranjas con gusanos. Le suplicarían que los soltara, pero él no lo haría. Jamás.

Cogió la pluma de paloma del suelo y examinó sus colores sedosos. Normalmente, la pluma lo reconfortaba, pero ahora lo inquietaba. Celia decía que la Virgen amaba a todos los que eran buenos y amables. No le hubiera parecido bien que lanzara una naranja podrida a la cara de Tom aunque se lo mereciera. Si la Virgen miraba dentro de Teo, vería los malos pensamientos sobre Rosa y el médico y se pondría triste.

Teo se dio cuenta de que él también estaba triste. «En realidad no les habría hecho daño», pensó, para que la Virgen lo supiera. Aun así, no podía evitar sentir una agradable satisfacción por haberle pegado el naranjazo a Tom.

Pero, como Celia le dijo una vez, una persona inteligente nunca escupe contra el viento. Si le arrojas a alguien una naranja podrida a la cara, lo más seguro es que la naranja te caiga encima tarde o temprano. En menos de una hora, Tom volvió con un tirachinas. Teo solo llevaba puestos unos pantalones cortos, y no tenía protección contra las piedras que le lanzaba. Al principio trató de esquivarlas, pero en la estrecha y pequeña habitación no tenía dónde esconderse. Finalmente, Teo se quedó en un rincón cubriéndose la cara con los brazos.

Instintivamente supuso que, si no reaccionaba, Tom acabaría perdiendo el interés, pero tuvo que esperar mucho. No parecía que al niño se le fueran a terminar las piedras, pero al final dirigió unos cuantos insultos a Teo y se fue.

Teo esperó un buen rato para asegurarse. Podía llegar a tener mucha paciencia. Pensó en Peter Rabbit, que había entrado a explorar el jardín de Mr. McGregor y había perdido toda la ropa. Teo también había perdido toda la ropa menos los pantalones. Rosa decía que la estropearía si se la ponía.

Por fin, se levantó y vio que su reino estaba patas arriba. Al correr de un lado para otro había destrozado las marcas que le indicaban dónde estaba todo enterrado. Con un suspiro, se abrió paso entre el serrín, buscando sus tesoros por debajo. Alisó la superficie con los dedos y volvió a moldear las líneas y los huecos que marcaban todos los escondites. Era como cuando Celia movía los muebles para pasar el aspirador por las alfombras y luego los volvía a colocar en su sitio.

Cuando hubo terminado, Teo se sentó en su rincón y esperó a que Rosa le trajera la cena. Pero antes sucedió algo inesperado e increíble.

—¡Hijo mío! ¡Hijo mío! —gritaba Celia al otro lado de la

ventana—. ¡No sabía que estuvieras aquí! ¡Ay, Dios! Me dijeron que estabas con el Patrón. ¡No lo sabía!

Celia sostenía a María sobre el brazo para que mirara por la ventana.

—Está distinto —dijo María.

—Le han hecho pasar hambre. ¡Qué animales! ¡Y le han quitado la ropa! Ven aquí, cielito. Quiero tocarte. —Celia hizo pasar su gruesa mano por entre las rejas—. Deja que te vea, mi vida. No puedo creerme lo que ha pasado.

Pero Teo no hacía otra cosa que quedarse mirando fijamente. Quería irse. Era todo lo que había estado soñando, pero ahora que estaba pasando de verdad, no se podía mover. Era demasiado bueno para ser cierto. Si dejaba de contenerse y corría hacia Celia, algo malo iba a ocurrir. Celia se convertiría en Rosa y María se convertiría en Tom. No podría soportar la desilusión.

—Oye, zonzo, voy a meterme en un lío por haber venido —dijo María.

—¿No tienes fuerzas para levantarte? —gritó Celia de pronto—. ¡Ay, Dios mío! ¿Te han roto las piernas? ¡Di algo al menos! ¿No te habrán cortado la lengua?

Celia empezó a gemir de dolor como la Llorona. Alargó la mano a través de las rejas. Su desconsuelo estaba destrozando a Teo, pero él seguía sin poder moverse ni hablar.

—¡Me haces daño! —se quejó María, apretada entre los brazos de Celia.

La mujer la puso en el suelo y María se puso de puntillas para poder mirar por la ventana.

—Mi perro, Bolita, estaba así cuando lo encerraron en la perrera. Yo lloré y lloré hasta que papá lo trajo otra vez a casa. Bolita no quiso comer ni mirarme durante todo el día, pero al final se le pasó. Seguro que a Teo le pasará lo mismo.

64

—La verdad se deja oír por boca de los niños pequeños —dijo Celia.

—¡Yo no soy una niña pequeña!

—Claro que no, cielito. Pero gracias a ti me he acordado de que lo más importante es sacar a Teo de aquí —dijo Celia, acariciando el pelo a María—. Ya nos preocuparemos luego de lo demás. Si te doy una carta, ¿no se lo dirás a nadie? ¡Y menos a Tom!

—¡Claro! —dijo María.

—Me da rabia hacer esto —dijo Celia, hablando medio para sí—. Me da muchísima rabia, pero solo hay una persona que pueda liberar a Teo. María, tienes que llevar esta carta a tu papá. Él sabrá adónde mandarla.

—¡Vale! —dijo la niña alegremente—. ¡Oye, Teo! Celia va a poner chiles en el chocolate de Tom, pero no se lo digas a nadie.

—¡Y tú tampoco! —dijo Celia.

—Vale.

—No tengas miedo —dijo la mujer a Teo antes de irse—. Tengo más trucos en la chistera que pulgas tiene el viejo coyote. ¡Te sacaré de aquí, mi amor!

Teo se alegraba de veras de que se hubieran ido. Eran una intrusión indeseada en el mundo ordenado que había creado. Ya podía olvidarse de ellas y reanudar la contemplación de su reino. La superficie del serrín estaba alisada y los tesoros seguían escondidos debajo de marcas que solo él, el rey, podía interpretar. En su deambular, una abeja entró en la habitación y se volvió a ir al no encontrar nada. Una araña reparaba su tela en lo alto, cerca del techo. Teo recogió la pluma de paloma y perdió el mundo de vista admirando su sedosa perfección.

MADUREZ
(DE 7 A 11 AÑOS)

6

EL PATRÓN

—¡Levántate! ¡Levántate! —gritó Rosa.

Teo estaba durmiendo en un hueco que su propio cuerpo había formado en la superficie del serrín. Mientras dormía, se había ido hundiendo hasta quedar cubierto casi enteramente por las virutas. Se sobresaltó al despertarse tan repentinamente y le entró serrín en la nariz. La tos y las arcadas le hicieron retorcerse de dolor.

—¡Levántate ya! ¡Me tienes harta! Tengo que lavarte, vestirte y ya no sé qué más. ¡No me das más que problemas!

Rosa le tiró del pelo para que se levantara y lo arrastró fuera de la habitación.

Llevado a empellones, Teo atravesó pasillos sombríos y puertas que daban paso a salas tan estrechas como poco alegres. Una criada que fregaba el suelo con un gran cepillo les dirigió una mirada amarga mientras pasaban apresuradamente a su lado.

Rosa lo hizo entrar de un empujón a un cuarto de baño lleno de vapor. Dentro le esperaba una bañera enmohecida que ya estaba llena de agua hasta arriba. Rosa le arrancó los pantalones a Teo y, antes de que el niño supiera qué estaba pasando, lo metió de golpe en la bañera.

Era la primera vez que se bañaba desde que lo encerraron. Teo sintió que se empapaba de agua como una esponja seca hasta no poder moverse de tan lleno. Sentía el calor reconfortante en su piel irritada y reseca.

—¡Siéntate! ¡No tengo todo el día! —rugió Rosa, poniéndose manos a la obra con un cepillo casi tan grande como el de la criada.

Rosa lo restregó hasta dejarle la piel rosa, lo secó con una toalla grande y mullida y trató de pasarle un cepillo por el pelo enredado. Exasperada al no conseguir desenredarlo, cogió unas tijeras y le cortó todo el pelo.

—Si lo quieren limpito, lo tendrán limpito —masculló.

Metió a Teo en una camisa de manga larga y unos pantalones y le dio un par de sandalias de goma para que se las pusiera.

Al poco rato, fue llevado a toda prisa a otra ala de la casa a través de un patio. Las piernas le dolían del esfuerzo de andar. A medio cruzar el patio, sus pies tropezaron al no estar acostumbrados a las sandalias y chocó con Rosa. La mujer aprovechó la pausa para aleccionarlo:

—El médico te espera. Y también miembros importantes de la familia. Quieren comprobar que estás sano. Si te hacen preguntas, no contestes. Y, sobre todo, no les digas nada sobre mí. —Rosa acercó su cara a la de Teo y le susurró—: Luego te quedarás solo conmigo en esa pequeña habitación. Si me das problemas, te juro que te mataré y te enterraré bajo el suelo.

A Teo no le costó ningún esfuerzo creerla. Obligó a sus piernas temblorosas a seguirla a una parte de la casa tan distinta de su antigua prisión como el sol de una vela. Las paredes estaban pintadas de colores pastel: crema, rosa y verde. Era una parte tan luminosa y alegre que Teo se animó pese a las duras amenazas de Rosa. El suelo encerado relucía tanto que tenía la sensación de andar sobre el agua.

Las ventanas daban a jardines con surtidores que borboteaban y centelleaban al sol. Un pájaro exótico de cola verde paseaba grácilmente por un caminito. Teo quería detenerse, pero Rosa lo apremió de un empujón, sin dejar de maldecir en voz baja.

Por fin llegaron a una amplia sala con una gran alfombra tejida formando pájaros y enredaderas. Teo quería agacharse y tocar las figuras.

—Levántate —susurró Rosa entre dientes.

Teo vio unas ventanas enmarcadas por cortinas azules que iban del techo al suelo. Sobre una mesita habían dejado una tetera, tazas y una bandeja de plata con galletas caseras. Junto a la mesita había un sillón con flores estampadas. A Teo se le hizo la boca agua al recordar el sabor de las galletas.

—Acércate, muchacho —dijo una voz muy, muy vieja.

Rosa se sobresaltó. Su mano cayó del hombro de Teo.

—Es el Patrón —susurró.

Teo vio que en el sillón que creía vacío había en realidad un hombre. Era extremadamente delgado y con un pelo blanco y bien peinado que le llegaba a los hombros. Su cara estaba tan marcada y arrugada que apenas parecía real. Vestía un batín y tenía las rodillas cubiertas por una manta. Era la manta lo que había dado a Teo la impresión de que el anciano era parte del sillón.

—Todo va bien —dijo Celia tras él.

Teo se dio la vuelta bruscamente y la vio en la entrada. El

corazón se le llenó de alivio al instante. Celia apartó a Rosa de Teo y cogió al niño de la mano.

—Lo ha pasado mal, mi patrón. Lo han encerrado seis meses como a un animal salvaje.

—¡No es verdad! —gruñó Rosa.

—Lo he visto con mis propios ojos. María Mendoza me lo dijo.

—¡Es una niña pequeña! ¿Quién puede fiarse de una niña pequeña?

—Yo me fío —dijo Celia pausadamente—. Hacía seis meses que María no había venido de visita. Al llegar, quiso ver a Teo, y Tom fanfarroneó con que lo había matado de un tiro. Entonces, ella vino corriendo a avisarme.

—¿Un tiro? ¿Está herido? —dijo el anciano.

—Tiene heridas de antes.

Celia describió los cortes que se hizo con el cristal roto.

—¿Por qué no me lo dijo nadie? —exigió el Patrón. La suya no era una voz potente, pero tenía un timbre que daba escalofríos a Teo aunque, por una vez, no fuera él quien estaba en un aprieto.

—Esa era la obligación del médico —protestó Rosa.

—Esa era la obligación de todos —dijo el anciano en el mismo tono frío de voz—. Quítate la camisa, muchacho.

Teo no se hubiera atrevido a desobedecerlo ni en sueños. Se desabotonó la camisa rápidamente y la dejó caer al suelo.

—¡Dios mío!

—Estas marcas se las habrá hecho Tom con su tirachinas —dijo Celia, que parecía a punto de echarse a llorar—. ¿Veis lo flaco que está? Y tiene una especie de sarpullido. En mi casa no estaba así, mi patrón.

—¡Que llamen al médico!

Al momento, como si hubiera estado esperando detrás de la puerta, Willum entró en la sala y empezó a examinar a Teo. Hizo un gesto de consternación con la cabeza como si le sorprendiera verdaderamente el estado de salud del niño.

—Sufre una ligera desnutrición —dijo el médico—. Tiene llagas en la boca. El estado de la piel se debe, en mi opinión, a la exposición a la suciedad y a una reacción alérgica al serrín.

—¿Serrín? —dijo el anciano.

—Al parecer, se lo encerró en una habitación llena de serrín para ahorrar trabajo de limpieza.

—Tú ya sabías eso, Willum —gritó Rosa—, y no me dijiste que fuera malo.

—No he sabido nada de esto hasta hoy —dijo el médico.

—¡Estás mintiendo! ¡Díselo, Willum! A ti te pareció gracioso. Dijiste que el mons... el niño gozaba de buena salud.

—Esta mujer ha perdido la noción de la realidad —dijo el médico al Patrón—. Es lamentable que un sujeto tan inestable ocupe un puesto de tanta responsabilidad.

Rosa se arrojó sobre el médico y le rastrilló la cara con las uñas antes de que él pudiera sujetarla por las muñecas. Ella pataleó y gritó, echando a Willum hacia atrás con el ímpetu de su rabia. Al ver que la mujer mostraba los dientes como un animal salvaje, Teo se preguntó intrigado si terminaría clavándoselos en el cuello al hombre. Todo le parecía irreal: la repentina aparición de Celia, el anciano, la terrible lucha entre sus dos enemigos. Era como ver la tele.

Pero, antes de que Rosa llegara a hacer nada grave, dos hombres fornidos irrumpieron por la puerta y se la llevaron a rastras.

—¡Willum! ¡Willum! —aulló ella.

73

Su voz se fue desvaneciendo a medida que la llevaban más lejos. Teo oyó cerrarse una puerta y luego no oyó nada más.

Notó que Celia lo estaba abrazando. Sintió que ella temblaba mientras lo apretaba contra su cuerpo. El doctor se limpió la cara con un pañuelo. Le sangraban una docena de arañazos. Solo el Patrón parecía tranquilo. Permanecía bien acomodado en el sillón y sus pálidos labios se elevaban en una sonrisa.

—Esto es lo más emocionante que he visto en meses —dijo.

—Lo siento, mi patrón —dijo Willum, con voz trémula—. Debe de estar muy alterado. Le miraré ahora mismo la presión sanguínea.

—Deja ya de preocuparte —dijo el Patrón, apartándolo con un gesto de fastidio—. Mi vida es demasiado tranquila últimamente. Esto ha sido de lo más... entretenido. ¿Así que te han encerrado como a un ave de corral? —añadió, dirigiéndose a Teo—. Y dime, chico, ¿has aprendido a cacarear?

Teo sonrió. El Patrón le cayó bien instintivamente. El anciano tenía un aire que le inspiraba confianza. Su color de ojos era el que tenía que tener. Teo no hubiera sabido decir por qué, pero eso es lo que pensó. La cara del Patrón le parecía extrañamente conocida, y sus manos finas y atravesadas por venas azules tenían una forma que llamaba profundamente la atención de Teo.

—Ven aquí, muchacho.

Sin dudar ni por un instante, Teo se acercó al sillón y dejó que el hombre le acariciara el pelo con una mano seca como el papel.

—¡Qué joven...! —musitó el Patrón.

—Ahora ya puedes hablar, mi vida —dijo Celia, pero Teo no se atrevía a tanto.

74

—«Mi vida.» Me gusta —dijo el anciano, riendo por lo bajo—. Me gusta tanto que hasta le voy a llamar así. ¿Habla?

—Creo que está demasiado asustado. En mi casa, hablaba por los codos. Alborotaba más que un árbol lleno de pájaros. Y sabe leer en español y en inglés. Es muy inteligente, mi patrón.

—Por supuesto. Es mi clon. Dime, mi vida, ¿te gustan las galletas caseras?

Teo asintió.

—Pues siéntate a comer. Celia, ponle otra vez la camisa y dale una silla. Tenemos mucho de que hablar.

La hora siguiente le pareció un sueño. El doctor y Celia se habían ido. El anciano y el niño, sentados uno frente al otro, comieron, además de galletas, pollo con nata, puré de patatas y compota de manzana. Una criada les trajo estos platos de la cocina. El Patrón dijo que era su comida favorita, y Teo decidió que también sería la suya.

El Patrón había dicho que tenían mucho de que hablar, pero en realidad solo habló él. Describió su juventud en Aztlán. Dijo que, cuando era niño, ese país se llamaba México. Él nació en un lugar llamado Durango.

—A la gente de Durango los llaman alacranes porque se meten en todas partes. Cuando gané mi primer millón, me puse ese nombre: Mateo Alacrán. Tú también te llamas así.

Teo sonrió, contento de tener algo en común con el Patrón.

Oyendo hablar al anciano, Teo veía con su imaginación los polvorientos campos de maíz y las montañas moradas de Durango, y también el torrente que rugía lleno de agua dos meses al año y que estaba seco como un hueso el resto del año. El Patrón iba allí a nadar con sus hermanos pero, ¡ay!, murieron de una cosa u otra antes de llegar a hacerse mayores. A las hermanas del Patrón se las llevó un tifus cuando eran así de pequeñitas. No llegaban ni a la altura de la repisa de la ventana. No, ni aunque se pusieran de puntillas.

Teo pensó en María y se preocupó. Aquellas niñas eran más pequeñas que María cuando se las llevó el tifus. Se preguntó si ese monstruo se parecería al chupacabras. De todos los hermanos, solo uno sobrevivió: Mateo Alacrán. Era flacucho como un coyote y no tenía ni un peso, pero estaba lleno de un ardiente deseo de sobrevivir.

Finalmente, la voz cesó. Teo vio entonces que el Patrón se había quedado dormido en su sillón. Él también estaba agotado. La comida le había dejado tan lleno que había pasado un buen rato medio dormido. Los mismos hombres que habían expulsado a Rosa entraron, colocaron suavemente al Patrón en una silla de ruedas y se lo llevaron fuera de la sala.

Teo pensaba inquieto en qué iba a pasar ahora con él. ¿Volvería Rosa y lo arrojaría de nuevo sobre el serrín? ¿Cumpliría su promesa de meterlo bajo tierra?

Pero fue Celia quien se lo llevó con expresión triunfante. Se fue con él a su nuevo apartamento, en la Casa Grande. Habían transportado allí todas las posesiones que tenía en la casita, por lo que a Teo no le importó mucho no volver a su hogar anterior. La Virgen reposaba, como siempre, sobre una mesita al lado de su cama. Además, una nueva corona le rodeaba el manto y Celia había colocado bajo ella un tapete con encajes como muestra de agradecimiento por haber puesto a Teo otra vez a salvo.

En general, Teo estaba contento con el cambio, aunque echaba de menos el arrullo de las palomas sobre el techo y el viento pasando sobre el campo de amapolas.

—Escúchame bien, zonzo —ordenó María—. Me han dicho que te tengo que hacer hablar.

Teo se encogió de hombros. No tenía ningún interés en hablar y, además, María ya lo hacía por los dos.

—Yo sé que puedes hablar. Celia dice que estás asustado, pero yo creo que te da pereza y nada más.

Teo bostezó y se rascó una axila.

—El Patrón se va a ir hoy.

Esta vez, María había captado la atención de Teo. Le apenaba que el anciano se fuera. No lo había visto desde el día que lo rescataron. Celia dijo que tantas emociones habían sido demasiado para alguien de 142 años. El Patrón tuvo que permanecer en cama hasta recuperarse lo suficiente como para trasladarse a su otra casa, en las montañas Chiricahua.

—Tenemos que ir a decirle adiós. Va a ir todo el mundo, y más te vale que hables o te vas a meter en un buen lío.

María apretó la boca de Teo como para sacarle las palabras. Él respondió dando un mordisco al aire. La niña se echó a un lado.

—¡Dijiste que no mordías! —gritó.

La niña cogió una almohada y golpeó a Teo con ella varias veces antes de dejarse caer sobre la cama.

—¡Clon malo! —dijo María, apretando la almohada contra su pecho.

Teo le dio vueltas a la idea. Si ser un clon era malo, hicieras lo que hicieras, ¿para qué esforzarse por ser bueno? Se acercó a ella y le dio un golpecito en la mano.

—¿Por qué no quieres hablar? —dijo ella, furiosa—. Ya ha pasado más de una semana. Bolita solo tardó un día en perdonarme cuando lo encerraron en la perrera.

Teo no tenía la intención de hacer enfadar a María. Era incapaz de hablar. Cuando intentaba articular una palabra, se sentía invadido por el terror. Hablar era lo mismo que abrir la puerta de la fortaleza que tanto le había costado construir, y entonces podría entrar cualquier cosa en ella.

—Teo estuvo encerrado más tiempo que tu perro —dijo Celia, que entraba en ese momento en la habitación. Se agachó y acarició a Teo en la cara—. Bolita solo pasó dos días fuera. Teo ha pasado seis meses encerrado. Recuperarse lleva su tiempo.

—¿Así es como va esto? —preguntó la niña—. ¿Cuanto más tiempo te pasas enfermo, más tardas en ponerte bien?

Celia asintió, sin dejar de acariciar a Teo en la cara, en el pelo, en los brazos. Era como si tratara de hacer que su cuerpo volviera a notar sensaciones.

—Entonces —dijo María lentamente—, el Patrón tardará años en ponerse bien.

—¡No hables de esas cosas! —gritó Celia, tan bruscamente que María abrazó la almohada y se quedó mirando a la mujer con los ojos como platos—. No digas nada sobre el Patrón. ¡Chitón! Ya no puedo dedicarte más tiempo.

Celia echó a María sacudiendo el delantal tras ella, y la niña se fue sin decir nada más.

Teo se sentía mal por María. Puso el cuerpo rígido a propósito para que a Celia le costase más ponerle la ropa, pero la mujer no se enfadó. Lo abrazó y le cantó su canción de cuna favorita: «Buenos días, paloma blanca. Hoy te vengo a saludar». Teo sintió un escalofrío. Era la canción que se cantaba a la Virgen, que amaba a todos los que eran buenos y que lo había acompañado cuando estaba prisionero. Entonces supo que no estaba bien portarse mal con Celia y volvió a relajar los músculos.

—Este es mi niño —murmuró la mujer—. Eres un niño bueno y te quiero mucho.

Teo pasó por un momento de pánico cuando ella quiso llevarlo fuera. Se sentía a salvo en su vieja cama, con los animales de peluche y su viejo libro *Peter Rabbit*. No había querido abrir las persianas, aunque las ventanas daban a un hermoso jardín cercado. No quería que entrara nada nuevo en su vida, por bonito que fuera.

—No pasa nada. No dejaré que nadie te haga daño —dijo Celia, cogiéndolo en brazos.

Teo todavía no había visto la entrada principal de la Casa Grande. Se quedó maravillado contemplando el salón con paredes de mármol y estatuas de bebés gorditos con alitas incipientes. En el centro había un estanque oscuro cubierto de nenúfares. Teo se aferró a Celia al ver a un enorme pez que se asomaba a la superficie para mirarlo con ojos amarillos y redondos.

Pasaron entre columnas blancas y estriadas y llegaron a un porche con amplia escalera que bajaba hasta un serpenteante camino. Todos estaban puestos en fila en el porche, los criados a un lado y la familia al otro. Teo vio a Steven, Emilia y María, quietos y atentos. Cuando María intentó sentarse, Emilia tiró de ella hacia arriba. Teo vio a Tom cogiendo a María de la mano y sintió un arrebato de ira casi incontrolable. ¿Cómo se atrevía a ser su amigo? ¿Y cómo se atrevía ella a ser su amiga? Si Teo hubiese tenido a mano otra naranja podrida, se la hubiese lanzado pasase lo que pasase.

El Patrón estaba sentado en una silla de ruedas con una manta sobre las piernas. Lo escoltaban los hombres fornidos que Teo había visto antes. Willum estaba junto a él, vestido con un traje gris que abrigaba demasiado para el tiempo que hacía. Le brillaba la cara por el sudor. De Rosa no había ni rastro.

—Ven aquí, mi vida —dijo el Patrón.

El anciano se hacía oír claramente por encima del canturreo de los pájaros y los surtidores. Su voz tenía un timbre que exigía ser atendida pese a su debilidad. Celia dejó a Teo en el suelo.

El niño se acercó contento a la silla de ruedas. Le gustaba todo en el Patrón: la voz, la forma de su cara y sus ojos, del mismo color que el estanque oscuro que ocultaba peces en lo más profundo.

—Preséntalo a la familia, Willum —dijo el anciano.

La mano del médico estaba húmeda. A Teo le parecía repulsivo, pero dejó que lo guiase por el porche. Lo presentó al señor Alacrán, el hombre gritón que lo había expulsado aquella primera noche y que era el padre de Benito, Steven y Tom. Le explicaron que Benito se había ido a la universidad y que ya se conocerían otro día. El señor Alacrán miró a Teo sin disimular su desprecio.

Felicia, la esposa del señor Alacrán, era una mujer delicada, y tenía unos dedos largos y nerviosos. Había sido una gran concertista de piano, dijo el médico, hasta que tuvo que retirarse por enfermedad. Felicia dirigió a Willum una sonrisa apresurada que se desvaneció cuando miró a Teo. Junto a ella estaba el padre del señor Alacrán, un hombre viejo de pelo cano que no parecía entender muy bien qué hacía en el porche.

Luego Teo conoció, por segunda vez, a Steven, Emilia, María y Tom. Tom miró desafiante a Teo, y este le devolvió la misma mirada. Excepto María, nadie parecía contento de conocerlo, pero todos fingieron amabilidad.

«Eso es porque tienen miedo del Patrón», comprendió Teo. No sabía por qué, pero era bueno que se lo tuvieran.

—¿Se te ha comido la lengua el gato? —preguntó el anciano cuando Teo volvió a acercarse finalmente a la silla de ruedas.

Teo asintió.

—A ver si Celia lo puede remediar. Ahora, escuchadme todos —dijo el Patrón, subiendo ligeramente la voz—. Este es mi clon. Es la persona más importante de mi vida. Si creíais que era uno de vosotros, panda de desgraciados, estabais equivocados.

El anciano se rió por lo bajo y prosiguió:

—Teo debe ser tratado con respeto, como si fuera yo mismo. Tiene que recibir educación, una buena alimentación y entretenimiento. No debe ser maltratado —el Patrón miró directamente a Tom y este se sonrojó—. Si alguien, sea quien sea, le hace daño, recibirá un severo castigo. ¿Me he expresado bien?

—Sí, mi patrón —musitaron varias voces.

—Y, para estar completamente seguro, dejaré aquí a uno de mis guardaespaldas. A ver, patanes, ¿quién de los dos se ofrece voluntario?

Los dos guardaespaldas bajaron la vista y movieron los pies distraídamente.

—Os veo muy cohibidos —dijo el Patrón—. A estos los encontré en Escocia, rompiendo cabezas delante de un estadio de fútbol. Busca siempre a tus guardaespaldas en otro país, Teo. Les costará más buscar aliados y traicionarte. Bueno, tú eliges. ¿A cuál de estos angelitos prefieres como amiguete?

Teo miró a los dos hombres, alarmado. No podía imaginarse a nadie menos amistoso. Tenían un aspecto bestial, con cuello de toro, nariz chafada y cicatrices esparcidas por toda la cara y los brazos. Ambos tenían la cara enrojecida y los ojos de color azul claro, semiocultos por el pelo castaño y rizado.

—Ese de ahí es Donald el Bobo. Le gusta hacer malabarismos con bolos. Tam Lin es el de las orejas raras.

La mirada de Teo saltó de uno al otro. Donald el Bobo parecía más joven y menos demacrado. Parecía ofrecer una compañía mas segura. Las orejas de Tam Lin parecían roídas, de lo

81

maltrechas que estaban. Pero, cuando Teo lo miró a los ojos, se sorprendió al encontrar en ellos un destello de simpatía.

La simpatía era algo tan poco frecuente en la vida de Teo que señaló inmediatamente a Tam Lin.

—Buena elección —le susurró el Patrón.

Hechas las presentaciones, las energías parecieron abandonar al anciano. Se hundió en la silla de ruedas y cerró los ojos.

—Adiós, mi vida... Hasta la próxima —murmuró.

Los miembros de la familia Alacrán se agruparon a su alrededor y le transmitieron sus más afectuosos saludos. Él hizo caso omiso de ellos. Seguidamente, Donald el Bobo lo levantó del suelo, silla incluida, y lo transportó por las escaleras hasta la limusina que esperaba abajo. Todos los demás siguieron al anciano y se despidieron de él deseándole salud. Cuando el coche se alejó, toda la familia se fue sin perder más tiempo. Los criados se separaron de Teo como el agua de un río al toparse con una roca y desaparecieron en el interior de la casa.

Nadie se preocupó por él. No lo iban a maltratar, pero tampoco le iban a hacer caso. Solo María tuvo que ser llevada a rastras a la casa a pesar de sus sonoras protestas.

Celia esperó pacientemente a que la muchedumbre se disolviera. Y también Tam Lin.

—Bueno, chaval, vamos a ver de qué pasta estás hecho —dijo Tam Lin, alzando a Teo del suelo con su brazo musculoso y echándoselo por encima del hombro.

7

LA MAESTRA

Siempre que podía, Teo evitaba salir del santuario que para él era el apartamento de Celia. Pero, poco a poco, Celia y María lo fueron llevando al jardín cercado y, de ahí, a otras partes de la Casa Grande.

A Teo no le gustaban estas expediciones. Los criados se apartaban de él como si fuera algo impuro, y Steven y Emilia se iban para otro lado cuando lo veían acercarse. Además, siempre existía el peligro de toparse con Tom.

Tom no dejaba de intentar jugar con María. La hacía llorar, pero ella siempre lo perdonaba. También la seguía al apartamento de Celia, a pesar de la hostilidad de Teo, o tal vez precisamente por eso. Parecía que le gustara estar donde era menos bienvenido.

—¡Qué bien se está aquí! —dijo Tom, agarrando el osito de peluche tan querido por Teo—. ¡Cógelo, María!

Balanceó el oso cogiéndolo con mala fe por una de las orejas andrajosas y golpeó a María con él en la cara. La oreja se despegó.

—¡Ay! —chilló la niña.

Teo se abalanzó a por la oreja, pero Tom puso el pie sobre ella. Teo se arrojó sobre él y los dos terminaron en el suelo, dándose patadas y puñetazos. María corrió a buscar a Tam Lin.

El guardaespaldas observó la escena impasible durante un rato, y luego se agachó y separó a los niños.

—¿No te han dicho que dejases en paz a Teo? —dijo.

—¡Él me ha pegado primero! —protestó Tom.

—Es verdad —dijo María—, pero Tom lo ha provocado.

—¡Eso es mentira! —chilló Tom.

—¡No lo es!

Teo no dijo nada. Quería tirar a Tom al suelo. Hasta hubiera querido pegarle una patada a Tam Lin. Trató de proferir insultos, pero las palabras no le salían. Se quedaban dentro de él, haciéndose cada vez más grandes hasta que le entraban ganas de vomitar.

—Lo confieso —dijo Tom de pronto—. Es verdad que provoqué a Teo. Lo siento mucho.

Teo estaba asombrado. Tom había cambiado de expresión repentinamente. Sus mejillas, enrojecidas por el enfado, fueron perdiendo el color. Sus ojos eran más amables y cándidos. Nadie hubiera dicho que era el mismo niño que pataleaba y gritaba un minuto antes.

Teo deseó con todas sus fuerzas poder superar las cosas igual de rápido. Cuando estaba dolido, enfadado o triste, esos sentimientos clavaban sus garras en él. A veces, no lo soltaban hasta muchas horas más tarde.

Tam Lin escrutó por un momento la seriedad que expresaba la cara de Tom y luego dejó de agarrar al niño por la camisa.

—Está bien —dijo.

Dejó suelto también a Teo, que acto seguido cogió a Tom y a María de la mano para llevarlos hasta la puerta. Se sentía a punto de explotar por culpa de la palabras que había querido gritarles.

—¿Quieres que nos vayamos? —protestó María—. ¿Después de haber hecho las paces y todo eso?

Teo asintió.

—¡Pues eres un animal! Y no voy a ser antipática con Tom solo porque a ti no te caiga bien. Además, todos dicen que eres horrible.

María salió con un portazo.

Teo se sentó en el suelo llorando a lágrima viva. Al gimotear resoplaba de forma parecida a un cerdo. No soportaba hacerlo, pero no podía parar. Celia lo hubiera consolado si hubiera estado allí. Tam Lin, en cambio, se limitó a encogerse de hombros y volvió a su lectura del periódico deportivo. Más tarde, cuando Teo se hubo recuperado ya, buscó la oreja del osito, pero había desaparecido.

Tom era un experto haciéndole fintas. Daba puñetazos al aire cerca de él para practicar, según él, golpes de kárate. Le susurraba insultos en voz muy baja para que nadie más lo oyera.

—Eres un clon —murmuraba—. ¿Sabes lo que es eso? Una especie de vómito. Te vomitó una vaca.

Cuando tenía cerca a alguien importante, Tom derrochaba cortesía. Se interesaba por la gente y escuchaba con atención. Siempre llevaba algo de beber a su madre y abría la puerta a su abuelo. Era muy considerado, pero...

Siempre había algún pequeño fallo en todo lo que Tom hacía. Daba algo de beber a su madre, pero el vaso no siempre parecía limpio. Abría la puerta a su abuelo, pero dejaba que la puerta se cerrase en el talón del Viejo. No llegaba a hacerle caer y podría tratarse de un accidente. Tom se ganaba la confianza de todos con su cara inocente y franca, pero...

—Es un bicho de mucho cuidado —gruñó Tam Lin con su cantarín acento escocés.

A Teo le servía de consuelo ver que Tom tampoco gustaba al guardaespaldas.

Tam Lin.

Teo pasó las primeras semanas caminando de puntillas cuando estaba cerca de él. Aquel hombre tenía un físico decididamente grande y amenazador. Era como tener un oso domesticado en casa. Repantigado en la butaca de Celia, presenciaba en silencio los intentos de María y Celia de animar a Teo a leer, hacer un puzzle o comer. A Teo no le desagradaban estas actividades, pero le gustaba hacerse de rogar. Casi hacía gritar a María de frustración. Celia se limitaba a acariciarle el pelo y suspirar. El guardaespaldas parecía estar leyendo, pero subía y bajaba la mirada para no perder detalle de lo que pasaba a su alrededor.

Teo tenía la impresión de que estaba enojado, pero era difícil saberlo. La expresión normal de Tam Lin no era muy agradable.

El doctor se presentaba a menudo para tratar una tos que Teo había desarrollado. Al principio no parecía tener importancia, pero una noche se despertó con la garganta llena de líquidos. No podía respirar. Llegó a trompicones hasta la habitación de Celia y cayó al suelo retorciéndose. Celia gritó para llamar a Tam Lin.

El guardaespaldas cruzó la puerta como una exhalación, puso derecho a Teo y le dio un porrazo en la espalda. Teo escupió un coágulo de baba oscura. Sin inmutarse, Tam Lin limpió con el dedo el interior de la boca de Teo.

86

—Es lo que hacíamos con las cabras de la granja de mi padre —dijo, dejando al niño en los brazos de Celia.

Cuando Willum acudió al cabo de un rato, Tam Lin observó todo lo que hacía el médico. El guardaespaldas permanecía en silencio, pero su presencia hacía que las manos de Willum resbalaran de sudor. Teo no sabía por qué el médico tenía tanto miedo de Tam Lin, pero le encantaba que fuera así.

Tras el incidente, bastaba con que Teo tosiera para que Celia o María se alarmaran, una reacción que lo reconfortaba. A veces le costaba respirar de verdad, pero otras veces solo quería comprobar por sí mismo que alguien se preocupaba por él.

—Oye, zonzo, tengo que ir al cole —dijo María—. Ya han terminado las vacaciones.

Teo miraba fijamente la ventana para castigarla por haberlo abandonado.

—Ya sabes que yo no vivo aquí. Igual te dejan ir a mi casa alguna vez. Te va a encantar. Tengo un perro y una tortuga y un periquito. El periquito habla, pero no sabe lo que dice.

Teo cambió de postura para que su rechazo fuera más evidente. Si María no se daba cuenta de que la estaba desdeñando, el esfuerzo no servía de nada.

—A mí me parece que podrías hablar si quisieras —continuó hablando María—. Todos dicen que eres muy estúpido, pero yo no lo creo. Por favor, Teo —dijo con tono cariñoso—. Di que me vas a echar de menos. O abrázame, que viene a ser lo mismo. Bolita siempre aúlla cuando me voy de casa.

Teo le volvió la espalda.

—¡Eres un egoísta! Yo te llevaría al cole, pero a los clones no los dejan ir. Además, los demás niños...

La voz de María se apagó. Teo sabía qué iba a decir. Los demás niños se irían corriendo como Steven y Emilia.

—Volveré los fines de semana. Y tú tendrás un maestro aquí.

María intentó tocarle con la mano, pero Teo la apartó de un manotazo.

—¡Peor para ti! —dijo ella, con la voz quebrada.

«No le cuesta nada echarse a llorar», pensó Teo.

La puerta dejó entrar un soplo de aire al abrirse. ¿Cómo podía traicionarlo yéndose así? Seguro que se había ido a visitar a Tom y le preguntaría si quería ir al cole con ella, porque ese bicho de mucho cuidado era su preferido.

—Podrías haber sido un poco más amable —comentó Tam Lin.

Tom siguió mirando por la ventana. ¿Quién mandaba a Tam Lin preocuparse por María? Era su guardaespaldas, no el de María.

—Sé que me entiendes perfectamente —prosiguió el hombre—. Llevo un tiempo vigilándote, con esos ojitos vivos que tienes. No se te escapa nada de lo que te dicen. Eres igual que el Patrón. Yo no entiendo mucho de clones y todo eso, porque tenía doce años la última vez que pisé una escuela, pero sé que eres una copia de él. Es como si el viejo buitre hubiese vuelto a nacer.

Los ojos de Teo se abrieron de par en par por la forma de hablar de Tam Lin. Nadie criticaba al Patrón, jamás.

—¿Sabes una cosa? El Patrón tiene su lado bueno y su lado malo. El corazón de su majestad puede llegar a ser muy negro cuando quiere. Cuando era joven, tomó una decisión. Igual que un árbol, cuando tiene que decidir si crecer por un lado o por otro. Se hizo tan grande y verde que hacía sombra al resto del bosque, pero tiene la mayoría de las ramas torcidas.

Tam Lin se acomodó en la butaca de Celia. Teo oyó crujir los muelles bajo su peso.

—Igual esto es demasiado complicado para un chaval como tú. Lo que quiero decir es que, cuando eres pequeño, puedes elegir cómo quieres hacerte mayor. Si eres amable y bueno, te conviertes en un hombre amable y bueno. Si eres como el Patrón... bueno, tú piénsalo.

Dicho esto, el guardaespaldas se fue de la habitación al jardín cercado. A Tam Lin le sobraba energía, y no tenía forma de descargarla vigilando el apartamento de Celia. Junto a la pared del jardín guardaba unas pesas con las que se ejercitaba. Teo oyó cómo resoplaba al levantarlas.

Teo no entendió muy bien todo lo que le había dicho Tam Lin. Nunca había pensado en crecer. Aunque sabía que, en teoría, eso era lo que iba a pasar, no se podía imaginar a sí mismo mayor de lo que era. Nunca se le había pasado por la cabeza la idea de que, si eras malo, podías acabar siendo malo para siempre.

Celia decía que, si ponías mala cara, se te quedaría esa cara para siempre. Ya no podrías sonreír nunca más y, si te mirabas al espejo, se rompería el cristal en mil pedazos. También decía que, si te tragabas las pepitas de sandía, te saldría la planta por las orejas.

María se había ido con Emilia. Poco después, Steven y Tom se fueron a estudiar a un internado, así que Teo acabó siendo el único niño de la Casa Grande. Si es que era un niño. Tom decía que los clones no eran niños. Ni nada que se les pareciese.

Teo se miró al espejo en la habitación de Celia. No se veía muy diferente a Tom, pero tal vez la diferencia estaba por dentro. El médico le dijo a Rosa una vez que los clones se caían a trozos al crecer. ¿Qué significaba eso? ¿Se caían a trozos realmente?

Teo se abrazó a sí mismo. Los brazos y las piernas se le separarían del cuerpo. La cabeza se le caería y rodaría por su cuenta, como en la película de monstruos que pusieron un día y que vio a medias porque Celia llegó corriendo para apagar la tele. La idea lo llenó de terror.

—Ven, chaval, que ya empieza el cole —dijo Tam Lin desde fuera.

Todavía abrazado a sí mismo, Teo salió del cuarto de baño. En el recibidor lo esperaba una mujer de aspecto extraño. Le estaba sonriendo, pero su sonrisa no se dirigía directamente a él, sino que se detenía en la comisura de la boca, como si hubiese un muro que le impidiese ir más allá.

—Hola. Soy tu nueva maestra —dijo la mujer—. Puedes llamarme maestra, ¡ja, ja! Así te costará menos acordarte.

Su risa también era extraña.

Teo entró despacito en la sala. Tam Lin tapaba con su cuerpo la puerta que comunicaba con el resto de la casa.

—Aprender es divertido —dijo la maestra—. Pareces un chico muy listo. Seguro que lo aprenderás todo tan rápido que tu madre se pondrá muy contenta.

Teo dirigió una mirada perpleja a Tam Lin.

—El chaval es huérfano —dijo el guardaespaldas.

La maestra se quedó en silencio, como si no comprendiera bien.

—No habla —explicó el guardaespaldas—. Por eso contesto yo en su lugar. Pero sabe leer un poco.

—Leer es divertido —dijo la maestra con voz cordial, y de una bolsa de lona sacó papel, lápices de colores y un libro para colorear.

Teo pasó la mañana copiando letras y coloreando dibujos. Cada vez que terminaba un ejercicio, la maestra exclamaba: «¡Muy bien!», y dibujaba una sonrisa en el papel. Al cabo de un rato, Teo quiso levantarse de la mesa, pero la maestra lo obligó a sentarse de nuevo.

—No, no, no —cloqueó—. Si te vas, no te voy a poner una medallita en la nota.

—Necesita un descanso. Y yo también —protestó Tam Lin, hablando entre dientes.

El guardaespaldas llevó a Teo a la cocina y le dio un vaso de leche con galletas. A la maestra le sirvió un café y la observó atentamente mientras se lo bebía. El hombre parecía tan perplejo como Teo.

La actividad del resto del día consistió en contar cosas: garbanzos, manzanas y flores. Teo estaba aburrido porque le parecía estar repitiendo lo mismo una y otra vez. Ya sabía contar, aunque tenía que hacerlo en silencio y escribir los números correctos en lugar de decirlos.

Finalmente, a última hora de la tarde, la maestra dijo que Teo había sido muy bueno y que su mamá iba a estar muy contenta.

Tam Lin informó de los progresos de Teo a la hora de cenar, cuando Celia volvió de trabajar.

—¡Qué listo es mi niño! —dijo, orgullosa, dando a Teo una porción extra de tarta de manzana. A Tam Lin le dio una tarta entera.

—Sí que lo es —asintió el guardaespaldas, con los carrillos llenos de comida—. Pero a esta maestra le pasa algo extraño. No para de repetir siempre lo mismo.

—Así es como aprenden los niños pequeños.

—Es posible. Tampoco puede decirse que yo sea un experto en educación.

El día siguiente fue exactamente igual que el primero. Si Teo creía haber aprendido lo que era aburrirse, no era nada comparado con tener que escribir todo el rato las mismas letras, colorear los mismos dibujos y contar los mismos garbanzos de las narices una y otra vez. Pero él se esforzaba mucho para que Celia estuviera contenta. El tercer, el cuarto y el quinto día transcurrieron de la misma manera.

Tam Lin salía afuera y jugaba con las pesas. También preparó para Celia un huerto para cultivar verduras en el jardín cercado. Teo deseó poder escapar con la misma facilidad.

—¿Quién me va a decir cuántas manzanas tengo aquí? —trinaba la maestra al sexto día—. ¡Seguro que será mi niño bueno!

Teo respondió repentinamente:

—¡No soy un niño bueno! —gritó—. ¡Soy un clon malo! ¡Estoy harto de contar y estoy harto de ti!

Teo cogió las manzanas que la maestra había ordenado de forma tan metódica y las lanzó en distintas direcciones. Tiró los lápices al suelo y, cuando ella intentó recogerlos, la empujó tan fuerte como pudo. Acto seguido, se sentó en el suelo y rompió a llorar.

—Sé de alguien que no va a tener una sonrisa en su hoja —dijo la maestra entrecortadamente, apoyada en la pared. Se estaba poniendo a gimotear como un animal asustado.

Tam Lin irrumpió en la habitación y recogió a la maestra del suelo con un enorme abrazo.

—No llores —le dijo, acercando la boca a su pelo—. Lo has hecho muy bien. Has arreglado una cosa que ninguno de nosotros tenía idea de cómo solucionar.

Poco a poco, la maestra empezó a respirar más despacio y cesó de gimotear.

Teo estaba tan asombrado que dejó de llorar. Se había dado cuenta de que había ocurrido algo trascendental.

—Puedo hablar —murmuró.

—Hoy te vamos a poner dos medallas en la nota, chiquilla —susurró Tam Lin al oído de la maestra—. ¡Pobrecilla! Lo tenía delante de las narices y no me he dado cuenta hasta ahora.

Con suavidad, el guardaespaldas apremió a salir a la mujer y Teo pudo oír cómo le seguía hablando mientras se alejaban por el pasillo.

—Me llamo Mateo Alacrán —dijo Teo, ensayando la voz que acababa de recuperar—. Soy un niño bueno.

Se sintió aturdido de puro contento. ¡Qué orgullosa iba a estar ahora Celia de él! Leería y colorearía y contaría lo que hiciera falta para convertirse en el mejor alumno del mundo entero, y los niños querrían ser sus amigos y no se irían corriendo al verlo.

—Espero que eso valga para más de una vez —dijo Tam Lin, interrumpiendo el estado de ensoñación de Teo—. O sea, ya puedes hablar, ¿no?

—¡Puedo hablar! ¡Puedo hablar! ¡Puedo hablar! —coreó Teo.

—Menos mal. Estaba volviéndome majareta de tanto contar garbanzos. Pobrecilla. No sabía hacer nada más.

—Era una zonza —sentenció Teo, repitiendo el peor insulto que había utilizado María.

—Ni siquiera sabes lo que significa eso —dijo Tam Lin—. ¿Sabes lo que te digo, chaval? Que nos vamos de excursión.

—¿Excursión? —repitió Teo, haciendo un esfuerzo por recordar el significado de esa palabra.

—Ya te lo explicaré por el camino —dijo Tam Lin.

8

EL ZONZO DEL CAMPO DE AMAPOLAS SECAS

Teo estaba contento a más no poder. No solo se iban de excursión, sino que además iban a ir a caballo. Teo había visto caballos desde las ventanas de la casita donde vivía antes. Y también los había visto en la tele, claro. Los vaqueros y los bandidos duros y corpulentos iban a caballo. Su héroe favorito era el Látigo Negro, que salía por la tele los sábados. Llevaba una máscara negra y salvaba a la gente pobre de los rancheros malvados. Su arma preferida era un largo látigo con el que era capaz de pelar una manzana sin cogerla del árbol.

Teo quedó bastante decepcionado cuando Tam Lin llegó con un caballo gris y soñoliento en lugar del brioso corcel en el que montaba el Látigo Negro.

—Ten un poco de sensatez, chaval —dijo el guardaespaldas, mientras apretaba las cinchas de la silla de montar—. Nos interesa más la seguridad que la velocidad. El Patrón no se tomaría nada bien que te hicieran caer de cabeza al suelo.

Cuando Teo estuvo ya instalado en la silla, frente a Tam Lin, se le pasó del todo la desilusión. ¡Estaba montando a caballo!

Estaba sentado en las alturas, bamboleándose, envuelto por el olor a caballo. Sintió el tacto grueso de la crin y apretó los tobillos contra el cálido pelaje del animal.

Tras pasar tantos meses sin hablar, Teo estaba ansioso por recuperar el tiempo perdido. Parloteaba sobre cualquier cosa que viera: el cielo azul, los pájaros, las moscas que zumbaban alrededor de las orejas del caballo.

Tam Lin no lo interrumpía. Emitía un gruñido de vez en cuando para dar a entender que estaba escuchando y guiaba el caballo por un camino de tierra. Atravesaron lentamente los campos de amapolas y poco a poco fueron alejándose de la Casa Grande en dirección a las montañas grises que cubrían el horizonte.

Los primeros campos de amapolas por los que pasaron estaban cubiertos por una capa de tallos nuevos. Eran las plántulas. Teo había presenciado el ciclo de cultivo desde la ventana de la casita donde vivía, y sabía en qué consistía cada etapa. Las que llevaban más tiempo plantadas eran más redondas y grandes, como calabazas pequeñas, y las hojas tenían un toque de azul. Cuanto más lejos de la Casa Grande, más altas eran las plantas, hasta llegar a la altura de la barriga del caballo. Los capullos se abrían mostrando unos pétalos rizados que derrochaban blanco bajo el ardiente sol. En el aire flotaba un tenue perfume.

Llegaron a unos campos donde los pétalos ya se amontonaban por el suelo. Al caer, de las flores solo quedaban unas cápsulas que resaltaban como pulgares verdes. Se habían hinchado hasta llegar al tamaño de un huevo y ya estaban a punto para la recolección.

Teo observó por primera vez a los trabajadores de la plantación. Ya los había visto antes, pero Celia le había advertido que se escondiera de los desconocidos, así que no había podido fijarse mucho en ellos. Esta vez pudo ver que tanto los hombres como las mujeres llevaban uniformes de color café claro y sombreros de paja de ala ancha. Caminaban lentamente y se agachaban para cortar las cápsulas con pequeños cuchillos.

—¿Por qué hacen eso? —preguntó Teo.

—Para sacar el opio —contestó Tam Lin—. Del corte sale un jugo que se endurece de un día para otro. Por la mañana, los trabajadores lo recolectan rascándolo. Pueden hacerlo cuatro o cinco veces con la misma planta.

El caballo seguía avanzando lentamente. Los campos irradiaban calor, y un olor dulzón con cierto fondo de descomposición llenaba el aire. Los trabajadores se agachaban y cortaban, se agachaban y cortaban en un ritmo hipnótico. No hablaban. Ni siquiera se secaban el sudor de la frente.

—¿Es que no se cansan? —preguntó Teo.

—Sí que se cansan, sí —dijo Tam Lin.

El caballo llegó al fin a un campo desierto, donde las plantas empezaban ya a secarse. Una brisa cálida sacudía las hojas.

—¡Mira! ¡Hay un hombre en el suelo! —gritó Teo.

Tam Lin detuvo el caballo y bajó al suelo.

—¡Quieto! —ordenó al animal.

Teo se agarró fuerte a la crin. No se sentía nada seguro a tanta distancia del suelo. Tam Lin se acercó a grandes pasos al hombre, se inclinó y le tocó el cuello. Luego, sacudió la cabeza y volvió.

—¿No podemos... ayudarlo? —titubeó Teo.

—Ya es demasiado tarde para ese pobre diablo —gruñó el guardaespaldas.

—¿Y si avisamos al médico?

—¿No te he dicho que ya es demasiado tarde? ¡A ver si te limpias las orejas!

Tam Lin se subió de un salto a la silla y ordenó al caballo que siguiera andando. Teo miró atrás, con lágrimas hiriéndole los ojos. El hombre no tardó en quedar oculto por las amapolas.

¿Por qué era demasiado tarde?, se preguntaba Teo. El hombre debía de estar pasando un calor horrible, tumbado de ese modo bajo el sol. ¿Por qué no iban y le daban agua? Teo sabía que tenían agua. Podía oír el chapoteo en la mochila de Tam Lin.

—¿Y si volvemos y...? —insistió Teo.

—¡Maldita sea! —rugió el guardaespaldas.

Detuvo el caballo y se quedó sentado un rato, respirando pesadamente. Teo miró al suelo y se preguntó si se atrevería a saltar si Tam Lin acabara perdiendo los estribos.

—Me había olvidado de que los niños de tu edad no saben nada —dijo finalmente Tam Lin—. Ese hombre está muerto. La sed o el calor terminaron con él. Ya lo recogerá al final del día la brigada de limpieza.

El caballo reanudó la marcha. Teo quería hacer muchas más preguntas que antes, pero no sabía cómo se lo tomaría Tam Lin si lo hacía. ¿Por qué no se había ido a casa el hombre cuando empezó a encontrarse mal? ¿Por qué no lo habían auxiliado los otros trabajadores? Y, lo más importante, ¿por qué lo habían dejado allí como si fuera un desperdicio?

Mientras tanto, se acercaban a la cadena de montañas. Los campos terminaban en ese punto y daban paso al lecho de un río seco que conducía a las montañas. Tam Lin se bajó del caballo y lo llevó bajo un precipicio, donde estaría resguardado del sol. No muy lejos había un abrevadero y una manivela. El guardaespaldas la hizo bajar y subir con fuerza para bombear el agua. El caballo estaba sudando. Tenía la mirada puesta en el abrevadero, pero no se movía.

—Bebe —dijo Tam Lin.

El caballo se acercó al trote y mojó el morro en el agua. Bebía con avidez y hacía mucho ruido al burbujear en el agua.

—El resto del camino lo haremos andando —anunció el guardaespaldas.

—¿No podemos ir a caballo? —dijo Teo, mirando inseguro el río seco que se adentraba serpenteando en las montañas.

—No nos obedecería. El caballo está programado para quedarse en la plantación.

—No lo entiendo.

—Es un caballo seguro. Eso quiere decir que tiene un implante en la cabeza. No puede desbocarse ni saltar. Ni siquiera puede beber sin que se lo ordenes.

Teo lo pensó un rato.

—¿Y no bebe aunque tenga mucha sed? —dijo finalmente.

—Ahora mismo tenía mucha sed —dijo Tam Lin—. Si no le hubiera ordenado que bebiera, se hubiera quedado plantado frente al abrevadero hasta morirse. ¡Quieto! —ordenó al caballo.

Se echó la mochila al hombro y empezó a subir por el río seco. Teo lo siguió medio gateando. El camino no era muy difícil al principio, pero al poco rato se toparon con grandes rocas que lo cortaban y tuvieron que encaramarse por ellas. Teo no estaba muy acostumbrado a la actividad física y no tardó mucho en quedarse sin aliento. Sin embargo, no se detuvo, porque tenía miedo de que Tam Lin lo dejara atrás. Al fin, el guardaespaldas lo oyó jadear y miró a su espalda. Rebuscó en el fondo de la mochila y dijo:

—Toma. Bebe un poco de agua. Toma un bocado de cecina, también. Te irá bien un poco de sal.

Teo devoró el trozo de cecina. Le supo a gloria.

—Ya no queda mucho, chaval. No te estás portando mal para ser una planta de invernadero.

Llegaron a una roca gigantesca que parecía cortar el paso por completo hasta que Teo vio un agujero redondo y alisado por el desgaste, como el agujero de una rosquilla. Tam Lin se encaramó hasta el agujero y se volvió para ayudar a Teo a subir.

El panorama que había al otro lado era totalmente inesperado. Matorrales de gobernadora y palo verde flanqueaban un prado pequeño y estrecho con una charca en el centro. Al otro lado, Teo vio una parra que se esparcía por un armazón montado por alguien a modo de refugio. Bajo el agua, Teo vio un banco de pececillos marrones que salían disparados para alejarse de su sombra.

—Esto es lo que se llama un oasis —dijo Tam Lin, mientras arrojaba su mochila al suelo para sacar algo de la comida—. No está mal, ¿eh?

—¡No está nada mal! —secundó Teo, aceptando el bocadillo que le pasaba Tam Lin.

—Encontré este sitio hace años, cuando empecé a trabajar para el Patrón. Los Alacrán no saben que existe. Si lo supieran, pondrían una tubería para sacar toda el agua. Supongo que puedo contar contigo para guardarme el secreto.

Teo asintió, con la boca llena de comida.

—Tampoco se lo digas a María. Se le va la lengua sin darse cuenta.

—Vale —dijo Teo, contento de que Tam Lin lo considerara lo bastante responsable como para guardar un secreto.

—Te he traído aquí por dos motivos —dijo el guardaespaldas—. Primero, porque es un sitio bonito. Y segundo, porque quería contarte un par de cosas sin que nos espíen.

Teo apartó la mirada del bocadillo para mirarlo, sorprendido.

—Nunca se sabe quién puede estar escuchando mientras estés en esa casa. Eres demasiado pequeño para comprender muchas cosas, y yo no te diría nada si fueses un niño de verdad —dijo Tam Lin, mientras lanzaba al agua migas de pan que los pececillos se iban comiendo saltando a la superficie—. Pero tú eres un clon. No tienes a nadie que te explique las cosas. Estás más solo de lo que pueda comprender ningún ser humano. Al menos, los huérfanos pueden mirar fotos y decir: «Esta es mi mamá y este es mi papá».

—¿Soy una máquina? —preguntó Teo.

—¿Una máquina? No, no.

—Entonces, ¿de dónde he salido?

—Si fueses un niño de verdad, te diría que le hicieras esa pregunta tan difícil a tu hermano mayor —rió Tam Lin—. Mira, chaval, la mejor forma de explicarlo es así: hace mucho, mucho tiempo, unos científicos le quitaron un trozo de piel al Patrón y la congelaron para que se conservara bien. Luego, hace unos ocho años, cogieron un poco de esa piel y la hicieron crecer para que se convirtiera en otro Patrón nuevecito. Eso sí, tuvieron que empezar por el principio, con un bebé. Ese bebé eras tú.

—¿Era yo? —preguntó Teo.

—Sí.

—Entonces, ¿solo soy un trozo de piel?

—No lo he dicho para disgustarte —dijo Tam Lin—. Para que lo entiendas, la piel era como una fotografía. Allí estaba toda la información que hacía falta para crear una copia exacta de la piel, el pelo, los huesos y el cerebro de un hombre de verdad. Eres exactamente igual que el Patrón cuando tenía siete años.

Teo bajó la vista y se miró los pies. No era más que eso: una fotografía.

—Metieron ese trozo de piel en un tipo especial de vaca. Tú

creciste dentro y, cuando llegó la hora, naciste. Eso sí, no tenías ni padre ni madre, claro.

—Tom dijo que yo era un vómito de vaca —dijo Teo.

—Tom es un asqueroso grano de pus. Igual que el resto de la familia. Pero si dices que yo he dicho eso, no voy a reconocerlo —Tam Lin sacó una bolsita de mezcla de frutos secos y se la pasó a Teo—. Volviendo al tema: al ser un clon, eres distinto y por eso mucha gente te tiene miedo.

—Me odian —apuntó Teo.

—Sí. Hay gente que te odia.

Tam Lin se puso en pie y estiró los músculos. Luego dio unos pasos sobre la arena donde estaban descansando. No le gustaba nada quedarse sentado mucho rato.

—Pero también hay gente que te quiere —prosiguió—. Me refiero a María y, por supuesto, a Celia.

—Y el Patrón.

—Ya, bueno. El Patrón es un caso aparte. A decir verdad, la gente que te quiere es poca y la gente que te odia es mucha. No saben asimilar el hecho de que seas un clon. Por eso es difícil que puedas ir a la escuela.

—Es verdad.

Teo pensó con amargura en María. Si lo quisiera de verdad, se lo hubiera llevado con ella y no le importaría lo que pensaran los demás niños.

—El Patrón siempre dice que tienes que recibir educación y vivir una vida normal dentro de lo posible. Lo malo es que ningún profesor particular quiere enseñar a un clon. Por eso los Alacrán contrataron a una zonza.

Teo estaba perplejo. Había oído esa palabra tan a menudo (sobre todo, en boca de María) que creía que solo era un insulto, como «lelo» o «bicho raro».

—Un zonzo es una persona o un animal con un implante en la cabeza —dijo Tam Lin.

—¿Como el caballo? —preguntó Teo, alarmado por un terrible pensamiento.

—Eso es. Los zonzos solo pueden hacer cosas sencillas. Recogen fruta, barren el suelo o, como ya has visto, cultivan opio.

—¿Los trabajadores de la plantación son zonzos? —gritó Teo.

—Por eso trabajan sin pausa hasta que el capataz les dice que paren, y por eso solo beben agua si alguien se lo ordena.

A Teo le daba vueltas la cabeza, mientras trataba de ordenar las ideas. Si el caballo podía quedarse quieto al lado de un abrevadero hasta morir, eso quería decir que el hombre...

—¡El hombre! —exclamó.

—Eres más listo que el hambre, chaval —dijo Tam Lin—. Seguramente, el hombre que vimos tumbado se había rezagado de los demás trabajadores y no oyó al capataz cuando les ordenó que pararan. Puede que se haya pasado toda la noche trabajando y que cada vez le costara más soportar la sed...

—¡Para! —chilló Teo, tapándose las orejas. ¡Eso era horrible! Ya no quería oír nada más.

Tam Lin se apresuró a ponerse a su lado.

—Se acabaron las lecciones por hoy. Hemos salido de excursión y todavía no hemos hecho nada divertido. Ven, te enseñaré una colmena y una guarida de coyotes. En el desierto, todo se mueve alrededor del agua.

Los dos pasaron el resto del día explorando madrigueras, grietas, todos los escondites del valle secreto. Puede que Tam Lin hubiera faltado a la escuela, pero sabía mucho de la naturaleza. Enseñó a Teo a quedarse sentado sin moverse y esperar que se le acercaran animales. Le contó cómo averiguar el estado de ánimo de la colmena por el zumbido de las abejas. Le ayudó a encontrar excrementos, huellas y trozos de hueso.

Finalmente, cuando las sombras empezaron a cubrir el oasis, Tam Lin ayudó a Teo a subir hasta el agujero de la roca y volvieron adonde estaba el caballo. Los estaba esperando exactamente en el mismo sitio donde lo habían dejado. Tam Lin le ordenó que volviera a beber antes de ponerse otra vez en camino.

Las sombras alargadas de las montañas lamían los campos de amapolas, ya vacíos. Allí donde todavía no había caído la sombra, las amapolas brillaban con una luz dorada bajo los últimos rayos de sol. Los dos excursionistas pasaron por el campo de amapolas secas donde habían visto al hombre, pero ya no estaba.

—La maestra era una zonza —dijo Teo, rompiendo el silencio.

—Es uno de los zonzos más listos —respondió Tam Lin—. Pero, aun así, solo era capaz de repetir siempre la misma lección.

—¿No va a volver?

—No —dijo el guardaespaldas con un suspiro—. La pondrán a arreglar cortinas o a pelar patatas. ¿Por qué no hablamos de algo más alegre?

—¿Y si me das clase tú?

Tam Lin soltó una sonora risotada.

—Lo haría si quisieras aprender a partir mesas con golpes de kárate. Supongo que tendrás que aprender de la tele. Yo rondaré por allí para colgarte de los pies por la ventana si no haces los deberes.

9

EL PASADIZO SECRETO

A primera vista, la vida de Teo transcurría a un ritmo agradable. Aprendía por la tele con cursos a distancia, Tam Lin enviaba los deberes a corregir, que volvían con notas excelentes y Celia se deshacía en elogios. María también lo felicitaba cuando lo visitaba. Tampoco le supo mal que Tom sacara notas pésimas y que solo se le permitiera permanecer en el internado porque el señor Alacrán mandaba cuantiosas donaciones al director de la escuela.

Sin embargo, Teo sentía un vacío en su interior. Había comprendido que solo era una fotografía de un ser humano, y eso quería decir que no era nadie importante. Las fotografías podían quedar olvidadas durante años en cajones y podían tirarse.

Soñaba como mínimo una vez a la semana con el muerto del campo de amapolas secas. En su sueño, el hombre tenía los ojos abiertos y miraba fijamente al sol. Tenía una sed horrible, espantosa. Teo podía ver lo seca que tenía la boca, pero no había agua por ningún lado, solo amapolas secas, agitándose al viento. Lo pasaba tan mal que pidió que le dejaran tener una jarra de agua en la mesita de noche. Ojalá pudiera llevarse la jarra al sueño. Hubiera querido soñarla y verter el agua sobre los labios polvorientos del hombre. Pero no podía. Y, al despertar, apuraba un vaso de agua tras otro para desprenderse de la sensación de sequedad y muerte del campo de amapolas. Luego, claro, tenía que levantarse para ir al baño.

En esos momentos, Teo pasaba de puntillas frente a la habitación de Celia. Oía sus ronquidos y, al otro extremo del pasillo, la respuesta retumbante de Tam Lin. Estos sonidos deberían haber bastado para reconfortarlo, pero nunca sabía, justo antes de abrir la puerta del baño, si el muerto lo esperaría al otro lado, mirando fijamente la gran luz del techo.

María empezó llevarse a Bolita en sus visitas. Era un perrito chillón del tamaño de una rata, que se olvidaba de hacer bien sus necesidades cuando se emocionaba. Tam Lin amenazaba a menudo con pasarlo por la aspiradora y dejarlo ahí metido con la porquería que iba dejando por la casa.

—Cabría dentro —decía con un gruñido, ante las horrorizadas protestas de María—. Créeme, cabría dentro.

Lo que Teo no soportaba del animal es que todo el mundo daba por sentado que él y Bolita eran lo mismo. No importaba que Teo tuviera notas excelentes y buenos modales. Los dos eran animales y por lo tanto no eran importantes.

Durante las vacaciones de Pascua, Tom dijo que los buenos modales no eran más difíciles de aprender que dar volteretas o hacerse el muerto. Teo se arrojó sobre él y María salió corriendo llamando a gritos a Tam Lin. Tom fue castigado en su habitación sin cenar. Teo no recibió castigo alguno.

A Teo eso le hubiera parecido muy bien, si no fuera porque a Bolita tampoco lo castigaban cuando hacía algo malo: no podía entender la diferencia entre el bien y el mal. Era un animal tonto y, al parecer, Teo también lo era.

Cuando María no estaba de visita, Teo se entretenía investigando por la casa. Jugaba a que era el Látigo Negro y que exploraba una fortaleza enemiga. Tenía una capa negra y como látigo utilizaba un cinturón fino de cuero. Se metía a hurtadillas detrás de las cortinas y de los muebles y se escondía si veía a lo lejos a uno de los Alacrán.

Felicia, la madre de Benito, Steven y Tom, tocaba el piano por las tardes, con unos acordes sonoros que atronaban por los pasillos. La mujer atacaba el piano con un ardor muy distinto de su habitual mansedumbre, y a Teo le gustaba esconderse tras las plantas de la habitación para escucharla.

Los dedos de Felicia volaban de un extremo al otro del teclado. Tocaba con los ojos cerrados y retraía los labios en una mueca, si no de dolor, de algo parecido. La música que tocaba, de todos modos, era fantástica.

Al cabo de un rato, Felicia se quedaba sin energía. Temblorosa y pálida, caía encorvada sobre las teclas. Aquella era la señal para que entrara un criado con una bonita botella de cristal tallado que contenía un líquido de color miel. El criado, entonces, mezclaba una bebida —a Teo le encantaba el tintinear del hielo— y la depositaba en la mano de Felicia.

La mujer bebía hasta que el temblor desaparecía. Después, su cuerpo se encogía sobre el piano, igual que las espinacas de Celia cuando Tam Lin se olvidaba de regar el jardín. Solo podía volver a su apartamento con la ayuda de las criadas.

Un día, Felicia no se presentó a la hora habitual. Teo se paseaba indeciso detrás de las macetas reuniendo valor para acercarse al piano. Sabía que, si ella lo pillaba, le prohibirían entrar en aquella habitación para siempre. El deseo de tocar le producía un hormigueo en los dedos. Parecía muy fácil. Hasta podía oír la música en su cabeza.

Teo salió sigilosamente de su escondite. Estiró la mano para tocar las teclas... y oyó la voz lánguida de Felicia en el pasillo. Teo se sintió invadido por el pánico. Se metió a toda prisa en un trastero que había detrás del piano y cerró la puerta justo antes de que ella entrara en la habitación y empezara inmediatamente a tocar. El polvo que flotaba por todo el trastero hizo estornudar a Teo, pero Felicia estaba tocando demasiado fuerte como para oírlo. Teo buscó a tientas hasta encontrar un interruptor y encendió la luz.

Era un lugar algo decepcionante. Había partituras colgadas en las paredes. Varias sillas plegables se amontonaban en un rincón, tan lleno de polvo y telarañas que Teo volvió a estornudar. Enrolló una de las partituras y se puso a barrer con ella la pared interior, más por entretenerse con algo que por verdadera curiosidad.

En la pared, bajo un amasijo de telarañas que hubiesen alegrado el día a Drácula, encontró otro interruptor y lo pulsó también.

Una parte de la pared se abrió. Teo retrocedió asustado y chocó con un montón de partituras. La nube de polvo que se levantó lo hizo toser pero, por suerte, tenía a mano el inhalador para el asma que Celia le obligaba a llevar siempre consigo. Cuando el polvo se disipó, ante él apareció un pasillo oscuro y estrecho.

Teo sacó la cabeza para ver qué había más allá del rincón. Un pasadizo vacío se dividía a la derecha y a la izquierda. Felicia ya había dejado de tocar el piano. Teo se quedó muy quieto, mientras escuchaba el tintineo del hielo contra el cristal. Al cabo de un rato, oyó a las criadas llevándose a Felicia.

Teo pulsó otra vez el interruptor y, para su tranquilidad, comprobó que la pared volvía a cerrarse. Salió a hurtadillas del trastero, dejó huellas de polvo sobre la alfombra al volver y fue regañado por Celia cuando vio cómo se le habían puesto la ropa y el pelo.

«Esto es mejor que un episodio del Látigo Negro», pensó Teo, decidiendo guardar el secreto para sí. Sería un sitio que solo le pertenecería a él. Ni siquiera Tam Lin lo encontraría si quería esconderse.

Durante las semanas que siguieron, Teo exploró sus nuevos dominios lenta y cuidadosamente. Al parecer, el pasadizo serpenteaba por entre las paredes interiores y las exteriores. En las paredes había mirillas, pero a través de ellas solo se veían habitaciones vacías con sillas y mesas en el fondo. Una vez vio a un criado que quitaba el polvo a los muebles.

Algunas de las mirillas daban a trasteros como el de la habitación del piano. Teo no cayó en la cuenta hasta que un día, abriéndose paso por el pasadizo, tocó por casualidad otro interruptor.

Decidió pulsarlo.

Una porción de la pared se abrió igual que la de la habitación del piano. El corazón de Teo se aceleró. ¡Podía entrar en el trastero que había detrás! Estaba lleno de ropa desgastada y zapatos viejos pero, si los apartaba, podía acceder a la puerta que había al otro lado. Entonces, empezó a oír voces. El médico y el señor Alacrán trataban de convencer a alguien cuya voz llegaba atenuada. El doctor hablaba con un tono áspero, que traía a Teo malos recuerdos.

—¡Háganos caso! —dijo Willum secamente—. No le queda más remedio.

—Por favor, padre —dijo el señor Alacrán.

Teo nunca le había oído emplear un tono tan amable.

—No, no, no —gemía el padre del señor Alacrán.

—Sin la quimioterapia, morirás —insistió su hijo.

—Dios me quiere a su lado.

—Pero yo te quiero aquí —suplicó el señor Alacrán.

—¡Este es un lugar de sombras y maldad!

Al parecer, el anciano estaba perdiendo de vista la realidad.

—Al menos, déjese trasplantar el hígado —dijo Willum con su voz áspera.

—¡Dejadme en paz! —protestó el anciano.

Teo retrocedió hasta el pasillo y cerró la abertura. No entendía de qué estaban hablando, pero sabía lo que pasaría si alguien lo sorprendía escuchando. Lo encerrarían. Hasta puede que lo entregaran a Rosa otra vez.

Teo deshizo el camino hasta la habitación del piano, y durante mucho tiempo no se atrevió a entrar en el pasadizo secreto. Lo que sí hizo fue seguir escuchando la música de Felicia. Era algo que ya tenía metido dentro. Por peligroso que fuera, no podía dejar pasar mucho tiempo sin escucharla.

Una tarde, Teo vio alarmado que fue el médico quien entró con la bebida de Felicia en lugar de un criado.

—Ay, Willum —gimió ella mientras agitaba el hielo—. Ya no me habla. Me mira sin verme, como si yo no estuviera.

—No pasa nada —la tranquilizó el médico—. Yo estoy aquí y cuidaré de ti.

Abrió su maletín negro y sacó una jeringuilla. Teo contuvo la respiración. El médico le había puesto una inyección cuando estaba enfermo y le pareció horrible. Teo observó fascinado cómo el médico pasaba un algodón por el brazo de Felicia y clavaba la aguja en él. ¿Por qué no lloraba? ¿Es que no le dolía?

Willum se sentó al lado de Felicia y le pasó el brazo por los hombros. Luego le murmuró algo que Teo no pudo oír pero que debió gustar a Felicia, porque sonrió y apoyó la cabeza sobre el pecho del médico. Al cabo de un rato, Willum la llevó fuera de la habitación.

Teo salió rápidamente de su escondite. Olisqueó el vaso y probó el contenido. ¡Puaj! ¡Sabía a fruta podrida! Lo escupió sin pensarlo siquiera. Escuchó atentamente los pasos que se alejaban por el pasillo y se sentó al piano. Entonces, pulsó una tecla con cuidado.

La nota resonó suavemente en la habitación. Teo estaba extasiado. Probó con otras teclas. Todas tenían un sonido hermoso. Estaba tan ensimismado que apenas oyó que un criado se acercaba por el pasillo pero, por suerte, salió del trance con tiempo suficiente para escabullirse detrás de las plantas.

Aquel día, Teo estuvo investigando las idas y venidas de los criados para averiguar cuál era la mejor hora para visitar la habitación del piano. Felicia nunca iba por las mañanas. De hecho, no se levantaba hasta la tarde y después solo estaba activa durante una hora aproximadamente.

Teo descubrió que podía recrear las canciones que Celia le cantaba, tocando con un solo dedo. Felicia utilizaba los diez, pero él todavía no sabía cómo hacerlo. De todos modos, la capacidad de crear música lo llenaba de un gozo incontenible. Se olvidaba de dónde estaba y hasta de que era un clon. La música compensaba cualquier otra cosa: el desdeñoso silencio de los criados, los desaires de Steven y Emilia, el odio de Tom.

—Así que es aquí donde te metes —dijo Tam Lin a su espalda.

Teo se dio la vuelta tan bruscamente que casi se cayó del taburete.

—Sigue, sigue. Tienes mucho arte —observó Tam Lin—. Fí-

110

jate, nunca me hubiera imaginado que el Patrón tuviera oído musical.

El corazón de Teo latía con fuerza. ¿Y si ahora le prohibían entrar en la habitación?

—Si tú tienes oído musical, por fuerza él debe tenerlo —dijo el guardaespaldas—. Supongo que nunca tuvo ocasión de estudiar. Donde él vivía, partían los pianos para hacer leña.

—¿Tú sabes tocar? —preguntó Teo.

—Estarás de guasa. Mira qué manos.

Teo se fijó en los gruesos dedos que salían de unas manos grandes y toscas. Algunos dedos estaban torcidos, como si se hubieran roto y se los hubieran recompuesto.

—¿Y si tocas con un solo dedo? —propuso.

—La música tiene que estar en la cabeza en primer lugar, chaval —rió Tam Lin—. Cuando el Señor repartió talento, se olvidó de mí. Pero tú sí que lo tienes, y sería una pena que no lo aprovecharas. Hablaré con el Patrón para que te encuentre un profesor.

No fue tarea fácil. Ninguna persona quería enseñar a un clon y ningún zonzo era lo bastante listo como para enseñarle. Finalmente, Tam Lin encontró a un hombre que se había quedado sordo y que necesitaba trabajo desesperadamente. A Teo le pareció raro que alguien que no oía pudiese enseñar música, pero el señor Ortega era perfectamente capaz. Sentía la música a través de sus manos. Las ponía sobre el piano mientras Teo practicaba y detectaba todos los errores.

No tuvo que pasar mucho tiempo para que Teo añadiese la técnica musical a su creciente lista de logros. Leía cosas escritas para gente diez años mayor, tenía una capacidad para las matemáticas que asombraba (y también irritaba) a Tam Lin y hablaba perfectamente español e inglés. Además, sus habilidades artísticas estaban cada día más afinadas. Teo se entregaba al estudio de todo lo que le ponían por delante. Sabía el nombre de los planetas, las estrellas más brillantes y todas las constelaciones, y había memorizado los nombres de los países con sus capitales y sus principales exportaciones.

Tenía ansia de aprender. Sería el mejor en todo, y entonces todos lo querrían y se olvidarían de que era un clon.

10

UN GATO CON SIETE VIDAS

—Eres como un animal salvaje —se quejó María, plantada frente a la puerta de la habitación de Teo—. Siempre estás aquí escondido, como un oso en una cueva.

Teo miró indiferente las ventanas encortinadas. Le gustaba la seguridad y comodidad de los sitios oscuros.

—Es que soy un animal —contestó.

Antes, esas palabras le habrían producido dolor, pero ahora había aceptado su papel.

—Lo que te pasa es que te gusta quejarte —dijo María, entrando con decisión para abrir las cortinas y las ventanas, tras las que apareció el huerto de Celia, repleto de mazorcas de maíz, tomates, frijoles, guisantes—. Además, hoy es el cumpleaños del Patrón, y eso quiere decir que tendrás que guardarte esa cara de malas pulgas.

Teo dio un suspiro. Sus protestas podían sacar de quicio casi a cualquiera pero no a María, que se limitaba a reír. Naturalmente, nunca se le pasó por la cabeza llevarle la contraria al Patrón en las escasas ocasiones en las que el anciano estaba de visita.

Hacer algo así era impensable. El Patrón tenía un aspecto cada vez más frágil y parecía estar peor de la cabeza.

Cuando Teo lo veía se le partía el corazón. Quería al Patrón. Se lo debía todo a él.

Teo apenas se acordaba ya de esos días horribles, tres años atrás, cuando estuvo encerrado en esa especie de corral, con escarabajos por amigos y huesos de gallina por juguetes. Pero sabía que todavía estaría allí (o enterrado por Rosa bajo el suelo) si el anciano no lo hubiera sacado de ese lugar.

—El Patrón cumple ciento cuarenta y tres años hoy —dijo Teo.

—¡No sé cómo se puede ser tan viejo! —dijo María con un escalofrío.

—Celia dice que si pusiéramos en la tarta todas las velitas que le corresponden, la pintura de la pared se derretiría.

—La última vez que estuvo aquí parecía un poco raro —dijo María.

«Raro es poco», pensó Teo. El Patrón se había vuelto tan olvidadizo que repetía las mismas frases una y otra vez.

—¿Ya estoy muerto? —preguntaba—. ¿Ya estoy muerto?

Y se llevaba la mano frente a la cara, examinándose todos los dedos como si quisiera asegurarse de que todavía estaba allí.

—¿Estás listo ya? —preguntó Celia, entrando en la habitación a toda prisa. Hizo que Teo se diese la vuelta y le arregló el cuello de la camisa—. Recuerda que durante la cena vas a sentarte al lado del Patrón. Tienes que estar atento y contestar a todo lo que te pregunte.

—¿Y si está... raro? —dijo Teo.

No había olvidado que tuvo que contestar una y otra vez a la pregunta «¿ya estoy muerto?» la última vez que el anciano estuvo de visita.

Celia dejó de toquetear el cuello de la camisa y se arrodilló frente a él.

—Escúchame, cielito. Si pasara algo malo hoy, quiero que vayas a buscarme en seguida. Ve a la despensa que hay detrás de la cocina.

—Cuando dices malo, ¿a qué te refieres?

—No te lo puedo decir —contestó Celia, mirando furtivamente a su alrededor—. Tú prométeme que te acordarás.

Teo pensó que era difícil prometer algo así. Nadie se olvidaba de las cosas a propósito, pero asintió.

—¡Ay, hijo mío! ¡Cuánto te quiero! —Celia lo rodeó con sus brazos y se echó a llorar.

Teo estaba perplejo y apenado a la vez. ¿Por qué se habría alterado tanto Celia? Teo veía a María por el rabillo del ojo. La niña ponía una cara que indicaba lo cursi que le parecía esa escena. Cursi. Esa era la palabra favorita de María últimamente. Se la había tomado prestada a Tam Lin.

—Te lo prometo —dijo Teo.

Celia se sentó de improviso y se secó los ojos con el delantal.

—Soy una tonta. ¿De qué te serviría entenderlo? Solo empeoraría las cosas.

Parecía estar hablando para ella misma, ajena a la mirada preocupada de Teo. Entonces, se puso en pie y se alisó las arrugas del delantal.

—Corred, chicos, id a la fiesta y pasáoslo bien. Yo estaré en la cocina, preparando la mejor cena que hayáis visto nunca. Estáis estupendos los dos, como sacados de una película.

Ya volvía a ser la Celia de siempre, segura de sí misma. Teo se sintió aliviado.

—Tengo que ir a mi habitación a por Bolita —dijo María, cuando ya se iban.

—¡Oh, no! No puedes llevártelo a la cena.

—Si quiero, sí. Lo esconderé sobre mis rodillas.

Teo soltó un suspiro. No se podía discutir con ella. María se llevaba a Bolita a todas partes. Tam Lin se quejaba diciendo que, más que un perro, parecía un tumor peludo que le salía del brazo. Hasta se ofreció a acompañarla al médico para que se lo extirparan.

Tom estaba en la habitación de María, pero a Bolita no se lo veía por ningún lado.

—¿No lo habrás dejado escapar? —gritó María, mirando bajo la cama.

—Ni siquiera lo he visto —dijo Tom, dirigiendo una mirada amenazadora a Teo.

Teo le devolvió la misma mirada. Tom tenía el pelo rojo alisado hacia abajo y las uñas impecables, blancas como medias lunas. Siempre se dejaba ver perfectamente acicalado en este tipo de ocasiones, lo que despertaba muchos comentarios de admiración entre las mujeres que acudían a las fiestas de cumpleaños del Patrón.

—¡Se ha perdido! —gimió María—. Se asusta mucho cuando se pierde. ¡Ayudadme a encontrarlo, por favor!

Teo y Tom interrumpieron su duelo de miradas y se pusieron a buscar a regañadientes bajo las almohadas, tras las cortinas, en los armarios. María gimoteaba suavemente mientras la búsqueda transcurría sin dar resultados.

—Seguro que está corriendo por la casa pasándoselo pipa —dijo Teo.

—No le gusta nada estar fuera —dijo María, llorando.

A Teo no le cupo duda de eso. El perro era tan inútil que huiría de un gorrión, pero era cierto que lo más probable era que estuviera fuera, en uno de los mil escondites posibles. No lo iban a encontrar antes de la cena. Entonces, Teo se fijó de golpe en algo extraño.

Tom.

Tom estaba buscando, pero era como si no estuviera buscando de verdad. Era algo difícil de describir. Tom imitaba los movimientos de los demás, pero sus ojos estaban todo el rato pendientes de María. Teo dejó de buscar y se puso a escuchar a su alrededor.

—¡He oído algo! —gritó.

Entró zumbando en el cuarto de baño y levantó la tapa del retrete. Allí estaba Bolita, tan empapado y agotado que solo pudo emitir un quejido finísimo. Teo sacó al perro y lo dejó rápidamente en el suelo. Cogió una toalla y lo envolvió con ella. Bolita estaba tan cansado que ni siquiera trató de morder a Teo. Cada vez que María lo ponía en pie, se tumbaba sin fuerzas en el suelo.

—¿Cómo ha ido a parar aquí? ¿Quién ha bajado la tapa? Cosita linda, bolita mía —decía María, acariciando y apretando contra su cara al repelente animal—. Ya ha pasado todo. Mi perrito guapo, cariñito mío.

—Siempre bebe agua del retrete —dijo Tom—. Se habrá caído dentro y se le habrá cerrado la tapa encima. Llamaré a una criada para que le dé un baño.

Antes de que se fuera, Teo pudo ver en su cara un destello de auténtica rabia. Tom había planeado algo que no le había salido bien. Teo estaba convencido de que Tom había tirado a Bolita al retrete, a pesar de que nunca había mostrado antipatía por el perro. Muy típico de él, eso sí. Podía ser amable y solícito en apariencia, pero nunca sabías qué podía estar tramando en realidad.

Teo sintió un escalofrío. Bolita podría haberse ahogado si él

117

no lo hubiera encontrado. ¿Cómo se podía ser tan cruel? ¿Y por qué querría alguien hacer daño a María, una niña tan dulce que era capaz de salvarle la vida a una araña venenosa? Teo sabía que nadie lo creería si acusaba a Tom. Él solo era un clon y su opinión no contaba.

«Pero podría hacer que por una vez contase», pensó Teo, mientras se le ocurría un delicioso plan.

Por lo general, los criados hacían como si Teo no existiera y los Alacrán lo miraban sin verlo, como si fuera un insecto en una ventana. El profesor de música, el señor Ortega, apenas le decía nada excepto «¡no! ¡no! ¡no!» cuando desafinaba, pero por aquel entonces ya no lo reñía muy a menudo. Teo era un excelente intérprete de piano, aunque no hubiera estado de más que el hombre le dijera «¡bien!» de vez en cuando. Pero nunca lo hacía. Eso sí, cuando Teo tocaba bien, la cara del señor Ortega se iluminaba con una expresión de alegría que era tan significativa como un cumplido. Además, cuando Teo tocaba bien de verdad, estaba tan extasiado que le daba igual lo que pensara el profesor.

Todo eso cambiaba durante la fiesta de cumpleaños que se celebraba cada año. En realidad, las fiestas eran en honor del Patrón, pero habían terminado siendo también en honor suyo. Al menos, Celia, Tam Lin, María y el Patrón lo felicitaban. Todos los demás tenían que limitarse a apretar los dientes y aguantar lo mejor que pudieran hasta que terminara el día.

Era la única vez al año que Teo podía pedir cualquier cosa que deseara. Podía obligar a los Alacrán a que le prestaran atención. Podía hacer que Steven y Tom —¡incluso Tom!— fueran amables con él delante de todos sus conocidos. Nadie se atrevía a hacer enfadar al Patrón y, por consiguiente, nadie se atrevía a hacer como si Teo no existiera.

Para la fiesta se había decorado uno de los amplios jardines que rodeaban la Casa Grande, donde las mesas ya estaban dispuestas. El césped, suave y regular, estaba cortado a la misma altura por todas partes. Los zonzos se habían encargado de nivelar el terreno con tijeras justo antes de la celebración. Al día siguiente quedaría irremisiblemente pisoteado y olvidado, pero por el momento relucía como una esmeralda bajo la suave luz de la tarde.

Las mesas estaban cubiertas por manteles blancos e inmaculados, la vajilla estaba adornada de filigranas de oro, la cubertería estaba impecablemente limpia y junto a cada plato lucía una copa de cristal.

En un rincón, bajo una galería ornada de buganvillas, había un enorme montaña de regalos. Todos los invitados habían llevado regalos al Patrón, aunque nada había que no tuviera ya y poco que pudiera disfrutar a los ciento cuarenta y tres años. Había incluso algunos regalos para Teo: pequeños y afectuosos detalles de Celia y María, algo práctico de parte de Tam Lin y un regalo grande y caro comprado por el Patrón.

Los invitados se paseaban por el jardín, degustando exquisiteces de las bandejas que las criadas iban pasando. Los camareros ofrecían las bebidas más variadas que uno pudiera imaginarse y llevaban pipas de agua a quienes deseaban fumar. Habían acudido senadores, actores famosos, generales, médicos de prestigio internacional, unos cuantos ex presidentes y media docena de dictadores de países que Teo había oído mencionar en la tele. Incluso había una princesa de aspecto lánguido. Y, por descontado, habían acudido los otros terratenientes, los auténticos aristócratas, que dominaban el imperio

119

de la droga que conformaba la frontera entre Estados Unidos y Aztlán.

Los terratenientes se agrupaban alrededor de un hombre que Teo nunca había visto. De pelo crespo y rojo, tenía una cara fláccida y blancuzca y unos surcos profundos bajo los ojos. Aunque no tenía buen aspecto, parecía estar de buen humor. Peroraba ante los demás con voz estridente y enfatizaba su discurso taladrando el pecho de sus oyentes con el dedo. A Teo le bastó con eso para saber que se trataba de un terrateniente. Nadie más se atrevería a ser tan desconsiderado.

—Es Mr. McGregor —dijo María, detrás de Teo. Llevaba en brazos a Bolita, con el pelo recién secado.

—¿Quién?

Por un momento, Teo volvía a estar de nuevo en la casita del campo de amapolas. Tenía seis años y estaba leyendo el viejo libro de Peter Rabbit, el conejo travieso al que Mr. McGregor quería hacer picadillo por haber entrado en su huerto.

—Tiene una plantación en San Diego —explicó María—. A mí me da muy mala espina.

Teo examinó al hombre con más atención. No se parecía al Mr. McGregor del libro, pero estaba claro que tenía un aire desagradable.

—Están diciendo a todo el mundo que entren en el salón —dijo María, apretando a Bolita para sostenerlo más cómodamente—. Más te vale no gritar —le dijo al perro—, por desagradable que sea la compañía.

—Gracias por el cumplido —dijo Teo.

Al salón se llegaba por una escalera de mármol que subía desde el jardín. Los invitados se desplazaron hacia allí, obedeciendo disciplinadamente la invitación para felicitar al Patrón. Teo se preparó para llevarse una fuerte impresión.

Cada vez que veía al Patrón, el estado del anciano había empeorado.

Los invitados se colocaron en un semicírculo. El salón estaba flanqueado por todos los lados por enormes vasijas con flores y las estatuas de mármol tan apreciadas por el Patrón. Las conversaciones fueron apagándose para dejar oír más claramente el trinar de los pájaros y el chapotear de los surtidores. Un pavo real chilló en un jardín cercano. Teo esperó intranquilo a que se empezase a oír el zumbido de la silla de ruedas motorizada del Patrón.

Las cortinas de la parte más alejada del salón se abrieron y, sorprendentemente, el Patrón las atravesó por su propio pie. Se movía lentamente, eso sí, pero el caso es que estaba caminando. Teo estaba encantado. Tras el Patrón, empujando sendas sillas de ruedas, entraron Donald el Bobo y Tam Lin.

Un murmullo de admiración se dejó oír por toda la sala. Alguien (la princesa, pensó Teo) gritó: «¡Hip, hip, hurra!». Acto seguido, todos empezaron a dar gritos de alegría. Teo también gritaba, dejándose llevar por el alivio y la alegría.

—Conque el viejo vampiro ha logrado salir de su ataúd otra vez —murmuró alguien a su espalda.

Teo se dio la vuelta rápidamente para ver quién había sido, pero no pudo distinguir de dónde había salido el comentario.

Cuando el Patrón llegó a la mitad del salón, hizo una señal a Tam Lin para que le acercara la silla. Se dejó caer sobre ella y el guardaespaldas lo acomodó entre varios cojines. Teo se sorprendió al ver que Mr. McGregor se apartaba de los demás y se sentaba en la otra silla.

«Así que son amigos», pensó Teo. ¿Por qué no había visto antes a Mr. McGregor?

—Bienvenidos —dijo el Patrón. Su voz no era muy fuerte,

pero había algo en ella que exigía que se le prestara atención inmediata—. Gracias por celebrar conmigo mis ciento cuarenta y tres años. Todos vosotros sois amigos y socios, o sois parientes —matizó, riendo por lo bajo—. Aunque estos sí que quisieran verme en la tumba, por ahora no parece que vayan a tener esa suerte. He podido beneficiarme de un fabuloso e innovador tratamiento suministrado por los mejores médicos del mundo, y mi buen amigo McGregor se dispone a ponerse en manos de esos mismos médicos.

Mr. McGregor sonrió ampliamente y sostuvo en alto el brazo del Patrón, como haría un árbitro con un boxeador que acabara de ganar una pelea. ¿Qué era lo que hacía tan repulsivo a ese hombre? Teo sintió revolvérsele las tripas, aunque no hubiera motivo alguno para que le desagradara tanto.

—Que se acerquen los que han obrado este milagro —dijo el Patrón.

Dos hombres y dos mujeres se separaron del grupo, se acercaron a la silla de ruedas y se inclinaron en un ceremonioso saludo.

—Estoy seguro de que os sentiréis sobradamente pagados con mi más sincero agradecimiento —rió el Patrón mientras los médicos intentaban ocultar su decepción—. Pero todavía os sentiréis más pagados con estos cheques de un millón de dólares.

Los médicos se animaron al instante, aunque una de las mujeres tuvo el decoro de sonrojarse. Todos los invitados rompieron en aplausos y los médicos dieron las gracias al Patrón.

Tam Lin buscó a Teo con la mirada y le hizo una señal. Teo dio un paso adelante.

—Mi vida —dijo el Patrón con sincero afecto, mientras lo invitaba con la mano a acercarse—. Ven y deja que te vea bien. ¿Yo era así de guapo? Parece ser que sí.

El anciano suspiró y se quedó en silencio. Tam Lin indicó a Teo con un gesto que se quedara junto a la silla de ruedas.

—Yo era un muchacho pobre que venía de un pueblo pobre —empezó a hablar el Patrón, dirigiéndose a los presidentes, generales, dictadores y a las demás personas famosas que estaban allí convocadas—. Un año, en la celebración del Cinco de Mayo, el ranchero que poseía nuestra tierra organizó un desfile. Mis tres hermanos y yo fuimos a verlo. Mi madre se trajo a mis dos hermanas. Llevaba a una en brazos, y la otra la seguía cogida de su falda.

Teo vio los polvorientos campos de maíz y las montañas moradas de Durango. Vio el torrente que rugía lleno de agua dos meses al año y que estaba seco como un hueso el resto del año. Se lo había oído contar tantas veces al Patrón que se lo sabía de memoria.

—En el desfile, el alcalde iba montado en un elegante caballo blanco y lanzaba dinero a la gente. ¡Cómo corríamos detrás de las monedas! ¡Cómo nos revolcábamos en el fango como cerdos! Pero el caso es que nos hacía falta el dinero. Éramos tan pobres que no teníamos dónde caer muertos. Después del desfile, el ranchero dio una gran fiesta. Podíamos comer cuanto quisiéramos, y era una estupenda oportunidad para mucha gente que tenía el estómago tan encogido que los frijoles tenían que hacer cola para entrar. En esa fiesta, mis hermanitas contrajeron el tifus. Murieron las dos a la vez. Eran tan pequeñas que no llegaban ni a la altura de la repisa de la ventana. No, ni aunque se pusieran de puntillas.

En el salón reinaba un silencio sepulcral. Teo oyó una paloma en el jardín que repetía: «Horror, horror, horror».

—En los cinco años siguientes, murieron mis tres hermanos varones —continuó el Patrón—. Uno se ahogó, otro no tenía dinero para curarse una apendicitis y al otro lo mató la policía a golpes. Éramos seis hermanos, pero solo yo sobreviví y me hice mayor.

A Teo le pareció que el público estaba aburrido, aunque todos trataban de disimularlo. Llevaban años oyendo el mismo discurso.

—Los enterré a todos, del mismo modo que he terminado enterrando a todos mis enemigos. Claro que siempre puedo ganarme más enemigos.

El Patrón repasó al público con la mirada. Varias personas esbozaron una sonrisa que se quedó helada al encontrarse con la mirada de acero del Patrón.

—Podría decirse que soy un gato con siete vidas. Y, mientras haya ratones que cazar, no tengo intención de abandonar la caza. Gracias a los médicos, puedo seguir practicándola. Ahora ya podéis aplaudir.

Lanzó una mirada desafiante a sus oyentes y estos empezaron a aplaudir, primero tímidamente y luego con fuerza.

—Son como robots —murmuró entre dientes, y luego añadió en voz alta—: Voy a descansar un poco y luego cenaremos todos juntos.

11

LA ENTREGA DE REGALOS

Teo deambuló por el jardín, admirando las esculturas de hielo y un surtidor de vino en cuyo pilón borboteaba un líquido rojo con rodajas de naranja. Mojó el dedo para probarlo. No estaba tan rico como parecía.

Dio una ojeada a las tarjetas que indicaban el sitio de cada uno en la mesa y vio que, como de costumbre, iba a sentarse al lado del Patrón. Al otro lado iba Mr. McGregor. Los otros comensales favorecidos eran el señor Alacrán, Felicia, Benito (recién llegado o, mejor dicho, expulsado, de la universidad), Steven y Tom. Completaba la lista de comensales de la mesa principal el padre del señor Alacrán. Por aquel entonces todos lo llamaban el Viejo porque parecía más viejo que el Patrón.

Tarareando, Teo quitó la tarjeta de Tom y la puso en la mesa de los bebés. A cada lado de la mesa habían puesto unas sillas más altas donde se sentarían unas niñeras para mantener el orden. Teo cogió la tarjeta de María y la puso al lado de la suya.

A continuación, exploró los límites del jardín, cercado por el batallón sombrío y arisco de guardaespaldas. Cada uno de los presidentes, dictadores y generales se había traído a sus propios protectores y, por descontado, los Alacrán habían contratado un pequeño ejército para la fiesta. Teo contó más de doscientos hombres.

¿Contra quién los protegían?, se preguntó. ¿Quién podría asaltarlos a través del campo de amapolas? En cualquier caso, Teo estaba acostumbrado a la presencia de guardaespaldas en todas las ceremonias familiares, y era de esperar encontrarlos allí.

El sol se estaba escondiendo y el jardín estaba bañado por una luz suave y verde. A lo lejos, la sierra del Ajo seguía brillando con un tono entre pardo y morado mientras los destellos dorados que cubrían los campos de amapolas se desvanecían ante los ojos de Teo. En las copas de los árboles se encendieron las luces.

—¿Serás cerdo? —gritó María, que había acomodado a Bolita en una bolsa que tenía colgada del hombro—. Por una vez podrías ser más amable con Tom. He vuelto a poner su tarjeta en su sitio.

—Era un castigo por haber intentado ahogar a Bolita —dijo Teo.

—Pero ¿qué estás diciendo?

—Bolita no pudo caer en la letrina y bajar la tapa. Esas cosas no pasan. Fue Tom.

—Tom no es tan malo —repuso María.

—¿Desde cuándo? Además, es mi fiesta y yo decido dónde se sienta la gente.

Teo estaba empezando a perder la paciencia con María. Quería ser amable, pero ella se lo tomaba todo al revés.

—En la mesa de los bebés comen papilla.

—Mejor —dijo Teo.

Cogió la tarjeta de Tom y la puso donde estaba. María alargó la mano para volverla a cambiar y Teo la sujetó por la muñeca con bastante fuerza.

—¡Ay! ¡Me has hecho daño! Yo voy a quedarme aquí —dijo María.

—De eso, nada —dijo Teo.

—¡Yo hago lo que quiero!

Teo volvió a su mesa y María trató de adelantarse a él a empujones para coger su tarjeta. El Patrón ya estaba allí, en compañía de McGregor y los demás.

—¿Qué es esto? ¿Qué es esto? —dijo el Patrón.

Teo y María frenaron en seco.

—Quiero que se siente conmigo —contestó Teo.

El anciano soltó una risa seca y ronca:

—¿Es tu novia?

—¡Eso es repulsivo! —dijo el señor Alacrán.

—¿Tú crees? —rió entre dientes el Patrón—. Teo no es distinto de mí a su edad.

—¡Teo es un clon!

—Pero es mi clon. Siéntate, niña. Haz sitio para ella, Tam Lin.

El guardaespaldas arregló la mesa para que se sentara María. Dirigió una mirada de enfado a Teo.

—¿Dónde está Tom? —dijo Felicia.

Todos se dieron la vuelta para mirarla. Felicia era tan silenciosa y se la veía tan poco, que mucha gente parecía olvidar que existiera.

—¿Dónde está Tom? —preguntó el Patrón a Teo.

—Lo puse en la mesa de los bebés —dijo Teo.

—¡Vaya cerdo! —gritó María.

—Así se hace, mi vida —rió el Patrón—. Deshazte de tus enemigos mientras puedas. A mí tampoco me gusta Tom. Cenaremos más a gusto sin él.

Felicia apretó su servilleta en el puño, pero no dijo nada.

—¡No quiero quedarme aquí! ¡Quiero estar con Tom! —protestó María.

—Pues te aguantas —dijo Teo secamente.

¿Por qué tenía que defenderlo siempre? Ni siquiera se había parado a pensar. No había forma de que Bolita hubiera podido bajar la tapa después de caer. Pero ella no creía a Teo porque no era más que un clon «repulsivo». Aquello era tan injusto que lo invadió una oleada de intensa irritación.

—Haz lo que te dicen, niña —dijo el Patrón, antes de desentenderse completamente del conflicto y darse la vuelta para dirigir su atención a Mr. McGregor.

María tuvo que contener las lágrimas mientras Tam Lin acercaba su silla a la mesa.

—Procuraré que coma lo mismo que nosotros —le susurró el guardaespaldas.

—No lo hagas —dijo Teo.

Tam Lin alzó las cejas, extrañado.

—¿Es eso una orden directa, señor Teo?

—Sí.

Teo trató de no hacer caso de los sollozos de María mientras ella hacía lo posible para no llamar la atención. Si María no se decidía a castigar a Tom, él lo haría en su lugar. Los camareros llegaron con la comida y la sirvieron. María apartaba pequeñas porciones para dárselas a Bolita y seguía comiendo sin levantar la vista.

—¿Implantes fetales? Tendré que probar eso algún día —dijo McGregor—. A ti te ha dado unos resultados milagrosos.

—No lo dejes para muy tarde —aconsejó el Patrón—. Los médicos necesitan un plazo de cinco meses como mínimo para trabajar. Mejor si son ocho.

128

—¿Y no podría utilizar...?

—No, no, ya es demasiado mayor.

Felicia clavaba la mirada en el plato con casi tanto abatimiento como María. Ni siquiera fingía estar comiendo. Bebía de una copa alta que los criados iban llenando regularmente. Miraba suplicante a McGregor, aunque Teo no se podía imaginar qué querría de él. En todo caso, el hombre no le prestaba atención. En realidad, nadie lo hacía, ni siquiera su marido.

El Viejo, el padre del señor Alacrán, manchó el mantel de comida. A él tampoco le prestaban ninguna atención.

—Ahí tienes un ejemplo de alguien que no se hizo los implantes a tiempo —dijo el Patrón, refiriéndose al Viejo.

—Papá prefirió no hacerlo —dijo el señor Alacrán.

—Pues entonces es un necio. Míralo, Teo. ¿Podrías creer que es mi nieto?

Teo no había llegado a establecer el parentesco exacto entre el Viejo y el Patrón. No le pareció importante. El Patrón parecía viejo, de eso no había duda, pero tenía la mente despierta. Por lo menos, la tenía después de hacerse esos implantes de lo que fuera. El Viejo, en cambio, apenas podía articular una frase entera y pasaba la mayor parte del tiempo sentado en su habitación, gritando. Celia había explicado a Teo que eso le pasaba a mucha gente mayor y que no debía preocuparse por ello.

—Más bien podría creer que él es su abuelo —dijo Teo.

El Patrón se rió, desperdigando trocitos de comida sobre el plato.

—Eso es lo que pasa cuando uno no se cuida.

—Papá consideraba que hacerse los implantes era inmoral —dijo el señor Alacrán—. Y yo respeté su decisión.

Teo supo por el brusco silencio que se formó en la mesa que el señor Alacrán había dicho algo peligroso.

129

—Tiene profundas convicciones religiosas —prosiguió el señor Alacrán—. Considera que Dios lo puso en este mundo por un número determinado de años y que no debe pedir más que eso.

El Patrón clavó la mirada en el señor Alacrán durante un buen rato.

—Pasaré por alto esta impertinencia —dijo al fin—. Hoy es mi cumpleaños y estoy de buen humor. Pero un día tú también serás viejo. Se te empezará a deteriorar el cuerpo y te fallará la cabeza. Ya veremos entonces si sigues siendo así de moralista.

Dicho esto, siguió comiendo y todos se calmaron.

—¿Puedo ir a ver cómo está Tom? —dijo Felicia con tono vacilante.

—No te metas en esto —gruñó el señor Alacrán.

—Solo... quería asegurarme de que tuviera comida.

—¡Por el amor de Dios! Ya es capaz de andar y buscarse la comida él solito.

Teo opinaba lo mismo, pero lo sorprendió el enojo con que el señor Alacrán se dirigía a Felicia. ¿Cómo se podía estar enfadado con alguien tan indefenso como ella? Con la cabeza gacha, Felicia se apartó en silencio.

Tras la cena, Tam Lin llevó al Patrón en la silla de ruedas hasta la galería de buganvillas para que recibiera sus regalos. Mr. McGregor dijo que tenía que irse a descansar porque iba a someterse pronto a una operación. Teo se alegró cuando lo vio irse.

El Patrón daba mucha importancia a los regalos.

—Por el tamaño del regalo se sabe cuánto te quiere alguien —decía a menudo el Patrón, que prefería recibir regalos que darlos—. Las riquezas deben ir de fuera... —afirmaba, abriendo bien los brazos como si fuera a abrazar a alguien—, hacia dentro —y se daba un enorme abrazo. A Teo eso le parecía muy gracioso.

Donald el Bobo y Tam Lin acercaron los paquetes al Patrón. Teo fue leyendo las tarjetas que llevaban y luego los desenvolvía. Un secretario anotaba de quién era cada regalo y su valor. Sobre el césped se amontonaron relojes, joyas, cuadros, estatuas y piedras lunares. Teo pensó que las piedras lunares parecían cualquier cosa sacada de la sierra del Ajo, pero iban acompañadas de un certificado y eran muy caras.

La princesa lánguida regaló al Patrón uno de los pocos regalos que parecieron agradarle, la estatua de un bebé desnudo con alas. Teo le regaló una cartera que tenía buena pinta en el catálogo pero que al lado de los demás regalos parecía muy poca cosa.

—Necesitarías una cartera del tamaño del Gran Cañón para meter dentro todos los billetes del Patrón —le había dicho Celia— y para la calderilla tendrías que secar el golfo de California entero.

Los terratenientes, sin excepción, regalaron armas. Pistolas que obedecían la voz del propietario, rayos láser capaces de achicharrar a un intruso desde el otro lado de la pared o minibombas volantes que se agarraban a la piel del adversario y que estaban programadas para reconocer a determinadas personas. Tam Lin se llevaba las armas en cuanto Teo las había desempaquetado.

—Abre tus regalos, mi vida —dijo el Patrón, pasado un buen rato.

Tenía los ojos entornados y parecía como embotado con todos los regalos que había recibido. Una montaña de nuevas posesiones rodeaba la silla de ruedas.

El niño arrancó con avidez el envoltorio de un paquete procedente de Celia. Era un jersey hecho a mano por ella. Teo no sabía de dónde habría sacado tiempo para tejerlo. Tam Lin le regaló un libro que describía las plantas comestibles del desierto. El Patrón le dio un coche eléctrico tan grande que podía sentarse dentro. Tenía luces que se encendían y se apagaban y una sirena. Él ya era un poco mayor para esas cosas, pero sabía que el regalo era muy caro y que, por consiguiente, el Patrón lo quería mucho.

María apartó de un tirón el regalo que le había dejado.

—¡No quiero darte nada! —gritó.

—¡Devuélvemelo! —dijo Teo, enfadado con ella por montar un número delante de todo el mundo.

—¡No te lo mereces! —María echó a correr, pero la detuvo su padre, el senador Mendoza.

—Dale el paquete —dijo el senador.

—¡Ha sido malo con Tom!

—Obedéceme.

María titubeó por un momento y luego arrojó el paquete tan lejos como pudo.

—Recógelo y tráemelo.

El tono de voz de Teo denotaba una furia contenida.

—Déjala ya —le aconsejó en voz baja Tam Lin, pero Teo no estaba de humor para escuchar. María lo había insultado delante de todos y él se lo iba a hacer pagar.

—Así me gusta —dijo el Patrón, con regocijo—. Mete a tus mujeres en cintura.

—Recógelo ahora mismo —dijo Teo, con la misma voz fría y mortal que había oído emplear al Patrón con los aterrados criados.

—Por favor, María —alentó el senador Mendoza pacientemente.

132

Sollozando, la niña recogió el regalo y se lo arrojó a Teo.

—¡Así se te atraganten! —dijo.

Teo temblaba, conteniéndose el miedo a perder el control y a echarse a llorar. De repente, se acordó de lo que el Patrón le había dicho antes: «¿Es tu novia?». ¿Y por qué María no podía ser su novia? ¿Por qué tenía que ser diferente por ser un clon? Cuando se miraba al espejo, no veía diferencia entre él y los demás. Era injusto que lo trataran como a Bolita si él sacaba buenas notas y se sabía el nombre de los planetas, las estrellas más brillantes y todas las constelaciones.

—Una cosa más —dijo Teo—. Quiero un beso de cumpleaños.

Una rueda de exclamaciones sonó por toda la concurrencia. El senador Mendoza, lívido, puso las manos en los hombros de María en un gesto protector.

—Aún estás a tiempo de recapacitar —murmuró Tam Lin.

El Patrón sonreía de pura satisfacción.

—Esta fiesta también es para mí —dijo Teo— y tenéis que darme todo lo que yo quiera. ¿A que sí, mi patrón?

—Claro que sí, mi pequeño gallo de pelea. Dale un beso, niña.

—¡Es un clon! —gritó el senador Mendoza.

—Pero es *mi* clon.

De pronto, el Patrón había dejado de ser el jovial homenajeado. Tenía un aspecto sombrío y peligroso, como un animal que aparece en mitad de la noche. Teo recordó lo que Tam Lin le dijo de su jefe: «Se hizo tan grande y verde que hacía sombra al resto del bosque, pero tiene la mayoría de las ramas torcidas». Teo se arrepentía de haber empezado todo aquel asunto, pero ya era demasiado tarde.

—Hazlo, María —dijo el senador Mendoza—. No dejaré que vuelva a suceder, te lo prometo.

El senador no sabía que María ya había dado algún que otro beso a Teo, igual que daba besos a Bolita y a todo lo que le gustaba. Pero Teo sabía que esto era distinto. Ahora la estaba humillando. Si hubiera sido Tom quien le hubiera pedido un beso, a nadie le habría preocupado. A la gente le habría parecido gracioso que un chico tontease con su novia.

Pero Teo no era un chico. Era un animal.

María se acercó a él, ya sin enfado ni rebeldía. En ese momento le recordaba a Felicia, con la cabeza agachada sobre el plato. Por un momento, Teo quiso decir «¡Déjalo! ¡Era una broma! ¡No lo decía en serio!», pero ya era demasiado tarde. El Patrón los miraba con patente satisfacción, y Teo comprendió que sería peligroso echarse atrás a esas alturas. ¿Quién sabe cómo castigaría a María si al final le dejaban sin diversión?

La niña se inclinó hacia adelante y Teo notó el frío roce de sus labios en la piel. Luego, la niña corrió hacia su padre y se deshizo en lágrimas. El hombre la cogió en brazos y se alejó abriéndose paso por entre la multitud, aturdida por la conmoción. Todo el mundo se puso a hablar a la vez, no de lo que acababa de suceder, sino de cualquier otro tema. Pero Teo sentía todas las miradas puestas sobre él, acusadoras, indignadas, asqueadas.

El Patrón se había quedado agotado de la emoción. Indicó a Tam Lin y a Donald el Bobo que se lo llevaran. Antes de que Teo se diera cuenta, ya lo habían transportado escaleras arriba.

La fiesta se animó cuando el Patrón ya se hubo ido, pero nadie habló con Teo. Los demás ni siquiera parecían darse cuenta de que Teo estaba allí. Al cabo de un rato, recogió sus regalos más pequeños y dejó el coche eléctrico para que los criados se ocuparan de él.

Teo volvió al apartamento de Celia y puso el jersey que ella le había regalado y el libro de Tam Lin sobre la cama. Luego abrió el regalo de María. Era una caja de caramelos de melcocha que había hecho ella misma. Él ya lo sabía porque María se lo había dicho antes de tiempo. Guardar secretos no era lo suyo.

Teo sabía que María guardaba objetos de todo tipo, como camisetas viejas, juguetes rotos o papel de regalo, y que se ponía histérica si perdía algo. Celia decía que eso era porque había perdido a su madre cuando tenía solo cinco años.

Un día, la madre de María salió de casa y ya no volvió. Nadie sabía dónde había ido y, si lo sabían, nadie hablaba de ello. Cuando María era pequeña, creía que su madre se había perdido en el desierto. Se despertaba por la noche gritando y diciendo que había oído su voz, aunque eso era imposible. Desde entonces, según Celia, María se apegaba a las cosas. Por ese motivo, pocas veces perdía de vista a Bolita y el perrito estaba tan consentido.

María había recortado a cuadritos el papel de regalo que guardaba con tanto cariño y había envuelto con él los caramelos. Teo se sintió fatal al verlos. ¿Por qué no hizo caso a Tam Lim cuando le dijo que la dejara? Teo cerró la caja y la guardó.

Celia había corrido las cortinas de su habitación. Como siempre, había encendido la vela frente a la Virgen. La estatua tenía un aspecto deslucido, con el manto agrietado y las flores de plástico barato, pero Teo no hubiera querido verla de otro modo. Se escondió bajo las sábanas y buscó a tientas su oso de peluche. Teo preferiría morir antes que confesar a María que todavía dormía con él.

12

LA COSA DEL HOSPITAL

Teo se despertó con sensación de calor y la boca pastosa. La vela frente a la Virgen se había consumido y había dejado un olor a cera retenido por las cortinas. Abrió la ventana y cerró los ojos ante la repentina invasión de luz. Hacía rato que era de día y Celia ya se había ido a trabajar.

Teo se frotó los ojos y vio el regalo de María sobre un estante. El recuerdo de la fiesta de cumpleaños reapareció con insoportable claridad. Sabía que debía arreglar las cosas con María, pero también sabía que tenía que darle tiempo para que se calmara. Si se presentaba ahora, lo único que conseguiría es que le cerrara la puerta en las narices.

Se puso ropa limpia y se comió para desayunar unas sobras de pizza que encontró. El apartamento estaba vacío y en el jardín cercado no había otra presencia que la de los pájaros. Teo salió y regó las plantas.

El día siguiente a la fiesta de cumpleaños siempre era decepcionante, ya esfumados los privilegios de los que Teo disfrutaba como clon del Patrón. Los criados seguían sin hacerle caso. Los Alacrán lo trataban como si fuera algo que Bolita hubiera escupido sobre la alfombra.

Las horas pasaron lentamente. Teo practicó con su guitarra, una habilidad que estaba desarrollando sin la ayuda del señor Ortega. El profesor de música no podía controlar el instrumento con las manos, y por eso no podía detectar los errores de Teo. Pasado un rato, se puso a leer el regalo de Tam Lin. El guardaespaldas era aficionado a los libros sobre la naturaleza, aunque los leía con gran esfuerzo y lentitud. Teo tenía ya unos cuantos libros sobre animales, acampada, supervivencia y mapas. Tam Lin confiaba plenamente en que Teo los estudiaría y aprovechaba las excursiones a la sierra del Ajo para instruirlo sobre estos temas.

En principio, Teo solo podía dedicarse a actividades que no comportasen peligro. Solo se le permitía montar caballos seguros, solo nadaba si lo vigilaban dos socorristas y solo podía trepar por una cuerda con una montaña de colchonetas debajo. Cualquier golpe o herida se atendía con extrema alarma.

Una vez por semana, sin embargo, Tam Lin lo llevaba de excursión para que aprendiera cosas sobre el terreno. Justificaban estas expediciones haciéndolas pasar como visitas a la central nuclear de los Alacrán o a la planta de procesamiento de opio, un espanto de lugar cuyo hedor y estruendo eran insoportables hasta para un zonzo. A medio camino, Tam Lin desviaba los caballos y se escapaban a las montañas. Teo vivía esperando estas salidas. Al Patrón le habría dado un ataque si hubiera sabido cuántas montañas escalaba Teo y cuántas serpientes de cascabel hacía salir de entre las piedras. Pero estas actividades hacían que Teo se sintiera fuerte y libre.

—¿Puedo entrar? —dijo una voz tenue y vacilante.

Teo dio un respingo. Estaba absorto en sus pensamientos. Oyó que alguien entraba en el recibidor.

—Soy... Felicia —titubeó la visitante, como si no estuviera segura de su identidad.

«Esto es lo más raro del mundo», pensó Teo. Felicia nunca había mostrado el más mínimo interés por él.

—¿Qué quiere?

—Pensaba que... a lo mejor podía... hacerte una visita.

Felicia tenía la mirada pesada, como si fuera a quedarse dormida en cualquier momento. La envolvía un tenue olor a canela.

—¿Por qué?

Teo sabía que estaba siendo desconsiderado, pero ¿acaso los Alacrán lo habían tratado de forma distinta? Además, había algo muy fastidioso en su forma de balancearse adelante y atrás.

—¿Puedo... sentarme?

Teo le acercó una silla, ya que ella parecía demasiado débil como para hacerlo por sí sola. Quiso ayudarla a sentarse, pero ella lo apartó.

Por supuesto. Él era un clon y los clones no tocan a la gente. Felicia se desplomó sobre la silla y, por un momento, se quedaron mirándose el uno al otro.

—Eres un buen... un buen músico —tartamudeó Felicia, como si le doliese admitirlo.

—¿Cómo lo sabe? —Teo no recordaba que ella lo hubiera visto tocar.

—Todos... lo dicen. Es toda una sorpresa. El Patrón no... no tiene... ni un ápice de talento musical.

—Pero le gusta escuchar música —dijo Teo. No le gustaba que criticasen al Patrón.

—Es verdad. Antes me escuchaba.

Teo se sintió incómodo. Probablemente había robado a Felicia la poca atención que le prestaba la otra gente.

—Antes fui una gran concertista —dijo ella.

—La he oído tocar.

—¿Sí? —dijo Felicia, abriendo los ojos—. Ah, en la habitación del piano. Tocaba mucho mejor... antes de mi... de mi...

—Crisis nerviosa —dijo Teo. Los titubeos de ella lo estaban exasperando.

—Pero no he venido por... por eso. Quiero... quiero...

Teo esperó con impaciencia.

—Ayudarte —terminó Felicia. Hubo otra larga pausa mientras Teo se preguntaba qué tipo de ayuda pensaba ella que podía necesitar—. Hiciste enfadar a María. Se ha pasado toda la noche llorando.

Inquieto, Teo se preguntó qué tenía que ver Felicia con eso.

—Quiere... verte —dijo ella.

—Vale.

—Pero ella... ¿no lo entiendes? Su padre no la deja venir aquí. Tienes que ser tú.

—¿Y qué tengo que hacer?

—¡Ve tú! —gritó Felicia, con más energía de la que Teo hubiese esperado de ella—. Ve ahora mismo.

El arrebato parecía haberla dejado sin fuerzas. Bajó la cabeza y cerró los ojos.

—¿No tendrás algo... para beber? —musitó ella.

—Celia no tiene alcohol en casa —dijo Teo—. ¿Llamo a una de las criadas?

—Da igual —suspiró Felicia, incorporándose hasta ponerse en pie—. María te está esperando en el hospital. Es importante.

Dicho esto, Felicia se encaminó a la puerta y desapareció por el pasillo como si fuera un fantasma perfumado de canela.

El hospital no era un sitio al que Teo iría de buena gana. Apartado del resto de edificios, estaba rodeado de páramos arenosos con matas de abrojos que crecían a ras del suelo. Las plantas protegían su terreno con las espinas más malintencionadas del mundo, capaces incluso de traspasar los zapatos.

Teo atravesó los páramos poniendo mucho cuidado en elegir bien el recorrido. El suelo irradiaba un calor que hacía resplandecer el edificio gris y sin ventanas. El hospital era como una cárcel con un olor extraño y alarmante en su interior que lo impregnaba todo. Dos veces al año, lo llevaban allí a la fuerza para someterlo a reconocimientos dolorosos y humillantes.

Se sentó en la escalera de entrada y se inspeccionó las sandalias por si había espinas clavadas. María estaría probablemente en la sala de espera. Era la parte del hospital menos desagradable y allí había asientos, revistas y una máquina de refrescos. El sudor le resbalaba por la cara y hacía que se le pegase la camisa al cuerpo.

—En realidad no debería ni hablarte —dijo María, sentada en uno de los asientos, con una revista abierta sobre las rodillas. Tenía los ojos como hinchados.

—Pues ha sido idea tuya —repuso Teo, y se mordió la lengua. Quería hacer las paces, no pelearse con ella—. Ha sido buena idea, quiero decir.

—Eres tú el que me ha llamado. ¿No podías elegir un sitio más agradable? Aquí se me pone la piel de gallina.

A Teo se le encendió la luz de alarma.

—Yo no te he llamado. ¡Espera! —gritó, al ver que María iba a levantarse—. Es verdad que quería verte. Supongo... supongo que me comporté como un cerdo en la fiesta.

—¿Lo supones? —dijo ella con desdén.

—Vale, fui un cerdo. Pero no tenías por qué retirar el regalo.

—Pues claro que sí. Un regalo no vale nada si se da de mala gana.

Teo contuvo su primera respuesta antes de que le saliera.

—Es el mejor regalo que he recibido —dijo.

—Ya. ¿Mejor que el cochecito de carreras que te regaló el Patrón?

Teo se sentó al lado de ella. María cambió de sitio para apartarse de él tanto como pudiera.

—Me gusta cómo has envuelto los caramelos —dijo él.

—Tardé mucho en decidir qué papeles iba a utilizar —dijo María, con un temblor en la voz—. Y ahora tú los arrugarás y los tirarás.

—No, de verdad que no —prometió Teo—. Los alisaré con cuidado y los guardaré para siempre.

María se quedó callada, mirándose las manos. Teo se acercó a ella. La verdad es que le gustaba que lo besara, aunque a Bolita le diera cincuenta veces más besos que a él. Él no le había devuelto ningún beso, pero podría intentarlo ahora, para compensar.

—Muy bien. Veo que estáis los dos aquí.

Teo dio un brinco. Tom estaba en la entrada.

—¿Cómo nos has encontrado? —gruñó Teo.

—Porque sabía dónde estábamos. Tú le dijiste que me hiciera venir aquí —dijo María.

—¡Anda ya! —negó Teo.

Todo empezaba a cuadrar. Tom había fingido pasar un mensaje de Teo a María, y Felicia había hecho lo mismo con Teo. Debían de estar confabulados. Teo no se imaginaba que Felicia fuera tan peligrosa, pero apenas la conocía.

—Se me ha ocurrido que os gustaría ver una cosa —dijo Tom.

Tenía una cara franca y amistosa y los ojos azules le brillaban de inocencia. Teo hubiese querido arrojarlo a los abrojos.

141

—¿Aquí? —vaciló María.

—Es como en Halloween, pero mejor —dijo Tom—. Es lo más feo y asqueroso que hayáis visto en la vida. Os vais a mear de miedo.

—Si supieras las cosas que he hecho, te quedarías de piedra —dijo María con sorna—. Tam Lin me ha enseñado a atrapar escorpiones, y una vez dejó que una tarántula me subiera por el brazo.

Teo se sorprendió de que María fuera tan valiente. Tam Lin le había enseñado las mismas cosas, y entonces le pareció que se iba a mear de miedo, como decía Tom.

—Esto es peor —dijo Tom—. ¿Te acuerdas de aquel día de Halloween que creíste que el chupacabras estaba fuera y Teo te metió tripas de gallina en la cama?

—¡Yo no hice eso! ¡Fuiste tú! —gritó Teo.

—Metiste toda la mano y te pusiste a gritar a lo bestia —dijo Tom, haciendo caso omiso a Teo.

—¡Fue una idea muy retorcida! —dijo María.

—¡No fui yo! —protestó Teo.

—Bueno, pues esto es peor —se regodeó Tom—. Cuando lo veas, se te van a remover las tripas, y no es que quiera volver a sacar el tema.

—Pues déjala —dijo Teo.

—¡No me digas lo que tengo que hacer!

Teo vio la tozudez que expresaba la mirada de María y se le cayó el alma a los pies. Sabía que Tom preparaba alguna atrocidad, pero no sabía aún de qué podía tratarse.

—Vámonos. Solo está buscando líos —dijo Teo. Quiso coger a María de la mano, pero ella apartó el brazo de un tirón.

—Escucha esto —dijo Tom, y abrió la puerta que comunicaba la sala de espera con el resto del hospital.

142

Teo sintió una punzada en lo más hondo. Tenía malos recuerdos de algunas de esas habitaciones.

La cara de Tom resplandecía de alegría. Teo había descubierto que era en esos momentos cuando más cuidado había que tener con él. Como decía Tam Lin, si no lo conocías bien, creerías que era un ángel que te traía las llaves del paraíso.

Los niños oyeron una especie de maullido que duró un rato, se paró y luego empezó otra vez.

—¿Es un gato? —dijo María.

«Si lo es, no está pidiendo la leche», pensó Teo. Era tal el grado de terror y desesperación de aquel sonido que hacía que a uno se le erizara el pelo de la nuca. Esta vez cogió a María de la mano.

—¡Están haciendo experimentos con gatos! —gritó María de pronto—. ¡Por favor, ayudadme a salvarlos!

—Antes tendremos que pedir permiso —dijo Teo. No le gustaba para nada la idea de ir más allá de aquella puerta.

—¡Nadie nos va a dar permiso para eso! —bramó María—. ¿Es que no lo entiendes? Los mayores no ven nada malo en esos experimentos. Tenemos que sacar a estos gatos de aquí. Tata me ayudará y los médicos no se enterarán nunca de dónde se han ido.

—Ya se buscarán otros gatos —Teo sintió escalofríos al ver que el sonido no cesaba.

—Es la típica excusa que te da la gente. No ayudes a nadie. Ya encontrarán a más ilegales que esclavizar o gente pobre que matar de hambre o... ¡o gatos que torturar!

María estaba perdiendo los nervios. Teo comprendió que no podría hacerla entrar en razón.

—Escucha, primero tendríamos que decírselo a tu papá... —empezó.

—¡No pienso oír cómo sufre ese gato ni un minuto más! ¿Me vais a ayudar o no? ¡Si no, iré sola!

—Yo iré contigo —dijo Tom.

Eso hizo decidirse a Teo. De ningún modo dejaría que Tom llevara a María a ver cualquiera que fuera el horror que le tenía reservado.

La niña avanzó por el pasillo dando zancadas, pero aminoró el paso a medida que se acercaban a los gritos. Teo todavía tenía a María cogida de la mano. La notó fría y sudorosa, o tal vez fuera la suya la que lo estaba. El sonido no parecía venir de un gato precisamente. No parecía nada que Teo hubiera oído antes, pero de lo que no cabía duda era del sufrimiento que expresaba. A veces subía de tono hasta convertirse en un chillido y luego se apagaba, como si lo que producía ese ruido se hubiera quedado sin fuerzas.

Llegaron a la puerta y vieron que estaba cerrada. Teo tuvo el deseo cobarde de que estuviera cerrada con llave.

No lo estaba.

Tom la abrió de golpe. Teo apenas podía dar crédito a lo que vieron detrás de la puerta. El ser que estaba tumbado en una cama movía los ojos de un lado a otro y se revolvía inútilmente entre las correas que lo inmovilizaban. Abrió la boca en una mueca horrible al ver a los niños y se echó a gritar más fuerte de lo que Teo hubiera creído posible. Gritó hasta quedarse sin aire, luego se puso a resollar mientras tuvo fuerzas para hacerlo y finalmente se quedó jadeando y respirando entrecortadamente.

—Es un chico —susurró María.

Así era. Y, sin embargo, Teo pensó al principio que era algún tipo de animal, de lo extravagante y pavorosa que era su cara. Tenía la piel blancuzca y malsana y el pelo rojo y encrespado. Parecía que nunca le hubiera dado el sol, y tenía las manos contraídas como garras sobre las correas que lo mantenían sujeto. Iba vestido con un pijama verde del hospital, pero el terror le había enmarañado la ropa. Lo peor era la terrible energía que hacía bullir al cuerpo atado. Aquella criatura se movía sin cesar. Era como si tuviera serpientes invisibles dentro del cuerpo que al ondularse lo obligaran a mover los brazos y las piernas en un incesante intento de liberarse.

—No es un chico —dijo Tom con desdén—. Es un clon.

Teo se sintió como si le hubieran dado un puñetazo en el estómago. Nunca había visto a otro clon. Solo había sentido el peso del odio que los seres humanos tenían por ellos. No comprendía el motivo porque, al fin y al cabo, los clones eran como los perros y los gatos, y las personas los querían. Si se lo hubiera planteado, hubiera llegado a la conclusión de que él era como un animal doméstico, solo que mucho más inteligente.

Teo se dio cuenta de que María le había soltado la mano. Se había arrimado a Tom, que la rodeaba con el brazo. La criatura, el clon, había recobrado fuerzas y estaba gritando otra vez. Había algo en los niños que lo aterrorizaba, o puede que estuviera siempre aterrorizado. Sacaba la lengua y tenía saliva resbalándole por la barbilla.

—¿De quién...? —susurró María.

—De McGregor, que está hecho un asco. Tiene el hígado destrozado por el alcohol —dijo Tom con tono desenfadado—. Mamá dice que está tan mal que no lo quiere ni la muerte.

«Mamá», pensó Teo. «Felicia.»

—¿Y van a...? —dijo María.

—Esta noche —dijo Tom.

—¡No puedo ni verlo! —gimió María—. ¡No quiero pensar en esto!

145

Tom la apartó hacia la puerta. Teo sabía que disfrutaba cada minuto que pasaba.

—¿Os dejo a los dos solos? —preguntó Tom en la puerta.

A Teo le costaba apartar la mirada de la cosa que había en la cama. No podía ser que aquella criatura y él fueran el mismo tipo de ser. ¡Era imposible! La criatura abrió la boca para dar otro grito horrible y, de pronto, Teo vio a quién se parecía.

Recordaba a McGregor, claro, porque era un clon, pero McGregor era un adulto con características propias que hacían que fuera difícil ver la relación entre ambos. Se parecía mucho más, tanto como para distinguir cierto parentesco, a...

—Se parece a ti —dijo Teo a Tom.

—¡Ni lo sueñes! ¡Ni lo sueñes! —gritó Tom, a quien se le había borrado la sonrisa de la boca.

—Mira, María. Tiene el mismo pelo y las mismas orejas.

Pero ella no quiso mirar.

—Sácame de aquí —gimió, con la cara enterrada en la camisa de Tom.

—¡Yo no soy como esa cosa! —gritó Teo—. ¡Míralo! —dijo, tratando de apartarla de Tom.

—¡No me toques! ¡No quiero pensar en esto! —chilló María.

Teo estaba fuera de sí del disgusto.

—¿No querías venir aquí para salvar a un gato? ¡Pues aquí tienes esto! ¡También quiere que lo salven!

—¡No! ¡No! ¡No! —sollozó María, arrebatada por el pánico—. ¡Quiero irme de aquí!

Tom se apresuró a sacarla por el pasillo. Miró a su espalda con un aire de triunfo desaforado, y Teo tuvo que apretar los dientes con mucha fuerza para no salir corriendo detrás de él y golpearlo hasta que solo le quedara un soplo de vida. Pero eso no le serviría de nada a María. Tampoco se haría ningún favor a sí mismo, y solo demostraría que era un animal como ella pensaba.

Los pasos se desvanecieron a lo lejos. Teo se quedó un rato de pie en el pasillo, escuchando los gemidos de la cosa que había en la cama. Luego cerró la puerta y se fue tras los niños.

13

EL ESTANQUE DE LOS LOTOS

Teo necesitaba hablar con alguien. Tenía que hacer algo para no ponerse a aullar como un perro ante el horror de todo aquello. ¡Él no era un clon! ¡No podía serlo! Tenía que haber un error por algún lado. Teo recordó las palabras que había oído decir al médico: «Los clones se caen a trozos al crecer». ¿Era eso lo que le iba a pasar? ¿Iba a terminar atado a una cama, gritando hasta quedarse sin aire?

Tam Lin estaba con el Patrón, y ni siquiera a Teo le permitían entrar sin permiso en esa parte de la casa tan bien custodiada. Lo que hizo fue ir corriendo a la cocina. Al verle la cara, Celia colgó el delantal.

—¿Quieres terminar de hacer la sopa tú? —dijo a una ayudante. Cogió a Teo de la mano y dijo—: Vamos a tomarnos la tarde libre, chico. Por mí, como si los Alacrán tienen que comerse un zapato para cenar.

De todos los criados, Celia era la única que podía insultar a los Alacrán siempre que quisiera. Y hacía uso de ese privilegio. No en su cara, por supuesto, pero actuaba de forma menos servil que los demás ante ellos. Celia, como Teo, estaba bajo la protección del Patrón.

La cocinera no dijo nada más hasta que entraron en su apartamento y cerraron la puerta.

—A ver: ¿ha pasado algo malo? ¿María todavía está enfadada?

Teo no sabía ni por dónde empezar.

—Si le dices que lo sientes, te perdonará —dijo Celia—. Es una buena chica.

—Ya le he pedido perdón —consiguió decir Teo.

—Y no te ha aceptado la disculpa. Bueno, eso pasa. A veces tenemos que arrastrarnos un poco para demostrar que lo sentimos de verdad.

—No es eso.

Celia lo subió en su regazo, algo que hacía cada vez menos a medida que Teo se iba haciendo mayor, y lo abrazó con fuerza. Teo ya no pudo contenerse más. Se puso a sollozar desconsoladamente y se sujetó a ella con fuerza, aterrorizado ante la posibilidad de que se lo quitase de encima de un empujón.

—Oye, María no te va a guardar rencor. Tienes que hacerle una lista de la gente con quien se enfada, porque no es capaz de acordarse más de media hora.

Celia se puso a mecer a Teo, mientras murmuraba palabras de consuelo que él apenas captaba. Todo lo que percibía era la música de su voz, el calor de sus brazos, el hecho de que ella estaba allí.

Al fin, Teo se calmó lo suficiente como para contar a Celia todo lo que había pasado en el hospital.

Durante un rato, Celia permaneció completamente inmóvil. Ni siquiera respiraba.

—¡Ese... pequeño... monstruo! —dijo finalmente.

Teo la miró, inquieto. Celia se había puesto pálida y tenía la mirada fija en un punto lejano.

—Tom es hijo de McGregor, ¿sabes? —dijo Celia—. No debería contarte estas cosas con la edad que tienes, pero en la casa de los Alacrán no hay manera de tener una infancia como Dios manda. Son unos alacranes de verdad. Lo cierto es que el Patrón acertó con el nombre.

—¿Cómo puede ser Tom hijo de McGregor? Felicia está casada con el señor Alacrán.

Celia rió con amargura.

—El matrimonio no significa gran cosa para esta gente. Felicia se escapó con McGregor hace unos cuantos años. Supongo que se hartó de andar por aquí. Pero no salió bien. El Patrón la obligó a volver, y es que no le gusta que le quiten lo que es suyo. Y McGregor lo permitió. Estaba empezando a cansarse de Felicia. El señor Alacrán se enfadó muchísimo porque no quería que ella volviera, pero al Patrón le daba lo mismo. Ahora, el señor Alacrán ya no habla con ella. Ni siquiera la mira. Está prisionera en esta casa y los criados le dan toda la bebida que ella puede meterse en el cuerpo. Y puede meterse mucha, créeme.

—¿Y qué pasó con Tom? —apremió Teo.

—Tom apareció seis meses después de que ella volviera.

Teo se sintió algo mejor tras conocer esta información. Se alegraba de que Felicia hubiera caído en desgracia, pero todavía le quedaban preguntas por hacer. Tuvo que armarse de valor para hacer la más importante:

—¿Qué le pasa al clon de McGregor?

Celia miró a su alrededor, inquieta.

—No se me permite hablar contigo de esto. Ni siquiera deberías saber que existe.

—Pero ahora lo sé —dijo Teo.

—Sí, sí. Por culpa de Tom. Tú no lo comprendes, mi vida. A todos nos han recomendado no hablar de clones. Nunca se sabe quién puede estar escuchando.

Celia volvió a mirar a su alrededor, y Teo recordó lo que Tam Lin le había dicho sobre cámaras ocultas en la casa.

—Si me lo dices, habrá sido por culpa de Tom —dijo Teo.

—Es verdad. No veo ninguna forma de evitar contártelo después de lo que has visto.

—¿Qué le pasa al clon de McGregor?

—Lo... dejaron sin mente.

Teo se quedó tieso al oírlo.

—Cuando nace un clon, se le inyecta una especie de droga que los vuelve idiotas —dijo Celia mientras se secaba las lágrimas con el delantal.

—¿Por qué?

—Es la ley. No me preguntes por qué, que no lo sé.

—Pero a mí no me drogaron —dijo Teo.

—El Patrón no quería que te hicieran eso. Es tan poderoso que puede saltarse las leyes.

Teo estaba lleno de gratitud por el anciano, que lo había salvado de un destino tan terrible. Teo sabía leer y escribir, escalar montañas, tocar instrumentos y hacer todo lo que podía hacer un ser humano. Y todo porque el Patrón lo quería.

—¿Hay alguno más como yo? —preguntó.

—No. Tú eres el único —respondió Celia.

¡El único! Era singular. Era especial. El corazón de Tom se hinchó de orgullo. Si no era humano, hasta podía llegar a ser algo mejor. Mejor que Tom, que era una vergüenza para la familia. Entonces, se le pasó por la cabeza un pensamiento horrible.

—Los médicos... ¿no irán a drogarme más tarde?

Celia lo volvió a abrazar.

—No, cielito. Estás a salvo de eso. Y estarás a salvo mientras vivas.

La mujer estaba llorando, pero Teo no podía comprender por qué. Tal vez tenía miedo por haber dicho algo delante de las cámaras ocultas.

Teo sintió un descanso que le recorrió todo el cuerpo. Todo lo que había pasado lo había dejado agotado y se le escapó un enorme bostezo.

—Ve a dormir una siesta, mi vida —dijo Celia—. Luego te traeré algo rico de la cocina.

Lo acompañó a su habitación, puso el aire acondicionado y corrió las cortinas.

Teo se desperezó bajo las sábanas y se dejó invadir por una deliciosa sensación de tranquilidad. Habían ocurrido un montón de cosas: la fiesta desastrosa, el hospital siniestro, el clon de McGregor. A Teo le dolía que María hubiese huido de él tras ver a la cosa del hospital. Ya la buscaría y le enseñaría que él era algo completamente distinto.

Mientras el sueño lo envolvía, Teo se preguntó por qué McGregor querría un clon si ya tenía un hijo. Probablemente sería porque el Patrón le había quitado a Tom. Y porque Tom era un «bicho de mucho cuidado» que ningún padre querría tener cerca.

«Pero, entonces», pensó Teo adormilado, «¿por qué cambiarlo por un clon mutilado de forma tan horrible?».

María se negaba a hablar con Teo. Se escondía en el apartamento de su padre o se las ingeniaba para estar rodeada de gente cada vez que él la veía. Pero Teo confiaba en la inteligencia de María. Si pudiese encontrarla a solas y explicarle por qué era diferente de los demás clones, ella lo entendería.

McGregor había regresado de su operación. Seguía estando tan mal que no lo quería ni la muerte, como había dicho Felicia, pero estaba mejorando día a día. Se sentaba en su silla de ruedas al lado de la del Patrón y los dos compartían entre risas viejos recuerdos: rivales que habían desacreditado y gobiernos que habían derrocado.

—Tengo un hígado nuevo —dijo McGregor, dándose palmadas en la barriga—. Y de paso me pedí un par de riñones.

El hombre miraba a Teo con aquellos ojos azul claro que se parecían tanto a los de Tom. A Teo le parecía repulsivo. Se moría de ganas de que McGregor volviera a su casa.

María pronto volvería al internado, y Teo se dio cuenta de que tenía que hacer algo de inmediato. Cuando la vio al otro lado del jardín, correteando torpemente porque llevaba a Bolita en su bolsa, dio con una solución. De vez en cuando, el senador Mendoza confinaba al perro al cuarto de baño de su apartamento. ¿Y si Teo robaba el animal y dejaba una nota de secuestro?

Al lado del estanque de las flores de loto había una caseta de bombeo, oculta por una planta de glicinia enorme. Allí se estaba bastante fresco y podría esconder a Bolita. Pero ¿cómo haría para que el perro no ladrara? Hasta una araña balanceándose por un hilo era capaz de ponerle histérico.

«Si está dormido, no ladrará», pensó Teo.

Teo pasaba mucho tiempo en el pasadizo secreto, al que entraba por la habitación del piano. Le gustaba imaginarse que era un superhéroe que espiaba a sus enemigos. Había sustituido al Látigo Negro por don Segundo Sombra, espía internacional. El Látigo Negro era para niños, pero don Segundo hacía cosas de mayores, como conducir coches de carreras y saltar de aviones a reacción en paracaídas. Un héroe todavía mejor era el Sacerdote Volante, que bombardeaba a los demonios con agua bendita que les agujereaba el escamoso pellejo.

Uno de los trasteros a los que llegaba el pasadizo secreto pertenecía a Felicia. Estaba repleto de arriba abajo de licores. A Teo le parecía más interesante, y útil en ese momento, un estante de frasquitos con cuentagotas que contenían láudano. Teo lo sabía todo sobre el láudano, porque el estudio del opio formaba parte de su educación. El láudano era opio disuelto en alcohol y tenía un efecto muy potente. Tres gotas en un vaso de zumo bastaban para dejar a alguien fuera de combate durante ocho horas. Felicia tenía almacenada en el trastero cantidad suficiente como para poner fuera de combate a una ciudad entera. De ahí que estuviera siempre tan aturdida.

Teo esperó hasta que la vio cabecear en una silla del jardín. Entonces, entró corriendo en el pasadizo secreto y robó uno de los frascos.

El estanque de los lotos era uno de los más de diez estanques pertenecientes a los extensos jardines de la casa. Nadie iba allí en verano porque había poca sombra. Por entre los tallos de papiro merodeaban algunos ibis, con las alas recortadas para que no se escaparan volando, a la caza de ranas escondidas bajo los lirios. El conjunto representaba un jardín del antiguo Egipto al estilo del Patrón. Rígidas figuras de dioses antiguos decoraban las paredes que enclaustraban el jardín.

Teo apartó las ramas de la glicinia y pasó al oscuro y húmedo interior de la caseta de bombeo. Hizo una cama para Bolita con sacos vacíos y llenó un plato de agua.

Al salir se detuvo en seco. Tom estaba a cuatro patas en la otra punta del jardín. Estaba de espaldas a él, absorto en la contemplación de algo que había en el césped. Teo se alejó con cuidado de la glicinia y avanzó sigilosamente por entre los papiros para volver a hurtadillas a la casa.

Un ibis se alzó sobre la hierba y agitó las alas mutiladas para atravesar torpemente el estanque.

Tom dio un brinco.

—¡Tú! ¿Qué haces aquí?

—Vigilarte —contestó Teo tranquilamente.

—Pues no te metas en lo que no te importa y vuelve a tu parte de la casa.

—Todas las partes de la casa son mías.

Teo miró qué estaba haciendo Tom y vio una rana sobre el césped. Tenía las patas traseras clavadas al suelo y daba cabezazos frenéticos al intentar escaparse.

—¡Das asco! —dijo Teo.

Se acercó a él y liberó las patas de la rana, que se arrojó al agua.

—Estaba preparando un ejercicio de ciencias naturales —explicó Tom.

—Ya. Eso no se lo cree ni María.

A Tom se le encendió la cara de rabia y Teo se preparó para empezar una pelea, pero la rabia de Tom se disipó sin dejar rastro, tan rápido como había aparecido. Teo sintió un escalofrío. Los cambios repentinos de Tom le alarmaban. Era como ver zambullirse en el agua a un cocodrilo en un documental. Sabías que el cocodrilo planeaba un ataque, pero no podías saber cuándo.

—Se puede aprender mucho observando un sitio como este —dijo Tom, como de pasada—. Los ibis se alimentan de ranas, las ranas comen bichos y los bichos se comen entre sí. Eso te dice mucho sobre el sentido de la vida.

Tom tenía puesta su sonrisa profesional de niño bueno, que no podía engañar a Teo ni por un segundo.

—A ver si lo adivino. Tú estás de parte de los ibis —dijo Teo.

—Por supuesto. ¿Quién quiere estar en lo más bajo de la cadena alimentaria? —dijo Tom—. ¿Ves? Esa es la diferencia entre los seres humanos y los animales. Los seres humanos están en lo más alto, y los animales... bueno, no son más que chuletitas y muslitos andantes.

Tom se alejó caminando distraídamente, con un paso relajado e inocente que quería denotar que no le importaba que Teo le hubiera estropeado su perverso juego. Teo lo vio desaparecer en dirección a la casa.

«¡Qué mala suerte!», pensó Teo. No le gustaba la idea de tener a Tom fisgoneando por ahí mientras hablaba con María. Ojalá pudiera suministrar el láudano a Tom. Teo acarició la idea por un momento, pero sabía que eso sería pasarse de la raya.

Al día siguiente, María se pasó toda la mañana con el perro pegado a ella. A la hora de comer, finalmente, el senador Mendoza dijo:

—¡Por el amor de Dios, María! ¿No ves cómo apesta?

—¿Te has revolcado sobre alguna guarradita? —dijo ella afectuosamente, llevándose al animal cerca de la nariz—. ¿A que sí, cuchi-cuchi?

—Llévatelo fuera de aquí —le espetó su padre.

Teo observaba la escena detrás de un biombo. Luego se escurrió tras las cortinas para seguir a María. Si pudiera hablar con ella en ese momento, no tendría que secuestrar al dichoso perro. María soltó al perro en su apartamento y cerró la puerta. Del otro lado se empezaron a oír los gañidos suplicantes del perro.

—María... —empezó Teo.

—Ah, hola. Escucha. Tengo que irme ya. Papá se va enfadar si no vuelvo ahora mismo.

—Solo quería hablar contigo.

—¡Ahora no! —gritó María, y se apartó de él esquivándolo.

Teo oyó el sonido de las sandalias de María alejándose por el pasillo y sintió ganas de llorar. ¿Por qué le ponía las cosas tan difíciles? No iba a morirse por escucharle.

Entonces se fue corriendo al apartamento de Celia y cogió un plato de hamburguesa cruda que había visto en la nevera. Cuando volvió, echó una atenta ojeada a su alrededor por si aparecía algún criado por el pasillo. En cuanto entró en el apartamento de María, Bolita huyó bajo el sofá dando gañidos.

«Muy bien», pensó Teo. Cogió la bolsa que María utilizaba para llevar al animal de un lado a otro, la abrió y colocó dentro un tentador trozo de hamburguesa. El perro jadeaba y babeaba al observarlo. María le daba comida especial siguiendo una dieta recomendada por el veterinario que no incluía la carne cruda. A ella no le gustaba la idea de que comiera ese tipo de cosas.

—Esto es lo que te gusta. Tú sabes que te gusta —dijo Teo.

Bolita se relamió el morro.

Teo cogió un pegote de carne y sopló sobre él para que al animal le llegara el olor.

Bolita tragaba saliva repetidamente y temblaba por todo el cuerpo. Al fin, ya no pudo más y salió de su escondite como una exhalación. Un segundo después, Teo ya lo tenía atrapado en la bolsa. El perro gruñía y arañaba la bolsa para escapar. Teo metió un pedazo de hamburguesa dentro y recibió un mordisco del que salió sangre. Bolita aullaba lastimeramente.

—¡Hala! ¡Come y revienta! —gritó Teo, metiendo puñados de carne dentro de la bolsa.

Teo oyó el sonido de chupeteos, bocados y lametones frenéticos. Luego, de forma milagrosa, el animal se desperezó dentro de la bolsa y se quedó dormido. Teo miró dentro para asegurarse. Esto era mejor aún de lo que esperaba.

Se echó la bolsa al hombro, esperando gañidos irritados en cuanto el perro notara que lo movían, pero no se oyó nada. Bolita estaba acostumbrado a que lo transportasen de un lado a otro. Siguió dormido todo el rato en la bolsa y probablemente se sentiría a salvo metido en la pequeña y oscura guarida. Teo compartía esa sensación. A él también le gustaban los escondites oscuros.

La nota que dejó a María bajo la almohada decía: «Ven a medianoche al estanque los lotos y te diré dónde está tu perro». Y firmó: «Teo». Y luego: «P.D.: ¡No se lo digas a nadie o nunca volverás a verlo!». A Teo le pareció que la posdata era muy cruel, pero estaba tomando medidas desesperadas.

Salió a hurtadillas del apartamento, dejando la puerta entornada para que pareciera que el perro había encontrado un modo de abrirla. Los salones estaban vacíos y el jardín estaba desierto, sin contar a los ibis que meditaban sobre la existencia de las ranas. Todo estaba saliendo a pedir de boca. Bolita se movió ligeramente cuando Teo dejó la bolsa en el suelo de la caseta de bombeo, pero no ladró.

Teo decidió no sacarlo de la bolsa. Podría salir de ella si le apetecía, y fuera encontraría agua y el resto de la hamburguesa. Teo puso el frasco de láudano en un estante. Se sentía verdaderamente aliviado por no tener que emplearlo. Por poco que le gustara Bolita, no le parecía bien darle lo mismo que convertía a Felicia en un zombi.

María descubrió después de comer que Bolita había desaparecido. Convocó a todo el mundo, excepto a Teo, para que lo buscaran. Teo oyó que llamaban al perro, pero cualquiera que lo conociera sabía que no respondería. Se agazaparía asustado en el primer escondite que encontrara hasta que lo sacaran por la fuerza, entre mordiscos y gruñidos.

Celia estaba dormida cuando Teo salió del apartamento. La mayoría de las luces estaban apagadas, y entre una y otra se abrían manchas oscuras. Hasta no hacía mucho, a Teo le hubiera dado miedo salir tan tarde. Ya no creía en el chupacabras o en vampiros, pero la quieta y sepulcral oscuridad de la noche le devolvía esos temores. ¿Y si María tenía demasiado miedo como para salir de su apartamento? Teo no había pensado en eso. Si no acudía a la cita, todo el plan se iría al garete.

El eco repetía sus pasos. Se detuvo varias veces para asegurarse de que nadie lo seguía. Miró el reloj. Faltaban quince minutos para medianoche, cuando los muertos, según Celia, se quitaban de encima las tapas de sus ataúdes como si fueran mantas. «Basta de eso», se dijo Teo.

El jardín de los lotos estaba iluminado solo por la luz de las estrellas. El aire era cálido y olía a agua estancada. No se agitaba ni una hoja de las palmeras. No zumbaba ni un mosquito. En alguna parte, entre las plantas de papiro, los ibis dormían. O tal vez lo escuchaban despiertos. ¿Qué iban a hacer cuando se dieran cuenta de que estaba allí?

«No seas miedica», se dijo Teo. «Son solo pájaros. Son gallinas con patas largas.»

159

Una rana soltó un quejido y a Teo casi se le cayó la linterna del sobresalto. Enfocó al estanque. Oyó un chapoteo y un aleteo.

Teo caminó hacia la caseta tan silenciosamente como pudo. Sería horrible oír los gemidos de Bolita en ese preciso instante. Puede que María no viniera. Al fin y al cabo, si él estaba tan nervioso, ella estaría muerta de miedo. Pero ella vendría a por el perro. Teo reconocía el valor que ella tenía cuando consideraba que algo era importante.

Llegó hasta la glicinia. ¿Debería esperar allí o ver cómo estaba Bolita? No le apetecía mucho entrar en la oscura caseta. Además, si entraba, María no sabría dónde encontrarlo. Oyó un ruido y unos reflectores iluminaron todos los rincones del jardín. ¡Era el sistema de seguridad del Patrón! Teo estaba cegado por la luz. Retrocedió hacia la glicinia y unas manos fuertes lo agarraron.

—¡Soltadme! —gritó—. ¡No soy un enemigo! ¡Soy el clon del Patrón!

Sujetándolo por los brazos, Donald el Bobo y Tam Lin lo llevaron al centro de la explanada.

—¡Soy yo! ¡Soy yo! —gritó Teo, pero Tam Lin, no le respondió y mantuvo su expresión severa.

El senador Mendoza salió entonces de la Casa Grande y se plantó frente a Teo, con los brazos doblados hacia adelante, como si le costara dominarlos. Durante un rato, se quedó callado, y luego dijo:

—¡Eres peor que un animal! —Hablaba con tanta malevolencia que Teo retrocedió hacia las manos que lo inmovilizaban—. No, no te voy a hacer daño. No soy ese tipo de persona. Además, tu destino es el del Patrón.

Luego hubo otra larga pausa y, justo cuando Teo creía que no iba a decir nada más, el senador Mendoza dijo entre dientes:

—Puedes estar seguro de una cosa: no vas a volver a ver... jamás... a mi hija.

—Pero ¿por qué? —dijo Teo, sobrecogido por el miedo.

—Tú ya sabes por qué.

Teo no lo sabía. Todo era una horrible pesadilla y no había manera de despertarse.

—Yo solo quería hablar con ella. Iba a devolverle a Bolita. No quería que se enfadase y lo siento. Deje que la vea, por favor. Quiero decirle que lo siento.

—¿Cómo pretendes disculparte después de haber matado a su perro?

Por un momento, Teo no estuvo seguro de haber oído bien. Luego cayó sobre él el enorme peso de la situación.

—Pero ¡no lo he hecho! ¿Cómo iba a hacerlo? No podría hacerle nada así a María! ¡Yo la quiero!

Desde el mismo momento en que lo dijo, supo que había cometido un error irreparable. El senador Mendoza parecía dispuesto a estrangular a Teo ahí mismo y arrojar su cuerpo al estanque. Nada podía haberlo sacado tanto de quicio como recordarle el afecto que había habido entre los dos y que hizo que Teo le exigiera un beso delante de todo el mundo en la fiesta del Patrón.

Eso era impensable. Era como si un chimpancé hubiera exigido vestirse como un ser humano y comer en la misma mesa que las personas. Peor. Porque Teo ni siquiera era un animal normal que viviera en la selva. Era la cosa del hospital.

—¡Lo siento! ¡Lo siento!

Tenía la mente paralizada. No podía pensar en nada más que en seguir disculpándose hasta que el senador Mendoza lo escuchase y lo perdonase.

—Tienes suerte de estar bajo la protección del Patrón —dijo

el senador, antes de darse la vuelta y volver a la casa dando grandes zancadas.

—Andando —dijo Tam Lin, mientras Donald el Bobo y él expulsaban a Teo del jardín.

—¡Yo no he hecho nada! —gritó Teo.

—Encontraron tus huellas dactilares en el frasco de láudano —dijo Tam Lin.

Teo nunca lo había oído hablar así, con un tono tan frío, tan amargo, tan asqueado.

—Es verdad que me llevé el láudano, pero no lo utilicé.

Los pies de Teo apenas rozaban el suelo mientras los tres recorrían a toda prisa los pasillos que conducían al apartamento de Celia. Antes de abrir la puerta, Tam Lin se detuvo.

—Yo siempre digo... —dijo, respirando tan pesadamente que parecía que hubiera estado corriendo mucho—, siempre digo que es mejor decir la verdad aunque nos parezca desagradable. Cualquier rata de alcantarilla es capaz de mentir. Las ratas son así. Por eso son ratas. Pero un ser humano no corre a esconderse en la oscuridad, porque es mejor que un animal. Mentir es el acto de cobardía más ofensivo que existe.

—No estoy mintiendo —Teo no podía evitar llorar, aunque sabía que era una actitud infantil.

—Podría creer que hubieras cometido un error —prosiguió Tam Lin—. En el frasco ponía «tres gotas», la dosis para una persona adulta. Pero Bolita era un perro, y una dosis así es capaz de matarlo. Y de hecho lo mató.

—¡Se la dio otro! —gritó Teo.

—Sentiría lástima por ti si no hubiera visto antes a María. Y sería más amable si te atrevieras a asumir el castigo que mereces.

—¡No estoy mintiendo!

—Ya. A lo mejor esperaba demasiado de ti. Vas a estar encerrado hasta que María se vaya. Y este es un momento tan bueno como cualquier otro para decirte que el Patrón se irá el mismo día. Y yo me voy con él.

Teo estaba tan estupefacto que no podía ni hablar. Se quedó mirando a Tam Lin.

—Tenía que suceder algún día, chaval —dijo Tam Lin, algo más amable—. Ahora ya eres capaz de cuidar de ti mismo. Si sucediera algo, ya está Celia para avisarnos.

El guardaespaldas abrió la puerta y Teo fue recogido por Celia, que al parecer lo esperaba al otro lado.

Teo era incapaz de decirle nada. Como le había pasado otras veces cuando estaba profundamente afligido, la facultad del habla lo había abandonado. Volvía a tener seis años y era el amo de un reino de huesos y cartílagos y fruta podrida escondida bajo el serrín de una pequeña habitación.

14

LA HISTORIA DE CELIA

Teo estaba en su habitación cuando María se fue. Oyó el zumbido de un aerodeslizador mientras se preparaba para elevarse y el bramido del aire al desplazarse cuando el vehículo antigravedad pasó volando por encima y le dejó una incómoda sensación en la piel. Teo nunca había subido en uno. El Patrón estaba en contra de estos aparatos, pues prefería que su plantación se ciñera a los recuerdos de su juventud.

Cuando era un muchacho, el Patrón había observado la estancia, la gran hacienda, del rico ranchero que mandaba en su pueblo. Recordaba la estatua de un bebé con alas y un surtidor revestido de baldosas azules y verdes. También recordaba los pavos reales que rondaban por el jardín. Según contó a Teo, había tratado de reproducir esos recuerdos al detalle. Eso sí, al ser inmensamente más rico, podía tener docenas de estatuas, surtidores y jardines.

La hacienda Alacrán ocupaba un extenso terreno. No había ninguna parte de la casa que tuviera más de un piso de altura. Las paredes eran de un blanco reluciente y los tejados eran de elegantes tejas rojas. Las instalaciones modernas se reducían al mínimo, excepto en zonas especiales como el hospital. Así pues, cuando el Patrón estaba de visita, Celia cocinaba en un horno de leña porque al anciano le gustaba el olor de la madera de mezquite al quemarse. Las demás veces se le permitía cocinar con microondas.

Los jardines se refrescaban por aspersión de agua y el medio más utilizado para proteger las habitaciones del aire caliente del desierto eran las galerías cubiertas. Las instalaciones modernas se sacaban en la fiesta de cumpleaños que se celebraba cada año. Las personalidades famosas lo pasarían mal sin el aire acondicionado y los centros de entretenimiento.

No es que al Patrón le importara si lo pasaban mal o no. Simplemente, le gustaba impresionar a la gente.

Teo oyó el runrún de la limusina del Patrón. El anciano prefería viajar por carretera. De ser posible, hubiera ido a caballo, pero tenía los huesos demasiado frágiles como para probar algo así. Él se sentaba atrás, acompañado de Tam Lin, mientras Donald el Bobo conducía el automóvil a toda velocidad por la larga y reluciente autopista hacia la otra casa del Patrón, en las montañas Chiricahua.

Teo se quedó mirando fijamente al techo. Se sentía tan deprimido que no le apetecía comer ni ver la televisión. No podía hacer otra cosa que recrear mentalmente los acontecimientos de los últimos días. Los repasaba una y otra vez. Ojalá no hubiera puesto a Tom en la mesa de los bebés. Ojalá no hubiera obligado a María a besarlo delante de todos los demás. Ojalá no hubiera ido al hospital.

Los remordimientos se le apilaban pesadamente hasta que los pensamientos empezaron a darle vueltas en la cabeza como un hámster en una rueda.

Todos pensaban que había envenenado a Bolita. Había huellas suyas en el frasco y había dejado una nota en la habitación de María, ¡una nota firmada! ¿Cómo se puede ser tan tonto? Teo tenía que reconocer que las pruebas contra él eran bastante concluyentes.

Tom debía de haberle visto salir de la caseta de bombeo y decidió terminar el trabajo que había empezado cuando tiró a Bolita por el retrete. Pero ¿cómo hizo para utilizar el láudano sin dejar sus huellas en el frasco?

Los pensamientos le seguían dando vueltas y más vueltas en la cabeza. La rueda mental dio un chirrido. Oyó la limusina arrancar, una puerta cerrarse y el rugido de un motor desvanecerse a lo lejos.

Así pues, el Patrón ya se había ido. Y Tam Lin también. A Teo le apenaba su marcha. «Cualquier rata de alcantarilla es capaz de mentir», había dicho Tam Lin. «Las ratas son así. Pero un ser humano no corre a esconderse en la oscuridad, porque es mejor que un animal.» Teo pensaba que podría hacer que María lo comprendiera si llegaba a verla. Lo perdonaría porque era un animal estúpido y no llegaba a más. Pero Tam Lin había dicho a Teo que era un ser humano y que había esperado mucho más de él. Los seres humanos, pensó Teo, son mucho más difíciles de perdonar.

Por primera vez, vio la enorme diferencia entre la forma en que lo trataba el guardaespaldas y todos los demás. Tam Lin hablaba de valor y lealtad. Dejaba que Teo hiciera cosas peligrosas en sus excursiones y que se fuera a explorar solo. En definitiva, trataba a Teo como a un igual.

Tam Lin hablaba a menudo a Teo de su infancia en Escocia como si conversara con otro adulto. Era distinto de cuando el Patrón compartía sus recuerdos, que solían terminar repitiéndose de forma rutinaria. Teo había memorizado esos discursos de cabo a rabo. En cambio, los discursos de Tam Lin trataban de las difíciles decisiones que había que tomar para hacerse un hombre. «Yo era un completo idiota», había dicho el guardaespaldas. «Abandoné a mi familia, me junté con mala gente y acabé haciendo lo que me llevó hasta aquí.» Nunca llegó a confesar qué fue lo que hizo.

Al recordar aquellas excursiones, a Teo le brotaron lágrimas que le cayeron rodando por las mejillas. No hizo sonido alguno. Ya había aprendido que por la boca muere el pez. Pero no pudo contener las lágrimas.

Sin embargo, entre toda aquella tristeza, encontró un rayo de esperanza. Cuando todo el mundo pensaba que no era mejor que un perro, había alguien que creía que podía ser algo mejor.

«Y lo seré», se prometió Teo mirando el techo a través de las lágrimas.

No todo era deprimente, porque habían expulsado a Tom de la casa. María, cuando estaba buscando al perro, había pedido inocentemente a su padre que buscara en el hospital. El senador Mendoza quiso saber por qué conocía ese sitio. Entonces salió toda la historia del clon de McGregor y de cómo Tom había convencido a María para verlo. El Patrón castigó a Tom con un año entero sin vacaciones en el internado.

—¿Por qué Mr. McGregor no se queda con Tom, si es su hijo? —preguntó Teo.

—Tu no lo entiendes —dijo Celia.

La cocinera estaba cortando para el postre pastel de queso con frambuesas del tiempo. Normalmente, Teo hubiese pedido dos porciones, pero en ese momento no se veía capaz de obligarse a comer una sola.

—Cuando el Patrón decide que algo le pertenece, ya nunca lo suelta —explicó Celia.

—¿Nunca? —preguntó Teo.

—Nunca.

—¿Y qué hace con los regalos que recibe en su fiesta de cumpleaños?

Teo pensó en todos los relojes de oro, las joyas, las estatuas y las piedras lunares que la gente habría regalado al Patrón a lo largo de cien años.

—Los guarda todos —contestó Celia.

—¿Dónde?

Celia puso la tarta de queso en dos platos y se chupó los dedos.

—Hay un almacén secreto bajo tierra. El Patrón quiere que lo entierren allí —Celia se hizo la señal de la cruz—. Que la Virgen no permita nunca que llegue ese día.

—Como... ¿como un faraón egipcio? —dijo Teo, haciendo un esfuerzo para pensar.

—Eso mismo. Cómete la tarta, mi vida. Tienes que ponerte fuerte.

Teo comió sin ganas mientras imaginaba cómo sería aquel almacén. Había visto dibujos de la tumba del rey Tutankamón. Enterrarían al Patrón en un féretro dorado rodeado de todos los relojes, las joyas, las estatuas y las piedras lunares. Como no quería pensar en la muerte del Patrón, preguntó:

—¿Y qué tiene que ver eso con Tom?

Celia se sentó cómodamente en su butaca. Estaba mucho más relajada después de que se hubieran ido todos.

—El Patrón cree que las personas son de su propiedad,

168

igual que una casa o un coche o una estatua —dijo Celia—. No deja que se vayan, del mismo modo que no tiraría el dinero. Por eso no dejó que Felicia se escapara y tiene a todo el mundo controlado para poder llamarlos en cualquier momento. Nunca dejaría que McGregor se quedara con Tom, aunque no lo soporte.

—¿Tam Lin y tú también pertenecéis al Patrón? —preguntó Teo.

Celia arrugó la cara:

—¡Caramba! ¡Qué preguntas haces!

Teo esperó.

—Tal vez no te meterías en tantos líos si la gente te explicara las cosas —suspiró Celia.

—Yo no envenené a Bolita.

—No querías hacerlo, cielito. Ya sé que tienes buen corazón.

Teo se moría de ganas de defender su versión, pero sabía que Celia no lo creería. Había dejado huellas dactilares en el frasco de láudano.

—Yo crecí en Aztlán —empezó su relato Celia—, en el mismo pueblo donde nació el Patrón. Era un sitio muy pobre y ahora es peor. Allí solo crecía maleza, y era tan amarga que hacía vomitar incluso a los burros. Hasta las cucarachas se mudaban al pueblo de al lado. Así de malo era.

»Cuando era niña, me fui a trabajar a una maquiladora, cerca de la frontera. Me pasaba el día sentada en una cadena de montaje, poniendo cuadraditos chiquititos con unas pinzas en agujeritos chiquititos. ¡Creía que me iba a volver ciega! Vivíamos en un edificio grande y gris con unas ventanas tan pequeñitas que no podías sacar la cabeza por ellas. Eso lo hacían para que las chicas no pudieran escaparse. De noche subíamos al tejado y mirábamos al norte, más allá de la frontera.

169

—¿Nuestra frontera? —preguntó Teo.

—Sí. Las plantaciones están entre Aztlán y Estados Unidos. No se veía gran cosa porque las plantaciones estaban a oscuras de noche. Pero más allá, en Estados Unidos, había un gran resplandor en el cielo. Sabíamos que bajo ese resplandor estaba el sitio más maravilloso del mundo. Todos tenían su propia casa con jardín, llevaban ropa bonita y comían solo la mejor comida. Y nadie trabajaba más de cuatro horas al día. El resto del tiempo, la gente volaba por ahí en aerodeslizadores e iba a fiestas.

—¿Es verdad eso? —preguntó Teo, que apenas sabía nada de los países que había más allá de las plantaciones.

—No lo sé —suspiró Celia—. Supongo que es demasiado bonito para ser verdad.

Teo ayudó a Celia a recoger los platos y juntos los lavaron y secaron. Eso le recordó aquellos días tan lejanos, cuando vivían en la casita del campo de amapolas.

Teo esperó con paciencia a que Celia recuperase el hilo de la historia. Sabía que, si le insistía demasiado, ella dejaría de hablar de su pasado.

—Yo vivía todo el tiempo en ese edificio gris, haciéndome cada vez más mayor. Sin fiestas, sin chicos, sin nada —dijo al fin, tras haber guardado los platos—. Llevaba años sin saber nada de mi familia. Puede que hubieran muerto todos. No lo sabía. El único cambio en mi vida llegó cuando aprendí a cocinar. Me enseñó una vieja curandera que cuidaba de las chicas. Ella me enseño todo tipo de cosas. Yo era la mejor aprendiza que tuvo, y no tardé en dejar la cadena de montaje y ponerme a cocinar para todo el edificio. Tenía más libertad. Iba al mercado y compraba hierbas y comida. Hasta que un día me encontré con un coyote.

—¿Con un coyote de verdad? —preguntó Teo, confundido.

—No, cielito. Un coyote es un hombre que lleva a la gente a través de la frontera. Tú le pagas y él te ayuda a ir a Estados Unidos. Pero primero tienes que cruzar las plantaciones —Celia se estremeció—. ¡Qué tonta fui! Esta gente no te ayuda a ir a ninguna parte. Te llevan directamente a la Patrulla de las Plantaciones. Metí en una mochila todo lo que tenía, incluida la virgen que me llevé de mi pueblo. Un grupo de unos veinte cruzamos la sierra del Ajo, y ahí es donde el coyote nos abandonó. Nos desesperamos como una panda de conejos asustados. Intentamos bajar por un precipicio, pero una mujer cayó por un desfiladero y murió. Abandonamos casi todas nuestras cosas para poder movernos con más rapidez, pero no nos sirvió de nada. La Patrulla de las Plantaciones nos estaba esperando al pie de la montaña.

»Me llevaron a una habitación y allí me vaciaron la mochila. «¡Cuidado!», grité. «¡Le haréis daño a la Virgen!» Así es como se hizo esa grieta en el manto. Fue cuando los patrulleros la tiraron al suelo. Se echaron a reír y uno de ellos iba a aplastarla con el pie cuando alguien gritó: «¡Quietos!» en la puerta. Entonces todos se cuadraron. Como lo oyes. Y era el Patrón, en su silla de ruedas. Por aquel entonces estaba más fuerte y le gustaba controlar las cosas personalmente. «Tu acento me suena. ¿De dónde eres?», preguntó. Yo le dije el nombre de mi pueblo, y él se quedó muy sorprendido. «Ahí nací yo», dijo. «No me digas que ese nido de ratas aún sigue ahí.» «Sí», dije yo, «aunque algunas ratas se han mudado a un nido mejor». Él se rió y me preguntó qué sabía hacer. Desde ese momento, yo pasé a ser propiedad del Patrón. Siempre seré de su propiedad. Nunca me dejará ir.

Teo se quedó frío. Se alegraba de que Celia hubiera cruzado la frontera. Si no, no hubiera estado allí para cuidarlo. Sin embargo, lo último que había dicho tenía algo de funesto: «Nunca me dejará ir».

—Te quiero, Celia —dijo Teo impulsivamente, y la rodeó con sus brazos.

—Yo también te quiero —dijo ella en voz baja, abrazándolo a su vez.

Teo se sintió muy protegido. Deseó esconderse para siempre en el apartamento de Celia y olvidarse de los Alacrán, de los desdeñosos criados y del clon de McGregor.

—¿Qué pasó con la otra gente que cruzó la frontera? —preguntó Teo.

—¿La otra gente? —la voz de Celia sonaba seca e inexpresiva—. Los convirtieron en zonzos.

Y ya no quiso seguir hablando del tema.

TERCERA EDAD
(DE 12 A 14 AÑOS)

15

UN PÁJARO MUERTO DE HAMBRE

Los días transcurrían con idéntica monotonía. Teo ya no podía esperar con ilusión las visitas de María. La habían enviado con su hermana Emilia a un convento. Querían convertir a las dos en auténticas señoritas.

—Es a María a quien intentan domar —dijo Celia—. Emilia es menos rebelde que un plato de cereales.

Teo pidió a Celia que le mandara una carta a María, pero la mujer se negó:

—Las monjas acabarían dándosela al senador Mendoza.

Teo intentó imaginarse qué estaría haciendo María, pero no sabía nada de conventos. ¿Lo echaría de menos? ¿Lo habría perdonado? ¿O estaría viendo a Tom?

Al no estar María y Emilia, Benito y Steven pasaron las vacaciones en otra parte. El señor Alacrán se ausentaba a menudo por negocios, y Felicia y el Viejo no salían de sus habitaciones. Los salones y jardines estaban desiertos. Los criados seguían desempeñando sus tareas, pero ya no se oían sus voces. La casa era como un escenario sin actores.

Un día, Teo pidió que le trajeran un caballo seguro de los establos y esperó con nerviosismo una respuesta negativa. No fue así. Una zonza le trajo el animal. Teo, incómodo, bajó los ojos. En la casa trabajaban pocos zonzos y él prefería no pensar en ellos. Cogió las riendas y alzó la vista.

¡Era Rosa!

Teo se estremeció al revivir un terror del pasado, como si él fuera todavía un niño pequeño y ella su carcelero, pero esta mujer no parecía representar ningún tipo de amenaza. Las duras y amargas facciones de su cara parecían totalmente aisladas del interior. Rosa miraba fijamente hacia delante con la mano extendida. Ni siquiera podía afirmarse que lo estuviera mirando.

—¿Rosa? —dijo Teo.

Ella lo miró.

—¿Desea otro caballo el señor? —la voz de Rosa era la misma, pero no quedaba ni rastro de la rabia que expresaba antes.

—No. Este está bien —dijo Teo.

Rosa se dio la vuelta y se encaminó a los establos arrastrando los pies. Se movía con torpeza, a diferencia de lo que Teo recordaba.

Teo se alejó de la casa a caballo. Los movimientos del animal eran pausados. Caminaba en línea recta hasta que Teo le indicaba que girase a la izquierda o a la derecha, y no cruzaría los límites implantados en su cabeza. «Como Rosa», pensó Teo. Por primera vez comprendió lo horrible que era ser un zonzo. Hasta aquel momento, no había conocido a ninguno antes de que los operaran. Estaban allí para las tareas más aburridas y punto. Aunque cruel y violenta, Rosa había sido una persona real, y se había convertido en una sombra a la que hubiesen sorbido todo rastro de vida.

Siguiendo un impulso, Teo dirigió el animal al oeste en lugar de al este y se acercó a los campos de amapolas donde suponía que estaba la casita de Celia. Hizo visera con las manos en un intento de distinguirla entre el paisaje. Aquella parte de la plantación estaba en una de las primeras etapas del ciclo de cultivo. Las plantas apenas eran más que unas siluetas verdegrises, y unos rociadores situados en el suelo desprendían una suave neblina. Un olor a polvo mojado se condensaba en el aire.

Había unos cuantos zonzos inclinados hacia el suelo, arrancando maleza y aplastando bichos. Este era su país, el país de los zonzos. Teo se preguntó qué pasaría si se despertasen de pronto. ¿Lo atacarían como los hombres del pueblo en esa película de Frankenstein? Pero estos no se iban a despertar. No podían. Seguirían desmalezando hasta que el capataz les ordenara parar.

Teo no fue capaz de encontrar la casita. La debían haber derribado cuando él y Celia se mudaron. Con un suspiro, se dirigió al este, hacia el oasis de las montañas.

Cuando llegó al abrevadero, se bajó y lo llenó como siempre había hecho Tam Lin.

—Bebe —ordenó al caballo, que sorbió el agua hasta que Teo decidió que ya era suficiente—. Basta —dijo entonces.

Llevó al caballo hasta la sombra y le ordenó esperar.

Teo sintió un soplo de miedo al adentrarse en las montañas. Esta vez estaba solo. Nadie acudiría en su ayuda si se caía de una roca o le mordía una serpiente de cascabel. Llegó al agujero de la roca y se encaramó por él. La charca tenía poca agua, pues todavía no había pasado la estación seca y las tormentas de agosto y septiembre estaban por llegar. Al otro lado temblaban las ramas de un matorral de gobernadora, donde algún animal se había escabullido. El viento silbaba por entre las rocas desnudas con un sonido de lamento y soledad.

Teo se sentó y sacó un bocadillo. No sabía lo que estaba haciendo allí.

En la parte más alta del pequeño valle se esparcía la parra por el armazón montado para ella. Alguien había vivido allí tiempo atrás, y la parra había crecido hasta que el peso hizo caer parte de la estructura. Teo penetró con cuidado en la sombra con los ojos atentos a las serpientes, que también buscaban la fresca oscuridad.

Entonces vio un pequeño cofre en el suelo. Al lado del cofre había además un paquete de mantas y una reserva de botellas de agua. Teo se quedó inmóvil, con el corazón desbocado. Miró a su alrededor en busca del escondite de su intruso.

No había nada excepto el lamento del viento y el canto áspero de una matraca del desierto oculta entre las rocas.

Teo se puso a cubierto entre las ramas de una gobernadora. Las hojas aceitosas le rozaban la piel y desprendían un olor acre. ¿Quién se había atrevido a invadir su rincón especial? ¿Un ilegal que trataba de llegar a Estados Unidos? ¿O un zonzo que había despertado?

Repasó las posibilidades y se dio cuenta de que ningún ilegal podría haber transportado un cofre metálico por los secos precipicios y los cañones que había descrito Celia. Y los zonzos nunca despertaban.

Con el corazón palpitando con fuerza, Teo se aventuró a salir de su escondite y examinó el cofre. Estaba cerrado con dos broches. Los abrió con cuidado y levantó la tapa.

Encima de paquetes bien colocados había una nota. «Querido Teo», empezaba. Teo se sentó en el suelo de tierra y respiró profundamente para controlar la conmoción. ¡Ese cofre era para él! Cuando se hubo calmado, volvió a coger la nota.

«Querido Teo», decía. «Escribo fatal *osea* que no me *boy* a alargar. El *Patron dise* que tengo que ir con *el*. Yo no puedo *aser* nada. En este cofre *ay probisiones* y libros, por *siacaso* un *dia* los *nesesitas*. Tu amigo Tam Lin.»

La nota estaba escrita con letra grande e infantil. Teo se sorprendió al ver lo mal que escribía Tam Lin, porque hablaba de forma muy inteligente. El hombre había dicho que recibió una educación muy deficiente, y ahí estaba la prueba.

Teo desempaquetó el cofre con entusiasmo. En él había cecina, arroz, habichuelas, cebolla seca, café y caramelos. También encontró un frasco de pastillas desinfectantes de agua, un botiquín de primeros auxilios, una navaja, cerillas y líquido para encendedores. «Cacharros en las mantas», decía otra nota más adentro. Acto seguido, Teo desenvolvió las mantas y encontró un juego de utensilios de cocina y un pote metálico.

En el fondo del cofre había libros. En uno había mapas doblados y otro se titulaba *Opio: todos sus secretos*. Otros dos eran manuales de acampada y supervivencia. Una nota dejada en lo más hondo del baúl decía: «*Sierra* siempre el cofre. Los coyotes se comen la comida. Los libros *tambien*».

Teo se sentó a admirar los tesoros. Tam Lin no lo había abandonado después de todo. Leyó y releyó las últimas palabras de la nota, que tenían el mismo efecto que beber muchos vasos de agua pura y fresca: «Tu amigo Tam Lin». Seguidamente, Teo volvió a empaquetarlo todo, guardó el cofre a la sombra y se dispuso a volver a casa.

Cuando llegó, reinaba la confusión en la casa. No cesaban de llegar aerodeslizadores y los criados corrían de un lado a otro. Teo encontró a Celia esperando inquieta en el apartamento.

—¿Dónde estabas, mi vida? —gritó—. Iba a mandar una partida de búsqueda. Te he puesto el traje sobre la cama.

—¿Qué ha pasado? ¿Por qué están todos corriendo? —preguntó Teo.

—¿No te lo han dicho? —dijo ella. Le quitó distraídamente la camisa y le arrojó una toalla—. Ve a darte una ducha rápida antes de vestirte. El Viejo ha muerto.

Celia se santiguó apresuradamente y se fue.

Teo se quedó mirando la toalla mientras ordenaba sus pensamientos. La muerte del Viejo no era una sorpresa. Llevaba meses sin salir de la habitación y no era un secreto que había estado muy enfermo. Teo quiso sentir lástima, pero apenas conocía al hombre.

Se duchó y vistió tan rápido como pudo.

—No te he dicho que te lavases el pelo —se quejó Celia al verlo.

La mujer se puso a peinarlo a toda prisa. Llevaba un bonito vestido negro con azabaches cosidos en la parte delantera, y a Teo le pareció que se la veía rara sin el delantal.

—El Patrón insistió en que estuviéramos presentes —dijo Celia mientras cruzaban apresuradamente los pasillos.

Llegaron al salón, donde habían sustituido las estatuas por macetas con flores. Negros crespones colgaban de guirnaldas colocadas en todas las paredes y cientos de cirios resplandecían en hileras dispuestas en un extremo de la sala. La nube de humo formada por el incienso provocó un ataque de tos a Teo. Todos (y había más de cincuenta personas en la sala) se dieron la vuelta para dirigirle una mirada reprobatoria. Celia le pasó el inhalador que siempre llevaba encima.

Cuando al fin dejó de resollar, exploró la sala con la mirada. En el centro había un ataúd con elegantes grabados y asas de bronce. Dentro, más parecido a un pájaro muerto de hambre que a otra cosa, yacía el Viejo. Llevaba un traje negro y su afilada nariz destacaba como un pico de ave contra el forro de seda marfileño.

Celia lloraba de manera discreta y se secaba los ojos suavemente con un pañuelo. Teo sintió pena al verla. No le gustaba nada verla llorar. Los dolientes se mantenían a cierta distancia del ataúd y conversaban en voz baja, apiñados junto a la pared. Teo vio a Benito y también a Steven y Emilia, que iban cogidos de la mano.

La multitud crecía. Cuando llegó McGregor, Teo vio que parecía treinta años más joven que la última vez que lo vio. Ahora sí que se parecía a Tom, y Teo se sintió invadido por un sentimiento irracional de repulsión. La cabeza le daba vueltas por el olor pesado y bochornoso de los cirios encendidos y deseaba salir fuera. En un extremo de la casa había una piscina enorme que nadie utilizaba a excepción de Felicia, cuando estaba sobria. Teo se puso a pensar en la piscina: fresca, azul y profunda. Se imaginó a sí mismo deslizándose por el fondo.

—No digas nada —le susurró Celia al oído.

Si la mujer no lo hubiera sacado de su ensimismamiento, a Teo se le hubiera pasado por alto la entrada de María al otro extremo del salón. Estaba más alta y delgada, y tenía un aspecto muy adulto con el vestido negro y elegante que llevaba. El pelo le caía sobre los hombros como un velo brillante. Llevaba unos pendientes de diamante y un pequeño sombrero negro adornado con más diamantes. A Teo le pareció que era lo más hermoso que había visto en su vida.

María iba cogida de la mano de Tom.

Teo notó cómo Celia le agarraba el brazo con fuerza. Se quedó mirando a María, deseando que lo mirara, que soltara la mano de Tom o, mejor aún, que lo apartara de un empujón. María se disolvió entre la muchedumbre sin mirar ni una sola vez hacia donde estaba Teo.

El Patrón entró en el salón en su silla de ruedas, empujada por Tam Lin. El señor Alacrán los acompañaba, y Teo vio por primera vez signos de dolor auténtico en la cara de alguien. El señor Alacrán se acercó al ataúd del Viejo y lo besó en la frente. El Patrón parecía molesto e indicó a Tam Lin con una señal que lo llevara con los asistentes para que lo pudieran saludar.

Teo esperó con nerviosismo. Quería dar las gracias como fuera a Tam Lin, pero ese era obviamente un mal momento. Algo le hacía suponer que el contenido del cofre metálico estaba prohibido, y no quería poner a Tam Lin en un compromiso. Todo se detuvo cuando se abrió una puerta y entró el sacerdote oficiante, seguido de unos muchachos que balanceaban incensarios humeantes y de un coro de niños.

Sus dulces voces apagaron las conversaciones en el salón. Vestían unos mantos blancos, como si fueran un escuadrón de ángeles. Tenían el pelo perfectamente peinado y las caras les relucían de tan limpias. Tendrían alrededor de siete años y eran todos zonzos.

Teo lo sabía por la mirada vacía que tenían en los ojos. Su forma de cantar era preciosa —nadie sabía apreciar la buena música como Teo— pero no entendían lo que cantaban.

Los niños tomaron posiciones junto a la cabeza del ataúd.

—Quietos —dijo el sacerdote, en voz baja.

Teo nunca había visto a un sacerdote salvo en la tele. Celia iba a una pequeña iglesia a un kilómetro de distancia a través del campo de amapolas. Iba allí todos los domingos a primera hora de la mañana con otros criados. No se le permitía comer ni tomar café siquiera antes de salir, lo que suponía un gran esfuerzo para ella. Pero jamás se perdía la misa. Sin embargo, nunca había llevado allí a Teo.

—Silencio —indicó el sacerdote al coro de niños, que se quedaron callados al momento.

El sacerdote entonó una oración y, al terminar, roció al Viejo con agua bendita. Las salpicaduras no hicieron agujeros en el traje del Viejo como el agua bendita del Sacerdote Volante, que quemaba a los demonios en la tele. Teo tenía la vaga impresión de que debía de ser algo parecido al ácido.

—Recordemos la vida de nuestro compañero —dijo el sacerdote, con una voz honda e impresionante.

Hizo señas a los asistentes, pero nadie reaccionó. Finalmente, el señor Alacrán pronunció algunas palabras y, seguidamente, el sacerdote animó a todos los presentes a desfilar ante la tumba para decir el último adiós al difunto. Teo miró a Celia con la esperanza de que pudieran irse ya. Pero ella, con una expresión de severa determinación, lo empujó hacia adelante para unirse a la larga cola de familiares y amigos que caminaban lentamente hacia el ataúd.

«¿Qué tengo que hacer ahora?», pensó Teo. Intentó ver lo que hacían los demás cuando llegaban al ataúd. La mayor parte hacían un gesto de respeto y volvían rápidamente a su sitio. Cuando Teo y Celia llegaron, Celia hizo la señal de la cruz y murmuró:

—Que el Señor tenga piedad de su alma.

Teo sintió una mano que lo agarraba por el hombro y lo apartaba de la cola.

—¿Qué es... esto? —aulló el sacerdote. De cerca, era mucho más grande de lo que parecía a lo lejos.

—El Patrón quería que viniera —respondió Celia.

—¡Este no es sitio para esta cosa! —atronó el sacerdote—.

¡Este apéndice de Satanás sin bautizar no tiene derecho a ridiculizar esta ceremonia! ¿Acaso llevarías a un perro a la iglesia?

La cola se detuvo. La malicia brillaba en los ojos de todos los presentes.

—Pregunte al Patrón, por favor —suplicó Celia.

Teo no entendía por qué le llevaba la contraria. No iban a conseguir nada, y él no podía soportar todos aquellos ojos que contemplaban su humillación. Miró desesperado a su alrededor, pero el Patrón ya se había ido.

—San Francisco hubiese llevado a un perro a la iglesia —dijo María, con voz fuerte y clara.

¿De dónde había salido? Teo se dio la vuelta y la vio justo detrás de él. De cerca era todavía más bonita.

—San Francisco llevó a un lobo a la iglesia —dijo María—. Él amaba a todos los animales.

—¡María! —gimió Emilia, que estaba detrás de ella, a poca distancia—. A papá le va a dar un ataque cuando sepa lo que estás haciendo.

—San Francisco dio un sermón a un lobo y le dijo que no comiera corderos —prosiguió María, sin hacer caso a su hermana.

—Señorita Mendoza —dijo el sacerdote, tratando a María con mucho más respeto que a Celia—. No dudo que su padre apruebe que exprese sus opiniones, pero créame si le digo que yo soy un experto en estos asuntos. San Francisco habló a un lobo fuera de la iglesia, no dentro.

—Entonces, yo también lo haré —dijo María altivamente. Cogió a Teo de la mano y se lo llevó más allá de la cola de familiares y amigos.

—Ya verás lo que va a pasar cuando papá lo sepa —dijo Emilia a lo lejos.

184

—Cuento contigo para que se entere —replicó María.

Teo estaba como aturdido. Celia no se había ido con ellos. Estaba solo con María, que lo arrastraba por los pasillos hasta algún sitio que ella considerara seguro. De lo único que se daba cuenta era del cálido y suave contacto de su mano y de la exuberancia del perfume que llevaba. Solo cuando se detuvieron y María cerró la puerta, Teo se dio cuenta de que estaban en la habitación del piano.

María se quitó el sombrero y se pasó los dedos por el pelo. De golpe, volvía a parecer una niña.

—¡Qué calor hace! —se quejó—. No sé por qué el Patrón no deja que haya aire acondicionado.

—Quiere que todo sea como en el pueblo donde nació —dijo Teo. Apenas se podía creer aquel golpe de suerte. ¡María estaba allí! ¡Y estaba con él!

—Entonces, ¿por qué no se trae ratas y cucarachas? Según dicen, su pueblo estaba infestado.

—Solo quiere las cosas buenas —dijo Teo, tratando de salir de su aturdimiento.

—¡No quiero perder el tiempo hablando de eso! —gritó María. Lo rodeó con sus brazos y le dio un gran beso—. ¡Ya está! Para que veas que te he perdonado. ¡Cómo te he echado de menos!

—¿De verdad? —Teo intentó devolverle el beso, pero ella se le escurrió entre los brazos—. Entonces, ¿por qué me evitabas después de... de lo del... hospital?

Ya no había vuelta atrás. Le había recordado el clon de Mc-Gregor.

—Fue una impresión muy fuerte —dijo María, con un tono más grave—. Yo no te lo quería decir... pero sabía que...

—¿Qué sabías?

—Oye ¿hay gente en el pasillo?

Teo también oyó ruidos fuera de la habitación. Metió a María en el trastero, pulsó el interruptor oculto y la oyó dar un grito ahogado cuando se abrió la entrada del pasadizo secreto.

—¡Es como una novela de espías! —susurró mientras él la llevaba adentro.

Teo cerró la puerta y encontró la linterna que dejaba en la entrada. Se adentraron en el pasadizo de puntillas, con Teo a la cabeza. Finalmente, dejó que María se detuviera para recobrar el aliento.

16

HERMANO LOBO

—Aquí todavía hace más calor que ahí fuera —dijo María, secándose la cara.

—Buscaré una habitación vacía donde podamos escondernos —dijo Teo.

Le enseñó las mirillas escondidas y María sintió repulsión y fascinación a la vez.

—¡No me digas que te escondes aquí a espiar a la gente! —dijo.

—¡No!

Teo estaba ofendido. No estaba en contra de escuchar a escondidas una cena a la que no se le había invitado. Eso no era más que tratar de la misma forma a quienes lo habían desairado. Pero lo que ella daba a entender era asqueroso, como espiar por el ojo de la cerradura.

—¡Debes pensar que soy un perturbado! —se defendió Teo.

—Oye, no soy yo la que tiene un pasadizo secreto. ¿Quién crees que lo habrá hecho?

Los susurros de María sonaban como explosiones al oído

de Teo. Le producían un cosquilleo que le bajaba hasta el cuello como un escalofrío.

—El Patrón, supongo —contestó Teo.

—Típico de él. Es tan paranoico que siempre está espiando a la gente.

—A lo mejor tiene que hacerlo.

—Pues ya no puede utilizar estas mirillas —dijo María—. ¿Te lo imaginas tratando de meter una silla de ruedas por aquí?

—No te rías de él.

—No lo hago. De verdad. Oye, ¿y si vamos a algún sitio donde no me funda de calor?

Teo descartó varias habitaciones donde vio que había gente, pero al torcer una esquina del pasadizo se acordó de un almacén donde había ordenadores y otros aparatos. Estaba todo cubierto con láminas de plástico. Parecía un sitio para guardar cosas que el Patrón necesitaba pero no quería que estuvieran a la vista para que no desentonaran con el estilo a la antigua de la casa.

Teo ayudó a María a pasar por encima de un amasijo de cables para entrar en la oscura sala.

—¡Qué bien! ¡Aquí hace fresquito! —dijo ella.

Teo notó que hacía más que fresquito. Hacía un frío helado. En el ambiente flotaba un tenue olor a productos químicos. Una suave brisa le agitó el vello del brazo y un ruido eléctrico vibraba casi imperceptiblemente para su oído.

—Supongo que los ordenadores requieren aire acondicionado.

—No te fastidia —dijo María—. Nosotros nos podemos asar de calor, pero a las máquinas se les da una habitación de hotel de primera clase.

Los dos pasaron de puntillas junto a las máquinas, hablando en voz baja. Teo vio que algo relucía bajo algunas cubiertas de plástico, lo que quería decir que las máquinas estaban encendidas. ¿Qué hacían allí y para qué servirían?

—Sentémonos en algún sitio para hablar —susurró María.

Teo eligió un rincón entre dos armatostes tapados, donde pensó que tendrían menos frío. Este, tan bienvenido al principio, empezaba a ser desagradable.

Se sentaron uno junto a otro. Como tantas veces antes de que se llevaran a María.

—Decidí perdonarte después de leer *Las florecillas de San Francisco* —dijo María—. ¿Te acuerdas del lobo del que hablé antes? Pues era un monstruo que aterrorizaba a todo el mundo hasta que San Francisco le dio un sermón. Se volvió manso como un cordero y tras ese día ya no comió nada más que vegetales.

—No sabía que los lobos pudieran digerir los vegetales —dijo Teo, que había estudiado biología.

—Eso da igual. San Francisco no dijo «Voy a castigarte por todas las fechorías que has cometido», sino «Hermano lobo, hoy es un nuevo día y vamos a hacer las paces».

Teo se mordió la lengua. Quería decirle que él no había envenenado a Bolita y que no se le tenía que perdonar de nada, pero no quería hacer enfadar a María.

—Entonces me di cuenta de que había sido injusta y que tenía que perdonarte. Si lo piensas, los lobos no saben que comer campesinos es malo.

María se acercó a él entre la penumbra azulada de la habitación. A Teo se le aceleró el corazón. Se la veía preciosa, y la había echado mucho de menos.

—Gracias —dijo Teo.

—Pero tienes que prometer que serás bueno.

—Vale —dijo él, que en ese momento le hubiera prometido lo que fuera.

—Tienes que decirlo de verdad, hermano lobo. Nada de escaparse al gallinero a merendar.

—Te lo prometo. ¿Cómo te llamo yo a ti? ¿Santa María?

—No, no —dijo María—. No soy ninguna santa. Tengo defectos para todos los gustos.

—No lo creo.

María le confesó que tenía que esforzarse para no enfadarse con Emilia, que copiaba los deberes de los demás cuando se había olvidado de hacer los suyos, que comía helado cuando debería estar ayunando. Teo, que no tenía que molestarse en ser bueno, pensó que era una pérdida de tiempo preocuparse por los defectos.

—¿A ti te bautizaron?

—Sí. Cuando era un bebé.

—¿Y eso es bueno?

—Pues claro. Si no te bautizan, no puedes ir al cielo.

Teo no sabía muchas cosas del cielo. En los programas de televisión que veía se mencionaba muchas más veces el infierno.

—¿Qué quería decir el sacerdote con lo de «apéndice de Satanás sin bautizar»?

María se acercó a él y suspiró.

—Mira, Teo. Estoy segura de que San Francisco no hubiera estado de acuerdo con él. Tú no eres malo. Lo que pasa...

—¿Qué es lo que pasa?

—Como no tienes alma, no se te puede bautizar. A todos los animales les pasa lo mismo. A mí me parece injusto y a veces no lo creo. Si lo piensas, ¿cómo sería el cielo sin pájaros, o perros, o caballos? ¿Y qué pasa con los árboles y las flores? Porque tampoco tienen alma. ¿Eso quiere decir que el cielo es como un aparcamiento de cemento? Supongo que esto será lo que las monjas llaman un problema teológico.

—¿Los animales van al infierno al morir? —preguntó Teo.

—¡No! ¡Claro que no! Sin alma, tampoco se puede ir allí. Supongo que te vas y ya está. Pensé mucho en eso cuando Bolita murió. Tiene que ser como una vela al apagarse. Seguro que ni siquiera duele. Estás aquí y luego ya no estás. ¡Mira, no quiero hablar de esto!

Teo se quedó helado al verla llorar. Se acordó de que antes lloraba mucho. La abrazó y le besó la cara surcada de lágrimas.

—Da igual —susurró él—. Si tuviera alma, seguramente acabaría en el infierno de todos modos.

Pasaron un buen rato sentados uno al lado del otro sin decirse nada. Hacía tanto frío en aquel cuarto que los dos estaban tiritando.

—Me gusta estar contigo —dijo al fin María—. En mi escuela no hay nadie con quien sea tan fácil hablar.

—¿Podrás volver a visitarme? —dijo Teo.

—Papá dice que no puedo venir. Para él... ¡Oh, no! ¡Otra vez se oyen voces!

Teo y María saltaron a la vez hacia la puerta. Ella tropezó con los cables, pero él la cogió para que no se cayera y la ayudó a entrar en el pasadizo. Teo cerró la entrada justo cuando se abría la puerta al otro lado del cuarto. Los dos se quedaron quietos para recobrar el aliento.

—Por fin un poco de calorcillo —suspiró María con alivio mientras se frotaba los brazos.

Teo escuchó con atención las voces del otro lado.

—Es Tom —dijo en voz baja.

—¿De verdad? ¿Dónde está la mirilla? Déjame ver.

—¿No decías que no te gustaba espiar a la gente?

—Solo un poco. —María puso el ojo en el agujero—. Es Tom. Y Felicia.

Teo pegó la oreja a la pared para oír mejor.

—Los encontraremos aquí... si están en alguna parte de... la casa —se oyó la voz pausada y vacilante de Felicia.

Por un momento, Teo creyó que se refería al pasadizo, pero luego oyó el ruido de unas cadenas y el zumbido eléctrico de una máquina.

—¡Es el salón! —dijo Tom—. Está totalmente vacío. El Viejo se ha quedado solo.

—A nadie le importa —musitó Felicia—. Era... inservible.

—¿Qué quieres decir? —preguntó Tom.

—Tenía el hígado... destrozado —rió Felicia, con un timbre estridente y alarmante— y el corazón... seco. No se pueden aprovechar los órganos de un enfermo de cáncer.

—Supongo que solo sirve de abono.

Tom y Felicia rieron.

Teo estaba profundamente impresionado. No podía verter lágrimas por el Viejo, pero aun así sentía pena por él, abandonado como un pájaro muerto de hambre en aquel ataúd forrado de seda. Teo apartó a María con suavidad. Ella no protestó, como él esperaba. Parecía tan turbada como él por lo que acababa de oír.

Teo vio que una de las grandes pantallas de ordenador irradiaba una brillante luz. Entonces, se dio cuenta de que no era un ordenador, sino la pantalla de algún tipo de cámara. En la imagen se veía al Viejo, con la nariz de pájaro que sobresalía en el ataúd. La pantalla se volvió borrosa y mostró otra imagen. Tom estaba accionando los controles.

—Es la habitación del piano —dijo Felicia.

192

Teo vio el piano de cola, partituras amontonadas y el sombrero de María sobre una mesa.

—¡Han estado aquí! —gritó Tom, y movió el objetivo de la cámara para ver todos los ángulos de la habitación.

Felicia tomó los mandos. Parecía tener mucha experiencia en el uso de la pantalla de control. Pasaba rápidamente de un rincón a otro de la casa, y hasta veía las dependencias de los criados y los trasteros. Se detuvo en el apartamento de Celia. La cocinera estaba abatida sobre su butaca, no muy lejos de Tam Lin.

—¿Dónde se pueden haber metido? —dijo Tam Lin, andando impaciente de un lado para otro, con la inagotable energía que Teo recordaba tan bien. La voz del guardaespaldas sonaba tenue y metálica hasta que Felicia subió el volumen.

—Puede que ni siquiera estén en la casa —dijo Celia.

—Teo no la llevaría hasta allí —dijo Tam Lin.

—¿Cómo lo sabes? Si llegara a estar tan desesperado como para...

—Cuidado —dijo Tam Lin, mirando directamente al objetivo.

Celia cambió de tema y se pusieron a hablar del funeral.

—¡Qué rabia! ¡Saben que hay cámaras! —dijo Tom.

—Tam Lin lo sabe... todo —dijo Felicia—. El Patrón lo adora.

—¿Dónde querían decir? —gritó Tom, golpeando con el puño la mesa repleta de máquinas tapadas. Algo cayó por el golpe y se rompió. Felicia le agarró la mano.

Teo sabía qué había querido decir Celia. Tam Lin le debía de haber contado lo del oasis escondido. A Teo no se le había ocurrido llevar a María hasta allí, y estaba claro que ya no podría hacerlo, porque todo el mundo andaría buscándolos.

—A ver si están... fuera —murmuró Felicia.

La mujer manipuló la imagen para ver los establos, la piscina, los jardines. Teo se sorprendió al ver el estanque de los lotos y junto a él un par de ibis que extendían las alas perezosamente.

—¿A ver? —susurró María.

Teo se apartó y pegó la oreja a la pared para no perder detalle.

—¿Te acuerdas de este sitio? —sonó la pausada e insinuante voz de Felicia.

—Ahí es donde Bolita la palmó, ¿verdad? —dijo Tom.

María sofocó un grito. Teo dedujo que debían estar mirando la caseta de bombeo.

—¿Sabes una cosa? Yo vi a ese animal aquel día —dijo Felicia.

—¿Bolita? —dijo Tom.

—No, el clon —rió Felicia por lo bajo—. Yo vi... a Teo, el fantástico, el... virtuoso... que salía a escondidas del apartamento de los Mendoza... con un perro en la bolsa. «¿A qué vendrá eso?», pensé. Y lo seguí.

Tras una pausa, Tom exclamó:

—¡Qué maravilla! ¡Se puede mirar dentro!

—Hay cámaras por todas partes. El Patrón lo vigilaba... todo. Pero ya es demasiado viejo. Dejó ese trabajo en manos de su equipo de seguridad. Pero ellos no se molestan... a menos que haya visitantes. Yo paso mucho tiempo aquí.

—¡Qué frío hace!

—Los aparatos... funcionan mejor a temperaturas bajas. Yo me pongo un abrigo y casi no me doy cuenta —dijo Felicia.

A Teo no le extrañaba. Iba tan drogada que probablemente no tenía el cuerpo mucho más caliente que el pobre Viejo dentro del ataúd.

—¿Viste cómo Teo mataba al perro? —preguntó Tom con entusiasmo.

A Teo le sorprendió oír eso. ¿Por qué lo preguntaría si él mismo había cometido el crimen? El cuerpo de María se agitaba de indignación hasta el punto que Teo temía que se olvidase de dónde estaba y se pusiera a gritarles.

—Teo no... lo hizo.

María dio un brinco como si la hubieran pinchado con una aguja.

—Él tenía el láudano, claro —prosiguió Felicia—, pero él... no lo utilizó.

—No me digas que el perro encontró el frasco y se mató solo.

—No, no...

Felicia se quedó en silencio. A veces tardaba algunos minutos en poner en orden sus pensamientos y retomar la conversación. Teo deseó poder ver lo que estaba pasando, pero ya no habría manera de despegar a María de la mirilla.

—Fui al estanque de los lotos —prosiguió al fin Felicia—. Estaba... tan, tan enfadada por la forma en que te había tratado en la fiesta de cumpleaños que... quería matar a ese engendro que el Patrón se empeña en proteger.

Teo se quedó helado. No se imaginaba hasta qué punto Felicia lo odiaba.

—Pero tuve que contentarme con... esa rata babeante y apestosa que María tenía por perro. Yo tengo guardado un poco de láudano para los nervios.

«Tiene guardado tanto láudano que podría tumbar a una ciudad entera», pensó Teo.

—Así que puse el contenido de uno de... mis frascos en la hamburguesa que había dejado allí ese clon idiota —dijo Felicia—. «Ven, Bolita», dije. No quería salir de la bolsa, pero yo... lo saqué y lo dejé caer sobre... la carne. Se la comió toda.

—¿Cuánto tardó en morir? —preguntó Tom, pero Teo no oyó la respuesta.

María se dejó caer al suelo y él se acercó a ella inmediatamente. Ella no emitía ningún sonido, pero le temblaba todo el cuerpo y movía la cabeza de un lado a otro, sin poder soportar el dolor.

—Seguro que no sufrió —susurró Teo mientras la abrazaba—. Ni siquiera se enteró de lo que pasaba.

María se agarró a él, con parte de la cara iluminada por el haz de luz de la linterna que Teo había dejado apoyada en la pared. Finalmente se calmó lo suficiente como para que Teo pudiese volver a vigilar lo que hacían Tom y Felicia. Pero ya se habían ido, y la pantalla de control volvía a estar tapada con un plástico.

Tom guió a María de vuelta por el pasadizo. Ella no decía nada, y Teo no sabía qué hacer. No habían avanzado mucho cuando vieron una figura voluminosa que se acercaba hacia ellos con una linterna. Casi no había espacio entre pared y pared para que cupiera la enorme figura.

—¿Habéis perdido totalmente el juicio? —dijo Tam Lin en voz baja—. Todo el mundo está frenético y la casa se ha convertido en un condenado manicomio por vuestra culpa.

—¿Cómo nos has encontrado? —dijo Teo.

—El Patrón me habló de este pasadizo. De algún modo supuso que lo habías encontrado. Maldita sea, Teo. María ya ha sufrido bastante por tu culpa.

—Felicia envenenó a Bolita —dijo María.

—¿Qué estás diciendo? —Tam Lin parecía completamente desconcertado.

—La oí hablar con Tom. Estaba muy... satisfecha. No sabía que la gente podía ser tan mala.

María estaba lívida. Con su vestido negro, parecía un fantasma.

—Tienes que echarte un poco —dijo Tam Lin—. Te sacaré por el estudio del Patrón. Él dirá que has estado allí todo el rato. Le parece todo muy divertido, pero al senador Mendoza no le hace ni pizca de gracia.

—¡Papá! —exclamó María, como si se acordara de pronto de que tenía un padre.

—Teo, tú espera aquí unos minutos. Cuando no haya moros en la costa, sal por donde sea que hayas entrado —dijo el guardaespaldas.

—La habitación del piano —dijo Teo.

—Tendría que habérmelo imaginado. María se ha dejado el sombrero allí.

—Teo —dijo María, apartándose de Tam Lin por un momento—, dejaste que te perdonara por algo que no habías hecho.

—Nunca sobra una ración extra de perdón —dijo Teo, repitiendo uno de los dichos favoritos de Celia.

—Seguro que te encantó dejar que quedara como una idiota —dijo ella, dejando asomar su carácter de siempre.

—A mí nunca me parecerás idiota —dijo Teo.

—Sea como sea, siento haber sido injusta contigo.

—No podemos quedarnos más aquí —dijo Tam Lin.

—Espero que cumplas tu promesa de ser bueno —prosiguió María, mirando a Teo.

—Vale —contestó él.

—Oye, hermano lobo. Te voy a echar de menos.

Finalmente, María dejó que Tam Lin se la llevara pasillo abajo. Teo escuchó sus pasos desaparecer a lo lejos.

17

LAS CUADRAS DE LOS ZONZOS

Los Mendoza se marcharon en cuanto apareció María, pálida y abatida, del apartamento del Patrón. El Patrón se esfumó poco después con sus guardaespaldas.

Teo volvía a estar solo. No podía hablar con María o Tam Lin, pero ahora sabía que todavía eran amigos suyos y eso hacía que todo fuera distinto. Estudiaba cosas que sabía que los complacería. Leía manuales de supervivencia pensando en Tam Lin y un libro largo y confuso sobre san Francisco de Asís para que María estuviera contenta.

San Francisco amaba a todo el mundo, desde bandidos y asesinos hasta mendigos con heridas supurantes (en el libro había uno así). Llamó a una cigarra para que se posara en su dedo y le dijo:

—Bienvenida, hermana cigarra. Alaba a Dios con tu alegre música.

San Francisco hablaba con todas las cosas: el hermano sol y la hermana luna, el hermano halcón y la hermana alondra. La lectura brindaba a Teo la agradable sensación de que el mundo era una familia llena de cariño, todo al contrario de los Alacrán.

¿Habría dicho San Francisco «hermano clon»?

Los agradables sentimientos de Teo se desvanecieron. Él no formaba parte del orden natural. Él era un «engendro».

Estuviera donde estuviera, Teo no podía desprenderse de la sensación de que lo observaban. Por malo que fuera saber que los guardias de seguridad lo espiaban, peor aún era pensar en Felicia. Era tan horrible como Tom, con la diferencia de que nadie lo sospechaba al ser una persona tan dócil. A Teo le recordaba a las medusas que había visto en la televisión. Flotaban por el mar como mullidas almohadas pero arrastraban veneno suficiente como para paralizar a un bañista. ¿Cómo no se había dado cuenta de que Felicia lo odiaba?

Bueno, para ser sinceros, todo el mundo lo odiaba. En eso, no se diferenciaba de los demás. Pero su mala fe la situaba en una categoría propia.

Una vez por semana, Teo iba a los establos y pedía un caballo seguro. Pero, antes de salir, intentaba conversar con Rosa. Ni siquiera le caía bien. No estaba seguro de por qué quería despertarla, pero le parecía espantoso verla tan cambiada. Si quedaba algo de Rosa, debía de estar encerrado en una jaula de hierro. Se la imaginaba dando puñetazos a la pared sin que nadie acudiera a abrir la puerta. Teo había leído que las personas que estaban en coma oían todo lo que la gente decía y necesitaban tener voces cerca para mantener el cerebro con vida. Por eso, Teo le contaba todo lo que había visto y hecho durante la semana. Pero la única respuesta de Rosa era:

—¿Desea otro caballo el señor?

Al cabo de una hora más o menos de intentos, Teo cogía el caballo y se iba al oasis.

—Hola, hermano sol —saludaba—. ¿Te importaría refrescar un poquito?

Pero el hermano sol no le hacía caso.

—Buenos días, hermanas amapolas —decía Teo al deslumbrante mar de flores blancas.

—Hola, hermanos zonzos y hermanas zonzas —decía a una fila de trabajadores vestidos de marrón que se inclinaban hacia el suelo del campo.

Uno de los aspectos más asombrosos de San Francisco y sus seguidores era la forma en la que se desprendían de sus pertenencias. San Francisco no tenía reparos en quitarse la camisa y las sandalias en cuanto veía a un pobre sin ropa. El hermano Junípero, uno de los amigos de San Francisco, llegaba al punto de volver muchas veces al convento sin los hábitos. Teo pensó que al Patrón le daría un ataque si alguien le dijera que se desprendiera de sus posesiones.

Cuando Teo atravesó el agujero de la roca, fue como si hubiera llegado a otro mundo. Los halcones volaban parsimoniosamente en círculos bajo un cielo claro y azul, las liebres buscaban refugio a la sombra de los matorrales de gobernadora, los peces mordisqueaban el pan que les ofrecían los dedos de Teo y los coyotes se apresuraban a acercarse a él para engullir trozos de bocadillo. A ninguno de ellos le importaba si era un ser humano o un clon.

Teo colocó un saco de dormir al abrigo de la parra enredada en el armazón y enrolló una manta para utilizarla de almohada. Dejó un termo con zumo de naranja al lado y seleccionó un libro para leer. ¡Eso sí que era vida! El aire transportaba el tenue olor de las gobernadoras y la dulzura amarilla de las acacias. Una avispa negra de gran tamaño y alas coloradas corría sobre la arena en busca de las arañas de las que se alimentaba.

—¡Hola, hermana avispa! —dijo Teo, perezoso.

El insecto cavó con fuerza en la arena, no encontró nada y siguió su apresurado camino. Teo abrió *Opio: todos sus secretos*, uno de los libros que Tam Lin le había dejado en el cofre. Pensó que sería un manual de cultivo, pero resultó ser algo distinto y más interesante. Teo leyó que Opio era un país entero. Era una larga y estrecha franja de tierra entre Estados Unidos y Aztlán.

Cien años atrás hubo un conflicto entre Estados Unidos y Aztlán, que en aquel entonces se llamaba México. Teo recordaba vagamente que Celia había mencionado algo sobre eso. Miles de mexicanos atravesaban la frontera en busca de trabajo. «Un traficante de drogas, Mateo Alacrán...»

Teo se incorporó de golpe. ¡Era el nombre del Patrón! Cien años atrás debió de ser un hombre fuerte y dinámico.

Mateo Alacrán, decía el libro, era una de las personas más ricas e influyentes del mundo, aunque sus actividades eran ilegales.

«¿Las drogas eran ilegales?», pensó Teo. «Qué cosa tan rara.»

Mateo Alacrán forjó una alianza con los demás traficantes y se puso en contacto con los dirigentes mexicanos y estadounidenses. «"Tienen dos problemas que resolver", les dijo. "En primer lugar, no pueden controlar las fronteras y, en segundo lugar, no pueden controlarnos a nosotros."»

Su propuesta consistía en combinar los dos problemas. Si ambos países cedían una porción de su territorio fronterizo, los traficantes crearían plantaciones en ella y detendrían la afluencia de ilegales. A cambio, los traficantes se comprometerían a no vender drogas a los ciudadanos de Estados Unidos y de México, de modo que solo venderían sus mercancías en Europa, Asia y África.

«Fue un pacto forjado en el infierno», decía el libro.

Teo bajó el libro. El plan no le parecía nada malo. Al parecer, había cumplido todo lo pactado. Miró la portada. La autora se llamaba Esperanza Mendoza, y el libro estaba publicado por la Asociación Antiesclavitud de California. Se fijó en que el libro estaba impreso en papel barato y amarillento. No parecía algo de lo que uno se pudiera fiar mucho. Teo siguió leyendo.

Al principio, explicaba el libro, Opio era tierra de nadie, pero con el paso de los años fue prosperando. Cada zona estaba controlada por clanes distintos, al estilo de los reinos de la Europa medieval. Se creó un consejo de terratenientes, que se ocupaba de las cuestiones internacionales y mantenía la paz entre las diversas plantaciones. La mayor parte de los clanes poseían pequeñas zonas, pero dos de ellas eran lo suficientemente grandes como para imponer su política. Los McGregor dominaban el territorio cercano a San Diego y los Alacrán poseían un vasto imperio que se extendía entre California central y Nuevo México, atravesando toda Arizona.

Opio dejó gradualmente de ser tierra de nadie para convertirse en un auténtico país. Y su líder supremo, dictador y *fürher* era Mateo Alacrán.

Teo dejó de leer para saborear las palabras. Tenía el corazón hinchado de orgullo. No sabía lo que era un *fürher*, pero sin duda era algo muy bueno.

«El hombre más malvado, despiadado e interesado que alguien pueda imaginarse», escribía Esperanza en la línea siguiente.

Teo arrojó el libro lo más lejos que pudo. Fue a parar a la charca, con las páginas abiertas. ¿Cómo se atrevía la autora a insultar así al Patrón? Él era un genio. ¿Cuánta gente sería capaz de construir un país de la nada, especialmente alguien tan pobre como lo había sido el Patrón? Lo que pasaba era que Esperanza tenía envidia.

Sin embargo, Teo se levantó de pronto para ir a por el libro antes de que terminara estropeándose. Era un regalo de Tam Lin, y eso lo convertía en algo valioso. Lo dejó secar con cuidado y lo guardó en el cofre metálico.

A la vuelta, Teo se detuvo en la planta depuradora de agua para hablar con el administrador. Desde que Tam Lin se fue, Teo estuvo pensando mucho en la excelente educación que había recibido. No tenía sentido para él pasarse el resto de la vida como una mascota exótica. El Patrón no desperdiciaba su dinero de ese modo.

No, pensó Teo, el anciano esperaba de él un destino mejor. Al no ser humano, nunca podría llegar a la categoría de Benito o Steven, pero podría servir de ayuda. Por eso, Teo empezó a estudiar en qué consistía la labor de administrar un imperio de la droga. Vio cómo se plantaba, procesaba y comercializaba el opio. Observó cómo se trasladaba a los zonzos de un campo a otro, cuántas veces al día les daban de beber y cuántos comprimidos de comida les administraban.

«Cuando yo mande...» Teo se corrigió rápidamente: «Cuando yo ayude a la persona que mande, liberaré a los zonzos». Seguro que el opio podía ser cultivado por personas normales. Puede que no fueran igual de productivos, pero cualquier cosa sería mejor que un ejército de esclavos. Eso era algo que Teo había comprendido tras haber observado a Rosa.

Teo preguntó al administrador de la depuradora acerca del río subterráneo procedente del golfo de California, a cientos de kilómetros de distancia. Se utilizaba para surtir de agua a la hacienda Alacrán pero, antes de ser depurado, olía francamente mal.

El administrador de la depuradora no miraba a Teo a la cara. Le desagradaba hablar con clones, como a la mayoría de los seres humanos, pero tampoco quería contrariar al Patrón.

—¿Por qué huele así el agua? —preguntó Teo.

—Peces muertos. Productos químicos —respondió el administrador, sin mirarlo.

—Pero aquí los separan.

—Sí.

—¿Y adónde los llevan?

—Al desierto —dijo el hombre, señalando al norte. Respondía con la mayor brevedad posible.

Teo hizo visera con las manos para mirar al norte. Más allá del desierto, donde resplandecía una bruma de aire caliente, vio unas elevaciones del terreno que parecían edificios.

—¿Allí? —preguntó, inseguro.

—Sí —contestó el administrador.

Teo cogió el caballo y lo dirigió al norte, para captar mejor el panorama. El olor era tan inmundo que temió que le diera un ataque de asma, y comprobó que llevaba el inhalador.

En efecto, eran edificios, dispuestos en largas filas y salpicados aquí y allí por puertas y pequeñas ventanas. Los techos eran tan bajos que Teo se preguntaba cómo podía caber una persona de pie en su interior. En las ventanas había barras de hierro. ¿Vivirían allí los zonzos? La idea lo horrorizaba.

Cuanto más se acercaba Teo, más intenso era el hedor. Era una mezcla de pescado podrido, excrementos y vómitos, con un tufillo químico más bien dulzón que era peor que todos los demás olores juntos.

Teo cogió el inhalador. Sabía que debía alejarse cuanto antes, pero los edificios le tenían comida la curiosidad. En la suciedad del suelo que los envolvía se apreciaban raspas de pescado y conchas de molusco. Parecía que los edificios se hubiesen construido sobre una montaña de desechos del golfo de California.

Teo rodeó uno de los edificios y descendió por un barranco que había detrás y que debían utilizar de vertedero. El fétido olor le humedeció los ojos, de modo que apenas se dio cuenta del denso fango amarillo y putrefacto que cubría el fondo del barranco. El caballo tropezó y se desplomó sobre sus patas. Teo tuvo que rodearle el cuello con los brazos para que no cayese derecho al fango.

—¡Arriba! ¡Arriba! —ordenó.

Sin embargo, el caballo era incapaz de obedecer. Se quedó sentado en el suelo con las patas dobladas. Hasta Teo empezó a sentirse mareado. Saltó del caballo e inspiró desesperadamente con el inhalador. Los pulmones se le llenaban de líquido. Invadido por el terror a morir ahogado, trató de salir a rastras del vertedero. Los dedos se le hundían en aquel suelo contaminado por el pescado putrefacto.

Un par de manos lo levantaron del suelo, lo arrastraron un trecho y lo arrojaron a la parte trasera de un vehículo. Teo oyó un motor que se ponía en marcha. El vehículo empezó a moverse entre una nube de humo que lo hizo toser. Intentó levantarse, pero una bota lo obligó de un golpe en el pecho a tumbarse nuevamente.

Perplejo, Teo clavó la mirada en los ojos más fríos que jamás hubiera visto. Al principio creyó que estaba mirando a Tam Lin, pero aquel hombre era más joven y menos corpulento. Tenía el mismo pelo castaño y ondulado, los mismos ojos azules y la misma presencia enérgica, pero no había rastro del buen talante que Teo solía encontrar en la cara del guardaespaldas.

—¿De dónde has sacado el caballo? —lo interrogó el hombre—. ¿De dónde has sacado entendederas como para escaparte?

—No es un zonzo, Hugh —dijo otra voz. Teo alzó la vista y vio a otro hombre, parecido al primero.

—Así que eres un ilegal —gruñó Hugh—. Tendremos que llevarte al hospital para que te pongan un cepo en la cabeza.

—Haced eso... —empezó a decir Teo, con el corazón latiendo a toda velocidad.

Teo tenía miedo, pero Tam Lin le había enseñado que mostrar debilidad era una insensatez. «Actúa como si mandases tú», le había dicho el guardaespaldas, «y nueve de cada diez veces tendrás las de ganar. La mayoría de la gente es cobarde en el fondo». Teo dedujo que esos hombres pertenecían a la Patrulla de las Plantaciones y que, por lo que le había contado Celia, eran muy peligrosos.

—Haced eso —repitió Teo—, y les diré a los médicos cómo habéis tratado al clon del Patrón.

—¿Cómo dices? —dijo Hugh, apartando la bota del pecho de Teo.

—Soy el clon del Patrón. Fui a visitar la planta depuradora y me perdí. Mejor aún, me podéis llevar a la Casa Grande y yo mismo le informaré.

Teo estaba lejos de sentir la confianza que quería demostrar, pero había visto al Patrón dar órdenes muchas veces. Sabía reproducir al detalle la voz fría y mortal que daba tan buen resultado.

—¡Caramba! Hasta habla igual que el viejo vampiro —dijo el otro hombre.

—¡Cierra el pico! —gruñó Hugh—. Mire, no lo esperábamos aquí, señor... señor... ¿cómo debemos llamarlo?

—Mateo Alacrán —dijo Teo, y notó con satisfacción que el hombre se estremecía al oírlo.

—Bueno, señor Alacrán, no lo esperábamos aquí y, al encontrarlo en las cuadras de los zonzos, equivocarse era lo más lógico.

—¿Y no se os ocurrió preguntar qué estaba haciendo aquí? —dijo Teo, entornando los ojos igual que el Patrón cuando quería mostrarse especialmente amenazador.

—Tiene toda la razón, señor. Lo sentimos de verdad. Lo llevaremos directamente a la Casa Grande y le pedimos nuestro más humilde perdón. ¿verdad, Ralf?

—Sí, sí, claro —dijo el otro hombre.

—¿Y qué hay de mi caballo?

—En seguida lo arreglamos —y Ralf dio un golpe a la cabina del conductor. Cuando se abrió la ventana, dio unas instrucciones a la persona que estaba dentro—. Llamaremos por radio a una patrulla para que vayan a por el jaco. Estaba muy maltrecho por el aire muerto, señor. Puede que no sobreviva.

—¿Aire muerto? —dijo Teo, tan sorprendido como para olvidarse de su imitación del Patrón.

—A veces pasa eso cerca de ese vertedero —explicó Ralf—. El aire no circula y el dióxido de carbono se va acumulando. Como en una mina.

—Yo perdí a un hermano así —observó Hugh.

—No te das cuenta hasta que es demasiado tarde —explicó Ralf—. En los corrales que hay cerca no suele pasar nada, pero en las noches con poco viento hacemos dormir a los zonzos en el campo.

—¿Y por qué no se limpia ese vertedero? —dijo Teo, asombrado.

A Ralf parecía extrañarle sinceramente el comentario.

—Así es como hemos hecho siempre las cosas, señor Alacrán. A los zonzos les da lo mismo.

«En eso tienen razón», pensó Teo. Aunque se dieran cuenta del peligro, los zonzos no podrían huir a menos que se les ordenase hacerlo.

Los patrulleros tenían una actitud casi amigable con Teo al ver que él parecía haber aceptado sus disculpas. No se comportaban como la mayoría de la gente al saber que Teo era un clon. Actuaban con cautela pero sin hostilidad. De hecho, recordaban mucho a Tam Lin.

—¿Sois escoceses? —preguntó Teo.

—No, no —dijo Hugh—. Ralf es inglés y yo soy galés. El conductor, Wullie el Chico, sí que es escocés. Pero a todos nos gusta jugar al fútbol y machacar cabezas.

Teo se acordó de lo que el Patrón dijo una vez refiriéndose a Tam Lin y a Donald el Bobo: «A estos los encontré en Escocia, rompiendo cabezas delante de un estadio de fútbol. Busca siempre a tus guardaespaldas en otro país, Teo. Les costará más buscar aliados y traicionarte».

—Por lo que decís, el fútbol es como una guerra —comentó Teo.

Ralf y Hugh se echaron a reír.

—Tienes razón, chaval. Es como una guerra —dijo Hugh.

—Lo bueno del fútbol —dijo Ralf, que parecía tener la mente en otro lugar—, es que la juerga se disfruta tanto como los partidos.

—¿La juerga? —dijo Teo.

—Sí, la juerga. Todo lo que acompaña a los partidos: los preparativos, los apretujones de hinchas en los trenes...

—Y las fiestas —dijo Hugh, con ojos soñadores.

—Y las fiestas —secundó Ralf—. Te apretujas en un *pub* con tus colegas y te pones a beber hasta que el dueño te echa.

—Si puede echarte, claro —apuntó Hugh.

—Además, antes o después, te topas con los hinchas del otro equipo. Así que no hay más remedio que meterles caña.

—Y entonces es cuando se machacan cabezas —supuso Teo.

—Sí. No hay nada mejor, sobre todo si ganas tú —dijo Ralf.

El camión tomó un camino en zigzag que atravesaba los campos de amapolas. Teo vio los mismos zonzos con los que se había encontrado por la mañana. Seguían inclinándose hacia las cápsulas maduras, pero Teo ya no sentía el impulso de llamarlos «hermanos». No eran sus hermanos y nunca lo serían si no se les quitaban los cepos de la cabeza.

—Si os gustaba tanto aquello, ¿por qué vinisteis? —preguntó Teo a Hugh y a Ralf.

Los dos patrulleros perdieron su expresión soñadora. Tenían los ojos fríos y distantes.

—A veces... —empezó Hugh, y luego se quedó callado.

—A veces, uno se pasa de la raya machacando cabezas —terminó Ralf en su lugar—. Matar a gente en una guerra está bien visto. Eres un héroe. Pero en el fútbol, que es igual de glorioso, esperan que después le des la mano al enemigo.

—Más bien, besarle el trasero —dijo Hugh, asqueado.

—Y eso no nos gustaba, ya ves.

Teo empezó a comprenderlo. Hugh, Ralf y Wullie, el conductor, habían matado a gente. Eran candidatos ideales para la Patrulla de las Plantaciones. Tenían que ser leales al Patrón si no querían que los entregara a fuera cual fuera la policía que anduviera tras ellos.

Ya se distinguían los jardines exuberantes y los tejados rojos de la Casa Grande. No podía haber nada más distinto de las filas de viviendas de techos bajos donde vivían los zonzos (cuando no los mandaran a dormir en el campo para que no murieran gaseados).

—¿Tam Lin mató a alguien?

A Teo no le apetecía mucho hacer la pregunta, pero esta podría ser su única oportunidad de averiguarlo.

Hugh y Ralf se miraron el uno al otro.

—Ese merece mención aparte —dijo Ralf—. ¡Es un puñetero terrorista!

—No entiendo por qué el Patrón confía tanto en él —dijo Hugh.

—Son como padre e hijo...

—¡Calla la boca! ¿No ves con quién estás hablando? —dijo Hugh.

La casa ya estaba cerca, y Teo temía que lo soltaran antes de que le dijeran lo que quería saber.

—¿Qué hizo Tam Lin? —apremió.

—Nada, solo puso una bomba frente a la casa del primer ministro en Londres —contestó Hugh—. Era un nacionalista escocés, ya ves. Querría poner en el trono a un príncipe católico o a alguna sabandija por el estilo. No actuaba motivado por la cerveza, como el resto de nosotros.

—Qué va, pertenece a una categoría superior —dijo Ralf—, con sus principios éticos y su conciencia social.

—Fue una pena que un autobús escolar se parase ahí en un mal momento —dijo Hugh—. La explosión mató a veinte niños.

—Eso es lo que se saca de la conciencia social —dijo Ralf, mientras ayudaba a Teo a bajar del camión. El vehículo partió al instante. Los patrulleros parecían estar deseando irse, o tal vez tenían prohibido presentarse cerca de los salones civilizados de la casa del Patrón.

18

EL TESORO DEL DRAGÓN

—¡Despierta! —le dijo Celia, tan cerca del oído que Teo cayó fuera de la cama agitando los brazos.

—¿Qué ocurre? —preguntó él mientras trataba de desembarazarse de las sábanas que tenía enredadas al cuerpo.

Celia le quitó las sábanas de encima y lo ayudó a levantarse. Aunque Teo ya era tan alto como Celia, ella seguía siendo más fuerte. Seguramente se debía a tantos años acarreando por la cocina ollas llenas de guisos. La mujer lo empujó al baño.

—¿Me visto? —preguntó Teo.

—No hay tiempo. Lávate la cara.

Teo se echó agua a la cara para ver si así se despertaba. Se había metido directamente en la cama cuando la Patrulla de las Plantaciones lo trajo a casa. Se sentía asqueado por el aire contaminado y las cuadras de los zonzos.

Estaba confundido por las imágenes contradictorias que tenía de los patrulleros. Antes de conocerlos, Celia le había llenado la cabeza con historias que le habían helado la sangre. Según ella, eran criaturas nocturnas, como el chupacabras. Infestaban los caminos que bajaban serpenteando de la sierra del Ajo y cazaban a sus presas con gafas sensibles al calor.

Teo recordó los fríos ojos de Hugh cuando lo golpeó contra la plataforma del camión. Para el patrullero (al menos, en ese momento), Teo no era más que una rata a la que se podía aplastar con el pie.

Sin embargo, cuando les dijo ser Mateo Alacrán, los patrulleros se transformaron en muchachos joviales dispuestos a tomarse una cerveza en el *pub* antes de machacar unas cuantas cabezas.

«Sí, claro», se recordó a sí mismo, «y Tom es el arcángel Gabriel».

—¡Date prisa! ¡Es importante! —gritó Celia al otro lado de la puerta del baño.

Teo salió secándose las manos.

—Cómete una quesadilla antes de irte —dijo Celia, a quien, si no eran imaginaciones de Teo, le temblaban las manos cuando le pasó el plato.

—No tengo hambre —protestó él.

—¡Come! Va a ser una noche muy larga.

Celia se sentó a la mesa frente a Teo y lo observó mientras él masticaba mecánicamente. No le permitió dejar ni una miga. La salsa tenía un sabor raro, o tal vez eran los efectos del aire contaminado. Teo seguía algo mareado. Se había ido a la cama con un sabor metálico en la boca.

Nada más salir de su apartamento, Celia y Teo fueron recibidos por una pareja de guardaespaldas, que los llevaron por la casa a empujones. Debía de ser muy tarde, porque los pasillos estaban vacíos.

Bajaron a toda prisa por las escaleras de la entrada y atravesaron oscuros jardines por un camino serpenteante hasta llegar al borde del desierto. Dejaron atrás la gran mansión de la que Teo aún podía ver los blancos pilares y los naranjos decorados con luces. Una espina de abrojo se aplastó bajo su pie descalzo.

—¡Ay! —Teo se agachó para sacarse la espina.

Los guardaespaldas levantaron a Teo del suelo de un tirón antes de que llegara a tocarse el pie. Entonces fue cuando se dio cuenta de adónde se dirigían.

—¡El hospital! —dijo con un grito.

—Todo va bien, mi vida —dijo Celia, pero su voz, como ahogada, no sonaba nada bien.

—¡No estoy enfermo! —gritó Teo. No había estado allí desde que vio la cosa del hospital.

—Tú no, pero el Patrón sí —contestó uno de los guardaespaldas.

Entonces, Teo dejó de resistirse. Le pareció muy natural que los guardias lo llevaran al Patrón. Teo lo quería, y si el anciano estaba muy enfermo, querría verlo.

—¿Qué ha pasado? —preguntó Teo.

—Un ataque al corazón —gruñó el guardaespaldas.

—¿No estará... muerto?

—Todavía no.

De pronto, Teo, descompuesto, se sintió desfallecer. La vista se le nublaba y el corazón le latía con fuerza. Apartó la cabeza del brazo del guardaespaldas y vomitó.

—¿Será...? —El hombre dio un grito de sorpresa seguido de una retahíla de maldiciones—. ¡Diablos! ¡Mira cómo me ha puesto el traje!

Teo ya no se preocupaba de la espina clavada en el pie. Otros problemas más graves lo abrumaban. El estómago le dolía como si se hubiera tragado un cactus. Además, algo le pasaba en la vista. Sobre las paredes del hospital revoloteaban colores extravagantes.

Unos enfermeros lo colocaron en una camilla, lo transportaron rápidamente por un pasillo y lo metieron en una cama.

—¡El pulso le va a toda pastilla! —sonó una voz.

Alguien le clavó una aguja en el brazo. Teo ya no podía distinguir qué era realidad y qué era una pesadilla. Creyó estar en el vertedero de las cuadras de los zonzos, flotando en el lodo amarillo. Vomitó una vez tras otra hasta que ya no le salía más que un líquido claro con sabor a bilis. Vio a Bolita sentado al pie de la cama, con aire de reproche. ¿Así sufrió Bolita tras ingerir el láudano?

Después era San Francisco quien estaba sentado al pie de la cama. «Hermano lobo, has causado tanto daño que todo el pueblo es enemigo tuyo. Pero yo quiero ser tu amigo.»

«Bueno», pensó Teo.

La figura de San Francisco se convirtió en la de Tam Lin. El guardaespaldas tenía un aspecto demacrado y ojeroso. Tenía la cabeza gacha, como rezando, aunque la oración no era ni de lejos una de las actividades que Teo asociara con el guardaespaldas.

La ventana estaba iluminada por una tenue luz azul. El amanecer estaba cerca y los horrores nocturnos se iban disipando. Teo tragó saliva. Sentía la garganta en carne viva y no estaba seguro ni de poder hablar.

—Tam Lin —dijo con un hilillo de voz.

El guardaespaldas levantó la cabeza de golpe. Parecía (Teo no sabía describirlo) aliviado y abatido a la vez.

—No hables a menos que sea necesario, chaval.

—El Patrón —susurró Teo.

—Se ha estabilizado —dijo Tam Lin—. Le han hecho un trasplante de dos corazones juntos.

Teo alzó las cejas, extrañado.

—Le han puesto un corazón al lado del suyo, para regular el pulso —explicó el guardaespaldas—. El donante, el corazón, era demasiado pequeño para funcionar por sí solo.

Teo comprendía parte del proceso gracias a sus clases de ciencias. Cuando alguien moría en un accidente, utilizaban sus órganos para salvar la vida a personas enfermas. Si el corazón que había recibido el Patrón era pequeño, significaba que procedía de un niño. Tal vez fuera eso lo que había entristecido a Tam Lin.

—Yo estaba... en las cuadras de los zonzos —dijo Teo, e hizo una pausa para que se le calmara el dolor en la garganta—. Me empecé a encontrar mal. Los patrulleros... me encontraron.

—¿Estuviste en el desierto? —atronó Tam Lin—. ¡Dios bendito! ¡No me extraña que se te aplatanase el corazón! En ese terreno hay una mezcla explosiva de productos químicos. Debes prometerme que nunca, nunca volverás allí.

Teo se sintió arrollado por el enfado del guardaespaldas. ¿Cómo iba a saber dónde estaba el peligro si nadie se lo decía? Los ojos se le humedecieron pese a sus esfuerzos por no parecer cobarde.

—Vaya, lo siento —dijo Tam Lin—. No debería gritarte cuando estás en tan baja forma. Escucha, salir a curiosear a las cuadras de los zonzos fue una tontería, pero puede que no fuera un error tan grave. Dicen que a los tontos los protege un ángel de la guarda.

Tras decir esto, el guardaespaldas se quedó mirando a Teo inquisitivamente, como si quisiera decir algo más.

—Lo siento —susurró Teo.

—Más te vale. Celia lleva horas ahí fuera cavando un surco en el suelo. ¿Te sientes con fuerzas para una sesión de llantos y lamentos?

—Si me sacas... la espina del pie —susurró Teo.

El guardaespaldas apartó las sábanas de un tirón y encontró la herida al instante.

—Malditos idiotas —masculló—. No son capaces de encontrar nada a menos que se lo señalen con una flecha.

Arrancó la espina y limpió el pie frotándolo con alcohol.

Teo se moría de ganas de hacerle preguntas, como: «¿Te da pena haber matado a veinte niños?», o «¿Cómo podías enfadarte por lo de Bolita cuando tú hiciste algo mucho peor?». Pero le faltaba el valor necesario para encararse a Tam Lin.

En efecto, una sesión de llantos y lamentos era exactamente lo que Celia preparaba. Lloró por Teo hasta el histerismo. Aunque para él fue agradable saberse tan querido. Y fue mejor aún cuando Celia se enfrentó a los camilleros del hospital como una tigresa.

—¡Aquí ya no lo necesitan! —gritaba en inglés y en español.

Subieron a Teo a una camilla y lo llevaron afuera, donde respiró el aire puro y fresco de vuelta al apartamento de Celia. Seguidamente, la mujer lo arropó en la cama y lo veló durante el resto del día.

El corazón accesorio del Patrón dio un magnífico resultado, pero estaba claro que el Patrón había pasado por una prueba muy dura. El zumbido del motor de su silla de ruedas ya no recorría la casa sin cesar. Ejercitaba los brazos y las piernas con ayuda de fisioterapeutas para que no se le deterioraran los músculos, pero algo vital había desaparecido ya.

Antes, el Patrón hubiera estallado en risas cuando Tam Lin describía la caída en desgracia o los extraños accidentes que sufrían sus enemigos en el gobierno de Aztlán y de Estados

Unidos. Tras la operación, se limitaba a asentir. Ya no podía permitirse esos placeres, y aun así podía darse por contento a la edad de 148 años.

Tam Lin hacía que trajeran al Patrón algunos de los muchos tesoros que el anciano tenía acumulados. Pasando sus nudosos dedos por una caja de diamantes, el Patrón suspiraba y decía:

—En realidad, no son más que piedras.

Teo, que aquellos días pasaba mucho tiempo con el Patrón, decía:

—Son preciosos.

—Ya no percibo vida en ellos. El fuego que provocó guerras entre hombres que lucharon por poseerlos ha desaparecido.

Y Teo comprendía que lo que el Patrón echaba de menos no era la belleza de las piedras, sino el placer que antes sentía al poseer cosas lujosas. Sentía lástima por el anciano y no sabía cómo reconfortarlo.

—San Francisco decía que es bueno dar las cosas a los pobres —propuso Teo.

El cambio que mostró el Patrón en ese momento fue extraordinario. Se incorporó solo en la cama, los ojos encendidos con una energía que fluía a borbotones de un manantial desconocido.

—¿Dar... las cosas a los... pobres? —gritó con la voz de un hombre cien años más joven—. ¿Dar las cosas a los pobres? ¡No puedo creer lo que he oído! ¿Qué te han estado enseñando?

—Era solo una idea —dijo Teo, aterrorizado por la reacción que había provocado—. San Francisco vivió hace mucho tiempo.

—¿Dar las cosas a los pobres? —se preguntó el anciano—. ¿Para eso luché por salir de Durango? ¿Para eso construí un imperio mayor que el de El Dorado? El Dorado se bañaba cada día en polvo de oro. ¿Lo sabías?

Claro que Teo lo sabía. El Patrón se lo había contado al menos diez veces.

—Se quedaba de pie frente a su casa de oro —dijo El Patrón, sus negros ojos llameantes—, y sus criados lo espolvoreaban con el precioso metal hasta que brillaba como el sol. Su pueblo lo veneraba como a un... dios.

El hombre se había quedado absorto en su fantasía, y sus ojos estaban puestos en una selva lejana donde había vivido el rey mítico.

Tam Lin felicitó a Teo por su astucia.

—Le has devuelto el color a las mejillas al insinuar que se desprenda del tesoro del dragón. Yo he sido demasiado blando con él. Lo que de verdad necesitaba el Patrón era un buen puntapié en el trasero.

—¿Qué es eso del tesoro del dragón? —preguntó Teo.

Los dos estaban sentados en el jardín de Celia y compartían una jarra de limonada. El guardaespaldas rara vez tenía tiempo para hacerle una visita desde la operación del Patrón. Gracias al comentario irreflexivo de Teo, sin embargo, el anciano estaba inmerso en una inspección de la casa en solitario. Tam Lin dijo que debía de estar haciendo inventario.

—El tesoro del dragón —explicó Tam Lin— es lo que obtiene la bestia tras saquear los castillos. Guarda sus riquezas en una caverna oscura y profunda escondida en las montañas y de noche duerme encima del tesoro. No debe ser nada cómodo, con tantos puñales con joyas incrustadas y todo eso, pero el dragón no nota nada gracias a que tiene el cuerpo cubierto de escamas.

A Teo le encantaba oírle contar las cosas que debía de haber oído en su infancia. Un tono musical acompañaba su voz en esos momentos. Teo se lo podía imaginar de niño, mucho antes de los sucesos que le habían deformado la nariz y le habían abierto cicatrices de la cabeza a los pies.

—¿El dragón es feliz así? —preguntó Teo.

—¿El dragón es feliz así? —repitió Tam Lin—. Pues nunca me lo había planteado. Supongo que sí. ¿Qué otro placer puede tener una criatura que dedica su vida a hacer infelices a los demás? Como te decía, lo más sorprendente de un dragón es que, si le quitan una parte del tesoro, por pequeña que sea, siempre se da cuenta. Aunque parezca profundamente dormido, si algún pobre chaval se asoma dentro en plena noche y le arrebata una sola moneda, el dragón se despierta. Y entonces no te gustaría estar en la piel de ese chaval. El dragón lo convertirá en un trozo de carbón y luego lo amontonará al lado de otros trozos de carbón que cometieron el error de quererle robar el tesoro.

Bajo el cálido sol de la tarde, las abejas se paseaban sobre las flores del jardín. Normalmente, Celia prefería cultivar verduras, pero últimamente se había aficionado a las flores. Las rudbeckias trepaban por una de las paredes y los tallos de flor de la pasión decoraban otra. Las dedaleras y las espuelas de caballero formaban un ordenado lecho flanqueado por otras plantas que Teo no reconocía. Tam Lin había construido un enrejado para proteger las plantas más sensibles al sol. A Teo le parecía que el jardín estaba más bonito así.

—¿Sabe el Patrón todo lo que tiene en el almacén?

Por supuesto, Teo sabía a quién se refería Tam Lin al hablar del dragón.

—No lo creo. Pero será mejor que no lo pongas a prueba —dijo Tam Lin.

19

DE NIÑO A HOMBRE

El estallido de energía del Patrón no duró mucho. No tardó en estar tan pálido y débil como siempre. Divagaba sobre su infancia y sus cinco hermanos que murieron a temprana edad y escuchaba tocar la guitarra a Teo, aunque los dedos del muchacho no eran lo suficientemente largos como para interpretar piezas muy complicadas.

La voz de Teo era aguda y dulce: la voz de un ángel, según Celia. El Patrón entraba en un calmado sopor al oírlo cantar. A Teo le gustaba ver al anciano en esos momentos, con los ojos entornados y la boca arqueada hacia arriba en una suave sonrisa. Aquella expresión era mejor que cualquier cumplido.

Un día, cuando Teo estaba cantando una balada en español, su voz se quebró. Cayó más de una octava para producir un sonido más parecido al de un burro al rebuznar que el de un muchacho. Avergonzado, se aclaró la garganta y lo volvió a intentar. Al principio, siguió cantando sin contratiempos, pero al cabo de un rato volvió a pasar lo mismo. Teo se puso en pie, confundido.

—Tenía que ocurrir —musitó el Patrón en su cama.

—Lo siento. Le pediré a Celia unas gotas para la tos —se disculpó Teo.

—No sabes qué ha pasado, ¿verdad? Estás tan aislado del resto del mundo, que no lo sabes.

—Mañana me habré recuperado.

El anciano rió con un sonido seco y agrietado.

—Di a Celia o a Tam Lin que te lo expliquen. Puedes tocar sin cantar, con eso me basta.

Más tarde, cuando Teo se lo dijo a Celia, la mujer se echó el delantal a la cara y rompió a llorar.

—¿Qué pasa? ¿Es algo malo? —preguntó Teo, tremendamente alarmado.

—¡Has crecido! —gimió Celia detrás del delantal.

—¿Y eso no es bueno? —dijo Teo, que se quedó horrorizado al oír que su voz atronaba tan grave como un tambor.

—Pues claro que lo es, mi vida —dijo Celia, secándose los ojos con el delantal y mostrando una sonrisa poco convincente—. Siempre impresiona ver que a un corderito le salen cuernos y se convierte en un magnífico carnero. Pero eso es bueno, cielito, de verdad que sí. Tenemos que celebrarlo con una fiesta.

Teo se sentó en su habitación al lado de la guitarra mientras oía el ruido de los cacharros de Celia en la cocina. No le parecía que crecer fuera bueno. Podía interpretar cualquier estado de ánimo de Celia por mucho que lo disimulara con sonrisas. Sabía que en el fondo estaba afligida y quería saber por qué.

Se estaba convirtiendo en un hombre. No, no era eso. Para empezar, no era un muchacho, así que no podía convertirse en un hombre. Sería un clon adulto, nada más. Se le despertó el recuerdo del médico diciéndole a Rosa que los clones se caían a trozos al crecer. Teo ya no tenía miedo de caerse a trozos literalmente, pero ¿qué pasaría con él?

Se tocó la cara buscando señales de los primeros pelos. Lo único que había eran un par de bultitos de los últimos síntomas de acné. «A lo mejor es un error», pensó. Intentó cantar otra vez la balada y la garganta lo volvió a traicionar antes de pasar del segundo verso. Era muy decepcionante. Su nueva voz no era ni de lejos tan buena como la de antes.

«¿A María también le cambiará la voz?», se preguntó.

La fiesta que celebraron aquella noche terminó de forma bastante deslucida. Celia y Tam Lin se sentaron en el jardín y brindaron con champaña por el cambio de Teo. A él se le permitió beber una copa como excepción, aunque Celia insistía en rebajarla con limonada. En el aire cálido y húmedo del jardín se encendían y apagaban unas luciérnagas que Teo había pedido por catálogo. Las plantas que Celia había plantado recientemente y que daban un poco de miedo esparcían su denso olor por todo el jardín cercado. Ella decía que las había comprado en Aztlán a una curandera.

Un pensamiento repentino inquietó a Teo.

—¿Cuántos años tengo? —preguntó, acercando la copa para que se la llenasen.

Celia, sin dar importancia a la ceñuda expresión de Tam Lin, sirvió limonada a Teo en lugar de champaña.

—Aunque no celebre cumpleaños como los seres humanos —dijo Teo—, nací algún día, o algo parecido.

—Te cultivaron —dijo Tam Lin. Al hablar arrastraba las palabras. Se había terminado una botella él solo, y Teo pensó que hasta entonces nunca había visto borracho al guardaespaldas.

—Crecí dentro de una vaca. ¿Me dio a luz como a un ternero? —Teo no veía nada malo en nacer en un establo. A Jesús le pareció perfectamente aceptable.

—Te cultivaron —repitió Tam Lin.

—No tiene por qué saber los detalles —dijo Celia.

—¡Y yo digo que sí! —rugió el hombre, dando un puñetazo sobre la mesa de jardín y haciendo retroceder a Celia y a Teo de la impresión—. ¡Ya basta de secretismo en esta casa! ¡Ya basta de asquerosas mentiras!

—¡Por favor! —exhortó Celia, tocando el brazo de Tam Lin con la mano—. Las cámaras...

—¡Por mí, las cámaras pueden irse al diablo! ¡Espiad bien esto, hatajo de desgraciados mentirosos! ¡Esto es lo que pienso de todos vosotros!

El guardaespaldas hizo un gesto muy grosero con la mano en dirección a las flores de la pasión que cubrían una de las paredes. Teo había imitado ese gesto una vez y Celia lo riñó a gritos.

—¡Por favor! ¡Si a ti te da igual, al menos piensa en nosotros!

Celia se había arrodillado ante la silla del guardaespaldas. Había juntado las manos, igual que cuando rezaba.

Tam Lin se sacudió como un perro al secarse.

—¡Ay, Dios! ¡Es el alcohol quien habla por mí!

Agarró la botella medio vacía de champaña y la arrojó a la pared. Teo oyó el cristal hacerse mil pedazos sobre las flores de la pasión.

—Alguna respuesta habrá que darte, chaval —dijo Tam Lin, y levantó a Teo a la altura de la camisa, mientras Celia contemplaba la escena con la cara pálida de terror—. Durante nueve meses, creciste dentro de esa pobre vaca y luego te sacaron de ella. Te cultivaron. A la vaca la «sacrificaron», así lo llaman

223

cuando matan a un pobre animal de laboratorio. A tu madre de alquiler la convirtieron en condenadas chuletitas.

El guardaespaldas dejó a Teo en el suelo, que retrocedió fuera de su alcance.

—Todo va bien, Tam Lin —dijo Celia afectuosamente, y se sentó despacio a su lado.

—No, no va bien —dijo el hombre, con la cabeza apoyada en la mesa entre los brazos—. Para esta gente, somos animales de laboratorio. Solo nos tratan bien hasta que dejamos de serles útiles.

—No se saldrán siempre con la suya —susurró Celia, poniéndole las manos sobre los hombros.

Tam Lin ladeó la cabeza hasta poder ver a Celia por entre los brazos que le tapaban la visión.

—Sé lo que te propones, pero es demasiado peligroso —dijo.

Celia se inclinó hacia él y le frotó la espalda con sus manos grandes y tiernas.

—Esta plantación lleva aquí más de cien años. ¿Cuántos zonzos dirías que hay enterrados bajo las amapolas?

—Miles. Cientos de miles.

La voz de Tam Lin sonaba más a un lamento que a otra cosa.

—¿Y no te parece que ya es suficiente?

Celia sonreía a Teo mientras frotaba la espalda a Tam Lin. Esta vez era una sonrisa auténtica, que la embellecía a la tenue luz del jardín.

—Ve a la cama, mi vida —dijo a Teo—. Luego iré a verte.

A Teo le molestaba que los dos hubiesen olvidado que esa era su fiesta, la celebración de su cambio de niño a hombre. Se metió enfurruñado en su habitación y se puso a pellizcar la guitarra esperando que el tañido molestase a la pareja que cuchicheaba en el jardín. Al cabo de un rato, sin embargo, se le pasó el enfado.

En su lugar, le sobrevino la sensación de que se le había pasado por alto algo importante. Las señales estaban tan cerca de sus narices como las luciérnagas del jardín. Se iluminaban para revelar algo y permanecían encendidas casi el tiempo justo para que Teo se diera cuenta de su existencia. Pero entonces, igual que las luciérnagas, se desvanecían. Tam Lin y Celia obraban con mucha cautela.

Así había sido durante años. Teo sabía que se le escapaba una información importante. Tenía algo que ver con los clones. No debía enterarse de cómo se creaban, ni de que todos, excepto él, eran encefalogramas planos.

Por enésima vez, Teo se preguntó para qué la gente crearía monstruos. No era para que ocuparan el lugar de un hijo. A los hijos se los amaba, pero a los clones se los odiaba. Tampoco podía ser para tener un animal doméstico. Ningún animal doméstico podía parecerse a la cosa horrible y aterrorizada que vio en el hospital.

Teo se acordó de la conversación entre Mr. McGregor y el Patrón, sentados uno junto al otro en sendas sillas de ruedas después de haber sido operados. «Tengo un hígado nuevo», había dicho McGregor, dándose palmadas en la barriga, «y de paso me pedí un par de riñones». Había mirado a Teo con aquellos ojos azul claro que se parecían tanto a los de Tom, y Teo sintió repugnancia.

¡No! ¡No podía ser eso!

Teo recordó la fiesta de cumpleaños en la que el Patrón había recuperado de golpe sus capacidades mentales. «¿Implantes fetales? Tendré que probar eso algún día», había dicho McGregor. «A ti te ha dado unos resultados milagrosos.»

«No lo dejes para muy tarde», había respondido el Patrón. «Los médicos necesitan un plazo de cinco meses como mínimo para trabajar. Mejor si son ocho.»

¡No podía ser eso! Teo se apretó las sienes con las manos para impedir que le saliera nada de la cabeza. Si no pensaba en ello, no sería real.

Pero la idea se le filtró entre los dedos de todos modos. McGregor había creado un clon para poder recibir trasplantes cada vez que los necesitaba. ¡La cosa del hospital tenía motivos de sobra para aullar de aquella forma! ¿Y de dónde salían los implantes fetales del Patrón? ¿Y el corazón suplementario que ayudaba a funcionar a su corazón viejo y gastado?

Todo llevaba a las mismas conclusiones, pero Teo no había visto la verdad por culpa de su ceguera. Y de su reticencia a pensar en ella. No era estúpido, y los indicios habían estado siempre a la vista. La verdad era demasiado espantosa como para aceptarla.

El Patrón también había creado clones para que le surtieran de órganos. Estaba haciendo exactamente lo mismo que McGregor.

«No, lo mismo no. Porque yo soy distinto», pensó Teo con ansiedad. Miró el techo de la habitación. Celia había pegado estrellas fosforescentes por toda la superficie. Desde el día que se mudó al apartamento de Celia, se había dormido bajo el leve brillo de la bóveda celeste. En aquel momento, sentía que su presencia lo calmaba y lo reconfortaba.

«Yo soy distinto. No me crearon para fabricar piezas de recambio.»

El Patrón había impedido que los médicos le anularan el cerebro. Lo había protegido y le había dado la compañía de Celia y Tam Lin. Había contratado al señor Ortega para que le en-

226

señara música. El anciano estaba satisfecho con los logros de Teo. Ese no era de ningún modo el comportamiento de alguien que planeara asesinarte.

Teo hizo un esfuerzo para aminorar la respiración. Estaba jadeando como un pájaro atrapado en una sala. Teo había visto a pájaros morir de pánico al no poder abrirse paso a golpes a través del cristal de una ventana cerrada. Tenía que reconsiderar la situación. Razonar las conclusiones. Fuera lo que fuera lo que les había pasado a los otros pobres clones, estaba claro que la suerte de Teo no era la misma que la de ellos.

El Patrón se guiaba por una motivación muy distinta de la de McGregor, y esta no era otra que la vanidad, pensó Teo. Cuando el anciano veía a Teo, se veía a sí mismo: joven, fuerte y de mente fresca. Era como mirarse al espejo. El efecto no sería el mismo si Teo fuera una cosa que babeara y lloriqueara en una cama de hospital.

Teo se agarró a la almohada del mismo modo que había abrazado animales de peluche antes de volverse demasiado mayor para esas cosas. Se sentía como si lo hubieran rescatado de un alto precipicio con una cuerda. Y todavía quedaba pendiente el terrible destino de los demás clones.

«Mis hermanos», pensó Teo.

Temblaba al recordar su devoción por el hombre que lo había creado. El Patrón lo quería, pero era malvado. «El hombre más malvado, despiadado e interesado que alguien pueda imaginarse», había escrito Esperanza en el libro sobre el país de Opio. Teo había lanzado el libro con todas sus fuerzas cuando leyó aquello. Pero entonces era un niño. Ahora era un hombre, o algo así. Los hombres, según le dijo a menudo Tam Lin, tenían el valor de afrontar la verdad.

—¡Tienes fiebre! —exclamó Celia cuando ella y Tam Lin entraron a darle las buenas noches.

Celia se apresuró a prepararle una infusión, mientras el guardaespaldas vigilaba en la entrada. Tenía una silueta amenazadora, y Teo recordó que había matado a veinte niños con una bomba dirigida al primer ministro británico. El hombre parecía eclipsar la tenue luz de las estrellas del techo.

Cuando Celia volvió con la infusión, Tam Lin se encogió de hombros y dijo:

—En respuesta a tu pregunta, chaval, tienes catorce años.

Dicho esto, volvió a su habitación, en el ala de la casa intensamente custodiada del Patrón.

20

ESPERANZA

Teo se despertó mareado y con fiebre. Era como si tuviera una roca encima del pecho. La única forma de sacársela de encima sería descubrir que sus temores eran infundados. Podía preguntárselo a Celia pero tenía miedo de la respuesta.

Teo sentía sobre él la presión de unos ojos invisibles. Alguien podía estar vigilándolo con las cámaras, pero también podía ser que la sala de vigilancia estuviera vacía. Tal vez Felicia estaba allí, envuelta en un abrigo de pieles, buscando desesperadamente una forma de acabar con él.

Se planteó hablar con Tam Lin, pero Teo no sabía ni cómo sacar el tema. «Perdona que te haga una pregunta: ¿a mí también quieren convertirme en chuletillas?» La posible respuesta del guardaespaldas sería aún más aterradora: «Acertaste de lleno, chaval. Siempre he dicho que eras más listo que el hambre».

¿Qué grado de sinceridad podría soportar?

Cuando se levantó de la cama, sin embargo, el ánimo se le aplacó. Una ducha caliente y un desayuno con tostadas le ayudaron a disipar el miedo. No tenía sentido que el Patrón se desviviese por la educación de alguien a quien solo apreciaba como fábrica de piezas de recambio. Para un trasplante no era necesario sacar sobresalientes. Teo se dirigió al establo y pidió un caballo seguro.

Una niebla baja se arrastraba por los campos de amapolas cuando Teo los atravesó a caballo. Era algo frecuente a primera hora de la mañana, cuando los aspersores de agua rociaban el aire fresco a ras del suelo. El sol no tardaría en eliminar la humedad, pero ahora formaba un mar lechoso que le llegaba a Teo a media pierna mientras montaba en el caballo a horcajadas. Avanzar por entre la niebla, sin ver más que el lomo y la cabeza del animal, era una sensación maravillosa, como nadar por un lago encantado.

«Tengo catorce años», pensó Teo. «Soy un adulto.»

Esa idea le hacía sentir fuerte y aventurero. Los príncipes de la Edad Media iban a la guerra cuando tenían catorce años, o incluso antes.

En el oasis, todavía envuelto en sombras, refrescaba un poco. Las recientes lluvias habían llenado la charca de forma que el agua llegaba al pie del armazón de la parra. Teo colocó el cofre metálico en una parte más elevada del terreno. Se quitó la ropa y entró en la laguna. Tam Lin, que permitía a Teo hacer cosas bastantes arriesgadas, le había prohibido nadar allí porque las turbias profundidades ocultaban peligros inesperados en el agua. Para Teo, el riesgo era parte de la atracción.

Atravesó la charca nadando a estilo perro. Bancos de peces minúsculos se alejaban disparados de sus manos. Cuando llegó a la otra orilla, se encaramó a una roca que había bajo un matorral de gobernadora. Tembló ligeramente. Pronto empezaría a hacer más calor pero, por el momento, el aire del desierto conservaba el frescor nocturno.

230

Teo miró al cielo. Era de un azul tan intenso que casi le hería la vista. La lluvia se había llevado el polvo y había dejado el aire tan puro que era como respirar luz. La sensación de estar en un lugar mágico se acentuó.

¿Qué le impedía escalar esas montañas y escapar hacia el sur, a Aztlán? Según Celia, era un país pobre, pero a la mujer se le iluminaba la cara cada vez que hablaba de él. Estaba lleno de gente y también de vida. Era un mundo nuevo donde escaparía de las cámaras y a la mala fe de Felicia. No tendría que ver a McGregor, con aquel cuerpo hecho un rompecabezas.

Sin embargo, ¿querría vivir sin Celia o sin Tam Lin? ¿Y sin María?

Teo se animó aún más pensando en viajar a través de aquellas montañas de color entre pardo y gris. No hacía falta que tomara ninguna decisión por el momento. Podría ser que el Patrón viviese muchos años más. Y seguro que los vivirá, se confirmó a sí mismo, porque el anciano contaba con los mejores médicos del mundo al fin y al cabo. Teo podía planear su escapada detenidamente, incluso hasta podría ir con María. Los angustiosos miedos de la pasada noche se habían desvanecido y se sentía como un rey: Teo el Conquistador.

Cruzó de nuevo la charca a nado. El sol empezaba a inundar el pequeño valle cuando sacó los libros y mapas del cofre de Tam Lin. Puesto que ya podía sacar partido de ellos, se propuso estudiarlos detenidamente para planear su futura escapada.

«La historia de Opio», leyó Teo en el libro de Esperanza, «está manchada de terror y de sangre». Teo se instaló sobre unas mantas enrolladas con una tostada fría en la mano. El estilo panfletario de la autora le seguía pareciendo molesto, pero tuvo que aceptar la veracidad de la información.

«Mateo Alacrán (o el Patrón, nombre con el que no tardó en ser conocido), cubrió de plantaciones de opio el territorio que unía el río Pecos con el lago Salton», leyó Teo. «Para explotarlas, requería muchos trabajadores. No tuvo dificultad en encontrarlos, ya que cada día miles de mexicanos intentaban cruzar la frontera. Lo único que necesitaba era atraparlos.

»Con este fin, creó la primera Patrulla de las Plantaciones, un ejército compuesto por los delincuentes más inmundos que pudieran vomitar los sistemas penitenciarios de todo el mundo.»

Teo cerró el libro de un golpe. Esperanza seguía con su campaña contra el Patrón. Debía de ser una auténtica bruja. Teo bebió un botellín de zumo que se había traído de la casa e intentó seguir leyendo.

«Con todo, al Patrón le costaba controlar a los ilegales. Se le escurrían de entre los dedos, se ayudaban los unos a los otros, huían en tropel de Opio hacia la frontera con Estados Unidos hasta que el gobierno amenazó con poner fin a los negocios del Patrón.

»Fue entonces cuando el Déspota de Drogalandia, temiendo perder su imperio de esclavos, creó a los zonzos.

»A primera vista», leyó Teo, «nada podía parecer más humanitario. Al fin y al cabo, ¿qué es el sufrimiento sino la conciencia de sufrir? Los zonzos no sentían frío, calor, sed ni soledad. Un chip implantado en su cerebro se encargaba de eliminar tales sensaciones. Los zonzos trabajaban con la constante dedicación de abejas obreras. A juzgar por las apariencias, no eran infelices. ¿Podría decirse que los maltrataban?

»¡Sí, los maltrataban!», atacó Esperanza. «¡El Patrón vendía las almas de esas pobres gentes al diablo! Cuando morían, sepultaban sus cadáveres en la tierra para que sirvieran de fertilizantes. Las raíces de Opio están regadas con sangre, y quien compre su inmundo producto no es más que un caníbal.»

Por un día, Teo ya había leído más que suficiente. Dejó el libro sobre el pecho y trató de imaginarse la cara de Esperanza. Seguro que estaría cubierta de verrugas como una vieja bruja y tendría colmillos amarillos y las mejillas hundidas como la carne de una calabaza podrida. Hojeó el libro, buscando su foto.

La encontró en la página 247. Llevaba un vestido negro y un collar de perlas. El pelo moreno le caía como un velo brillante a ambos lados de su cara blanca y hermosa.

Se parecía muchísimo a María.

Teo leyó la nota al pie de la foto: «Esperanza Mendoza, ex esposa del senador Mendoza, es miembro fundadora de la Asociación Antiesclavitud de California. Ha escrito numerosos libros con gran éxito de ventas. Recibió el premio Nobel de la Paz en...».

Teo dejó caer el libro. Era imposible que María estuviera al corriente de aquello. Ella creía que su madre había muerto, que se había ido de casa cuando ella tenía cinco años y que nunca volvió. La pobre niña se había imaginado que su madre se había perdido en el desierto. Se despertaba llorando noche tras noche creyendo oír su voz. Por eso se aferraba con tanto afán a sus recuerdos y pertenencias. Le aterraba perder todo lo que amaba.

Y, durante todo aquel tiempo, Esperanza había estado viviendo en California. Teo sintió una profunda y ardiente ira contra aquella mujer y también contra el senador Mendoza. Seguro que él estaba al corriente de lo sucedido, pero prefería dejar que María sufriera. Pero Teo no estaba dispuesto a permitir que la situación siguiera así. La próxima vez que María fuera de visita (y sucedería al cabo de dos meses, por la boda de Emilia y Steven), le restregaría la prueba por las narices.

Teo descubrió por qué Tam Lin le había prohibido bañarse en el oasis. Aquella noche se puso enfermo con la peor gripe estomacal que pudiera recordar. Pasó horas sufriendo arcadas y vomitando en un cubo hasta que la garganta le quemaba como el fuego. Celia insistió en atenderlo personalmente. Lo obligó a beberse un vaso de leche tras otro y no lo dejó solo ni un segundo. Entre un ataque de náusea y otro, Teo se dio cuenta de que ella tenía las manos tan frías y sudorosas como las suyas.

Al fin, Teo se recuperó lo suficiente como para permanecer tumbado. Celia puso una silla junto a la cama y se quedó allí sentada mientras él estuvo toda la noche pasando del sueño a la vigilia. Una vez se despertó viendo la cara de Tam Lin a un centímetro de la suya. El guardaespaldas se irguió y dijo:

—Le huele el aliento a ajo.

«¿Y por qué no iba a oler a ajo?», pensó Teo, soñoliento. Casi todo lo que cocinaba Celia iba cargado de ajo.

—Te advertí que no hicieras eso. Tenemos que hablar —dijo Tam Lin a Celia.

—La próxima vez acertaré con la dosis —dijo Celia.

—¿Quieres echarlo todo a perder?

—Puede que tu plan no funcione. Necesitamos una segunda opción.

—Lo vas a matar —dijo Tam Lin.

Celia alzó la vista hacia la cámara oculta.

—Prefiero morir a dejar que suceda eso —dijo.

Las voces callaron. Teo trató de seguir despierto por si se enteraba de algo más, pero se sentía demasiado débil.

La enfermedad dejó a Teo sufriendo nervios y dolores de cabeza durante días. Justo cuando creía que se estaba recuperando, volvió a sentir náuseas. El segundo brote no fue tan fuerte como el primero, por lo que al parecer estaba superando la enfermedad. Se preguntó por qué Celia no llamaba al médico, pero a la vez agradecía que no lo hiciera, porque entonces hubiera tenido que ir al hospital y Teo quería evitar eso a toda costa.

Cuando se recuperó lo bastante, volvió a pasar el día al lado del Patrón escuchando los desvaríos del anciano. Los recuerdos del Patrón parecían cada vez más envueltos en una especie de niebla. A veces, llamaba a Teo con otro nombre y también se lo veía confundido con otras cosas.

—Construí esta choza con mis propias manos —dijo.

Teo miró a su alrededor. Nunca se le ocurriría llamar choza a la mansión, con todos sus jardines y surtidores.

—También planté la parra —dijo el Patrón—. Está creciendo mucho. Ha cubierto el armazón en solo dos años. Creo que es por el agua. No hay nada mejor que esas charcas del desierto.

«Está hablando del oasis», pensó Teo con un escalofrío. Seguro que fue el Patrón quien había vivido allí hacía tiempo. La choza se había derrumbado, pero la parra seguía en buena forma.

—¿Es el sitio que hay detrás del agujero en la roca? —preguntó Teo, para asegurarse de estar en lo cierto.

—¡Claro que sí, Felipe! —espetó el Patrón—. ¡Si subes por el agujero cada día!

El anciano quedó sumido otra vez en un estado de ensoñación que le hacía ver cosas que nadie más podía ver.

—Es el lugar más hermoso del mundo —suspiró al fin—. Si hay un cielo y me dejan entrar, estoy seguro de que allí estarán la charca y la parra.

Entonces divagó hacia un recuerdo más lejano aún. La voz

del Patrón se llenó de admiración al describir el rancho donde, hacía mucho tiempo, había asistido a una gran fiesta.

—Había un surtidor —dijo el anciano, extasiado—. El sonido del agua hacía música y en el centro había una estatua de un angelito que parecía tan puro, tan limpio. Y no puedes hacerte una idea de la comida que tenían, Felipe. Tamales, tantos como quisieras, y costillas asadas. Había chiles rellenos y cangrejos moros traídos del Yucatán y una mesa repleta de platitos de flanes al caramelo.

A Teo le pareció muy lógico que, si había un cielo, en él habría cangrejos moros traídos del Yucatán y una mesa repleta de flanes. Pero, entonces, la voz del Patrón se ensombreció:

—Mamá se trajo a mis dos hermanas a la fiesta. Llevaba a una en brazos, y la otra la seguía cogida de su falda. Mis hermanitas contrajeron el tifus y murieron las dos a la vez. Eran tan pequeñas que no llegaban ni a la altura de la repisa de la ventana. No, ni aunque se pusieran de puntillas.

Teo notó con sorpresa que el Patrón era mucho más simpático cuando recordaba el pasado. Parecía más amable y vulnerable. Aunque Teo quería de todos modos al anciano, no había duda de que era una mala persona.

—¿Quién es Felipe? —preguntó Teo a Celia en la gran cocina de la mansión, donde ardía el horno de leña.

—¿Te refieres al cocinero de las salsas o al jardinero? —dijo ella.

—Debe de ser otra persona. El Patrón siempre me llama así.

—Oh, no —murmuró Celia, y dejó por un momento la masa de harina que estaba estirando—. Felipe era su hijo. Murió hace casi ochenta años.

—Entonces, ¿por qué...?

—Hay gente a quien le pasa eso, mi vida. Al principio, se

hacen cada vez más viejos y luego empiezan a hacerse cada vez más jóvenes. Ahora, el Patrón cree que tiene treinta y cinco años y por eso te toma por su hijo Felipe. Ya le resulta imposible saber quién eres.

—Porque yo no existiré hasta dentro de cien años.

—Eso mismo —contestó Celia.

—Entonces, ¿qué hago?

—Ser Felipe para él —dijo Celia, sin más.

Teo fue a la habitación del piano para calmarse los nervios tocando. Si el Patrón estaba yéndose de la cabeza, iba a necesitar otra dosis de implantes fetales en el cerebro. Es decir, que dentro de una vaca estaban cultivando un embrión, un hermano suyo. ¿Sabrían los embriones lo que era la muerte? ¿Sentirían miedo? Teo se lanzó a interpretar la Marcha Turca de Mozart, armando tal estruendo que a un criado se le cayó una bandeja en el pasillo de al lado. Cuando hubo terminado, empezó otra vez. Y otra. La metódica composición de Mozart le hacía sentir que tenía control sobre su propia vida. Lo transportaba más allá del sofocante ambiente de la mansión.

Cada vez tenía más ganas de escapar. Después de ocurrírsele esa idea en el oasis, el deseo volvía a él hasta convertirse en un anhelo constante. Se sentía atrapado como un gusano en una nuez. El libro de Esperanza le había revelado los horrores del imperio que el Patrón había levantado. Y Teo había visto con sus propios ojos las residencias oscuras y claustrofóbicas de los zonzos, que más bien parecían ataúdes.

Podría escapar por las montañas grisáceas que envolvían el oasis. Podría ir a Aztlán. Tam Lin le había dejado un cofre lleno de mapas y comida precisamente para eso. Teo estaba seguro.

Pero no podía irse antes de la boda de Steven y Emilia. María estaría allí, y Teo no podía irse sin haberla visto.

21

BODAS DE SANGRE

La mansión era un hervidero de actividad. Alrededor de todo el salón se colocaron macetas con naranjos, cuyas flores llenaban toda la casa con su aroma. En los jardines se plantaron jazmines, madreselvas, gipsófilas y otras flores. Todos esos perfumes mareaban a Teo, que tenía el estómago delicado desde que nadó en el oasis.

Los congeladores del cuarto de al lado de la cocina estaban repletos de esculturas de hielo. Teo miró dentro y vio los remolinos de vapor que rodeaban a sirenas, leones, castillos y palmeras que se colocarían en los cuencos para el ponche durante la recepción de la boda.

Se habían retirado las cortinas y alfombras para poder instalar otras completamente nuevas de color blanco, rosa y dorado. Se volvieron a pintar las paredes y se limpiaron a conciencia los techos de teja roja, de modo que la casa empezó a parecer una tarta de cumpleaños glaseada gigante.

Teo observaba los preparativos sin implicarse. Sabía que lo confinarían al apartamento de Celia durante la celebración. «Y a mí, ¿qué?», pensó, restregándose los zapatos en un tramo blanco de alfombra recién colocada. No le apetecía asistir a la boda de todos modos. Hacía años que todo el mundo sabía que Steven y Emilia iban a casarse. El Patrón lo había ordenado, porque quería establecer vínculos entre los Alacrán y la poderosa maquinaria política liderada por el senador Mendoza en Estados Unidos. Que Steven y Emilia se gustasen fue una casualidad afortunada pero, de no ser así, no hubiera habido ninguna diferencia.

Benito, el hermano mayor de Steven, se había casado con la hija del presidente de Nigeria, uno de los países más ricos del mundo. Benito y Fani, su esposa, se odiaron el uno al otro nada más verse, pero sus opiniones no se tuvieron en cuenta porque al Patrón le interesaba el dinero nigeriano.

A medida que se iba acercando la fecha, Teo se sentía cada vez más aislado. Celia estaba demasiado ocupada como para hablar. Tam Lin estaba encerrado en algún lugar con el Patrón, cuyo estado de salud era tan malo que no podía recibir visitas. Teo podía haber ido al oasis, pero un extraño cansancio se había apoderado de él. Se dormía muy pronto, y de noche lo asaltaban sueños perturbadores. De día, notaba un sabor metálico en la boca y le dolía la cabeza. Solo hizo una breve excursión para ir a buscar el libro de Esperanza sobre Opio.

La casa se fue llenando de invitados. McGregor se presentó con una nueva esposa (la séptima, contó Teo); esta era tan joven como Emilia. En cuanto a Felicia, consumía ya tanto alcohol que una nube de whisky parecía seguirla a todas partes. Flotaba de una fiesta a otra y de un jardín a otro y se quedaba mirando a los asistentes con un brillo febril en los ojos hasta que empezaban a sentirse incómodos y se iban a otra parte.

McGregor, en cambio, mostraba un humor excelente. Se había puesto implantes de pelo en la cabeza. Una espesa cabellera roja, igual que la de Tom, le cubría todo el cuero cabelludo, y el hombre no dejaba de tocarse el pelo, como si se le fuera a caer si no comprobara que las raíces estaban en su sitio.

Teo lo observaba todo escondido detrás de columnas o de cortinas. No quería que nadie lo señalara y dijera: «¿Qué es esto? ¿Quién ha dejado entrar este animal en un sitio reservado a la gente?».

El día de la boda aterrizó un aerodeslizador nigeriano en el que iban Benito, Fani y Steven. El señor Alacrán les dio la bienvenida y dio un beso a Fani, que respondió con una mueca, como si la hubiera tocado algo sucio. Tenía unas facciones duras y amargas, y Benito estaba echando barriga. En cambio, Steven estaba tan elegante como un príncipe de cuento.

Steven caía mejor a Teo que el resto de los Alacrán. Fue él quien lo trajo de la casita del campo de amapolas. Y, aunque desde entonces él y Emilia habían desdeñado a Teo, nunca fueron crueles con él.

Teo contempló el remolino de invitados y repasó de memoria los nombres, vínculos comerciales y escándalos de cada uno de ellos. Consideraba que conocía el imperio Alacrán tanto o mejor que Steven y, por enésima vez, fue consciente del abismo que lo separaba de la humanidad. Toda aquella gente había acudido para homenajear a Steven pero nadie homenajearía jamás a Teo. Y él ni siquiera se casaría.

Teo vio aterrizar un aerodeslizador conocido y el corazón empezó a latirle con fuerza. Los invitados dirigieron su atención a la pista de aterrizaje y estiraron el cuello para ver a la novia. Emilia satisfizo todas sus expectativas. Iba con un vestido azul radiante y la acompañaba un cortejo de niñas pequeñas. Todas ellas llevaban una cesta llena de pétalos de rosa que Emilia lanzaba a puñados a los presentes. A Teo le pareció que era una escena muy bonita hasta que se dio cuenta de que las niñas eran zonzas.

Todos los invitados aplaudieron cuando el senador Mendoza subió con la novia por los escalones para llevarla al salón. Sin embargo, Teo no tenía interés por ellos.

La única persona que le importaba se apeó del aerodeslizador sin ninguna pompa. Nadie se fijó en María cuando se deslizó por entre los asistentes y se fue por un camino distinto del de su hermana. Pero Teo captó la señal y eludió sigilosamente a la masa de asistentes para dirigirse a la habitación del piano.

La mayoría de la gente evitaba ir a aquella habitación. Los criados solo entraban allí para limpiar y Felicia había dejado de tocar el piano. La habitación era territorio de Teo y, por lo tanto, estaba embrutecida.

Teo cerró la puerta detrás de él y pasó directamente al trastero. María lo esperaba en el pasadizo secreto.

—¡Por fin! —dijo ella, arrojándose a sus brazos—. ¿Me has echado de menos?

—Continuamente —contestó Teo, abrazado a María—. He pensado en ti todos los días. Quería escribirte, pero no sabía cómo.

—Estoy en un convento espantoso —dijo ella. Se separó de él y se dejó caer al suelo—. Bueno, no es que esté tan mal, sólo que yo no pego ahí. Quería hacer obras de caridad en la ciudad, pero las monjas no me dejaban. ¿Te lo puedes creer? Creen seguir las enseñanzas de San Francisco, pero preferirían morirse antes que limpiar las heridas a un mendigo.

—A mí tampoco me gustaría limpiar las heridas a un mendigo —dijo Teo.

—Porque tú eres un lobo. Tú te lo zamparías entero.

—Antes buscaría a un mendigo que estuviera sano —bromeó Teo.

—En teoría, no te deberías comer ni a uno ni a otro. Pero cuéntame cómo te va por aquí. ¡Las demás chicas son un muermo! No saben hacer otra cosa que leer cómics románticos y comer chocolate.

María se arrimó a Teo, que se sentía de fábula. Se estaba dando cuenta de que era feliz y que no lo había sido en mucho tiempo.

—¿Cómics románticos? —preguntó.

—Nada que pueda interesar a un lobo. Dime qué has visto por la tele. Allí no nos dejan ver la tele a menos que sea para el cultivo del alma.

—Yo no tengo alma —dijo Teo.

—Pues yo creo que sí que la tienes —dijo María—. Me he dedicado a leer doctrinas modernas sobre ecología. Según estudios recientes, la gente considera a San Francisco el primer ecologista. Dicen que predicaba a los animales porque ellos tienen almas pequeñas que pueden convertirse en almas grandes. Con dedicación, hasta una golondrina o una cigarra podrían ir al cielo.

—O al infierno —puntualizó Teo.

—No te pongas negativo.

Así, María empezó a describir sus nuevas ideas y las discusiones que tenía con el instructor de ética del convento. Luego pasó a hablar de lo mucho que le gustaba la jardinería y de lo poco que le gustaba que se cosecharan las pobres plantas. Le contó que era la primera en mates, pero que sus notas bajaron cuando tomó el sol desnuda en el tejado.

Era como si María hubiera acumulado meses de conversación y no pudiera contenerse hasta haberlo dicho todo. A Teo le daba igual, contento de estar sentado allí a oscuras sintiendo la cabeza de ella sobre su pecho.

—¡Anda! ¡No paro de hablar y ni siquiera te he dejado decir nada! —exclamó María al fin—. Esa es una de las cosas por las que debo hacer siempre penitencia. Con la diferencia de que en el convento nadie me escucha como tú.

—A mí me gusta escucharte —dijo Teo.

—Pues ahora yo me voy a quedar calladita y tú me vas a contar todo lo que has estado haciendo.

María lo rodeó con sus brazos y él olió su perfume, un aroma a claveles cálido y extrañamente estimulante. Teo no quería irse nunca de allí.

Le habló de las cuadras de los zonzos, de su encuentro con la Patrulla de las Plantaciones y de la vez que tuvo que ir al hospital. María se estremeció cuando Teo le habló del ataque al corazón del Patrón.

—Es muy viejo —murmuró—. No es que haya nada malo en eso, pero es que es demasiado viejo.

—No creo que el corazón suplementario le dure mucho —dijo Teo.

—No se merece ninguno —dijo María.

—¿Sabes de dónde lo sacó?

—Pues... —María parecía turbada—. No debería hablar de esto pero sí, sé de dónde lo sacó. ¡Y es inmoral!

María abrazó fuerte a Teo, que no sabía qué decir. Volvió a sentir los temores que había alejado de sí. Quería preguntarle a María qué había querido decir, pero tenía miedo de la respuesta.

—Yo no soy como los demás clones —dijo, más para tranquilizarse que para otra cosa—. El Patrón me dio la mejor educación que yo podía recibir. Me compró instrumentos musicales, ordenadores, todo lo que quise. Y está contento de verdad cuando saco buenas notas o cuando aprendo una nueva pieza de piano. Dice que soy un genio.

María no contestó. Arrimó la cara contra el pecho de Teo, que se lo notó mojado por las lágrimas. «¡Vaya! ¿Por qué estará llorando?»

—No se tomaría tantas molestias si yo no fuera a vivir mucho tiempo —Teo pronunció con mucho cuidado estas últimas palabras.

—Eso es verdad —dijo ella, con voz llorosa.

—¡Pues claro que es verdad! —dijo Teo, resuelto—. He recibido una formación mejor que Steven. Algún día lo ayudaré a dirigir la hacienda, aunque tendré que hacerlo en la sombra, claro. Opio es un país grande, y controlarlo lleva mucho trabajo. Benito es demasiado tonto, y Tom es... bueno, muchas cosas. Para empezar, el Patrón no puede ni verlo.

María se puso tensa.

—Tiene mejor opinión de él de lo que crees —dijo.

—Tom ni siquiera forma parte de la familia. Solo está aquí porque el Patrón no quiere renunciar a nada que considere de su propiedad.

—¡Eso es mentira! —dijo María, acalorada—. ¡Tom es uno de sus herederos, y no es idiota!

—Yo no he dicho que fuera idiota. Pero no es bueno.

—Pues se lo considera lo bastante bueno como para que se case conmigo —dijo María.

—¿Cómo?

Teo no daba crédito a sus oídos. María era solo una chica. Tardaría años y años en casarse.

—No hace falta que nos peleemos —dijo María, abatida—. Ninguno de los dos está en condición de elegir. Y si no, mira a Benito y a Fani. Fani dijo que preferiría tomar cianuro antes que casarse con Benito, y ya ves de lo que le sirvió. El Patrón dio la orden y el padre de Fani la drogó hasta que ella no supo ni lo que estaba pasando.

A Teo no le salían las palabras. ¿Cómo podría alguien querer que María se casara con Tom? Si no era más que un... ¡un asqueroso grano de pus! ¡Era inconcebible! Encendió la linterna que siempre dejaba en el pasillo y la apoyó en la pared. Teo veía la cara blanca de María en la penumbra.

—Steven y Emilia se gustan, y Tom no me disgusta... mucho. Cada vez se parece más a McGregor, pero yo puedo hacer que cambie.

—No se puede cambiar a Tom —dijo Teo.

—Todo se puede conseguir con paciencia y amor. Además, todavía faltan años para la boda. A lo mejor el Patrón cambia de idea —dijo María, aunque su voz no sonaba muy esperanzada.

Teo tenía la cabeza embotada de puro desfallecimiento. Nunca quiso pensar en el futuro. En cierta medida era consciente de que tarde o temprano María acabaría casándose. Y entonces ya no volvería a verla nunca más. Pero ni en sus días más pesimistas se le había pasado por la cabeza que se uniría a semejante monstruo.

Entonces, tuvo una idea.

—Espera —dijo—. Tengo algo para ti.

—¿Un regalo? —María parecía sorprendida.

Teo sacó *Opio: todos sus secretos* de donde lo tenía escondido. Pasó a la página 247 e iluminó con la linterna el retrato de Esperanza Mendoza.

—¿Mamá? —dijo María, sofocando un grito.

—¿Te acuerdas de cómo era?

—Papá tenía fotos —dijo María, que cogió el libro y se quedó como petrificada mientras repasaba con atención el retrato y la nota biográfica—. Mamá ganó el premio Nobel —susurró al fin.

—Y no se conformó con eso —dijo Teo.

—Pero... pero nunca la volví a ver.

A Teo le dio un vuelco el corazón al ver la expresión de desamparo de María.

—No podía hacerlo, cielito —dijo, utilizando inconscientemente uno de los apelativos que Celia empleaba con él—. Se opone fervientemente a Opio y a todo lo que tu padre apoya. ¿Te parece que iba a dejarla volver? ¿O el Patrón?

En realidad, se dio cuenta Teo, el Patrón era capaz de ordenar su muerte. No sería la primera vez que se quitaba de encima a un enemigo.

—No me escribió ni una carta —musitó María.

—¿No lo entiendes? Tu padre habría destruido cualquier mensaje que te mandara. Pero ahora puedes ir a buscarla. ¿Dónde está tu convento?

—En Aztlán, en la desembocadura del río Colorado. En una ciudad que se llama San Luis.

—He leído el libro de tu madre —dijo Teo—, mientras cogía *Opio: todos sus secretos* de las frías manos de María y lo depositaba en el suelo para poder calentárselas—. Dice que los aztlanos están en contra de Opio y que harían cualquier cosa para que desapareciera. Alguien del convento podría mandar un mensaje a tu madre. Seguro que ella quiere verte y que no va a permitir que te cases con Tom.

«Y que va a llevarte a algún sitio donde ya no podré verte

nunca más», pensó Teo con un nudo en la garganta. Pero eso daba igual, porque iba a perderla de todos modos. Lo importante era salvarla.

—Tengo que irme —dijo María de pronto—. Emilia estará preguntando por mí.

—¿Cuándo volveré a verte?

—La boda es mañana y no voy a tener ni un segundo para mí misma. Soy la dama de honor. ¿Podrás venir tú?

—A lo mejor sí —dijo Teo, con una risa amarga—, si me disfrazo de niña zonza y llevo las flores.

—Ya, es horrible. Le pregunté a Emilia por qué no podían ser niñas normales y ella dijo que no se fiaba de que hicieran bien el trabajo.

—Ya sabes que a mí no se me ha invitado.

—Qué injusto es todo —suspiró María—. Si pudiera, no me presentaría a la boda y me quedaría contigo.

A Teo le conmovió la oferta, pero sabía que eso no iba a poder ser.

—Te esperaré aquí —dijo—. ¿Quieres llevarte el libro?

—No. No quiero ni pensar lo que haría papá si lo encontrase.

María lo besó con cariño en la mejilla y él le devolvió el beso. Teo sintió el contacto de su piel en los labios hasta mucho después de que se hubiera ido.

No era un asiento de primera fila, pero fue lo mejor que pudo encontrar. Teo se instaló detrás de la mirilla con un pequeño telescopio.

Había esperado encontrar la sala de vigilancia vacía pero resultó estar abarrotada. Cada pantalla estaba vigilada por dos guardias con aspecto de gorila. Cambiaban rápidamente y sin cesar de una escena a otra y pasaban mucho rato escrutando sitios aburridos, como los espacios entre columnas y cortinas. Teo se preguntó si lo habrían visto ahí escondido en otras ocasiones.

Sin embargo, y a medida que se acercaba el momento de la ceremonia, la atención de los guardias se centró en el salón. Cerca del altar que se había erigido allí, el sacerdote se movía de acá para allá mientras los zonzos del coro esperaban bien colocados en sus filas como juguetes mecánicos. Alguien estaba sentado al piano. Teo ajustó el ocular del telescopio. Resultaba incómodo enfocarlo a la mirilla, y el cuello le empezaba a doler.

Teo vio al señor Ortega. Sentía lástima por aquel hombre pequeño y gris. Hacía ya tiempo que había sobrepasado sus cualidades musicales, pero Teo lo encubría, porque tenía miedo de que el profesor de música sufriese la misma suerte que Rosa si el Patrón se daba cuenta.

En otra pantalla, Teo vio al Patrón sentado en la primera fila y asistido por Tam Lin y Donald el Bobo, que parecían no caber en sus trajes.

Emilia esperaba en un vestidor. Llevaba un vestido blanco con una larga cola adornada con perlas y sostenida por las niñas zonzas. Celia dijo que el vestido había pertenecido a una reina española hacía trescientos años. Las caras de las zonzas recordaban a Teo a los bebés alados que asomaban por las columnas de toda la casa. Había tan poca vida en sus ojos como en unas canicas.

María recorría la sala dando saltos, hablando animadamente. Teo no podía oír lo que decía, pero no había duda de que estaba borracha de entusiasmo. Esa era la diferencia entre ella y todos los demás, pensó Teo. María rebosaba vida. Cual-

248

quier cosa la llenaba de alegría, la desconsolaba o la fascinaba. No había término medio. A su lado, Emilia parecía descolorida y Fani, que daba buena cuenta de una botella de coñac en un rincón, era simple y llanamente sosa.

Los guardias subieron el volumen. Teo oyó la marcha nupcial mientras el senador Mendoza ofrecía su brazo a Emilia. Las zonzas subieron la cola del vestido, y María y Fani ocuparon sus sitios detrás de la novia. Atravesaron la sala con paso majestuoso e impresionante. Un susurro pasó de boca en boca entre todos los asistentes y el sacerdote les indicó que se levantaran.

Steven esperaba en el altar con Benito y Tom.

Tom. Por un instante, Teo no vio más que su cara engañosa. Su apariencia nunca reflejaba su verdadero ser. Bajo aquella superficie angelical se escondía el chico que había atacado a un niño indefenso con un tirachinas, que apartaba la silla cuando el Viejo iba a sentarse, que clavaba ranas al césped para que los ibis las devoraran. Era un error dejar que Tom se acercara a algo vulnerable.

Un guardia tapó la vista a Teo durante un momento. El niño soltó una maldición entre dientes.

Lo siguiente que vio fue que Emilia se acercaba al altar del brazo de su padre. María tenía bien sujeta a Fani para impedir que se tambaleara. La esposa de Benito llevaba una borrachera casi tan grande como Felicia, que se mantenía derecha gracias al señor Alacrán. «Menuda familia», pensó Teo. Las mujeres eran alcohólicas, Benito era tonto como un besugo y Tom era un agujero negro moral. Al menos, Steven no era malo. Ni siquiera los Alacrán eran infalibles al ciento por ciento.

En ese momento el senador Mendoza entregaba a su hija. Steven puso un anillo en el dedo de Emilia y le levantó el velo para besarla. Ya estaban casados en las alegrías y en las penas, en la salud y en la enfermedad hasta que la muerte los separara.

Aunque tal vez no tuvieran que separarse, pensó Teo. Puede que todos subieran flotando al cielo a una sección especial reservada a los Alacrán. Comerían juntos cangrejos moros y flanes, y habría una cuba llena de whisky para Felicia.

—¡La Virgen! ¡El viejo vampiro! —exclamó uno de los guardias.

Teo acercó más el ojo a la mirilla. De la impresión, se le cayó el telescopio.

Lo que vio, a lo lejos pero con una claridad horrenda, fue al Patrón levantarse de la silla de ruedas de una sacudida. El anciano se llevó la mano al corazón y se tambaleó hacia adelante. Tam Lin se abalanzó a cogerlo antes de que cayera mientras el señor Alacrán pedía ayuda a gritos. Willum y otros médicos que se hospedaban aquellos días en la casa se abrieron paso entre la multitud y se arrodillaron alrededor del Patrón hasta ocultarlo totalmente. A los ojos de Teo parecían una manada de buitres apiñándose sobre un antílope.

Los guardias salieron disparados de la sala de vigilancia y, al poco rato, Teo los veía ya en las pantallas, entrando a toda prisa en el salón y apremiando a los asistentes a salir.

De pronto, Tam Lin emergió de entre el corrillo con el Patrón en los brazos. Teo se dio cuenta horrorizado de lo encogido y marchito que estaba el anciano. Era como una hoja seca apretada contra el pecho del guardaespaldas, que corría a llevarlo hacia afuera dejando atrás a los médicos.

El salón quedó desierto salvo por Steven y Emilia, que se quedaron de pie en el altar, solos y olvidados.

22

TRAICIÓN

—¿Qué hago ahora? ¿Qué hago ahora? —murmuraba Teo, abrazado a sí mismo y balanceándose hacia adelante y hacia atrás en el oscuro pasadizo.

Él quería al Patrón. Quería estar con él en el hospital, velarlo y animarlo a restablecerse. Pero no había olvidado que María dijo saber cómo el Patrón conseguía órganos para sus trasplantes: «¡Y es inmoral!».

Celia estaría buscándolo. Otro recuerdo despertó espontáneamente. Hacía ya tiempo, justo antes de la fiesta de cumpleaños, Celia le estaba arreglando el cuello de la camisa. «Si pasara algo malo», le había dicho, «quiero que vayas a buscarme en seguida. Ve a la despensa que hay detrás de la cocina».

«Cuando dices malo, ¿a qué te refieres?», había preguntado Teo.

«No te lo puedo decir. Tú prométeme que te acordarás.»

Teo recordó también lo que le dijo Tam Lin hacía todavía más tiempo, poco después de ser salvado de las garras de Rosa: «¿Sabes una cosa? El Patrón tiene su lado bueno y su lado malo. El corazón de su majestad puede llegar a ser muy negro cuando quiere. Cuando era joven, tomó una decisión. Igual que un árbol, cuando tiene que decidir si crecer por un lado o por otro. Se hizo tan grande y verde que hacía sombra al resto del bosque, pero tiene la mayoría de las ramas torcidas».

¡Una insinuación tras otra, pero ninguna conclusión! Como una piedrecita que pone en movimiento una avalancha, el miedo de Teo sacó a luz cada vez más recuerdos. ¿Por qué Tam Lin le había dado un cofre lleno de provisiones y mapas? ¿Por qué María se apartaba de él tras ver al clon de McGregor en el hospital? ¡Porque lo sabía! ¡Todos lo sabían! ¡La educación y los logros de Teo eran pura comedia! Daba igual lo inteligente que fuera. A fin de cuentas, lo único que importaba era lo fuerte que tuviera el corazón.

Y, sin embargo, Teo no estaba seguro... del todo.

¿Y si no estaba en lo cierto? ¿Y si el Patrón lo quería de verdad? Teo pensó en el anciano, tumbado en una cama de hospital, esperando en vano a la única persona que podría traerle recuerdos de su juventud. ¡Sería una crueldad! Teo se hizo un ovillo en el suelo del pasadizo. Tumbado sobre el polvo que se había ido acumulando anárquicamente con los años en aquel escondite secreto y oscuro, tuvo la impresión de habitar en una tumba antigua, como un faraón egipcio o un rey caldeo. Al Patrón le gustaba hablar de esas cosas.

El anciano describía con entusiasmo las riquezas que llenaban las pirámides para ser utilizadas por los faraones después de la muerte. Las tumbas de los antiguos caldeos le gustaban todavía más. No solo los enterraban con ropa y comida, sino que se mataba también a caballos para que a sus dueños no les faltara transporte en el tenebroso mundo de la muerte. Los arqueólogos descubrieron en una tumba a soldados, sirvientes e incluso bailarinas, en postura de estar durmiendo. Una de ellas, con las prisas, tenía todavía en el bolsillo, hecha un manojo, la cinta azul que debería llevar puesta en el pelo.

Qué bonito era, había dicho el Patrón a Teo, que un rey gobernase en la vida, pero que además dispusiera de toda su corte para que lo siguiera sirviendo en la muerte. Aquello era todavía mejor que ser rociado en oro como El Dorado frente a su mansión.

El polvo hizo toser a Teo, que se sentó para aclararse la garganta. No quería hacer ruido ni que nadie descubriera dónde estaba hasta que decidiera lo que iba a hacer. Se apoyó en la pared. La oscuridad exterior era igual a la oscuridad del interior de su mente. ¿Qué iba a hacer? Mejor dicho, ¿qué podía hacer?

Unos pasos que se acercaban corriendo por el pasillo lo hicieron ponerse en pie de un salto. Entonces vio aparecer la luz de una linterna que se meneaba delante de una figura menuda.

—¡María! —susurró.

—¡Gracias a Dios! ¡Creí que habrías ido a esconderte a otro sitio! —respondió ella en voz baja.

—¿Esconderme? —dijo Teo.

—Te están buscando por todas partes. Han puesto patas arriba todo el apartamento de Celia y no han pasado por alto ni una habitación de la casa. Han mandado guardias a registrar los establos y a peinar los campos.

Teo la cogió por los hombros y la miró directamente a los ojos. A la tenue luz, vio que tenía la cara llorosa.

—¿Por qué me buscan?

—¡Tú ya deberías saberlo! Tam Lin dijo que eras lo bastante listo como para imaginarlo.

Teo se quedó como petrificado. Por lo visto, el guardaespaldas tenía más confianza en él de la que merecía. Hasta unos minutos antes, Teo no se lo había imaginado, o al menos no de forma concluyente.

—Todos creen que estoy pasando un ataque de histeria en mi habitación. Emilia dice que siempre me pongo histérica. Dice que tú no eres más que un sustituto de Bolita, ¡pero no tiene ni idea! Tú no eres un perro, eres mucho, muchísimo más que eso.

En otras circunstancias, Teo hubiese estado encantado de oír decir aquello a María, pero la gravedad de la situación no dejaba lugar para demostraciones de alegría.

—Tam Lin dice que de momento tienes que quedarte escondido. Va a hacer circular el rumor de que has cogido un caballo seguro para ir al norte, a Estados Unidos. Dice que eso mantendrá ocupada a la Patrulla de las Plantaciones.

Todo lo que estaba pasando hizo sentir vértigo a Teo. No conseguía aclarar la cabeza.

—¿Cómo está el Patrón? —preguntó.

—¿Por qué te preocupa? —dijo María con vehemencia—. Deberías estar deseando que se muera.

—No puedo —murmuró Teo.

Y era cierto. Por traicionero que hubiera sido el Patrón, Teo seguía queriéndolo. Con nadie más del mundo compartía un vínculo tan estrecho. Nadie lo comprendía mejor que él.

—¡Eres exactamente igual que Tam Lin! —dijo María—. Dice que el Patrón es una fuerza de la naturaleza, como un tornado, un volcán o algo así. Que no puedes evitar sentir admiración por él aunque tu vida esté en peligro. A mí me parece una auténtica chorrada.

—¿Qué tengo que hacer? —dijo Teo, desprovisto totalmente de fuerza de voluntad.

—Tú quédate aquí. Yo voy a volver para pasar el ataque de

histeria que todos esperan de mí. Cuando se haga de noche, volveré a por ti.

—¿Adónde podemos ir? —dijo Teo. Solo se le ocurría el oasis, pero era un camino muy largo sin un caballo seguro que los llevara.

—Al aerodeslizador de papá —dijo María.

Teo puso los ojos como platos.

—¿Sabes llevarlo? —dijo.

—No, pero el piloto iba a llevarme de vuelta al convento después de la boda. Le dije que nos esperase.

—¿Y qué dirá cuando me vea?

—¡Ahora eres mi nuevo zonzo particular! Emilia tiene una docena, y le dije al piloto que le tenía envidia y que pedí uno para mí sola —María tuvo que taparse la boca para no romper con su risilla el silencio del oscuro pasadizo—. Nadie hace preguntas sobre los zonzos. Es como si fueran parte del mobiliario.

Teo pasó casi todo el tiempo de espera durmiendo. Estaba debilitado por la enfermedad que había sufrido recientemente y agotado por todo lo que había pasado. Se despertó con la garganta seca y muerto de sed, y cayó en la cuenta de que allí no había agua.

El pasadizo estaba seco y polvoriento. Teo tragó saliva para aliviar el ardor de la garganta, que aquellos días le dolía constantemente, con o sin agua.

Vio que la sala de vigilancia estaba infestada de guardaespaldas. Todas las pantallas estaban vigiladas y Teo se dio cuenta de que no había ni un lugar seguro en toda la casa. No podía salir a por agua. Empezó a preocuparse por María. ¿Cómo los habría despistado antes y cómo volvería a entrar? Teo se apoyó en la pared, hundido en el más absoluto abatimiento.

El tiempo transcurrió lentamente. Teo pensó en la limonada que Celia siempre guardaba en la nevera. Se imaginó el jugo bajándole por la garganta. Después, al enfriarse el aire, pensó en una taza de chocolate caliente. Celia siempre lo preparaba con canela. Uno de los recuerdos más antiguos que tenía era el de las manos de ella acercándole una taza a los labios y el maravilloso y sabroso aroma que le subía por la cabeza.

Teo tragó saliva con esfuerzo. No servía de nada pensar en beber cuando no podías hacerlo. Pensó en el zonzo muerto que había visto en un campo de amapolas mucho tiempo atrás. Tam Lin le dijo entonces que había muerto de sed. Teo se preguntó cuánto tardó en morir.

Entonces empezó a oír pasos. Se incorporó como movido por un resorte y al instante sintió un mareo por todo el cuerpo. Debía de estar más deshidratado de lo que creía.

—Lo siento. Me olvidé de traerte agua —dijo María.

Ella le lanzó una botella, que Teo cogió al aire y bebió ávidamente.

—¿Cómo está el Patrón? —dijo, tras haber vaciado la botella.

—Mejor, por desgracia.

—Parece que no quieras que se recupere.

—¡Pues claro que no quiero!

—¡Baja la voz! —dijo Teo—. Si él vive, yo podré salir.

—No, no podrás salir. Él va a necesitar un corazón nuevo para sobrevivir, y solo lo puede sacar de un sitio.

Teo se apoyó en la pared para mantener el equilibrio. Una cosa era saber qué destino le esperaba y otra muy distinta era oír a María decirlo en voz alta.

—El Patrón me aprecia —dijo.

María emitió un ruidito de impaciencia.

—Solo aprecia lo que puedes hacer por él —dijo—. No hay tiempo que perder. Tienes que ponerte este uniforme de zonzo. Me lo ha dado Tam Lin. Sobre todo, si nos encontramos a alguien, no digas ni mu.

Teo se cambió rápidamente. El uniforme apestaba a sudor y a un olor químico que le trajo malos recuerdos. «El desierto», pensó. Quien fuera que llevara aquel uniforme había dormido a la intemperie en las noches con poco viento, cuando el aire de las cuadras de los zonzos estaba demasiado contaminado.

—Ponte este sombrero —dijo María.

La niña lo guió por el pasadizo más allá de los tramos correspondientes a la habitación del piano y al apartamento que perteneció al Viejo. Teo se preguntó quién viviría allí en aquel momento o si habrían aislado aquella zona. Una gran parte de la mansión estaba aislada, pero en ese momento no podía esperarse que hubiera alguna habitación vacía.

Llegaron a un tramo donde Teo no había podido encontrar ninguna mirilla. María pasó la luz de la linterna por toda la pared.

—Aquí no hay nada —dijo Teo.

—Espera.

María puso un plástico rojo frente a la linterna. Las paredes se pusieron del mismo color que la sangre seca, con lo que el lugar parecía más oscuro y siniestro. El aire parecía haberse estancado de pronto, como el de una tumba que llevara mucho tiempo sin abrirse.

—¡Mira! —dijo María.

En plena pared, donde un minuto antes Teo hubiera jurado que no había nada, relucía una insignia roja. Cuando se acercó, la insignia desapareció.

—Estás tapando la luz —dijo María.

Teo se echó atrás y volvió a aparecer la insignia, que le recordaba un poco a las estrellitas que Celia había pegado en el techo de su habitación. Eso sí, el color era distinto y no era una estrella.

—¡Es un escorpión! —exclamó Teo.

—Es la marca del Alacrán —dijo María—. Tam Lin me lo dijo. Solo se ve con luz roja.

—¿Y qué hace ahí?

—Creo que es una salida. O eso espero.

Teo alargó la mano para tocar el alacrán pero María le sujetó el brazo.

—¡Espera! Tengo que decirte una cosa. Yo he entrado y salido del pasadizo por el dormitorio del Patrón. Según Tam Lin, las pantallas de vigilancia no llegan hasta allí, pero enseñan todo lo que hay a su alrededor. Desde allí no podrías ir a ninguna parte.

Teo estaba hipnotizado por el alacrán rojo. Parecía brillar con vida propia.

—Esta es otra salida —continuó diciendo María—. Yo creía que el Patrón había hecho construir este pasillo para espiar a la gente. Sí que espiaba a la gente, claro (Tam Lin dice que el Patrón lo llamaba su culebrón particular), pero en realidad hizo este túnel para escapar de sus enemigos. El Patrón tiene muchos enemigos.

—Es verdad —dijo Teo.

—Lo que pasa es que no sé si quieres correr el riesgo...

—¿Qué riesgo? —dijo Teo, impaciente.

—Solo funciona con el Patrón. Lo hizo para impedir que sus enemigos se colaran por ahí. Cuando pone la mano sobre el alacrán rojo, la pared se abre, y así puede entrar y salir de la casa sin ser visto. La vía de escape lleva a la pista de aterrizaje de los aerodeslizadores. Pero si otra persona toca el alacrán, le pasa una descarga eléctrica mortal por el brazo y todo el pasadizo se llena de un gas venenoso. Al menos, eso es lo que me ha dicho Tam Lin. Él nunca lo ha intentado.

Teo se quedó mirando a María.

—¿Este es el plan que tenías para rescatarme?

—A lo mejor funciona —dijo ella—. Tam Lin dice que el alacrán reconoce las huellas dactilares y el ADN del Patrón. Y tú eres su clon.

A Teo se le aclaró la cabeza de pronto. María tenía razón. Él era el clon del Patrón. Sus huellas dactilares serían las mismas, su ADN debía ser idéntico.

—Si no funciona —dijo—, moriremos.

—Pues moriremos juntos, cielito.

A Teo se le aceleró el corazón al oír la palabra «cielito».

—No dejaré que hagas esto. Iré solo. Tengo un escondite secreto.

—¿El oasis? —dijo María—. No podrías llegar hasta allí con la Patrulla de las Plantaciones siguiéndote la pista.

«Conque también sabe eso», pensó Teo. Tam Lin debía de habérselo contado todo.

—Prefiero intentarlo.

—Y yo también —dijo ella, con esa mirada testaruda que Teo conocía tan bien—. O tocas el alacrán y salimos los dos juntos, o nos quedamos aquí y nos morimos de hambre juntos. ¡No pienso dejarte! ¡Así que decídete ya!

—Te quiero —dijo Teo.

—Yo también te quiero —dijo María—. Aunque sea pecado y tenga que ir al infierno por culpa de eso.

—Si tengo alma, yo iré allí contigo —prometió Teo.

Dicho esto, se apresuró a poner la mano sobre el alacrán fosforescente antes de que pudiera cambiar de opinión. Entonces notó una sensación extraña, como si cientos de hormiguitas le subieran por el brazo. Los pelos de la mano se le pusieron de punta.

—¡Corre! ¡No funciona! —gritó.

María, sin hacerle caso, se agarró fuerte a él. Una puerta corredera retrocedió ante ellos para revelar un túnel largo y oscuro.

—Si nos sobrara el tiempo, me desmayaría ahora mismo —suspiró María, mientras iluminaba la entrada con la linterna.

El túnel olía más a cerrado aún que el pasadizo y era evidente que llevaba mucho tiempo sin ser utilizado. El suelo era de tierra, con pequeños restos dejados aquí y allá por algún animal que había llegado escarbando hasta allí. Pero no quedaba nada vivo en el túnel, ni un ratón, ni una araña. Ni siquiera una seta. A Teo le ponía la piel de gallina.

El suelo amortiguaba el ruido de sus pisadas, mientras que el sonido de sus respiraciones parecía extinguirse en el aire frío y muerto. A Teo se le ocurrió que no habría mucho oxígeno en el túnel e indicó a María que se apresurara.

La salida estaba tapada por espesos arbustos. Teo los apartó con cuidado para que María pudiera pasar y los dos se encontraron en los lindes de una pista de aterrizaje de aerodeslizadores.

Al cabo de un rato, el paso quedó cortado por otra pared. María volvió a filtrar la luz de la linterna con el plástico y apareció otro alacrán reluciente en la pared. Esta vez, Teo no se lo pensó. Puso la mano sobre la insignia y notó la misma sensación de hormigueo. Otra puerta corredera se abrió en la pared.

—Ese es el nuestro —susurró María, mientras señalaba un pequeño vehículo con las luces de aterrizaje encendidas.

María abrió el paso y Teo la siguió, tras echarse hacia delante el sombrero de ala ancha para ocultar su cara. Caminaban sin prisa. A primera vista, o eso esperaba Teo, parecían tener todo el tiempo del mundo. Si los guardaespaldas estaban vigilando aquella parte de la casa, verían simplemente a una invitada de honor asistida por un zonzo. Los zonzos no merecían más atención que un perro.

Teo estaba sudando de nerviosismo. Hacerse pasar por descerebrado era más difícil de lo que creía. Quería mirar a su alrededor, pero los zonzos no hacían esas cosas. Tropezó con una roca e hizo un esfuerzo para no caerse. «Mal», pensó. Un zonzo de verdad se daría de lleno en la cara al caer. ¿Los zonzos gritaban cuando se hacían daño? Teo no lo sabía.

—Quieto —dijo María.

Teo se detuvo. Ella subió al aerodeslizador y luego le ordenó que entrara. Teo la oyó hablando con el piloto.

—Siéntate —dijo María, señalando un asiento.

Tras abrocharle el cinturón, siguió hablando con el piloto acerca del convento y de lo contenta que estaba de volver.

—Siento tener que molestarla, señorita Mendoza —dijo el piloto con gran respeto—, pero ¿tiene permiso para este zonzo? No es que sean bien acogidos en Aztlán.

—La madre superiora lo tiene —respondió María sin dar importancia al asunto.

—Eso espero —dijo el piloto—. De lo contrario, habrá que sacrificarlo. Sé lo difícil que sería eso para una muchacha sensible como usted.

María se puso pálida y Teo se dio cuenta de que ella no conocía esa ley.

—Despegaremos en cuanto salga su hermana.

—¿Mi hermana? —María casi soltó un grito.

«Calma, calma», pensó Teo desesperadamente.

—¿No creerías que iba a dejar que te fueras sin decirte adiós? —dijo Emilia, saliendo de la cabina de control. La acompañaban Steven y un par de guardaespaldas.

Teo se quedó inmóvil en su asiento, con la cabeza gacha, mientras los guardaespaldas se plantaban frente a la puerta. A Teo no se le ocurría nada mejor que hacer.

—Emilia. Qué ilusión —dijo María sin pizca de entusiasmo.

—Estoy segura de que la madre superiora no te va a dejar tener un zonzo en el convento —dijo Emilia.

—Tú no te metas.

—¿Por qué debería dejar que llevases adelante otra idea caritativa de las tuyas? En serio, eres el hazmerreír de todo el convento, como aquella vez que querías cuidar a los leprosos. Las monjas casi se mueren de risa. Ya no quedan leprosos en Aztlán. Tendrían que importarlos. Y ahora se te ocurre rescatar a un clon...

—A un zonzo —la interrumpió rápidamente María.

—A un clon —dijo Steven, acercándose a Teo y quitándole el sombrero. Luego lo soltó, como si hubiera tocado algo contaminado.

Teo alzó la vista. Ya no había motivos para seguir fingiendo.

—Yo obligué a María a hacerlo —dijo.

—Hace años que se mete en líos por tu culpa —dijo Emilia—. Te has aprovechado de ella desde el día que fue a llevarte comida.

—¡No es verdad! —gritó María.

—Eres demasiado blanda —dijo Emilia—. Siempre te pones sentimental con animales enfermos o mendigos. A la que te descuides, te volverás igual que mamá.

—¡Mamá! —dijo María con un grito—. ¡Casi se me olvida! No he tenido tiempo de decírtelo. ¡Está viva!

—Sí, ¿y qué? —dijo Emilia—. Lo sé desde hace años.

María miró fijamente a su hermana, igual que si hubiera visto una tarántula.

—¿Lo sabías?

—Pues claro —contestó Emilia—. Soy mayor que tú, por si no te habías dado cuenta. Yo vi cómo se iba. Papá le gritó que para nosotros ya estaba muerta. Luego resultó ser la forma más sencilla de explicarte las cosas.

—Dejaste que creyera que se había perdido en el desierto.

—¿Y qué diferencia hay? —Emilia se encogió de hombros—. No le preocupaba lo que nos pasara. Decidió que era más importante preocuparse por la chusma.

—Lo más importante ahora es llevar a este clon al hospital, que es donde puede ser más útil —dijo Steven.

—¡Steven! —susurró Teo.

Nunca había considerado que Steven y Emilia fueran sus enemigos, aunque tampoco fueran su amigos. Incluso admiraba a Steven. En muchos aspectos, eran parecidos.

—Lleváoslo —indicó Steven a los guardaespaldas.

—¡Esperad! —aulló María—. ¡No podéis hacer esto! ¡Teo no es un animal!

—Es ganado —dijo Steven con una sonrisa fría—. La ley lo dice muy claro. Todos los clones se clasifican como ganado porque crecen dentro de vacas. Las vacas no pueden dar a luz a seres humanos.

—¡No dejaré que hagáis esto! ¡No os voy a dejar!

María se arrojó contra los guardias, que para evitar sus golpes se limitaron a bajar la cabeza con actitud más bien servil. El piloto la cogió por detrás y la echó a un lado.

—Avisaré a Willum —dijo Steven, volviendo a la cabina—. Por lo visto, vamos a necesitar sedantes antes de dejar que vuelva al convento.

—¡Emilia! ¡Ayúdame! ¡Ayuda a Teo! —gritó María, pero nadie le prestó atención.

Teo empezó a andar escoltado por los guardaespaldas. Era consciente de que no tenía ninguna posibilidad de eludirlos por la fuerza y no quería que la última imagen que María tuviera de él fuera la de un animal de granja aterrorizado al que llevaban al matadero. Se dio la vuelta para mirarla, pero ella no se dio cuenta, ocupada como estaba tratando de escapar del piloto.

Los guardaespaldas cogían a Teo por los brazos, pero no insistieron en llevarlo en alto. Teo inspiró el aire de la noche para que le llegara el olor de jazmín y de gardenias que habían plantado en todas partes con ocasión de la boda. Notó el olor lejano del desierto e incluso el de los mezquites que rodeaban el oasis. De noche, los olores llegaban mucho más lejos.

Contempló los fabulosos jardines de la Casa Grande, las estatuas de bebés alados, los naranjos engalanados con luces. Aquella era su última noche en este mundo y quería recordarlo todo.

Y, más que nada, quería acordarse de Celia y de Tam Lin. Y de María. ¿Volvería a verlos alguna vez? O, si no se le permitía ir al cielo, ¿vagaría de noche como la Llorona, buscando algo que perdió para siempre?

14 AÑOS

23

MUERTE

Teo estaba sujeto con correas a una cama de una sala repleta de máquinas de aspecto nada reconfortante. Dos hombres montaban guardia en la puerta y otros dos esperaban junto a una ventana con barras de hierro.

El terror lo invadía. Allí era donde habían encerrado al clon de McGregor. Allí era donde pasaban las cosas malas.

«Ojalá hubiera escapado cuando tuve la ocasión», pensó. «Lo tenía todo a punto. Tam Lin me había dado mapas y comida y me había enseñado a subir montañas. Y yo no lo entendí. No quería entenderlo.»

El espanto le hacía sentir náuseas. Cualquier ruido que oía fuera lo impulsaba a tratar de liberarse. Al cabo de un tiempo aparecieron Willum y dos doctores desconocidos que le manosearon el estómago y le extrajeron sangre. Lo desataron para que fuera a hacer pis en un botella, y él aprovechó la oportunidad para salir corriendo. No había recorrido ni dos metros cuando lo interceptó uno de los guardias.

«¡Idiota! ¡Idiota! ¡Idiota!», se dijo Teo. «¿Por qué no escapé cuando tuve la ocasión?»

Pasado un rato, Willum y los otros médicos volvieron para debatir el estado de salud de Teo.

—Tiene anemia leve —dijo uno de los médicos—. Sus funciones hepáticas presentan algunas deficiencias.

—¿Es apto para el trasplante? —preguntó Willum.

—No veo nada que lo impida —contestó el otro médico, mientras examinaba un gráfico.

Después, dejaron a Teo solo con sus miedos.

¿Qué estaría haciendo María en ese momento? La habrían drogado, igual que drogaron a Fani antes de obligarla a casarse con Benito. Tal vez al principio habrían dado láudano a Felicia para que se mostrara obediente. Algún día se celebraría otro fastuoso matrimonio entre María y Tom. A María tendrían que ayudarla a tenerse en pie mientras la condujeran al altar.

«No puedo hacer nada por ella», pensó Teo. Pero tal vez ya había hecho por ella lo único que podía llegar a salvarla. María ya conocía la existencia de su madre y podía pedirle ayuda. Y Esperanza, a juzgar por lo que Teo sabía de la mujer que había escrito *Opio: todos sus secretos*, caería sobre el convento como un dragón llameante.

La puerta se abrió para dar paso a dos guardaespaldas que empezaron a desatar a Teo. «Y ahora, ¿qué?», pensó. No podía ser buena señal. Nada podía ser bueno ya, no para él.

Los guardaespaldas, sujetándolo con fuerza por los brazos, lo condujeron por el pasillo a una sala que no se parecía a ninguna que hubiera visto antes en el hospital. Estaba decorada con cuadros caros, muebles elegantes y alfombras. En el otro extremo, junto a una gran ventana, había una mesita con una tetera, tazas y una bandeja de plata con galletas caseras.

Y al lado de la mesita estaba el Patrón, en una cama de hospital. Tenía un aspecto extremadamente frágil, aunque una chispa de vida ardía aún en sus ojos de color negro azabache. A pesar de sí mismo, Teo sintió una oleada de afecto.

—Acércate más, mi vida —susurró el anciano.

Teo se acercó y vio a más guardias entre las sombras y a Celia a la luz de una rendija que había entre las cortinas. Teo se preparó para una escena emotiva, pero la mujer tenía los ojos secos y ceñudos.

—Siéntate, mi vida —indicó el Patrón, señalando una silla que había junto a la mesita—. Si mal no recuerdo, te gustan las galletas caseras.

«Cuando tenía seis años», pensó Teo. ¿A qué venía todo eso?

—¿Se te ha comido la lengua el gato? —dijo el anciano—. Es como la primera vez que nos vimos, cuando Celia te sacó del corral.

El Patrón sonrió. Teo no. No tenía ningún motivo para estar contento.

—En fin, ya veo —suspiró el Patrón—. Siempre es así al final. Mis clones acaban olvidando los maravillosos años que les doy, los regalos, los pasatiempos, la buena comida. Nada me obliga a hacerlo, ¿sabes?

Teo ni siquiera parpadeaba. Quería hablar, pero la garganta no le dejaba pronunciar palabra.

—Si yo fuese como McGregor, un buen terrateniente, pero un desalmado al fin y al cabo, te hubiera anulado el cerebro al nacer. En lugar de eso, he querido darte la infancia que yo nunca tuve. Yo tenía que arrastrarme a los pies del ranchero que poseía la tierra de mis padres por cada condenado saco de harina de maíz.

Celia estaba tan silenciosa como una estatua esculpida en piedra.

—Pero una vez al año, todo era distinto —dijo el Patrón—. Por el Cinco de Mayo, el ranchero organizaba una fiesta. Mis tres hermanos y yo fuimos a verla. Mi madre se trajo a mis dos hermanas. Llevaba a una en brazos, y la otra la seguía cogida de su falda.

Teo conocía esa historia tan bien que se hubiera puesto a gritar. El Patrón se dejaba llevar por ella sin esfuerzo, como un burro andando por un camino recorrido mil veces. Cuando se metía en ella, nada podía pararlo hasta llegar al final.

El anciano habló de los campos de maíz polvorientos y de las montañas moradas de Durango. Sus luminosos ojos negros viajaban más allá del hospital y veían el torrente que rugía lleno de agua dos meses al año y que estaba seco como un hueso el resto del año.

—El alcalde de nuestro pueblo, que llevaba un elegante traje negro y plateado, iba montado en un caballo blanco y lanzaba dinero a la gente. ¡Cómo corríamos detrás de las monedas! ¡Cómo nos revolcábamos en el fango como cerdos! Pero el caso es que nos hacía falta el dinero. Éramos tan pobres que no teníamos dónde caer muertos. Ese día, el ranchero daba una gran fiesta. Podíamos comer cuanto quisiéramos, y era una estupenda oportunidad para mucha gente que tenía el estómago tan encogido que los frijoles tenían que hacer cola para entrar.

»Un año, en esa fiesta, mis hermanitas contrajeron el tifus. Murieron las dos a la vez. Eran tan pequeñas que no llegaban ni a la altura de la repisa de la ventana. No, ni aunque se pusieran de puntillas.

En la sala reinaba un silencio sepulcral. Teo oyó una paloma en el tejado del hospital que repetía: «Horror, horror, horror».

—En los años siguientes, murieron mis tres hermanos varones —siguió hablando el Patrón—. Uno se ahogó, otro no tenía dinero para curarse una apendicitis y al otro lo mató la policía a golpes. Éramos seis hermanos, pero solo yo sobreviví y me hice mayor.

De pronto, la voz del Patrón se agrió:

—¿No crees que se me deben esas vidas?

Teo dio un brinco en la silla. La narración no terminaba de la forma que esperaba.

—¡Éramos seis hermanos! —gritó el anciano—. Todos merecíamos hacernos mayores, pero yo fui el único superviviente. ¡Debo reclamar esas vidas! ¡Debo reclamar justicia!

Teo quiso levantarse, pero los guardaespaldas lo obligaron a volver a la silla de un empujón.

—¿Justicia? —dijo Celia. No había dicho palabra hasta entonces.

—Tú ya sabes de qué hablo —susurró el Patrón, sin fuerzas después del arrebato—. Tú naciste en aquel pueblo.

—Usted se ha llevado ya muchas vidas —dijo Celia—. Están enterradas a millares en los campos de amapolas.

—¿Esos? —dijo el Patrón con desdén—. Esos son como ganado en busca de pastos más verdes. Cruzan mis campos a escondidas al norte y al sur. Claro que sí —añadió al ver la extrañeza que mostraba Teo—. Al principio, la riada iba en un solo sentido. Los aztlanos corrían al norte para vivir a lo grande al estilo de Hollywood. Pero Estados Unidos ya no es el opulento paraíso que había sido. Ahora, los gringos ven películas sobre Aztlán y creen que la vida es fácil en el sur. Atrapo a tanta gente en una dirección como en la otra.

271

—El Viejo era el único buen hombre de esta familia —dijo Celia—. Aceptó lo que Dios le había dado y, cuando el Señor le dijo que había llegado su hora, se fue.

Teo estaba asombrado ante el valor que mostraba la mujer. La gente no solía llevar la contraria al Patrón si querían conservar la salud.

—El Viejo era un idiota —susurró el Patrón, y luego se quedó un rato en silencio.

Un médico se acercó a él, le auscultó el pecho y le puso una inyección.

—El quirófano ya está a punto —dijo el médico en voz baja.

Teo se quedó helado de terror.

—Todavía no —musitó el anciano.

—Diez minutos más —dijo el médico.

El Patrón pareció reunir energías para un último esfuerzo:

—Yo te creé, mi vida, igual que Dios creó a Adán.

Celia carraspeó, indignada.

—Sin mí, nunca habrías visto la belleza de una puesta de sol ni habrías olido el aroma de la lluvia arrastrado por el viento. Nunca habrías probado el sabor del agua fresca en un caluroso día de verano. Ni habrías oído música ni conocido el maravilloso placer de crearla. Yo te di todo esto, mi vida. Estás... en deuda... conmigo.

—Él no le debe nada —dijo Celia.

Teo temía por ella. El Patrón era capaz de eliminar a cualquiera que lo irritara. Sin embargo, el anciano se limitó a sonreír.

—Somos un buen par de alacranes, ¿verdad?

—Hable por sí mismo —repuso Celia—. Teo no le debe nada ni le va a pagar nada. No podrá utilizarlo para sus trasplantes.

Los guardias se inquietaron al oír eso. El médico alzó la vista del monitor que estaba mirando.

—Cuando tuvo su primer ataque al corazón, envenené a Teo con dedalera plantada en mi jardín —dijo Celia—. Soy curandera, además de cocinera, ¿lo sabía? Gracias a mí, el estado de su corazón era demasiado débil para donarlo.

Al Patrón parecían salírsele los ojos de las órbitas. Abrió la boca, pero no articuló ningún sonido. El doctor corrió a su lado.

—Pero no podía seguir dándole el veneno de la dedalera —siguió diciendo Celia—. Era demasiado peligroso. Necesitaba algo que lo hiciera enfermar, pero no demasiado. Entonces, me hablaron de la mariposa monarca.

Teo se irguió, pero las manos del guardaespaldas le agarraron con fuerza los hombros. Él también conocía las mariposas monarca. Tam Lin le había hablado de ellas, la noche en la que celebraron que se había hecho un hombre. El aire estaba cargado con el olor de los perfumes, unos más agradables que otros, de las flores a las que Celia se estaba aficionando. La mujer habló de las rudbeckias, las espuelas de caballero, las dedaleras y los algodoncillos que había plantado. Tam Lin se inquietó al oír mencionar los algodoncillos. «Las mariposas monarca se alimentan de esta flor», había dicho. «Son muy listas, las condenadas. Se atiborran de veneno para que nadie se las coma.»

En aquel momento, Teo no prestó atención a aquel comentario. Tam Lin siempre hablaba de cosas que había aprendido de los libros sobre naturaleza que había leído con tanto esmero y paciencia.

—Necesitaba algo parecido al veneno de las mariposas monarca —dijo Celia, interrumpiendo los pensamientos de Teo—. Así que empecé a darle arsénico.

—¡Arsénico! —exclamó el médico.

—El arsénico se mete en todo el cuerpo —prosiguió Celia, los ojos fríos como los de una serpiente—. Sube hasta el pelo, dibuja hilillos blancos en las uñas y se instala en el corazón. A Teo no le di tanto arsénico como para matarlo. ¡Eso es lo último que haría! Pero bastaba para matar a alguien que ya estuviera débil y que tratara de quedarse con su corazón. Ya ha vivido sus seis vidas, Patrón. Ya es hora de que rinda cuentas a Dios.

—¡Bruja! —aulló el Patrón. Tenía los ojos encendidos de rabia asesina. La piel se le había teñido de un rojo ardiente. Clavó sus zarpas en la cama intentando incorporarse.

—¡Alarma! —gritó el médico—. ¡Llevadlo al quirófano! ¡Rápido! ¡Rápido!

Los guardias se llevaron la cama rodando. El médico iba corriendo al lado, presionando el pecho del Patrón. Todo el edificio empezó a bullir de actividad como un avispero. Aparecieron más guardias, todo un ejército, de hecho. Dos de ellos se llevaron a Celia pese a los intentos de Teo de detenerlos. Un técnico arrancó un pelo al muchacho y se fue.

Teo se había quedado solo. Solo, sin contar a cuatro corpulentos hombres sentados al otro lado de la ventana y a otros varios que rondaban en la salida. Era una sala bonita, con una alfombra estampada con los colores del oasis. Teo se fijó en el rojo de las paredes del cañón, el verde oscuro de las gobernadoras y un azul igual al del cielo encajonado entre las cimas de los elevados precipicios. Si entornaba los ojos, casi podía imaginarse a sí mismo allí, entre las silenciosas sombras de la sierra del Ajo.

Teo siguió esperando. Los guardias habían sacado de allí al Patrón por la mañana. Por la tarde, el pánico que reinaba fuera de la sala se había atenuado hasta que todo el edificio quedó en silencio. El hospital prosiguió su rutina habitual al margen del prisionero del elegante salón.

Se terminó el té y las galletas. Después de lo ocurrido, Teo se sentía totalmente agotado. Todo se había vuelto del revés, y no sabía si el peligro cesaría con la muerte del Patrón o si ocurriría precisamente lo contrario.

Se examinó el brazo y se preguntó que estaría haciendo el arsénico dentro de su cuerpo. ¿Se morirían los mosquitos al picarlo? ¿Serían mortales sus escupitajos? Esa idea lo intrigaba. Teo se dio cuenta de que por muy aterrorizado que estuviera al principio, no era posible seguir sintiendo terror todo el rato. Era como si su mente le dijera: «Bueno, ya basta. Pasemos a otra cosa».

De modo que se puso a pensar en María. Lo más seguro era que ya estuviera otra vez en el convento. No sabía qué hacía ella allí, aparte de comer chocolate y tomar el sol desnuda en el tejado. Eso sí que era raro. Eso sí que era interesante, más bien. Teo sintió un bochorno en la cara al imaginárselo. Había visto cuadros de diosas romanas rollizas y desnudas cuando estudiaba historia del arte. Le parecían guapas, pero nadie iba así por el mundo en realidad. ¿O sí? Teo no sabía cómo actuaba la gente en el mundo exterior.

De todos modos, María había tenido problemas por culpa de eso. Teo se sentía mal, pero eso no tenía nada de extraño teniendo en cuenta que estaba atiborrado de arsénico. Se preguntó con qué otras plantas del jardín habría experimentado Celia en su organismo.

La puerta se abrió para dejar paso al señor Alacrán, que entró apresuradamente con Tam Lin.

Por un momento, el tiempo pareció detenerse. Teo volvía a tener seis años, tenía sangre por todas partes y Rosa le sacaba cristales del pie. Un hombre de aspecto amenazador irrumpió en la sala y gritó: «¿Cómo os atrevéis a deshonrar así esta casa? Sacad ahora mismo de aquí a este monstruo».

Aquel día, Teo supo que no era un ser humano. El hombre gritón resultó ser el señor Alacrán. Años después, miraba a Teo con la misma expresión de asco en la cara.

—He venido para comunicarte que ya no necesitamos más tus servicios —dijo el señor Alacrán.

Teo ahogó un grito. Eso quería decir que el Patrón había muerto. Por mucho que hubiera dado vueltas a la idea, la noticia fue un golpe para él.

—Lo... siento —dijo.

Teo notó que le empezaban a caer silenciosas lágrimas por la cara. Aunque podía evitar ponerse a lloriquear, no podía hacer nada para contener el dolor que le manaba de dentro.

—No me extraña que lo sientas —dijo el señor Alacrán—. Eso quiere decir que no te vamos a necesitar más.

«Pues claro que me vais a necesitar», pensó Teo. Estaba tan preparado para gobernar Opio como Steven. Había estudiado las técnicas de cultivo, los problemas prácticos sobre la depuración del agua y la distribución de alimentos. Probablemente estaba más al día que nadie sobre la red de espías y los funcionarios corruptos de otros países. Los años que había pasado escuchando al Patrón habían dotado a Teo de una perspectiva del imperio Alacrán que nadie más podía tener.

—Ocúpate de que lo anulen —dijo el señor Alacrán a Tam Lin.

—Como ordene —respondió Tam Lin.

—¿Qué significa esto? —gritó Teo—. El Patrón no lo hubiera querido así. Me dio una educación. Quería que lo ayudara a gobernar el país.

Tam Lin lo miró con lástima.

—Pobre inocente. El Patrón tuvo otros cinco clones exactamente iguales a ti, que recibieron la misma educación y que creían también que iban a gobernar el país.

—No me lo creo.

—Tengo que reconocer que tú fuiste el primero con talento musical. Pero para oír música ya tenemos la radio.

—¡No puedes hacerme esto! ¡Somos amigos! ¡Me lo dijiste! ¡Me dejaste una nota...!

Teo recibió un golpe que le hizo ver las estrellas y caer al suelo. Era la primera vez que alguien lo agredía. A nadie le estaba permitido. Se puso de rodillas y se sujetó la mandíbula. Lo que más lo cogió por sorpresa fue quién le había pegado.

Tam Lin.

El ex terrorista. Por su culpa murieron veinte niños. Quién sabe si eso le preocupaba siquiera. A Teo nunca se le había ocurrido esa posibilidad.

—Mira, chaval, yo soy lo que llaman un mercenario —dijo el guardaespaldas con el acento cantarín con el que tanto se había encariñado Teo—. He trabajado para el Patrón la tira de años y pensé que siempre sería así. Pero ahora me he quedado sin trabajo, y el señor Alacrán ha sido tan amable de ofrecerme otro.

—¿Y qué pasa con Celia? —susurró Teo.

—¿No creerás que va a salir impune después del follón que ha montado? A estas horas la habrán convertido ya en zonza.

«Pero tú le dijiste lo de las mariposas monarca», pensó Teo. «Tú la dejaste caer en la trampa.»

—¿Puedes ocuparte del resto? Yo tengo cosas que hacer —dijo el señor Alacrán.

—Yo me encargo de eliminar a este clon, señor —respondió Tam Lin—. Necesitaré la ayuda de Donald para atarlo.

«Me ha llamado clon», pensó Teo. «Para él, no soy una persona.»

—No olvides que esta noche te necesitaré durante el velatorio —dijo el señor Alacrán.

—No fallaría por nada del mundo —dijo Tam Lin, con un extraño centelleo en sus ojos engañosos y traicioneros.

24

LA ÚLTIMA DESPEDIDA

Donald el Bobo sujetó a Teo con fuerza mientras Tam Lin lo envolvía con cinta adhesiva. El guardaespaldas lo llevó seguidamente a los establos y lo amarró a uno de los caballos mientras saludaba a otros miembros del ejército privado del Patrón que rondaban ociosamente por allí.

—¿Adónde lo llevas? —le dijo uno de los guardias.

—Se me ha ocurrido arrojarlo junto a las cuadras de los zonzos —contestó Tam Lin. La risa del hombre se fundió con el repiquetear de los cascos del caballo en el suelo.

El animal que los transportaba era distinto de los caballos seguros. Era más rápido e impredecible y hasta olía distinto. Teo, que tenía la nariz pegada a la piel del caballo, podía darse cuenta mejor que nadie. Los caballos seguros tenían un tufillo a producto químico, pero ese corcel olía intensamente a sol y a sudor.

De pronto, Teo comprendió a qué se refería Tam Lin al decir que iba a arrojarlo junto a las cuadras de los zonzos. Se proponía abandonarlo en el lodo amarillento del fondo de uno de los vertederos. El horror que aquello representaba, además de la injusticia y la falsedad que habían demostrado casi todas las personas a quienes había conocido, le hizo palpitar con fuerza la sangre en las sienes. Esta vez, sin embargo, no era miedo lo que sentía, sino una oleada de pura rabia animal. ¡Merecía vivir! ¡Se lo debían! Si iba a morir, lucharía hasta el último minuto de aquella vida que le habían dado por casualidad.

Teo comprobó la resistencia de la cinta que le sujetaba las manos y los pies. No podía moverse ni un centímetro. «Bueno, no tendré más remedio que escapar retorciéndome y arrastrándome por el fango amarillo del vertedero», pensó. El suelo parecía volar bajo los cascos del caballo y, a cada salto, Teo sentía que se aplastaba la barriga con su propio peso contra el lomo del animal. Los caballos seguros cabalgaban con mucha más suavidad.

Al fin, el caballo aminoró la marcha. Tam Lin puso en el suelo a Teo, que aprovechó la oportunidad para doblar el cuerpo y arrojarse de cabeza contra el estómago del guardaespaldas.

—¡Ay! ¡Maldito burro rematado! —exclamó Tam Lin—. ¡Ni se te ocurra volver a intentar otra tontería como esta!

Teo se colocó de espaldas al suelo, dispuesto a defenderse a patadas. Desde su posición, vio que el cielo era azul y el camino estaba rodeado de piedras. No olía a podredumbre y contaminación, sino a un aire limpio que transportaba un aroma a hojas de gobernadora. No estaban en las cuadras de los zonzos, sino en el camino que llevaba a la sierra del Ajo.

—¡Hala! —gruñó Tam Lin, mientras le despegaba con rudeza la cinta adhesiva de la piel—. Creo que me merezco una disculpa en toda regla.

—¿Has cambiado de idea y vas a ahogarme en el oasis? —dijo Teo secamente.

—¡Cálmate un poco, chaval! Entiendo que tengas motivos para sospechar, pero creo que podrías esperar un poco más de mí.

—¿Y cómo voy a confiar en alguien que mató a veinte niños? —dijo Teo.

—Así que ya te lo han contado —dijo Tam Lin, con una expresión tan triste que Teo sintió un poco de lástima (solo un poco) por él.

—¿Es verdad o no? —preguntó Teo.

—Sí, sí, es verdad.

Tam Lin hizo una pelota con la cinta adhesiva y la metió en una de las alforjas del caballo. Luego sacó una mochilita y se la echó al hombro.

—Vamos, chaval. No tengo mucho tiempo —dijo.

El guardaespaldas empezó a subir por el sendero, sin mirar atrás. Teo se quedó quieto. Podría robar el caballo y escapar al norte. Tal vez la Patrulla de las Plantaciones desconocía que se había ordenado su eliminación. «Eliminación», pensó, sintiendo que le invadía una oleada de rabia. Sin embargo, no parecía que el animal se dejara montar fácilmente. A diferencia de los caballos seguros, había que atarlo a un árbol, y resoplaba moviendo los ojos de manera amenazante si Teo trataba de acercarse a él.

La alternativa era adentrarse con Tam Lin en las montañas, confiando en que la amistad del guardaespaldas perdurase. El hombre había desaparecido ya entre las rocas, sin dignarse siquiera comprobar si Teo lo seguía.

«En un concurso de idiotas me darían el premio», pensó Teo mientras se puso a andar penosamente por el sendero.

El oasis rebosaba vida. Las lluvias de otoño habían revitalizado las matas de palo verde, salpicadas con flores de suaves y brillantes tonos amarillos y anaranjados. Teo nunca había visto la parra tan frondosa. Cuando se acercó al agua, un pequeño pato se alejó chapoteando.

Tam Lin estaba encaramado a una roca.

—Es una cerceta colorada —dijo—. En esta época del año, emigran desde Estados Unidos a Aztlán. A saber cómo consiguen dar con un estanque tan minúsculo como este en la inmensidad del árido desierto.

Teo se sentó sobre otra roca, no demasiado cerca. Las sombras invadían sigilosamente el pequeño valle a medida que el sol se iba hundiendo detrás de las montañas.

—Si no hubiera encontrado este lugar, hace años que me hubiera vuelto loco de remate —dijo el guardaespaldas mientras Teo seguía los movimientos del patito en la otra orilla—. Ya estaba medio loco cuando empecé a trabajar para el Patrón. «Es un buen sitio para esconderme», pensé. «Cuando la policía se canse de buscarme, podré irme.» Pero claro, las cosas salieron de otro modo. Cuando el Patrón reclama algo, es suyo para siempre.

—Así, ¿es verdad que mataste a los niños? —dijo Teo.

—Podría decir que fue un accidente, y lo fue, pero eso no elimina el horror que supuso. Mi intención era cargarme al primer ministro, una sabandija que se lo tenía muy merecido. Lo que pasa es que ni pensé en que por allí podía pasar más gente. A decir verdad, yo era un cabezota engreído y me daba absolutamente lo mismo. Me hice la mayoría de estas cicatrices en esa explosión, y Donald el Bobo se cortó la garganta. Por eso no puede hablar.

Durante todos aquellos años, Teo nunca había pensado en por qué Donald el Bobo nunca decía nada. Simplemente supuso que el silencioso fortachón era poco sociable.

—El Patrón sabía instintivamente a quién podía esclavizar —dijo Tam Lin—. Lo envolvía un halo de poder. El poder es algo muy extraño, chaval. Es una droga y la gente como yo haría cualquier cosa por ella. No me di cuenta de en qué monstruo me había convertido hasta que conocí a Celia. Estaba demasiado ocupado chuleando a la sombra del Patrón.

—Pero dejaste que los médicos convirtieran a Celia en una zonza —dijo Teo.

—¡Nada de eso! Le dejé una marca en la frente para que pareciera que la habían operado. La dejé en los establos con Rosa.

Teo miró a Tam Lin a los ojos por primera vez desde que llegaron al oasis. Había dejado de sentir el gran peso que le oprimía el pecho.

—Estará a salvo mientras no se olvide de actuar como un zombi. Así que creo que ya es hora de oír esa disculpa en toda regla —dijo el guardaespaldas.

Y eso fue lo que hizo Teo de buena gana.

—La hubiera traído aquí, pero no se le da muy bien lo de escalar rocas —suspiró Tam Lin.

Durante un rato, los dos contemplaron el estanque bajo el cielo plateado que se reflejaba en su superficie a la luz del atardecer. La cerceta subió torpemente a la orilla y se arregló las plumas con el pico. Una golondrina capturó en el aire a una libélula que volaba por encima del agua.

—¿Tendré que quedarme a vivir aquí? —preguntó Teo.

Tam Lin dio un respingo.

—¡Ah! Estaba en las nubes —dijo—. Me encanta ver cómo se desvían las golondrinas justo antes de chocar contra el suelo. No, chaval. No lograrías sobrevivir. Es mejor que vayas a Aztlán.

¡Aztlán! A Teo le dio un brinco el corazón.

—¿Vas a venir conmigo?

—No puedo —dijo Tam Lin con voz triste—. He hecho cosas horribles en la vida, ¿lo entiendes? Debo atenerme a las consecuencias.

—Eso no es verdad —dijo Teo—. Seguro que la policía dejó de buscarte hace tiempo. Podrías dar un nombre falso a la gente. También podrías dejarte barba y raparte la cabeza.

—Seguro que sí, y, por cierto, te veo muy dispuesto a desafiar la ley. Como buena astilla del palo del que provienes. En realidad, me refería a las consecuencias morales. Llevo años sacando provecho de las atrocidades cometidas en Opio y, ahora que tengo la oportunidad de poner las cosas en su sitio, no tengo excusa. Eso lo he aprendido de Celia. Es una mujer muy estricta, ya la conoces. No soporta las injusticias.

—Tienes razón —dijo Teo pensando en el modo en que se enfrentó al Patrón.

—Te he preparado el equipaje —dijo Tam Lin, mientras se quitaba la mochila—. Hay mapas en el cofre. Coge tantas botellas de agua como puedas y, cuando llegues a la frontera con Aztlán, di que eres un refugiado. Tus padres fueron capturados por la Patrulla. Hazte el tonto, aunque eso no te costará mucho, y no digas a nadie que eres un clon.

—¿Y no se darán cuenta? —Teo se imaginó cuánto se enfadarían los aztlanos si descubrían que les había dado gato por liebre.

—Ahí está la clave de este condenado asunto —y Tam Lin se acercó a Teo para susurrarle al oído, como si no quisiera que las golondrinas, el pato y las libélulas se enteraran de lo que iba a decir—. Nadie puede notar la diferencia entre un clon y un ser humano, precisamente porque no hay ninguna diferencia. Eso de que los clones son inferiores es una vil mentira.

Teo se quedó con la boca abierta mientras el hombre se dirigía con aire resuelto al escondite del cofre metálico y sacaba de él las botellas de agua y los mapas. ¿Cómo podía ser lo mismo un clon que un ser humano? Aquello contradecía todo lo que él había vivido hasta entonces.

Tam Lin abrió un bolsillo de la mochila y le mostró un fajo de papeles.

—Aquí tienes dinero. Tendría que haberte enseñado a utilizarlo antes. Esto es un billete de cien pesos y esto es uno de cincuenta. Pide siempre el precio de las cosas y luego ofrece la mitad. ¡Maldita sea! Ahora no vas a poder aprenderlo. Tú no saques nunca más de un billete ni dejes que nadie vea cuántos tienes.

El sol se había puesto ya y la penumbra lo envolvía todo rápidamente. Tam Lin encendió una hoguera y amontonó leña seca al lado.

—Tienes que irte a primera hora de la mañana. En doce horas habrás llegado a la frontera. Será la hora ideal porque los patrulleros habrán ido a la mansión por el velatorio. Otra cosa: el Patrón dejó Opio cien años anclado en el pasado.

—No sé qué quieres decir —dijo Teo.

—Opio, en la medida de lo posible, reproduce la forma de vivir de cuando el Patrón era joven. Celia cocinaba en un horno de leña, no hay aire acondicionado en la casa, en los campos trabajan hombres en lugar de máquinas. Ni siquiera se permite que pasen cohetes por encima. Las únicas excepciones a esa norma son el hospital y el sistema de seguridad. El Patrón burlaba la muerte de esa forma, entre otras.

—Pero en la tele todo es igual que aquí —objetó Teo.

—Hasta eso controlaba el Patrón —dijo Tam Lin—. El Látigo Negro dejó de chasquear su látigo hace un siglo. Menudas reposiciones ponía. Habrá muchas cosas que no entenderás en Aztlán, pero recientemente se está imponiendo una tendencia a buscar autenticidad en el pasado. Quieren abandonar la economía basada en el uso de las máquinas y recuperar la antigua cultura mexicana. Habrá cosas que te resultarán más conocidas.

—¡Espera! —gritó Teo cuando el guardaespaldas ya se disponía a irse—. ¿Por qué no te quedas?

La idea de perder a su amigo para tal vez no verlo nunca más le resultaba insoportable.

—Tengo que asistir al velatorio —dijo Tam Lin.

—Pues al menos trae a Celia. Yo la ayudaré a subir por las rocas.

—Todavía no has visto cómo son esas rocas, chaval. Celia es demasiado mayor para hacer un viaje así. Haré todo lo que pueda para protegerla. Tienes mi palabra.

—¿Y qué voy a hacer en Aztlán? ¿Dónde voy a vivir? —Teo estaba cada vez más asustado.

—¿En qué estaría yo pensando? —dijo Tam Lin, deteniéndose a la luz del fuego—. Me olvidaba de lo más importante. Lo primero que harás en Aztlán será coger un aerodeslizador a San Luis y preguntar por el Convento de Santa Clara. O mucho me equivoco, o María se pondrá a dar palmas de alegría en cuanto te vea aparecer por la puerta.

Esta vez ya no había forma de detener a Tam Lin. Se alejó de la hoguera a grandes zancadas con Teo siguiéndolo de cerca. Cuando llegaron al agujero en la roca, el guardaespaldas se dio la vuelta y puso la mano en el hombro de Teo.

—No me gustan las despedidas largas —dijo.

—¿Volveré a verte algún día?

—No —dijo Tam Lin tras una larga pausa.

Teo inspiró bruscamente.

—Nunca te he mentido —dijo el guardaespaldas— y no pienso empezar a hacerlo ahora. Lo importante es que has podido huir. Eres la primera posesión que se le ha escapado de las manos al Patrón.

—¿Qué ocurrirá conmigo? —preguntó Teo.

—Encontrarás a María y, si todo sale bien, a su madre.

—¿Conoces a Esperanza?

—¡Ya lo creo! De vez en cuando aparecía por la casa. ¿Viste la película de dinosaurios donde salían velocirraptores?

Teo recordaba un dinosaurio especialmente agresivo, con largos dientes y garras, que parecía capaz de abrirse paso escarbando en las rocas con tal de llegar hasta su presa.

—Pues así es Esperanza cuando se propone un objetivo. No es recomendable tenerla como enemigo.

Tam Lin subió a la roca y se adentró en la creciente oscuridad sin mirar atrás ni una vez. Teo tuvo que contenerse para no enfocarlo con la linterna.

25

LA PATRULLA DE LAS PLANTACIONES

Teo se sentía aturdido mientras volvía al oasis. Habían sucedido muchas cosas en muy poco tiempo. Una sensación de insoportable soledad se cernía sobre la pequeña fogata. Puso más leña en el fuego pero, preocupado por la posibilidad de que la Patrulla de las Plantaciones lo viera, apartó algunas ramas con el pie. Luego pensó en los animales que podrían aproximarse al estanque de noche. Para empezar, coyotes, y puede que algún lince. Era menos probable que apareciera un jaguar, aunque Tam Lin decía haberlos visto. Teo volvió a poner más leña.

Sacó cecina y manzanas secas del cofre de metal. Tenía un hambre tremenda, ya que, salvo las galletas, no había comido nada desde la mañana de la boda. La comida le infundió ánimo, y no tardó en ponerse a estudiar minuciosamente el mapa a la oscilante luz del fuego. Era como una novela emocionante llena de aventuras. Tam Lin había trazado la ruta con un bolígrafo rojo y había incluido comentarios con su creativa ortografía: «*ay* serpientes de cascabel», «*encontre* oso *bajol arbol*».

Teo dio por terminada la cena con un puñado de cacahuetes y una porción de chocolate.

Guardó la mochila en el cofre metálico y desenrolló el saco de dormir sobre una losa al aire libre. Le tranquilizaba saber que estaba lejos de donde podía encontrar a un «oso *bajol arbol*». Se tumbó en el suelo y contempló las estrellas.

Estar tumbado a la intemperie era inquietante hasta un punto difícil de explicar. El cielo estaba tan negro y en él había tantas estrellas y tan brillantes, que parecía que podría perder el contacto con la tierra. Empezaría a flotar hacia arriba y, si no se agarraba a una rama, no pararía de subir hasta llegar a aquellas estrellas brillantes e inhumanas.

Teo ató el saco a dormir a un árbol con una cuerda. Era una tontería preocuparse por algo así, pero tampoco perdía nada por hacerlo. Celia le dijo una vez que los indios de su pueblo llevaban amuletos para que el cielo no se los llevara hacia arriba. Tal vez ellos sabían cosas incomprensibles para la gente que vive en casas.

Agotado por todos los acontecimientos recientes, se sumió en un sueño profundo y tranquilo. Justo antes del amanecer, el aire vibró con algo que era casi un sonido, sin serlo realmente. Teo se incorporó y se agarró a la cuerda. Un estremecimiento sacudió el suelo y luego cesó. Un par de cuervos salieron estrepitosamente de la copa de un árbol y volaron sobre el oasis con graznidos frenéticos. Un coyote se quedó inmóvil. Del morro le goteaba aún el agua que había estado bebiendo.

Teo se quedó escuchando. El sonido, si es que era un sonido, parecía haber salido de todas partes a la vez. No se parecía a nada que conociera. Los cuervos volvieron a pararse entre leves graznidos de protesta y el coyote salió disparado hacia las rocas.

Teo encendió una hoguera con un mechero que había en la mochila. Al abrir el cofre, se dio cuenta de que estaba rodeado de huellas de coyote y que en el pestillo había marcas de dientes.

Después de un ligero desayuno, llenó todas las botellas de agua que podría llevar consigo y puso un comprimido de yodo en cada una. La última vez que bebió agua del oasis, se encontró terriblemente mal. Pero eso fue por el arsénico, pensó. ¿Cómo estaría Celia? ¿Le darían suficiente comida en los establos? ¿Y no sería igual de malo ser un zombi que pasarse años fingiendo serlo?

«Le pediré a Esperanza que me ayude a rescatarla», pensó.

Aunque ya había llegado la hora de ponerse en marcha, Teo no pudo evitar entretenerse. Volvió a comprobar las provisiones. Metió otro libro en su equipaje, sopesó la mochila y luego volvió a sacarlo. El sol estaba ya alto, aunque el valle seguía cubierto de sombras. «Podría pasar otra noche aquí», pensó. Pero podía ser que el oasis no fuera un lugar seguro tras la muerte del Patrón.

Teo se echó la mochila al hombro, se ató más botellas al cinturón y abandonó finalmente el refugio de la parra para ponerse en camino. Se iría, igual que Tam Lin, sin mirar atrás.

La primera parte del camino era fácil. Teo la había recorrido muchas veces. Sin embargo, no tardó en llegar a un cañón invadido de arbustos cuyas ramas tuvo que ir partiendo para poder avanzar. El polvo de las hojas le cubrió el cuerpo de la cabeza a los pies y empezó a entrarle en los pulmones. Tuvo que sentarse en un canal seco para recuperar el aliento. Solo había pasado una hora. Si el resto del viaje iba a ser así, tardaría un mes en llegar a Aztlán.

Teo rebuscó en la mochila. En un bolsillo interior encontró

el inhalador. Sus pulmones torturados le agradecieron enormemente el alivio que sintieron. Encontró también un machete de aspecto peligroso, enfundado en una vaina de piel. «Me habría ahorrado muchos problemas si hubiera mirado antes dentro», pensó.

Cuando hubo descansado, se abrió paso entre los arbustos a machetazos. Sintió un placer animal vengándose de las plantas que se habían pasado la mañana arañándole la cara y los brazos.

Cuando llegó al final del valle, se topó con un elevado precipicio de granito. Teo consultó el mapa. Allí estaba, con una línea roja que subía directamente hasta la cima. Nunca había escalado algo tan alto. Teo buscó una ruta alternativa, pero el mapa lo decía bien claro: «No *ay* otra salida. *Tu* puedes», decía la nota de Tam Lin. Teo terminó mareándose de tanto mirar las matas que lo esperaban a esa imposible distancia que lo separaba de la cima del precipicio. Lo único que le consolaba era que no tendría que aupar a Celia durante la escalada.

Subió centímetro a centímetro apoyándose en las grietas hasta que las piernas empezaron a temblarle del agotamiento. A medio camino le pareció que ya no podría escalar ni un centímetro más. Se abrazó a la pared de granito y se preguntó cuánto aguantaría hasta que el agotamiento lo obligara a soltarse. Caería sobre las rocas afiladas y moriría allí mismo. Para eso, podría haber dejado que los médicos le arrancaran el corazón. Una sombra pasó rápidamente sobre él y regresó al cabo de un momento.

Solo había una cosa que pudiera proyectar una sombra en un lugar tan desierto como aquel. Teo se sintió de pronto invadido por un sentimiento de cólera que parecía subirle desde un lugar muy profundo, como la lava de un volcán. Ya no sintió

291

cansancio ni abatimiento, ni nada que no fuera un rabioso deseo de sobrevivir. Se obligó a ascender paso a paso, peñasco a peñasco, hasta que llegó a rastras a la cima y se tumbó jadeando, sorprendido por su hazaña.

Levantó la mirada hacia el deslumbrante cielo azul y oyó el seco aletear del zopilote que daba vueltas en el aire. «Entérate de quién manda aquí, buitre inútil», pensó. Luego sonrió, pensando que estaba hablando como el Patrón.

Para celebrar la victoria, sacó una botella de agua y un paquete de galletas. Arrojó una piedra al zopilote. Según el mapa, había recorrido unos ocho kilómetros y le faltaban ocho más. El sol empezaba a caer hacia el oeste, lo que quería decir que tal vez no llegaría a la frontera antes de oscurecer. Sin embargo, eso no le preocupaba demasiado. Tenía abundante comida y se sentía tremendamente bien tras su batalla con el precipicio.

Siguió avanzando hasta llegar a una cumbre. El trayecto era mucho más liviano y la vista era espectacular. Tam Lin había incluido unos pequeños prismáticos en el equipaje y Teo se detenía a menudo para contemplar Opio a su espalda. El terreno que llevaba a Aztlán seguía oculto por las montañas.

Desde allí, veía los extensos llanos donde se plantaban las amapolas y hasta una mancha borrosa que podía corresponder a un grupo de zonzos. También veía la depuradora de agua y almacenes de comida y fertilizante. Los tejados de teja roja de la mansión se extendían sobre un trozo de tierra de un verde intenso. Teo sintió una extraña sensación en lo más hondo y se dio cuenta de que eso era tristeza.

Allí, en aquella cima de la sierra del Ajo, Teo se abandonó al desconsuelo. Lloró por Celia, prisionera en los establos, y por Tam Lin, prisionero en otro sentido. No vertió ninguna lágrima por los Alacrán ni por sus esclavas Felicia, Fani y Emilia. Sin embargo, sí que lloró por el Patrón. Aunque merecía menos piedad que nadie, no había ninguna otra persona en el mundo con quien Teo se hubiera sentido tan estrechamente vinculado.

Aunque no supiera explicarlo, era como si el Patrón siguiera vivo y, en cierto sentido, así era. Porque Teo seguía existiendo. Y, mientras él sobreviviera, el Patrón no habría abandonado este mundo.

Teo se dispuso a pasar la noche en aquella cumbre. Las lluvias recientes habían llenado de agua los huecos de las rocas y las hojas de yuca reverdecían los pliegues de la montaña. Las malvas impregnaban de color rojizo los trozos de tierra que asomaban aquí y allá, mientras que en todas partes florecían aún blancas rosas silvestres visitadas por abejas zumbantes. Teo no tenía miedo, a pesar de que veía más animales de los que había llegado a observar con Tam Lin.

Venados de cola blanca mordisqueaban arbustos bajo el sol del atardecer. Un ciervo frotaba los cuernos contra un árbol, para afilarlos o porque le picaban, Teo no lo sabía. También vio un grupo de coatíes que corrían con la cola erguida y la nariz puntiaguda cerca del suelo.

Todo rebosaba vida. Todo parecía corretear, volar, escarbar, rumiar o gorjear a su alrededor. Unas ranas entonaban cantos en algún charco escondido. Una ardilla de las rocas silbó al ver a un halcón de cola roja planeando cerca. Un cenzontle, posado en la rama más alta de un mezquite, cantaba todas las canciones que Teo había oído y otras más que el ave debía de haber compuesto por su cuenta.

Lo que impresionó a Teo por encima de todo fue la música

de la naturaleza. Le hizo el mismo efecto que tocar el piano cuando se sentía solo y asustado. Lo llevó a otro mundo donde solo existía la belleza y donde estaba lejos del odio, la decepción y la muerte.

Permaneció un buen rato despierto, contemplando las lejanas luces de Opio. No había muchas. La mansión era un punto aislado en un mar de oscuridad. Las fábricas, los almacenes y las cuadras de los zonzos estaban ocultos. El aire estaba tan quieto que probablemente los habrían mandado a dormir al campo. Teo no oía ningún sonido que llegara desde la llanura, como si se tratara de un cuadro y no de un lugar real. Cerca se oía ulular a un tecolote cornudo y chirriar sin descanso a los grillos. La montaña estaba más oscura que la llanura, pero estaba viva y era real.

Teo durmió bien y, a la mañana siguiente, se sentía fuerte y seguro de sí mismo. Una niebla baja cubría Opio, como solía suceder en octubre. Lo único que se veía era una bruma blanca que abarcaba todo el horizonte.

Tras echar una última ojeada al mapa, Teo empezó a andar por el camino, que ascendía y descendía hasta llegar a un paso entre dos montañas. Entonces oyó un ruido que procedía de uno de los prados que había más arriba y que recordaba el sonido de una pelota de béisbol. Sabía que no podía haber nadie jugando a béisbol por allí arriba, no habiendo más espectadores que los halcones y los zopilotes.

A medida que se acercaba, el sonido le iba recordando más al de alguien que hiciera chocar entre sí dos sandías maduras. Teo, precavido, se escondió a mirar detrás de un arbusto y vio dos borregos cimarrones arrollándose el uno al otro como dos camiones sin freno. Entrechocaban las cabezas, se despegaban tambaleándose y se alejaban al trote. Al cabo de un rato, repetían la operación. Un grupo de ovejas pastaban por entre las rocas como si no quisieran tomarse la molestia de mirar. La escena le pareció tan graciosa que se echó a reír. Al oír la risa, claro, los borregos se desperdigaron en busca de refugio dando enormes saltos de roca en roca sin casi rozar el suelo.

Cuando Teo estaba ya cerca de una grieta que había en lo alto de las montañas, empezó a oír otro sonido intrigante. Era como el fragor del fuego en el horno de Celia. El estruendo era cada vez mayor, y llegó un momento en el que Teo empezó a separar un sonido de otro: el chirrido de maquinaria, el toque de sirenas y, sorprendentemente, música.

Cruzó el collado para adentrarse en otro mundo. Bajo él seguía habiendo montañas silenciosas y valles frondosos entre elevaciones rocosas por donde los halcones hacían la ronda. En cambio, más allá se extendía un bullicioso conglomerado de fábricas y rascacielos. Teo vio carreteras tanto en el suelo como en amplias espirales que se elevaban entre los edificios. Un enjambre de aerodeslizadores recorría el aire sin parar. Los edificios cubrían todo el terreno que abarcaba la vista, lo que no era mucho, porque una turbia bruma marrón lo envolvía todo. De allí procedían todos los bramidos, traqueteos y clamores. Teo estaba tan sorprendido que se sentó a pensar al borde del camino.

El sol caía de pleno. Teo sacó el sombrero que Tam Lin había metido en el equipaje. Conque eso era Aztlán. No se parecía nada a lo que se había representado en su imaginación. Teo había mezclado las historias de Celia sobre las maquiladoras, los recuerdos del Patrón en Durango y las aventuras del Látigo Negro para crear un batiburrillo de fábricas, rústicas chozas y fabulosos ranchos cuyos dueños eran malvados magnates con hijas hermosas.

«¿Cómo puede la gente vivir entre tanto ruido?», pensó.

«¿Cómo pueden respirar ese aire?» No había ninguna valla o al menos él no la veía, pero había una fila de postes que podían estar sosteniendo una valla. La parte de la frontera correspondiente a Opio estaba desierta, como si alguien hubiera puesto un gran cartel que dijera «¡PELIGRO! ¡RADIACIÓN!».

Teo volvió al paso entre las montañas donde los borregos cimarrones habían tratado de descabezarse entre sí y almorzó de manera frugal a base de cecina y queso seco. No podía quedarse allí. La estación de las lluvias en la sierra del Ajo duraba poco, y sabía perfectamente lo rápido que se secarían las lagunas ocultas y las charcas donde se criaban las ranas.

Tampoco podía volver a la mansión, de modo que la única salida pasaba por la frontera de Aztlán. Se imaginó a Tam Lin diciendo «tú puedes». «Supongo que no tengo más remedio», pensó Teo, mirando atrás para contemplar por última vez el prado silencioso, los blancos penachos de hojas de yuca y las golondrinas de pecho negro revoloteando entre los árboles.

Teo se deslizó pendiente abajo por las partes más abruptas y arenosas. Cuando llegó abajo, estaba acalorado, lleno de polvo y le picaba el cuerpo de todas las espinas que le había clavado una choya al bajar. Se agazapó a la sombra de una roca para beberse el último trago de agua que quedaba.

No había manera de sacarse las espinas, que parecían clavársele más hondo en la piel cada vez que intentaba agarrarlas. Además, por el camino se había roto los pantalones y una de las correas de la mochila.

Teo observó la frontera con los prismáticos. Lo que vio tenía tan mala pinta como lo que oía. El aire se llenaba del humo que manaba de una hilera de fábricas y, tras ellas, en la propia frontera, había un amasijo formado por maquinaria y tanques abandonados que rezumaban un líquido negro por el suelo. Entonces, algo más cercano entró en el campo de visión de Teo.

Al enfocar mejor el objetivo vio que era un hombre a caballo. ¡Era un miembro de la Patrulla de las Plantaciones! Con los prismáticos vio a otros más en los alrededores.

Teo se agazapó entre las rocas. Por lo visto, los patrulleros habían vuelto al trabajo tras el velatorio. ¿Lo habrían visto deslizarse montaña abajo? Tenía miedo de moverse y también de no moverse. Por suerte, el hoyo donde estaba escondido era profundo. Tras pasar una media hora en tensión, llegó a la conclusión de que los patrulleros no habían visto nada. O tal vez se limitaban a esperar a que la sed lo hiciera salir. Y el caso es que, a medida que transcurrían las horas, tenía una sed cada vez más horrible.

Contó seis hombres en total. Montados a caballo, deambulaban lentamente de un lado para otro. Dado que en ningún momento la frontera se quedaba sin vigilancia, Teo no veía cómo podría atravesar corriendo los pocos centenares de metros que lo separaban de la libertad. El sol iba hundiéndose al oeste. Las sombras se estaban alargando. Teo se metió una piedra en la boca para evitar la sed.

El sol se puso y las sombras de la noche dividieron la parte este del cielo en un azul pálido por encima y un gris oscuro por debajo. Solo por una franja rosada entre una y otra parte se filtraba aún la luz del sol entre la neblina polvorienta del aire. Entonces, estalló una conmoción. Un grupo de hombres apareció repentinamente por uno de las depósitos de chatarra y cruzó corriendo la frontera. En cuanto atravesaron la fila de postes, empezaron a oírse sirenas y la Patrulla salió al galope para interceptarlos.

Teo no tardó ni un segundo en reaccionar y tomó rápidamente el sentido contrario. Aquella era su oportunidad. Corrió a toda velocidad salvando los obstáculos a su paso. A su izquierda oyó gritos y un estallido, acompañado de un fogonazo brillante. Teo había visto aquella arma en el cumpleaños del Patrón. Era una pistola aturdidora que carbonizaba todo el pelo a los ilegales y les paraba el corazón en seco. En la mayoría de los casos, el corazón arrancaba de nuevo, y así podían convertir al ilegal en zonzo.

Teo oyó el retumbar de cascos en el suelo. Teo no quiso mirar cuántos hombres se habían dado la vuelta para seguirlo. La única opción que tenía era llegar hasta la frontera, así que siguió corriendo y saltando con una agilidad digna de un borrego cimarrón. Vio acercarse un caballo y le lanzó los prismáticos a la cabeza. El animal dio un viraje y su jinete le hizo reanudar la persecución.

Los postes estaban cerca. Teo vio que más adelante el suelo ya no era de tierra sino de cemento. Arrancó a correr con mayor velocidad, pero el patrullero lo cogió por la mochila y detuvo el caballo. Teo desató la correa de la cintura y se desprendió de la mochila. El cambio de velocidad lo proyectó a trompicones hacia la frontera y cayó de barriga en uno de los charcos negros. Salió del charco aceitoso y se escurrió a rastras hasta el otro lado dejando un rastro de porquería.

Teo se incorporó y se quedó sentado, frotándose los ojos frenéticamente. Vio al patrullero alejarse y luego bajó la vista para darse cuenta de que no le iba a costar convencer a los aztlanos de que era un refugiado: no tenía equipaje ni dinero y estaba enfangado de la cabeza a los pies.

LA VIDA NUEVA

26

LOS NIÑOS PERDIDOS

—¡Qué coraje tiene este muchacho! —dijo un hombre.

Teo se apartó de la cara la porquería que le caía del pelo y vio a un par de hombres uniformados que salían de entre la chatarra de máquinas y tanques para saludarlo.

—¡Oye, chico! ¿Cómo te llamas? —preguntó uno de ellos.

Por un momento, Teo no supo qué contestar. Lo último que podía decirles era la verdad.

—Teo... Teo Ortega —dijo, recurriendo al apellido de su profesor de música.

—¡Estás hecho un campeón! —dijo el guardia de fronteras—. Cuando te agarró por la mochila pensé que ya te tenía. ¿Tu familia ha pasado la frontera esta noche?

—Pues... no. Mi... familia...

Al desaparecer la tensión, Teo notó cómo su cuerpo se dejaba vencer por los efectos del esfuerzo. Se abrazó a sí mismo, castañeteando los dientes.

—Bueno —dijo el guardia, comprensivo—. No hace falta que digas nada ahora. Te han dado un susto de muerte. ¡Caray!

Hasta yo pasé miedo viéndote. Ven con nosotros y podrás lavarte y comer algo.

Teo los siguió con cuidado para no resbalar sobre el suelo de cemento. Tenía el cuerpo cubierto de mugre y el estómago revuelto tras haber escapado por los pelos.

Los guardias lo acompañaron hasta un amplio cuarto de baño de cemento con duchas en las paredes. Le dieron un cepillo y una pastilla verde de jabón.

—Ponte uno de los uniformes limpios del cajón —le indicó uno de los guardias.

«Esto es como un sueño», pensó Teo mientras se frotaba a conciencia bajo la ducha caliente. Tenía miedo de cómo lo recibirían en Aztlán, pero estos hombres lo trataban como a un invitado. No parecían nada sorprendidos de verlo.

Teo encontró un mono de color verde apagado que no le iba mal. La tela tenía la textura de un cepillo, pero le serviría para no llamar la atención. Con él, daría el pego como ser humano.

Cuando salió de la ducha, un hombre que llevaba un uniforme negro con un emblema en la manga que representaba una colmena lo invitó a sentarse a la mesa y le dio un plato de tortillas de maíz y frijoles.

—Gracias. Es usted muy amable —dijo Teo.

—¡Vaya! ¡Hay un aristócrata entre nosotros! —dijo uno de los guardias—. ¿Cuándo fue la última vez que alguien dio las gracias a un custodio, Raúl?

—Cuando Colón descubrió América, más o menos —bromeó Raúl, sentándose en una silla—. Bueno, chico, cuéntanos qué hacías en la frontera.

Entre bocado y bocado de frijoles, Teo reprodujo la historia que Tam Lin había pensado para él. La Patrulla de las Fronteras había capturado a sus padres. Tuvo miedo y corrió de vuelta hacia la frontera. Quería ir a San Luis.

—Es muy duro perder a tus padres así. ¿Eres de San Luis? —dijo Raúl.

—Tengo... amigos allí —dijo Teo, sin saber muy bien cómo referirse a María.

El hombre se encogió de hombros.

—¿A qué tipo de trabajo puedes dedicarte?

¿Trabajo? Teo estaba desconcertado. Sabía cómo gobernar un imperio del opio, pero no le pareció que eso fuera lo que el guardia quería oír.

—Sé tocar el piano —dijo al fin.

Raúl rió con ganas.

—Ahora sí que creo que es un aristócrata —dijo el otro guardia.

—No nos malinterpretes —dijo Raúl, al ver la expresión contrariada de Teo—. Apreciamos el arte y la música, pero en la nueva Aztlán no tenemos tiempo para entretenimientos. Todos tenemos que contribuir al bien común.

—Es duro, pero es justo —dijo el otro hombre.

—Conque si tienes alguna especialización, como compensar bobinas magnéticas o manejar un depurador positrónico, dínoslo.

«¿Depurador positrónico?», pensó Teo. «Ni siquiera sé lo que es eso.» Se exprimió el cerebro en busca de una respuesta.

—He estudiado la depuración del agua —dijo al fin.

Eso no era del todo cierto. Solo había visitado la depuradora de agua, pero de todos modos creyó que recordaría lo suficiente como para ser de utilidad.

—Esas plantas están automatizadas —dijo el guardia de fronteras.

—Espera. Creo que tengo una idea —dijo Raúl.

—Pues dale un buen pisotón antes de que se escape —dijo el guardia.

—No, en serio. El vivero de plancton de San Luis siempre necesita trabajadores. Eso es parecido a la depuración del agua. Y el chico quiere ir allí.

Los guardias pensaron que ese era un plan excelente y Teo, que no tenía ni idea de qué estaban hablando, dijo que el vivero de plancton le parecía bien. Al fin y al cabo, estaba en San Luis. Podría irse en cuanto tuviera ocasión y buscar el Convento de Santa Clara.

Teo pasó la noche en el puesto de fronteras y, a la mañana siguiente, Raúl lo llevó a un edificio grande y gris con ventanas altas que tenían barrotes de hierro.

—Has tenido suerte, chico —dijo—. Mañana sale un aerodeslizador para San Luis.

Raúl abrió con llave una puerta metálica que daba a una sala mal iluminada. En una mesa que había al lado de otra puerta de cristal reforzado había un par de guardias de fronteras que se entretenían con un juego que Teo nunca había visto.

Sobre la mesa flotaban unos hombres minúsculos rodeados de árboles y edificios. Hasta había una olla que hervía al fuego. Fueron precisamente la olla y el fuego lo que más fascinó a Teo. Eran tan realistas que hasta podía oír cómo el agua caía salpicando sobre el fuego. La mitad de los hombres vestían pieles de animales e iban armados con lanzas. Los demás se cubrían con hábitos de monje. Los guardias llevaban unos guantes plateados y movían las fichas agitando los dedos en el aire.

—Otro para San Luis —dijo Raúl.

Los hombres abandonaron el juego a regañadientes.

—¿Qué ha pasado con las imágenes? —preguntó Teo.

—¿Nunca habías visto un holojuego, chico?

—Claro que sí —mintió Teo para no crear sospechas.

—Ya veo —dijo uno de los guardias—. Nunca habías visto este juego porque es muy antiguo. El fingo gobierno no nos da más que eso.

—No emplees ese lenguaje delante del chico —dijo Raúl.

—Lo siento —dijo el guardia. Volvió al juego y los hombrecillos volvieron a aparecer—. ¿Ves? Estos son los caníbales y estos son los misioneros. El objetivo de los caníbales es el de meter a los misioneros en la olla.

—¿Y el de los misioneros? —preguntó Teo.

—Tienen que meter a los caníbales en la iglesia, pero antes tienen que bautizarlos.

Teo observó fascinado a un minúsculo misionero que sujetaba a un caníbal aullante y le rociaba la cabeza con agua. Así que en eso consistía el bautismo.

—Parece un juego divertido —dijo.

—Sí, si no lo has jugado mil veces.

El hombre apagó el juego y abrió con llave la puerta de cristal para que Raúl y Teo pudieran pasar.

—¿Por qué todas las puertas están cerradas con llave? —preguntó Teo.

—La producción metódica de recursos es fundamental para el bien común —dijo Raúl.

«Qué respuesta tan rara», pensó Teo. No obstante, su atención se concentró en una sala llena de chicos que trabajaban en varias mesas. Todos interrumpieron sus actividades para mirarlo.

Teo nunca había jugado con niños. No había ido a la escuela ni había practicado deportes de equipo. Tampoco había tenido amigos de su edad, excepto María. La reacción que había causado en la mayoría de la gente había sido de odio. Por eso, que lo dejaran de pronto entre un grupo de chicos equivalía a ser arrojado a un lago lleno de pirañas. Teo supuso que iban a hacerle daño y se quedó quieto en una postura de kárate que Tam Lin le había enseñado.

Los chicos se acercaron a él en tropel, hablando a la vez: «¿Cómo te llamas?». «¿Adónde te han mandado?» «¿Tienes dinero?»

Raúl, viendo tal vez la extraña postura de Teo, los hizo retroceder.

—Órale, muchachos. Se llama Teo, y necesita que lo dejen solo un rato. Sus padres se han ido al País de los Sueños.

Los chicos volvieron a sus mesas, pero siguieron dirigiendo miradas de curiosidad a Teo. Uno o dos de ellos le sonrieron y le hicieron gestos para atraerlo.

Teo se quedó plantado junto a la puerta mientras Raúl recorría la sala y hacía comentarios sobre las actividades de los chicos. Algunos encajaban piezas mecánicas, otros hacían sandalias anudando tiras de plástico. Otros se dedicaban a llenar cápsulas de polvos y luego las contaban y las metían en frascos.

Raúl se detuvo al lado de un chico corpulento que lijaba un trozo de madera curvado.

—No tenemos tiempo para entretenimientos, Chacho. La producción metódica de recursos es fundamental para el bien común.

—¡Al fingo el bien común! —masculló Chacho, sin dejar de pulir la madera.

Si esa palabrota (porque Teo no dudaba que era una palabrota, aunque no supiera qué quería decir) había molestado a

Raúl, no lo demostró. Quitó el trozo de madera de las manos de Chacho y dijo:

—El interés por el bien del país es la mayor virtud a la que puede aspirar un ciudadano.

—Sí, ya —dijo Chacho.

—El trabajo es libertad. La libertad es trabajo. Es duro pero es justo.

«Es duro, pero es justo», corearon el resto de los muchachos. «Es duro, pero es justo.» Daban golpes rítmicos en la mesa, de forma cada vez más ruidosa y escandalosa, hasta que Raúl les hizo parar levantando los brazos.

—Me alegro de que estéis de buen humor —dijo, sonriendo—. A lo mejor pensáis que soy un custodio viejo y pesado, pero un día entenderéis la importancia de estas enseñanzas.

Raúl llevó a Teo al centro de la sala y dijo:

—Este chico se va a San Luis. Quiero que seáis amables con él, pero dejadlo tranquilo si quiere estar solo. Acaba de sufrir una terrible pérdida.

Raúl salió de manera discreta y, antes de que Teo se diera cuenta, ya había vuelto a cerrar la puerta con llave. ¿Por qué los tenían encerrados? ¿Y qué era un custodio? Era la segunda vez que Teo oía esa palabra.

Teo miró desafiante a los chicos, que trabajaban más despacio al saber que no estaban vigilados. El Patrón siempre decía que era importante establecer tu autoridad antes de que nadie tuviera ocasión de ponerla en entredicho. Teo se acercó a las mesas como si él mandara allí.

—¿Te apuntas? —dijo un niño flacucho que estaba montando cápsulas.

Teo dio un repaso a la sala con la mirada y asintió secamente.

—Puedes ayudarnos, si quieres —propuso el niño.

—Yo te aconsejo que dejes el culo bien sentadito mientras te dejen —dijo Chacho desde el otro extremo de la sala.

El muchacho estaba doblando tiras de sandalias de plástico. Teo se acercó lentamente a la mesa donde hacían sandalias. El Patrón decía que nunca había que dar la impresión de inseguridad o necesidad. La gente siempre se aprovechaba de la gente insegura o necesitada.

—¿Y por qué? —preguntó Teo, mirando el revoltijo de tiras de plástico.

—Porque a partir de mañana los custodios van a hacer que te rompas la espalda trabajando —dijo Chacho.

El muchacho corpulento tenía un aspecto rudo, con las manos grandes y el pelo negro peinado hacia atrás, parecido a las plumas de un pato.

—Yo pensaba que iba a ir a San Luis —dijo Teo.

—Y vas a ir. Y yo, y Fidelito también —Chacho señaló al niño flaco, que no parecía mayor de ocho años—. Pero puedes estar seguro de que vamos a tener que trabajar antes de entrar en el aerodeslizador, mientras estemos en el aerodeslizador y después de salir del fingo aerodeslizador. Ya lo verás.

Así, Teo deambuló por la sala, observando las diversas tareas de los chicos. Se quedó al lado de Fidelito, que estaba ansioso por ganarse la confianza del recién llegado. Teo no tardó en saber por qué. Fidelito era el niño más necesitado del grupo, y por eso todos los demás lo trataban a empellones.

—¿Qué clase de pastillas son esas? —preguntó Teo.

—Vitamina B —dijo Fidelito—. En principio son buenas para la salud, pero si te comes diez o doce te sientan mal.

—¡Vaya idiota! —dijo Chacho—. ¿A quién se le ocurre comerse doce pastillas de vitaminas?

—Tenía hambre —se excusó Fidelito.

Teo se quedó sorprendido.

—¿Es que no os dan de comer? —dijo.

—Sí, claro, siempre que llegues a un mínimo. Yo soy más lento.

—Tú eres más pequeño —dijo Teo, que sentía lástima por el pobre niño.

—Eso les da igual —explicó Fidelito—. Todos tenemos que producir la misma cantidad. Mientras estemos aquí, somos iguales en todo.

—Es duro, pero es justo —recitó Chacho al otro lado, poniendo énfasis en la palabra «justo».

Los demás chicos se pusieron a corear el estribillo y a dar golpes en la mesa hasta que toda la sala pareció estremecerse. Uno de los guardias les ordenó callarse por un altavoz.

—¿Viste cómo cogían a tus padres? —preguntó Fidelito cuando cesó el barullo.

«¡Cállate!» «¡Todavía no se ha acostumbrado!», gritaron varias voces, pero Teo levantó el brazo para pedir silencio, como había visto hacer a Raúl, y comprobó con gran satisfacción que los demás le obedecían. Realmente, los métodos del Patrón para ganar poder tenían su lado positivo.

—Fue ayer por la mañana —dijo, improvisando a partir de sus recuerdos del grupo de ilegales que distrajeron a la Patrulla de las Plantaciones—. Vi una explosión de luz. Papá me dijo gritando que volviera a la frontera. Vi a mamá caer al suelo, y entonces un hombre me agarró por la mochila. Me solté las correas y me puse a correr.

—Yo ya sé qué era la explosión de luz —dijo un chico, con la cara triste—. Es una especie de pistola, y te mata al instante. Mi mamá...

Al niño se le quebró la voz y ya no dijo nada más. Fidelito puso la cabeza sobre la mesa.

—¿Hay... hay alguien más que haya perdido a sus padres? —tartamudeó Teo. Quería contar un relato emocionante sobre su escapada, pero en aquel momento le parecía más bien una crueldad.

—Todos nosotros —dijo Chacho—. Supongo que no te has dado cuenta. Esto es un orfanato. Ahora el estado es nuestra familia. Por eso hay guardias esperando en la frontera. Recogen a los niños de la gente que es tan cafre como para intentar cruzarla y entonces los entregan a los custodios.

—Mi abuelita no era una cafre —dijo Fidelito, con la cabeza acunada entre los brazos.

—Tu abuelita... Jolín, Fidelito —dijo Chacho—. Era demasiado vieja como para ir corriendo a Estados Unidos. Ya lo sabes. Pero estoy seguro de que te quería —añadió, al ver que el niño empezaba a sollozar.

—Ya ves cómo están las cosas —dijo Chacho a Teo—. Ahora formamos parte de la finga producción de recursos para el fingo bien común.

—Que no te oiga Raúl —dijo alguien.

—Soy capaz de tatuármelo en el culo para que Raúl lo lea bien —dijo Chacho, mientras se ponía a trabajar otra vez en la maraña de cintas de plástico de su mesa.

27

UN CABALLO DE CINCO PATAS

El resto del día, desde el punto de vista de Teo, fue muy bien. Pasaba de un grupo a otro, escuchando conversaciones y reuniendo información. No hacía muchas preguntas, no fuera que alguien empezara a preguntarse a qué se debía su ignorancia. Poco a poco fue sabiendo que los custodios se ocupaban de la gente que no podía cuidar de sí misma. Acogían a huérfanos, mendigos y dementes, y los convertían en buenos ciudadanos. A los huérfanos se los conocía como los «niños perdidos» y las «niñas perdidas», que vivían en edificios separados. Teo no podía entender por qué todos parecían odiar a los custodios, aunque nadie lo admitía abiertamente a excepción de Chacho. Raúl no parecía mala persona.

Teo se enteró también de que allí se denominaba País de los Sueños a Opio. Nadie sabía exactamente qué había más allá de la frontera. Corrían muchos rumores sobre esclavos zombis y un rey vampiro que vivía en un castillo. El chupacabras rondaba por las montañas y de vez en cuando se adentraba en Aztlán para beberse la sangre de las cabras.

Los chicos que no habían visto capturar a sus padres creían que habían conseguido llegar a Estados Unidos. Algunos aseguraron a Teo que allí solo estaban esperando a recibir noticias de ellos. Después, serían ricos y felices en el paraíso dorado que había más allá del País de los Sueños.

Teo no estaba tan seguro. La Patrulla de las Plantaciones era muy eficiente y, por otro lado, el Patrón le había dicho que había tanta gente que huía de Estados Unidos como gente que iba allí. Si alguna vez hubo un paraíso dorado al norte, ya no existía.

Teo ayudó a Fidelito a hacer cápsulas de vitaminas. Le parecía monstruoso que se privase a un niño de comida solo porque fuera más lento que los que eran mayores que él. Fidelito reaccionó con una admiración tal, que Teo empezó a arrepentirse de su buena acción. El niño le recordaba un poco a Bolita.

Los chicos tuvieron un descanso de media hora para el almuerzo. Antes, los guardias comprobaron el rendimiento matutino de todos los chicos. Después, trajeron un caldero hirviente lleno de frijoles y repartieron tortillas. Antes de poder empezar a comer, los chicos tenían que recitar los Cinco Principios de Correcta Urbanidad y las Cuatro Conductas para la Sensatez. La comida se distribuía en función de que cada chico hubiera cumplido o no con su cupo. Fidelito miró a Teo con un brillo de agradecimiento cuando llenaron su plato hasta el borde.

Tras el almuerzo se reanudó el trabajo. Teo ayudaba a Fidelito durante un rato y luego pasaba a la mesa de Chacho para variar. No tardó mucho en aprender la forma de doblar las tiras.

—Aprovecha mientras puedas —musitó Chacho.

—¿Que aproveche qué? —preguntó Teo, con una sandalia terminada en la mano.

—Las ventajas de ir cambiando de trabajo. Cuando ya estés más adaptado, los custodios solo te dejarán hacer una cosa. Dicen que así se rinde más.

Teo reflexionó sobre lo que acababa de oír mientras seguía doblando el plástico.

—¿Y no puedes pedir otra cosa? —preguntó al fin.

—Por pedir, que no quede. Pero no te van a hacer caso. Raúl dice que las abejas obreras sacan lo mejor de sí hagan lo que hagan. Es su forma de decir «hay que fastidiarse, colega».

Teo estuvo otro rato pensando.

—¿Qué era ese trozo de madera que estabas puliendo cuando llegué? —preguntó luego.

Por un momento, Teo pensó que el chico no iba a contestarle. Chacho dobló el trozo de plástico que tenía en las manos con tanta saña que se rompió y tuvo que empezar de nuevo con otro.

—Tardé semanas en encontrar ese trozo de madera —dijo finalmente—. Creo que era de una caja de verduras. Lo lijé y lo pulí. Quería buscar más trozos y pegarlos.

Entonces, Chacho volvió a quedarse callado.

—¿Y qué querías fabricar? —apremió Teo.

—¿Me prometes que no se lo vas a decir a nadie?

—Pues claro.

—Una guitarra.

Esa era la última respuesta que esperaba Teo. Las manos de Chacho parecían tan torpes que no se le veía capaz de tocar un instrumento musical.

—¿Sabes tocarla? —preguntó Teo.

—No tan bien como mi padre. Él me enseñó a hacer guitarras, también. Se me da bastante bien.

—¿Lo... capturaron en el País de los Sueños? —dijo Teo.

313

—¡Caramba! ¿Te crees que yo soy igual que esta panda de pringados? ¡Me encarcelaron por feo! ¡Yo no soy un huérfano! Mi papá vive en Estados Unidos. Tiene tanto dinero que no le cabe en los bolsillos y vendrá a buscarme en cuanto se haya comprado una casa.

Chacho parecía totalmente enfadado, pero Teo notaba en su voz que las lágrimas estaban a punto de aflorar a la superficie.

Teo siguió trabajando con la sandalia sin mirar a Chacho. Se dio cuenta de que los otros chicos también estaban absortos en su trabajo. Por fuerza tenían que saber que el padre de Chacho no iría a buscar a nadie. Pero solo Teo tenía una idea clara de lo que le había pasado en realidad. El padre de Chacho se pasaba el día agachándose y cortando, agachándose y cortando amapolas bajo el sol ardiente. Y, en las noches tranquilas y sin viento, dormía en el campo para no asfixiarse por el aire contaminado de los vertederos.

Por la noche se repitió el mismo ritual de la hora de almorzar. La comida era exactamente la misma. Después de cenar, los chicos fregaron los platos, ordenaron el taller y arrinconaron las mesas. Luego sacaron unas camas de un almacén y las montaron una encima de otra para formar literas de tres pisos.

—Pon la cama de Fidelito en el primer piso —dijo alguien a Teo.

—¿Cuál es? —preguntó Teo.

—Cuando huelas el colchón lo sabrás —dijo Chacho.

—No puedo evitarlo —se disculpó Fidelito.

Los guardias de fronteras escoltaron a los chicos hasta las duchas comunitarias. Teo nunca había visto a nadie desnudo,

excepto en las clases de dibujo y en la tele, y le dio mucha vergüenza. No levantó el pie derecho del suelo para que nadie viera el tatuaje que lo delataba como clon. Luego se alegró de ponerse al fin el tosco camisón de dormir que le dieron y retirarse
al taller convertido en dormitorio.

—¿Vamos a dormir ya? —preguntó.

—Ahora vendrán a contarnos un cuento —dijo Chacho.

Los chicos parecían más entusiasmados de la cuenta. Se
agruparon en torno a una litera y Chacho pegó la oreja a la
pared. Al poco rato, señaló la ventana e hizo un gesto a Fidelito.

El niño se subió a la litera como un mono y se levantó el camisón. En ese momento, él se convertía en el protagonista.

—Voy a enseñarle el mapamundi —anunció.

«¿A quién?», pensó Teo. «¿Y qué querrá decir con lo del mapamundi?» Fidelito colocó su pequeño trasero entre los barrotes de la ventana y lo movió con descaro. Al poco rato, Teo oyó
la voz de Raúl que decía:

—¡Un día de estos voy a traerme un tirachinas!

Fidelito bajó de la litera a toda prisa vitoreado por el resto
del grupo.

—Soy el único que cabe entre los barrotes —dijo, pavo-
neándose como un gallito.

Cuando Raúl entró en la sala, no hizo mención alguna de la
travesura. Cogió una silla y los chicos se acomodaron en las camas para escucharlo. La charla que les iba a dar se titulaba «Por
qué el individualismo es como un caballo de cinco patas». Raúl
explicó que las cosas solo salían bien cuando unos colaboraban
con otros. Tras acordar un objetivo, se ayudaban entre sí para
alcanzarlo.

—¿Qué pasaría si fueseis en un bote y la mitad de vosotros

315

remara en un sentido y la otra mitad en otro? —preguntó el custodio a todos los chicos.

Raúl esperó con expectación y, al cabo de un rato, un muchacho levantó la mano y dijo:

—Que nos moveríamos en círculos.

—¡Muy bien! —dijo Raúl, sonriendo—. Tenemos que remar todos juntos para llegar hasta la orilla.

—¿Y si no queremos llegar hasta la orilla? —dijo Chacho.

—Muy buena pregunta —dijo el custodio—. ¿Alguien sabría decirnos qué sucedería si nos quedáramos en el bote días y días? —y calló esperando una respuesta.

—Que nos moriríamos de hambre —dijo un chico.

—Ahí tienes la respuesta, Chacho —dijo Raúl—. Nos moriríamos todos de hambre. Esto me recuerda al problema del caballo de cinco patas. Un caballo corre muy bien sobre sus cuatro patas. Para eso las tiene. Ahora imaginaos que le saliese una quinta pata que solo se preocupase de sí misma. Las otras cuatro correrían y correrían, pero pongamos que la quinta pata (que es lo que entendemos por individualismo) prefiera andar más despacio para contemplar un hermoso prado o echarse una siesta. ¡El pobre animal se caería al suelo! Por eso tendríamos que llevar a ese caballo desdichado a un veterinario para que le cortara la quinta pata. Os puede parecer radical, pero en la nueva Aztlán tenemos que trabajar todos codo con codo si no queremos terminar cayendo al suelo. ¿Queréis hacer alguna pregunta?

Raúl esperó un buen rato. Finalmente, Teo levantó la mano y dijo:

—¿Qué pasa si colocas un chip en el cerebro del caballo? Entonces dará igual cuántas patas tenga.

Por la sala corrió un grito ahogado.

—¿Estás diciendo...? —el custodio hizo una pausa, como si

316

no pudiera creer lo que estaba oyendo—. ¿Insinúas que convirtamos al caballo... en zombi?

—No veo mucha diferencia entre eso y cortarle la pata de más —dijo Teo—. Lo que queréis es un caballo que trabaje duro y no pierda el tiempo mirando las flores.

—¡Toma ya! —dijo Chacho.

—Pero ¿es que no ves la diferencia? —Raúl estaba tan indignado que apenas podía hablar.

—Recitamos los Cinco Principios de Correcta Urbanidad y las Cuatro Conductas para la Sensatez cada vez que queremos comer —explicó Teo—. Nos dices todo el rato que la producción metódica de recursos es fundamental para el bien común. Nosotros podemos obedecer cuando nos dicen que sigamos las normas y no andemos despacio por los prados. Pero los caballos no son tan listos como las personas. Es lógico que se los tenga que programar con un chip.

Teo pensó que había dado un argumento muy bueno, y no entendía por qué el custodio estaba tan enfadado. El Patrón hubiese captado esa lógica al momento.

—Veo que tendremos que dejarte por imposible —dijo Raúl con voz cortante—. Resulta que nos ha salido un aristócrata engreído al que hay que educar sobre el bien común.

A Teo le sorprendió enormemente aquella reacción. El custodio quería que le hicieran preguntas. De hecho, casi las había exigido.

—¡Muy bien! —dijo Raúl, restregándose las manos en el uniforme como si hubiera tocado algo sucio—. Cuanto antes llegue este aristócrata engreído al vivero de plancton, mejor. No hay nada más que decir.

El custodio salió airado de la sala y, al instante, todos los chicos se arremolinaron en torno a Teo.

317

—¡Caray! ¡Menudo corte se la llevado! —exclamaban.

—Te has burlado de él mucho mejor que yo en la ventana —dijo Fidelito, dando saltos sobre una cama.

—¡Ni siquiera nos ha hecho recitar los Cinco Principios de Correcta Urbanidad y las Cuatro Conductas para la Sensatez! —celebraba un muchacho.

—Jo, macho, te tenía por un cagado —dijo Chacho—, pero tienes más valor que una manada de toros.

—¿Qué pasa? ¿Qué he hecho? —dijo Teo, apabullado.

—¡Nada, solo le has dicho que los custodios nos quieren convertir en una panda de fingos!

Más tarde, metido en la cama de arriba de una de las literas, Teo repasó los acontecimientos del día. No sabía si se había metido en un lío muy gordo ni qué tipo de represalias podía esperar. Raúl no le caía mal, aunque le parecía un poco idiota. Se dio cuenta de que era mejor andar con cuidado con la gente que se ofendía por simples palabras. ¿Qué daño podían hacer las palabras? Tam Lin nunca rehuía una buena discusión, cuanto más animada, mejor. Decía que era como hacer pesas con el cerebro.

Teo se tocó el pie derecho bajo la rasposa manta de lana. Ese era uno de sus puntos flacos, y temía no poder mantenerlo siempre oculto. Aunque Tam Lin le hubiera dicho que no había diferencia entre los seres humanos y los clones, todo lo que Teo había visto hasta entonces indicaba lo contrario. Los seres humanos odiaban a los clones. Ese era el orden natural de las cosas, y Raúl podría sacar partido de eso para acabar con él. Nadie debía ver jamás el tatuaje que lo vinculaba al País de los Sueños y al vampiro que vivía en un castillo. «¡Un vampiro!», pensó. Al Patrón le hubiera gustado esa expresión. Le encantaba infundir miedo en los demás.

Teo añadió unas cuantas conclusiones más a toda la información que estaba acumulando sobre aquel nuevo mundo al que había ido a parar. Un aristócrata era lo peor que se podía ser, era un parásito que esperaba que los honrados trabajadores fueran sus esclavos. Un fingo, el peor insulto que podía pronunciarse, no era otra cosa que un inofensivo zonzo, uno de tantos miles de zonzos que se limitaban, que él supiera, a arrancar maleza, limpiar suelos y cultivar amapolas. La palabra neutra para ellos era zombi. Los llamaran como los llamaran, Teo pensó que inspiraban lástima y no odio.

No podía pensar en Celia y Tam Lin, ante el peligro de que la tristeza se adueñara de él. No quería que lo pillaran sollozando como un niño pequeño. Así que prefería pensar en ir a San Luis. Buscaría el Convento de Santa Clara nada más llegar y preguntaría por María. Pensar en ella lo animaba muchísimo.

Teo disfrutaba pensando en lo bien considerado que estaba entre sus nuevos amigos. Era lo mejor que le había pasado jamás. Los chicos lo habían aceptado como si fuera un ser humano. Se sentía como si se hubiera pasado la vida caminando por el desierto y al final hubiera llegado al oasis más grande y maravilloso del mundo.

28

EL VIVERO DE PLANCTON

A la mañana siguiente, Raúl dio una charla aleccionadora sobre los aristócratas y sobre lo interesantes que podían ser en apariencia, pero lo ruines que eran en el fondo. No se hizo mención alguna sobre Teo. Algunos de los chicos más pequeños parecían intranquilos, pero Chacho y Fidelito proclamaron a Teo héroe nacional cuando el custodio se hubo ido.

En cuanto terminó el discurso, pusieron a Teo a trabajar. Lo obligaron a contar cápsulas con los más pequeños, y su cupo tenía que ser el doble del de los demás, «para que aprendiera el valor del trabajo». Teo no estaba preocupado. Cuando llegaran a San Luis, iría al convento en menos de lo que Fidelito tardaba en decir «es duro, pero es justo».

En el desayuno le dieron solo medio plato de frijoles y tres tortillas en lugar de seis. Chacho dijo a los chicos mayores que cedieran a Teo una cucharada de su parte para que pudiera comer un plato entero.

A media mañana, Raúl llamó a los tres que estaban destinados a San Luis y los escoltó hasta el aerodeslizador.

—Aquí hemos sido blandos con vosotros —les dijo—. Esto es un campamento de vacaciones comparado con lo que os vais a encontrar pero, si trabajáis duro y tenéis un buen historial, conseguiréis la plena ciudadanía cuando cumpláis los dieciocho.

—Vete al fingo —masculló Chacho.

—Ese no es un buen comienzo. No es un buen comienzo en absoluto —dijo Raúl.

Teo solo había estado una vez en un aerodeslizador. Fue aquella fatídica noche en la que Steven y Emilia lo traicionaron. Este vehículo no era ni la mitad de bonito que el otro. Estaba lleno de asientos duros de plástico que olían a sudor y a moho. Raúl los hizo sentar en el centro, lo más lejos posible de las ventanas y les dio una bolsa llena de tiras de plástico para que hicieran sandalias.

—Ya te dije que nos harían trabajar —dijo Chacho entre dientes.

El custodio les abrochó los cinturones y se fue sin decir palabra. El resto del aerodeslizador estaba repleto de fardos de sandalias de plástico apilados en montones tan altos que los chicos no podían ver las ventanas. Tampoco se podían mover del sitio, porque los cinturones estaban abrochados con un cierre de seguridad. «¿Qué le pasa a esta gente?», pensó Teo. Nunca bajaban la guardia a menos que lo tuvieran todo totalmente controlado.

El aerodeslizador se elevó y Fidelito confesó que siempre se mareaba cuando volaba.

—Como me vomites encima, te enteras —le espetó Chacho.

Teo solucionó el problema colocando la bolsa de tiras de plástico sobre las rodillas del niño.

—Eres un genio —dijo Chacho—. Empieza cuando quieras, Fidelito. Por mí, como si te da un patatús.

¿Qué estarían haciendo Steven y Emilia?, se preguntó Teo durante el vuelo. Steven se habría convertido en el heredero del trono de Opio. Seguro que lo estaría celebrando. Invitaría a todos sus compañeros de estudios, y se pondrían mesas en el jardín donde el Patrón celebraba sus cumpleaños. Emilia tendría a sus niñas zonzas sirviéndole, o tal vez las habría mandado al campo. No se les podía encargar ninguna tarea que fuera más complicada.

«Esas niñas debían haber tratado de huir con sus padres», pensó Teo, estremeciéndose de horror. No eran mayores que Fidelito, que en esos momentos había perdido la batalla contra el mareo y estaba sazonando las tiras de plástico con frijoles y tortillas de segunda mano.

—Deberían haberte dejado sin comer en el desayuno —dijo Chacho.

—No puedo evitarlo —dijo Fidelito con la mano en la boca.

El resto del viaje, que por suerte fue corto, lo pasaron envueltos en una agria neblina de vómito. Teo se inclinó a un lado y Chacho al otro en un vano intento de eludir el olor. Al menos, el deslizador no tardó en aterrizar. Cuando el piloto vio lo que había pasado, les desabrochó los cinturones de seguridad y los hizo salir del vehículo a empujones.

Teo se dejó caer de rodillas al suelo arenoso. Inspiró aire profundamente y al instante se arrepintió de ello. El olor que había fuera era peor aún. Era como si hubiera miles de peces pudriéndose y rezumando líquidos bajo el ardiente sol. Teo se abandonó a lo inevitable y vació el estómago allí mismo. No muy lejos, Chacho hacía lo mismo.

—Estaba en el purgatorio y ahora he entrado en el infierno —gimió.

—¡Me voy a morir! —sollozó Fidelito.

Teo se obligó a ponerse en pie y llevó al niño a rastras hacia un edificio que resplandecía bajo el sol. A su alrededor, vio unas colinas de un blanco cegador y embalses cubiertos de una capa de suciedad y manchas coloradas. Chacho los siguió tambaleándose.

Teo hizo pasar a Fidelito por la entrada del edificio y se desplomó contra una pared para recuperar fuerzas. Dentro, el aire era más fresco y algo más limpio. Aquella sala estaba llena de depósitos burbujeantes vigilados en silencio por muchachos que iban metiendo redes en el agua sin prestar atención a los recién llegados.

Al cabo de un rato, Teo se sintió con fuerzas suficientes como para levantarse. Le temblaban las piernas y tenía un nudo en el estómago.

—¿Quién manda aquí? —preguntó.

Un muchacho señaló la puerta. Teo llamó y luego entró. Dentro vio un grupo de hombres que llevaban el mismo uniforme negro que Raúl, con el emblema de la colmena en la manga.

—Ese es uno de los malos bichos que me pusieron perdido el aerodeslizador —dijo el piloto.

—¿Cómo te llamas? —dijo uno de los custodios.

—Teo Ortega —contestó Teo.

—Ah, el aristócrata.

«Vaya», pensó Teo. «Raúl ha hecho correr la voz.»

—Pues aquí no te van a servir de nada esos aires de niño bien —dijo el hombre—. Tenemos un sitio que llamamos la fosa, y cuando metemos ahí a un alborotador, sale más manso que un corderito.

—Y lo primero que va a hacer será limpiarme el aerodeslizador —dijo el piloto.

Así, Teo pronto se vio frotando el suelo y las paredes del vehículo con Chacho. Por último, y por repulsivo que fuera, tuvieron que lavar en un barreño de agua caliente con jabón todas las pringosas tiras de plástico, una por una. El aire ya no era tan irrespirable como antes.

—Apesta igual —aseguró el piloto desde su asiento protegido del sol con una pantalla de plástico—. Cuanto más tiempo paséis aquí, menos lo notaréis. Hay algo en este olor que paraliza el olfato.

—Tendríamos que hacer beber esto a Fidelito —dijo Chacho, vaciando despreocupadamente el contenido del barreño.

—No puede evitarlo —dijo Teo.

El pobre Fidelito se había quedado encogido en el suelo, presa de un ataque de angustia. Ninguno de los otros dos se sentía capaz de hacerle trabajar.

Una vez terminado, el custodio jefe, que se llamaba Carlos, les enseñó el vivero.

—Aquí están los depósitos de agua salada. Tenéis que quitar los bichos que flotan en el agua con esto —dijo, mostrándoles una red— y, cuando el plancton esté listo para ser recolectado, lo recogéis.

—¿Qué es el plancton? —se atrevió a decir Teo.

—¿El plancton? —exclamó Carlos, como si hubiera estado deseando que le preguntaran eso—. El plancton es lo que las ballenas filtran del mar para alimentarse. Son los animales y plantas microscópicos que flotan por la capa superior del agua. Es increíble que un animal tan enorme pueda vivir de algo tan minúsculo, pero esa es la asombrosa verdad. El plancton es la octava maravilla del mundo. Está repleto de vitaminas, proteínas y fibra. Tiene todo lo que necesita una ballena para estar satisfecha y también todo lo que necesita una persona. Con el plancton que hacemos aquí se fabrican hamburguesas, salchichas y burritos. Si se muele bien fino, puede sustituir a la leche materna.

Carlos siguió hablando sin parar. Por lo visto, su misión en la vida era lograr que a la gente le gustara el plancton y lo apreciara. Ni siquiera parecía ver el inhóspito desierto que los rodeaba, una vez hubieron salido fuera.

Teo vio la alambrada de seguridad a lo lejos y se sintió desfallecer. El aire era hediondo y la temperatura asfixiante, y había tanta humedad que el mono de trabajo se le pegaba al cuerpo por todas partes, como una segunda piel. Y este era el lugar donde querían que viviera hasta que cumpliera los dieciocho.

—¿Dónde está San Luis? —preguntó.

—Eso lo sabrás a su debido tiempo —respondió Carlos—. Cuando nosotros consideremos que necesites esa información, te la daremos. Y no vale la pena que pienses en saltar por la alambrada. La electricidad que corre por el cable superior tiene tanta potencia que saldrías disparado hacia atrás igual que una pepita de melón al ser escupida. Allí están las montañas de sal —dijo señalando las dunas blancas que Teo había visto antes—. Cuando el plancton ya se ha recolectado, el agua se evapora y la sal se procesa para su comercialización. Estas son las mayores montañas de sal del mundo. La gente viene de todas partes para admirarlas.

«¿De qué gente habla?», pensó Teo, echando una ojeada al paisaje desolador.

En ese momento se oyó una sirena.

—¡Llegó el momento de vuestro primer almuerzo! —dijo Carlos, y los guió hacia una de las dunas.

La montaña de sal era más sólida de lo que parecía. En la cima había una zona de descanso con mesas. En el borde se habían plantado flores de plástico y en el centro se había instalado una veleta coronada por una ballena con chorro y todo. Teo sintió en la piel el roce de una pizca de sal traída por la brisa suave.

—La zona de descanso fue idea mía —dijo Carlos, dejándose caer en uno de los bancos—. Creo que ha contribuido a elevar la moral.

Los chicos que subían penosamente por la cuesta con cacharros y platos no parecían precisamente contentos. Colocaron la carga en su sitio y se pusieron en formación entre las mesas como si fueran filas de soldados. Carlos indicó a Teo, Chacho y Fidelito que se pusieran a la cola de una de las filas. Todos recitaron los Cinco Principios de Correcta Urbanidad y las Cuatro Conductas para la Sensatez y, seguidamente, un chico de aspecto triste y con la cara picada por el acné empezó a repartir la comida.

—¿Qué es esto? —preguntó Chacho, olisqueando su plato.

—Una deliciosa y nutritiva ración de plancton —masculló el chico.

—Todo lo que necesita una ballena para estar satisfecha —dijo otro, en tono de chanza.

Los dos muchachos se pusieron tiesos cuando Carlos les dirigió una mirada de reprimenda.

—No permitiré que menospreciéis la comida —dijo el custodio—. La comida es algo maravilloso. Millones de personas han muerto por falta de comida, pero vosotros sois tan afortunados que tenéis tres al día. En el pasado, los aristócratas se cebaban de pavo asado y cochinillo, mientras que los siervos tenían que comer hierbas y las cortezas de los árboles. En la nueva Aztlán, todo se reparte de forma equitativa. Solo con que una persona no pueda comer pavo asado y cochinillo, to-

326

dos los demás debemos negarnos a comerlos. Si el plancton es algo que todos pueden comer, entonces es la mejor comida del mundo.

Nadie dijo nada después de ese discurso. Teo supuso que, de todos ellos, él era el único que se había cebado de pavo asado y cochinillo. Por mucho que lo intentase, no entendía cómo iba a saber mejor el plancton si todos comían solo eso. Tenía una textura pegajosa y crujiente a la vez, y le dejaba la boca sucia como si fuera pegamento seco.

Desde aquella elevación podía verse la alambrada de seguridad. Teo forzó la vista para traspasar la luz cegadora, pero no pudo distinguir qué había detrás. Le pareció ver un destello de agua a lo lejos, hacia el oeste.

—Ahí está el golfo de California —dijo Carlos, mirando en la misma dirección que Teo y poniéndose la mano sobre los ojos para protegerlos del sol.

—¿Hay ballenas allí? —preguntó Teo.

—Tendrían que traerse la bañera para poder estar en remojo —dijo un muchacho.

Carlos parecía triste.

—Antes sí que había ballenas. Todo este terreno estuvo cubierto de agua —dijo, señalando una cordillera al este—. El mar llegaba hasta allí. Con los años, el agua que traía el río Colorado llegó a contaminarse tanto que murieron todas las ballenas.

—¿Y qué pasó con el golfo? —preguntó Chacho.

—Ese fue uno de los grandes logros de ingeniería de Aztlán —dijo Carlos con orgullo—. Desviamos el río Colorado a un canal subterráneo que llega hasta el País de los Sueños. Una vez eliminada la fuente de contaminación, empezamos a criar plancton en el golfo. El agua del mar llega del sur, pero entre los viveros y la falta de agua procedente del río, del golfo no queda más que un estrecho canal.

Así que de ahí venía el agua de Opio, dedujo Teo. De un río capaz de matar a una ballena de lo contaminado que estaba. Se preguntó si lo habría sabido el Patrón. Probablemente sí, supuso. El agua de ese río era gratis, y el Patrón nunca renunciaba a una ganga.

Tras el almuerzo, mandaron a Teo, Chacho y Fidelito que cuidaran de los depósitos de agua salada con plancton. Una larga fila de depósitos se extendía en dirección oeste desde el vivero central, siguiendo el recorrido de un conducto de agua. Los depósitos estaban llenos a rebosar de una masa de organismos acuáticos que palpitaban y se retorcían. Se alimentaban de algas rojas hasta que adquirían el color de la sangre. De ahí salían las manchas coloradas en los embalses que Teo había apreciado al llegar.

El trabajo le pareció interesante. Le gustaban esos inquietos animales parecidos a gambas en miniatura y se le antojó que sus cuerpos minúsculos, agrupados en líneas sinuosas parecidas a plumas, no eran menos bonitos que las flores. Teo y sus compañeros se dedicaban a sacar insectos con las redes y a añadir agua cuando era necesario. Lo malo era que había kilómetros de depósitos y miles de bichos que se empeñaban en suicidarse en ellos. Al cabo de pocas horas, a Teo le dolían los brazos, tenía la espalda agarrotada y la sal le quemaba los ojos. Fidelito gimoteaba en silencio mientras avanzaban penosamente de un depósito a otro.

El desierto se abría ante ellos, sin un solo árbol que pudiera ofrecerles sombra. Al parecer, los depósitos se alineaban en dirección al lejano canal que Teo había visto durante el almuerzo y que en aquel momento había dejado de ser un simple destello de luz en el horizonte y mostraba claramente su color azul. El agua parecía fresca y profunda.

—¿Tú sabes nadar? —preguntó a Chacho.

—¿Y dónde te parece que iba a aprender una pijada como esa?

Chacho se ponía antipático cuando estaba cansado. Teo sabía que al decir «pijada» se refería a algo que solo haría un aristócrata asqueroso y consentido.

—Pues yo sé nadar —anunció Fidelito.

—¿Y dónde aprende a nadar un canijo pringado como tú? ¿En un depósito de plancton? —le espetó Chacho.

En lugar de enfadarse, Fidelito se tomó en serio la idea. Teo se había dado cuenta de que el niño carecía de mala fe hasta un grado sorprendente. Aunque mojara la cama y se pusiera a vomitar a la más mínima, su buena voluntad compensaba todo eso con creces.

—Pues sí que soy canijo, ¿verdad? Seguramente podría nadar en esos depósitos.

—Sí, para que las gambitas se te coman el pito.

Fidelito dirigió una mirada de sorpresa a Chacho.

—¡Hala! —dijo—. No había pensado en eso.

—¿Dónde aprendiste a nadar? —preguntó Teo, para cambiar de tema.

—Mi abuelita me enseñó en Yucatán. Vivíamos al lado del mar.

—¿Y estaba bien eso?

—¿Que si estaba bien? —exclamó Fidelito—. ¡Era el paraíso! Vivíamos en una casita blanca con techo de paja. Mi abuela vendía pescado en el mercado y, los días de fiesta, me llevaba a pasear en canoa. Por eso me enseñó a nadar, para que no me ahogase si caía al agua.

—Si todo era tan bonito, ¿por qué quiso cruzar la frontera? —dijo Chacho.

—Por culpa de una tormenta —dijo el niño—. Hubo un tem... un tem...

—¿Un temporal? —aventuró Teo.

—¡Eso! Y llegó el mar y se lo llevó todo. Tuvimos que irnos a vivir a un campo de refugiados.

—¡Ah! —dijo Chacho, como si en ese momento lo hubiera comprendido todo.

—Teníamos que vivir en una habitación grande con muchísima gente más y teníamos que hacerlo todo a la misma hora y de la misma manera. No había árboles y todo era tan feo que mi abuelita se puso enferma. No quería comer y la hacían comer a la fuerza.

—El deber de todo ciudadano es resistir para contribuir al bien común —dijo Chacho—. Me lo han gritado un millón de veces.

—¿Y por qué no dejaban volver a tu abuelita a la costa? —preguntó Teo.

—¡No lo entiendes! —dijo Chacho—. La tenían encerrada para ayudarla, según ellos. Si dejaran sueltos a todos los desgraciados, ya no quedaría nadie a quien ayudar, y entonces la finga vida de los custodios ya no tendría ningún sentido.

Teo se quedó estupefacto. Era la cosa más absurda que había oído pero, en cierto modo, tenía sentido. ¿Para qué encerrarían si no a los chicos? Si alguien dejara la puerta abierta, se escaparían.

—¿Es así toda Aztlán? —preguntó.

—Pues claro que no —dijo Chacho—. En general no está mal, pero si caes en manos de los custodios, ya la has pifiado. Ya lo ves, somos los pringados oficiales. Como no tenemos casa, ni trabajo, ni dinero, resulta que tienen que cuidar de nosotros.

—¿Tú creciste en un campo? —preguntó Fidelito a Teo.

Era una pregunta inocente, pero abría la puerta a una serie de cosas de las que Teo no quería hablar. Por suerte, lo salvó la llegada de Carlos en una vagoneta eléctrica. El runrún del vehículo era tan silencioso que los chicos no lo oyeron hasta que lo tuvieron casi encima.

—Hace quince minutos que os vigilo. Habéis estado holgazaneando.

—El calor estaba afectando a Fidelito —se apresuró a decir Chacho—. Pensábamos que iba a desmayarse.

—Come sal —dijo Carlos al niño—. La sal va bien para todo. Deberíais volver ya, o no llegaréis a casa antes de que oscurezca.

Dicho esto, el custodio se dispuso a irse.

—¡Espera! ¿No puedes llevarte a Fidelito? —dijo Chacho—. Está muy cansado.

Carlos se detuvo y dio marcha atrás.

—¡Vamos, hombre! ¿Es que nadie os ha dicho que el trabajo se reparte a partes iguales entre todos? Si una persona tiene que andar, todos andan.

—Tú no andas —observó Teo.

La sonrisa de Carlos se desvaneció al instante.

—Así que este aristócrata pretende darnos lecciones de igualdad —dijo—. Pues este aristócrata no es más que un mocoso engreído que se cree mejor que los demás. Yo soy un ciudadano de pleno derecho. Me he ganado unos privilegios a base de trabajo duro y obediencia. Esta noche te quedas sin cena.

—Vete al fingo —espetó Chacho.

—¡Los tres os quedáis sin cena! Vais a aprender a respetar el bien común aunque tardéis cincuenta años.

Y Carlos se alejó dejando tras de sí una nube de humo y sal.

—Lo siento, Fidelito —dijo Chacho—. No merecías que te metieran en el mismo saco que a nosotros.

—¡Me alegro de estar con vosotros! —exclamó el niño—. ¡Sois mis compadres! ¡Al fingo Carlos! ¡Al fingo los custodios!

Fidelito tenía un aspecto tan envalentonado, sacando pecho y exhalando aires de revuelta por todos los poros, que provocó a Teo y a Chacho un ataque de risa histérica.

29

MENTES SUCIAS POR LAVAR

—¿Por qué todos se empeñan en llamarme «el aristócrata»? —preguntó Teo, mientras volvían cansinamente siguiendo la fila de depósitos de plancton.

—Pues no sé. En parte es por tu forma de hablar. Y piensas más de la cuenta —dijo Chacho, enjugándose el sudor de la cara con la manga de su mono.

Teo pensó en la educación que había recibido. Había leído libros a montones. Había escuchado conversaciones entre el Patrón y las personas más influyentes del mundo.

—Eres como... no sé cómo decirlo —dijo Chacho—. Como mi abuelo. Por tus modales, quiero decir. No comes a dos carrillos ni escupes en el suelo. Nunca te oigo decir palabrotas. No es que esté mal, pero es distinto.

Teo se quedó paralizado. Siempre había imitado al Patrón, que por supuesto vivía cien años atrasado.

—A mí me cae bien. Es guay —dijo Fidelito.

—Sí, claro que es guay, es solo que... —Chacho miró a Teo—. Bueno, es como si estuvieses acostumbrado a cosas mejores.

Todos los demás nacimos entre la porquería, y sabemos que nunca saldremos de ella.

—Pero estamos juntos en esto —dijo Teo, señalando el desierto ardiente.

—¡Eso es! Bienvenido al infierno, manito —dijo Chacho, haciendo saltar costras de sal con los pies.

La cena de esa noche consistía en empanadas de plancton y algas hervidas. A Teo no le importaba quedarse en ayunas, pero le supo mal por Fidelito. El niño era tan delgaducho que no daba la impresión de poder sobrevivir si se saltaba una comida. Chacho solucionó el problema mirando fijamente a un chico de aspecto nervioso hasta conseguir que le diera la mitad de su parte. Chacho podía parecer un hombre lobo cuando se lo proponía.

—Come —dijo a Fidelito.

—Yo no quiero comida si vosotros no vais a comer —protestó el niño.

—Pues pruébala antes de que me la coma yo. Quiero saber si es veneno.

Y Fidelito se obligó a comer las empanadas.

Como en el primer campo, un custodio entró en el dormitorio para contarles un cuento aleccionador antes de dormir. Este se llamaba Jorge. Todos los nombres se mezclaban en la cabeza de Teo: Raúl, Carlos, Jorge. Todos llevaban uniformes negros con colmenas en las mangas, y todos le parecían idiotas.

El cuento de Jorge se titulaba «Por qué las mentes se ensucian como las casas viejas».

—Si trabajamos todo el día a pleno sol —dijo Jorge—, ¿qué le pasa a nuestro cuerpo?

El custodio esperó con expectación, como lo había hecho Raúl.

—Que se ensucia —respondió un chico.

—¡Exacto! —dijo Jorge, con una gran sonrisa—. Se nos ensucia la cara, las manos y todo el cuerpo. ¿Y qué hacemos entonces?

—Nos lavamos —dijo el chico. Al parecer, estaba acostumbrado a aquellos sermones.

—¡Sí! Nos quitamos la mugre de encima y después volvemos a sentirnos bien. ¡Es bueno estar limpio!

—¡Es bueno estar limpio! —repitieron todos los chicos excepto Teo, Chacho y Fidelito, a los que la pregunta les cogió desprevenidos.

—Vamos a repetirlo otra vez para que nuestros nuevos hermanos aprendan con nosotros —dijo Jorge—. ¡Es bueno estar limpio!

—¡Es bueno estar limpio! —dijeron todos, incluidos Teo, Chacho y Fidelito.

—Nuestra capacidad mental y física también se ensucia y por eso necesita una limpieza de vez en cuando —prosiguió el custodio—. Por ejemplo, una puerta que se abre y se cierra continuamente no se atasca porque las bisagras nunca se oxidan. Con el trabajo pasa lo mismo. Si no holgazaneáis —y al decir esto Jorge miró directamente a Teo, Chacho y Fidelito—, creáis buenos hábitos. Vuestra capacidad física nunca se oxida.

«¿Qué está diciendo?», pensó Teo. La puerta de la cocina de Celia siempre estaba en uso, pero los días más húmedos se hinchaba y entonces había que abrirla a la fuerza empujando con el codo. Tam Lin acabó tan harto que atravesó la madera de un puñetazo. Entonces tuvieron que poner otra, y desde entonces ya no hubo problemas para entrar y salir. Teo pensó en todo esto pero no dijo nada. No quería tener que saltarse otra comida.

—Por eso, si trabajamos con constancia y no holgazaneamos —dijo Jorge—, nuestra capacidad física no tiene tiempo de atascarse. Pero en nuestras mentes también pueden acumularse la suciedad y las impurezas. ¿Alguien sabe decirme cómo mantener limpias nuestras mentes?

Chacho se rió por lo bajo y Teo le dio un codazo. Ese era el momento menos indicado para hacer chistes.

Varios chicos levantaron la mano, pero el custodio no les hizo caso.

—Seguro que uno de nuestros nuevos hermanos sabrá responder a esta pregunta. ¿Quieres hacerlo tú, Teo?

Todas las miradas se dirigieron instantáneamente a Teo, que se sintió como si lo enfocaran a la vez todas las luces de seguridad del Patrón.

—¿Yo? —dijo, vacilante—. Si... si acabo de llegar.

—Pero tú siempre tienes muchas ideas —dijo Jorge con tono falsamente dulce—. No creo que tengas reparos en compartirlas con los demás.

Los pensamientos de Teo pasaron zumbando por todos los argumentos que el custodio había expuesto.

—Mantener limpias nuestras mentes... ¿no es como evitar que se oxiden las bisagras? Si siempre haces trabajar la mente, ya no tienes tiempo de acumular impurezas.

Teo creyó que era una respuesta muy acertada, teniendo en cuenta que había tenido que sacársela de la manga. Pero esa resultó ser la respuesta incorrecta. Vio que los demás chicos se ponían nerviosos y que a Jorge le temblaba la boca, a punto de esbozar una sonrisa. Le había tendido una trampa.

—Las opiniones corruptas que se oponen al bien común deben eliminarse con la autocrítica —sentenció Jorge, triunfante—. ¿Alguien se ofrece a enseñar a Teo cómo se hace eso?

—¡Yo! ¡Yo! —gritaron varios chicos, agitando la mano en el

aire. El custodio eligió a un muchacho algo mayor, cuyo acné bordeaba niveles inimaginables y le llegaba hasta el cuello y las orejas. Todos los chicos tenían problemas de cutis, pero este se llevaba el premio. Hasta tenía granos atrincherados entre el pelo de la cabeza.

—Venga, Ton-Ton. Tú primero —dijo Jorge.

Cualquiera hubiera dicho que Ton-Ton se había estampado la cara contra una pared. Los orificios nasales eran perfectamente visibles y a Teo no le hubiera extrañado que se pudiera ver el cerebro a través de ellos si uno se fijaba bien.

—Yo... mmm... estuve a punto de robar comida esta mañana —dijo Ton-Ton, ansioso—. La cocinera dejó de vigilarla un momento y yo... mmm... quise coger una tortilla, pero... mmm... no lo hice.

—¿Así, albergaste pensamientos opuestos al bien común? —dijo Jorge.

—Pues.... mmm... sí.

—¿Y qué castigo merece quien alberga pensamientos opuestos?

¿En qué idioma estaban hablando?, se preguntó Teo. Comprendía todas las palabras, pero se le escapaba el significado global.

—Pues.... mmm... tengo que recitar los Cinco Principios de Correcta Urbanidad y las Cuatro Conductas para la Sensatez dos veces antes de... mmm... la próxima comida —dijo Ton-Ton.

—¡Muy bien! —celebró Jorge.

A continuación, el custodio eligió varias manos más y cada uno de los chicos confesó cosas absurdas, como no doblar bien una sábana o derrochar jabón. Todos los castigos consistían de un modo u otro en entonar los Cinco Principios de Correcta Urbanidad y las Cuatro Conductas para la Sensatez, excepto en el caso de un chico que confesó haber dormido una siesta de tres horas.

—Eso es grave —dijo Jorge, frunciendo el ceño—. Te quedas sin desayuno.

El chico se quedó abatido y ya no hubo más manos alzadas. El custodio se dirigió entonces a Teo.

—Ahora que ya hemos mostrado a nuestro nuevo hermano en qué consiste la autocrítica, tal vez esté dispuesto a revelarnos sus propias faltas.

El custodio se quedó esperando una respuesta, mientras Ton-Ton y los demás escuchaban con expectación.

—¿Y bien? —dijo Jorge al cabo de un rato.

—Yo no he hecho nada malo —dijo Teo.

Un murmullo horrorizado recorrió la habitación.

—¿Nada malo? —dijo Jorge, elevando la voz—. ¿Cómo que nada malo? ¿Y lo de querer implantar chips en la cabeza a caballos inocentes? ¿Y lo de ensuciar la bolsa de tiras de plástico con las que se hacen sandalias? ¿Y lo de incitar a tus hermanos a holgazanear en lugar de limpiar los depósitos de plancton?

—Yo ensucié las tiras de plástico —dijo Fidelito, con un hilillo de voz.

El niño parecía asustado a más no poder y Teo se apresuró a decir:

—No fue su culpa. Yo le di la bolsa.

—Ya empezamos a entendernos —dijo Jorge.

—¡Pero fui yo el que vomitó dentro! —insistió Fidelito.

—Tú no tienes la culpa, hermano —dijo el custodio—. Este aristócrata te llevó por el mal camino. ¡Silencio! —ordenó, demostrando irritación al ver que Fidelito parecía dispuesto a volver a cargar con la culpa—. Todos vosotros debéis ayudar a este aristócrata a que comprenda sus errores. Si lo hacemos es porque lo amamos y queremos darle la bienvenida a esta colmena.

Seguidamente, todos los chicos cargaron contra Teo. Cada uno de ellos, excepto Chacho y Fidelito, le lanzó una acusación. Hablaba como un aristócrata. Se entretenía doblando las sábanas como un niño bien. Se limpiaba las uñas. Decía palabras que nadie entendía. A Teo le cayó encima todo lo que Chacho había mencionado y mucho más. Era como si le arrojaran bolas de barro pegajoso. No era la injusticia de las acusaciones lo que más le dolía, sino el veneno que contenían. Teo creía que había sido aceptado. Creía que por fin había llegado a un oasis (desagradable e incómodo, pero un oasis a fin de cuentas) donde podía sentirse bienvenido.

Pero todo era una farsa. Lo habían reconocido. Puede que no se dieran cuenta de lo horrorosamente distinto que era, pero sabían que no era como ellos. Seguirían lanzándole barro hasta que quedara hundido bajo el peso.

Teo oyó a los chicos mientras se retiraban y oyó a Chacho decir palabrotas cuando lo obligaron a subir a una litera. Se había quedado solo, encogido en el suelo, como la criatura inhumana que era. Y, sin embargo...

En su interior, en un lugar que Teo ni siquiera sabía que existiera, se fue elevando un coro de voces:

«Ahí está la clave de este condenado asunto», le susurró Tam Lin al oído. «Nadie puede notar la diferencia entre un clon y un ser humano, precisamente porque no hay ninguna diferencia. Eso de que los clones son inferiores es una vil mentira.»

Luego sintió los brazos de Celia envolviéndolo y el olor de las hojas de cilantro que ella cortaba cuando cocinaba. «Te quiero, hijo mío», dijo ella mientras lo abrazaba. «Nunca lo olvides.»

A continuación, el Patrón puso su mano nudosa sobre la cabeza de Teo y dijo: «¡Cómo corría detrás de las monedas! ¡Cómo me revolcaba en el fango como un cerdo! Pero el caso es que me hacía falta el dinero. Era tan pobre que no tenía dónde caerme muerto. Tú no eres distinto de mí a tu edad».

Teo sintió un estremecimiento. El Patrón no lo había querido, pero las emociones que le había transmitido eran igual de intensas: la voluntad de vivir, de dejar crecer sus ramas hasta hacer sombra al resto del bosque. Teo apartó sus pensamientos del Patrón y vio, en su imaginación, a María.

«¡Cómo te he echado de menos!», dijo María, y le dio un beso.

«Te quiero», dijo Teo.

«Yo también te quiero», contestó María. «Aunque sea pecado y tenga que ir al infierno por culpa de eso.»

«Si tengo alma, yo iré allí contigo», prometió Teo.

Se levantó del suelo y vio que la habitación se había quedado a oscuras. Chacho y Fidelito lo observaban desde lo alto de las literas, cerca del techo. A la mañana siguiente, alguien se iba a arrepentir de veras de haber dejado que Fidelito estuviera en la cama más alta de la litera. Chacho hizo un gesto muy ofensivo con la mano en dirección a la puerta. Fidelito se levantó el camisón y le enseñó el trasero a un Jorge imaginario.

Teo tuvo que tragar saliva con fuerza para contener las lágrimas que amenazaban con caerle por la cara. Después de todo, no estaba solo. Con amigos como aquellos vencería cualquier adversidad, igual que el Patrón había vencido a la pobreza y a la muerte mucho tiempo atrás.

30

CUANDO LAS BALLENAS PERDIERON LAS PATAS

De algo no cabía la menor duda: en aquel lugar el olfato se paralizaba, porque Teo dejó de notar el fétido olor. Hasta la comida sabía mejor. No es que fuera buena, pero tampoco era totalmente repulsiva. Día tras día, Chacho, Fidelito y él recorrían la larga fila de depósitos de plancton para limpiarlos de bichos. Cada noche volvían penosamente al principio, donde les esperaba un plato de hamburguesas de plancton o de pasta con plancton o de burritos con plancton. Al parecer, a Carlos nunca se le terminaban las aplicaciones del plancton.

Cuando terminó la temporada de cría, Ton-Ton apareció con una enorme cosechadora de movimientos pesados. Avanzaba dando sonoros quejidos como un dinosaurio artrítico y vertía el contenido de los depósitos en su panza grande y oscura. Después, Teo ayudaba a rellenarlos de nuevo con agua de un conducto procedente del golfo de California.

En el extremo oeste del vivero de plancton, la ronda de los chicos llegaba hasta una parte de la alambrada desde la que se veía el canal que había sido tan ancho como el mar. Era de un azul intenso, con grandes bandadas de gaviotas. Chacho intentó ver mejor el panorama desde el borde de uno de los depósitos.

La parte baja de la alambrada se podía tocar sin peligro, si bien la parte superior zumbaba y chisporroteaba por la corriente eléctrica. Fidelito se agarró a la malla metálica con los brazos bien abiertos, como si pudiera abarcar con ellos la hermosa inmensidad azul con solo abrirlos un poco más. Teo buscó puntos débiles en la malla. Nunca dejaba de tener presente la idea de escapar.

—¿Qué es eso? —preguntó Chacho, señalando al norte.

Teo hizo sombra con las manos sobre los ojos y vio algo blanco que se asomaba desde dentro de un pliegue del terreno.

—No parecen árboles —dijo Chacho—. ¿Vamos a echar un vistazo?

El sol empezaba a descender por el oeste, pero el atractivo de la novedad era demasiado poderoso como para resistirse.

—Vamos a tardar bastante. Será mejor que tú esperes aquí —dijo Teo a Fidelito. Sabía que al niño le faltaban fuerzas para otra caminata.

—No podéis dejarme aquí. Somos compadres —protestó Fidelito.

—Te necesitamos para que nos vigiles las cosas —dijo Chacho—. Si alguien intenta robarlas, dale una patada donde yo te enseñé.

Fidelito sonrió y saludó como un soldado en miniatura.

Teo y Chacho anduvieron por un paisaje más desolado aún que el terreno que rodeaba las salinas, donde, cuando llovía, asomaban algunas hierbas raquíticas. Allí, en cambio, no había nada a excepción de las blancas parcelas cubiertas de sal, salpicadas aquí y allá por conchas que testimoniaban la antigua presencia del mar que en un tiempo pasado recorría el horizonte a un lado y a otro.

—Puede que solo sean restos de sal —dijo Chacho.

A medida que se iban acercando, Teo distinguió extrañas formas que despuntaban frente a ellos. Algunas parecían palas, y otras eran estrechas y curvadas. Era lo más estrambótico que hubieran visto jamás. Finalmente, llegaron a una suave elevación que daba a un precipicio profundo. El foso estaba repleto, de un extremo al otro, de huesos.

Chacho y Teo se quedaron quietos en el borde del precipicio sin decir nada. Al fin, Chacho murmuró:

—Alguien perdió mogollón y medio de vacas ahí abajo.

—Eso no eran vacas —dijo Teo.

Los cráneos eran inmensos, con unas mandíbulas cuya forma recordaba a enormes picos de aves. Una sola costilla ya era más grande que una vaca. Entre las calaveras y las costillas, había huesos parecidos a palas, tan grandes que se podrían hacer mesas y hasta camas con ellos. Había tantos esqueletos mezclados que Teo no se atrevía a contarlos. Le pareció que había cientos. Miles.

—¿Eso de ahí no es una calavera humana?

Teo miró hacia abajo entrecerrando los ojos y, entre las sombras que había antes de llegar al fondo vio lo que Chacho le estaba señalando.

—¿Te das cuenta? —dijo el corpulento muchacho—. Si alguien cayera allí, no podría volver a salir.

Teo se dio cuenta. Había estado a punto de explorar el abismo, pasando de un hueso a otro como si bajara de un gran árbol. Entonces vio que todo lo que había en el foso se mantenía en un precario equilibrio. Solo con poner el pie en un mal lugar, toda la estructura se hubiera venido abajo. Apretó los dientes por el vértigo que sentía por lo que podía haber pasado.

—Será mejor que volvamos —dijo Chacho—. No vaya a ser que Fidelito venga a meter las narices por aquí.

El niño había pasado el rato chapoteando en un depósito con los pies. Se había puesto una red en la cabeza para protegerse del sol.

—¿Qué era? —dijo cuando vio acercarse a Teo y a Chacho.

Teo describió los huesos y, para su sorpresa, el niño los reconoció.

—Son ballenas —dijo el niño—. Cuando vivía en Yucatán, vi ocho ballenas que se metieron en la playa. Habían nadado hasta la orilla y luego ya no pudieron volver. Mi abuelita dijo que eso pasó porque hace tiempo andaban sobre la tierra y se habían olvidado de que ya no tenían patas. ¡Fuchi! ¡Olían peor que los zapatos de Jorge! La gente de allí tuvo que enterrarlas en la arena.

Durante todo el camino de vuelta, Fidelito no dejó de gorjear y parlotear acerca de ballenas podridas. Cuando se ponía a hablar de su abuela ya no había quien lo hiciera callar.

«¿Qué pudo haber arrastrado a todas esas ballenas hacia su muerte?», se preguntó Teo mientras recorrían lentamente la fila de depósitos de plancton. Puede que el abismo estuviera cubierto de agua cuando se secó el golfo de California. O tal vez las ballenas decidieron esperar allí hasta que llegaran las lluvias y el golfo se volviera a llenar. Por desgracia, no volvió a llenarse y las ballenas habían perdido las patas, así que ya no pudieron regresar andando.

344

Todas las noches, Jorge contaba un cuento aleccionador y después invitaba a los chicos a confesar sus pecados. Y, todas las noches, Ton-Ton y los demás chicos lanzaban acusaciones a Teo. Aunque el objetivo era humillarlo, lo más curioso es que los ataques le dolían menos cuanto más duraban. A Teo le parecía que era como oír el ruido de un corral lleno de pavos. A veces, el Patrón encargaba varias docenas cuando iba a dar una de sus fiestas, y a Teo le gustaba asomarse a la valla para contemplar las ridículas aves. Tam Lin decía que los pavos eran los pájaros más estúpidos del mundo. Eran capaces de ahogarse con la lluvia mirando hacia arriba.

Lo cierto era que los pavos se dejaban llevar por un ataque de pánico y sacudían la cabeza con los ojos desorbitados al ver pasar un halcón. *¡Glugluglú! ¡Glugluglú!*, gritaban, por mucho que pesaran cinco veces más que un halcón y pudieran aplastarlo contra el suelo de un pisotón. Y eso era lo que Teo oía cuando los chicos recitaban de corrido sus faltas: *¡Glugluglú! ¡Glugluglú!*

Cuando Teo se negaba a confesar, Jorge entornaba los ojos y apretaba la boca hasta que solo se veía una fina línea, pero no decía nada. Chacho y Fidelito no tardaron en aprender que la forma más sencilla de ahorrarse problemas era dar al custodio lo que quería. Confesaban todo tipo de pecados, a cual más creativo, y Jorge estaba tan encantado que apenas los castigaba.

Tras volver del foso de las ballenas, Teo estaba especialmente cansado. Aquella noche, murmuró sin pizca de entusiasmo los Cinco Principios de Correcta Urbanidad y las Cuatro Conductas para la Sensatez y apenas oyó el cuento de Jorge. Trataba de que se necesitan los diez dedos para tocar el piano. Todos los dedos debían colaborar con los demás sin tratar de destacar de forma individualista.

Fidelito reconoció haber sentido asco al beber batidos de plancton y Chacho confesó que decía palabrotas cuando sonaba la alarma del despertador. El custodio sonrió y miró a Teo, que permaneció en silencio. Sabía que lo que hacía era una estupidez. Bastaba con confesar algún pecado sin importancia, pero se sentía incapaz de humillarse ante Jorge.

—Por lo visto, nuestro aristócrata sigue algo desorientado —dijo el custodio.

Pasó la mirada sobre el grupo y en la sala se creó de inmediato una atmósfera completamente distinta. Todos los chicos miraban al suelo y ya nadie levantaba la mano. El estupor de Teo no duró tanto como para que le impidiera darse cuenta.

—¡Tú! —dijo Jorge, tan repentinamente que varios de los chicos se sobresaltaron. Señaló a Ton-Ton.

—¿Yo? —dijo el chico con un hilillo de voz, como si no pudiera creerlo.

—Tú robaste un holojuego del recinto de los custodios. Lo encontramos en la cocina, bajo un montón de trapos.

—Pues... mmm... yo...

—¡Limpiar el recinto de los custodios es un privilegio! —aulló Jorge—. Solo se gana con obediencia y buena conducta, pero tú has traicionado la confianza que se ha depositado en ti. ¿Qué hay que hacer con un chico que se esconde por los rincones y roba cosas que no tienen los demás?

«Los custodios tienen cosas que no tienen los demás», pensó Teo, pero prefirió no decirlo.

—Tiene que trabajar todavía más duro —aventuró un chico.

—¡No! —gritó Jorge.

—A lo mejor... tiene que disculparse —titubeó otro.

—¿Es que no habéis aprendido nada? —atronó el custodio—. Las abejas obreras deben pensar en el bien de toda la colmena. Si recolectan néctar para ellas solas y vuelven con las manos vacías, todo el enjambre se morirá de hambre cuando llegue el frío invierno. No son las obreras las que se comportan así, sino los zánganos. Roban lo que no les corresponde. Pero, cuando llega el invierno, ¿qué les pasa a los zánganos?

—Las abejas buenas los matan —dijo un niño tan pequeño como Fidelito.

«¿Qué está pasando aquí?», pensó Teo.

—¡Así es! Las abejas buenas matan a los zánganos malos con sus aguijones. Pero nosotros no vamos a ser tan estrictos —dijo Jorge.

Teo soltó el aire que estaba conteniendo. En Opio, el asesinato era algo corriente. A saber cuáles eran las normas en aquel nuevo lugar.

Mientras tanto, Ton-Ton era incapaz de sentir nada aparte de un pavor absoluto. Lágrimas y mocos recorrían la poco agraciada cara del chico. Teo se sorprendió sintiendo lástima por él. Al fin y al cabo, Ton-Ton era un pelota asqueroso que se merecía lo que fuera que le iba a pasar.

—De cara a la pared —dijo Jorge.

Ton-Ton se acercó a la pared a trompicones y apoyó las manos en ella, con los brazos rectos y las piernas separadas.

—Recuerda que, si te mueves, va a ser peor.

Ton-Ton asintió.

El custodio abrió un pequeño trastero para seleccionar una de las muchas varas que había. Teo vio que las había de todos los tamaños. Jorge se tomó su tiempo para decidirse por una. Ton-Ton gimoteaba calladamente.

Finalmente, el custodio sacó una vara del grosor de un pulgar y sacudió una cama con ella para probarla, rodeado de un silencio absoluto solo roto por los sollozos de Ton-Ton.

Jorge se paseó hacia adelante y hacia atrás, como si estuviera decidiendo qué parte de Ton-Ton golpear. Los brazos y las piernas del muchacho temblaban de forma tan violenta que parecía que fuera a desplomarse antes de que Jorge le pusiera la mano encima. Teo apenas podía creer lo que estaba sucediendo. No solo era una crueldad, sino que carecía de sentido. Ton-Ton siempre se había mostrado ansioso por obedecer. Bajaba la cabeza ante los custodios cada vez que se lo pedían. Aunque tal vez ahí estaba la respuesta. El Patrón decía que las personas fáciles de dominar podían servir para asustar a enemigos a los que uno todavía no estuviese preparado para enfrentarse.

«Soy yo», pensó Teo. «Yo soy el enemigo al que Jorge quiere asustar.»

De pronto, el custodio interrumpió sus idas y venidas y se abalanzó hacia Ton-Ton desde el otro lado de la habitación. En el último segundo, el muchacho cedió al pánico y echó a correr. Jorge lo atrapó en seguida y se puso a azotar lo que tuviera más cerca sin dejar de ondear el brazo de un lado a otro. Golpeó y golpeó hasta manchar la vara de sangre. Fidelito se acercó asustado a Teo y escondió la cara en su pecho.

Al fin, el custodio se apartó, jadeando, y se dirigió a los muchachos que se apiñaban cerca de la puerta.

—Llevadlo a la enfermería —ordenó.

Los chicos se apresuraron a obedecer y arrastraron fuera de la habitación a Ton-Ton, que se había quedado hecho un trapo.

Jorge apoyó la vara contra una cama y se secó la cara con una toalla. Nadie se movió ni habló. Todos parecían demasiado aterrorizados como para respirar siquiera. Al cabo de un rato, Jorge los miró con la expresión bondadosa de un maestro bienamado. La furia había desaparecido completamente de su cara, igual que se borraba de la cara de Tom. El cambio era más espantoso incluso que la rabia.

—Espero que nuestro pequeño aristócrata haya tomado buena nota —dijo con delicadeza—. ¿Y bien, Teo? ¿No vas a revelarnos tus propias faltas?

—No —dijo Teo, apartando de sí a Fidelito para protegerlo.

Todos los demás ahogaron un grito.

—¿Cómo dices?

—No he hecho nada malo.

Teo había tomado buena nota, efectivamente, y había llegado a la conclusión de que ni siquiera la obediencia ciega te protegía de los castigos.

—Ya veo —dijo el custodio con un suspiro—. No hay nada más que podamos hacer. De cara a la pared.

—Da igual en un sitio que en otro —dijo Teo—. A Ton-Ton lo has azotado cuando estaba en el suelo.

—Hazle caso. Si no, va a ser peor —se atrevió a susurrar alguien.

Jorge se dio media vuelta rápidamente pero no vio al que había hablado.

Teo se quedó de pie con los brazos cruzados. Nadie vio que estaba temblando de miedo, pero todos vieron cómo dirigió al custodio la mirada más fría y autoritaria que hubiera utilizado el Patrón para aterrorizar a un subordinado.

—Algunos jóvenes —dijo Jorge, con una voz suave y melosa que hizo sentir un escalofrío a Teo por toda la espalda—, algunos jóvenes solo aprenden a las malas. Hay que doblegarlos y enderezarlos y doblegarlos otra vez hasta que aprenden a hacer lo que se les manda. Por sencilla que sea la tarea, como barrer el suelo, lo harán con ganas para evitar que los vuelvan a doblegar. Y así será siempre hasta que mueran.

—En otras palabras, quieres convertirnos en zombis —dijo Teo.

—¡No! —clamaron varias voces.

—¡Cómo te atreves a acusarme de eso! —dijo Jorge, mientras iba a por la vara.

—¡Yo confesaré en su lugar! ¡Yo lo haré! —chilló Fidelito, corriendo al centro de la habitación—. Se le cayó el jabón en la ducha y no lo recogió. Tiró un potaje porque había un bicho dentro.

—¿Qué haces, idiota? —aulló Chacho.

—¡Hizo todo eso, lo juro! —gritó el niño.

Jorge pasó la mirada de Fidelito a Teo con un brillo de interés en los ojos.

—¡Vuelve a sentarte! —dijo Teo en voz baja.

—¡Basta! —gritó el custodio—. Veo que nos enfrentamos a un grave caso de contaminación social. El aristócrata ha convertido al muchacho en un lacayo suyo. Siendo así, será el lacayo quien reciba el castigo.

—¡Una paliza acabaría con él! —dijo Teo.

—Nadie es demasiado pequeño para aprender la importancia de la educación —dijo Jorge—. Hasta los príncipes soportaban azotes hasta que aprendían a no llorar en público, ya desde los seis meses de edad.

«Me tiene acorralado», pensó Teo. Por mucho que quisiera resistir la autoridad de Jorge, no podía hacerlo a costa de su amigo.

—Está bien, voy a confesar —dijo Teo—. Se me cayó el jabón en la ducha y no lo volví a recoger. Tiré un potaje porque había un bicho dentro.

—¿Y qué más? —dijo el custodio, en un tono zalamero.

—Me puse a mear en uno de los depósitos, pero no me preguntes cuál porque no me acuerdo. Y dejé correr el agua en el lavadero de la cocina.

—De cara a la pared.

Teo obedeció, odiándose a sí mismo, pero odiando aún más al custodio. Mantuvo un estricto silencio mientras Jorge se meneaba de un lado a otro para ponerlo nervioso. Sin embargo, Teo no gritó, aunque se murió de ganas cuando el hombre se abalanzó hacia él desde el otro lado de la habitación y lo golpeó con tal fuerza que casi hizo que se desmayara de dolor.

Se enderezó y soportó el siguiente golpe y el siguiente. Tras seis bastonazos, Jorge decidió que ya era suficiente. Aunque era más probable que el custodio se hubiera quedado sin fuerzas después de propinarle la paliza a Ton-Ton. Teo supuso que había tenido suerte, y no le cabía la menor duda de que le esperaban mayores sufrimientos. Jorge no iba a dejar que las cosas quedaran así.

Teo se acercó tambaleándose hasta una litera y se desplomó sobre ella. Apenas se enteró cuando Jorge se fue pero, en cuanto la puerta se cerró, los chicos saltaron de sus camas y se apiñaron alrededor de Teo.

—¡Bravo! ¡Qué macho! —gritaban.

—Jorge ha mordido el polvo —dijo Flaco, un muchacho alto y delgado.

—¿Quién, él? —dijo Teo, sin fuerzas—. Soy yo el que me he rendido.

—¡Anda ya! —dijo Flaco—. Esta noche Jorge se ha pasado de la raya. Cuando lo sepan en la Central de Custodia, ya puede ir pensando en retirarse.

—No se van a enterar —dijo Chacho con desdén—. Si estuviéramos en la luna nos harían más caso que aquí.

—Pronto tendré la edad de marcharme —dijo Flaco—. Iré a la Central y lo contaré.

—Pues prefiero esperarme sentado —dijo Chacho.

—Y tú has sido muy valiente al recibir la paliza en lugar de Fidelito —dijo Flaco a Teo—. Creíamos que eras un aristócrata engreído, pero has demostrado que eres uno de nosotros.

—¿No os lo había dicho? —terció Fidelito.

Entonces, todos se pusieron a hablar de cuándo se dieron cuenta de que Teo no era un aristócrata engreído, sino que era un machote. Teo se dejó llevar por la cálida oleada de aceptación que lo rodeaba. Se sentía aturdido por el dolor, pero había valido la pena si se había ganado a los demás.

—Escuchad, tenemos que llevarlo a que lo curen —dijo Flaco.

Los chicos echaron una ojeada al pasillo para comprobar que no había moros en la costa y se llevaron a Teo a la enfermería, donde Ton-Ton ya dormía profundamente. Un muchacho con la cara picada de viruela que llevaba un uniforme verde vendó las heridas de Teo y dejó caer en una cuchara tres gotas de un líquido.

«Eso es láudano», supo Teo cuando sus ojos se posaron en la etiqueta del frasco. Cuando le intentaron administrar la medicina, se resistió. No quería convertirse en zombi como Felicia o morir como el pobre Bolita, pero estaba demasiado agotado como para resistirse mucho tiempo. Mientras caía en un sopor opiáceo, se preguntó qué pasaría si se moría: ¿se encontraría con Bolita en la otra vida que se reservaba a quienes no eran humanos?, ¿le clavaría el perro los dientes en la rodilla por haberlo apartado de María?

31

TON-TON

—Me siento fatal —gimió Ton-Ton, buscando a tientas un vaso de agua que había junto a su cama.

—Es que se te ve fatal —observó el muchacho de la cara picada.

—Oye... mmm... cuidado con lo que dices, Lu. Todavía podría partirte la cara.

—No ahora que soy un custodio —dijo Lu con aires de importancia.

—Todavía eres un aprendiz.

Ton-Ton alcanzó el vaso, pero derramó la mitad del agua sobre su pecho cuando intentó beber.

—Espera un momento —intervino Teo. No tenía intención de coger el vaso que había para él, aunque tenía una sed insoportable. Sospechaba que sentiría un dolor terrible si se movía—. ¿Te estás preparando para ser un custodio?

—Pues claro —dijo Lu—. Como todos, tarde o temprano.

Teo observó la luz que bailaba sobre la superficie del inalcanzable vaso de agua.

—Pero aquí solo hay veinte custodios y ¿cuántos chicos?

—Ahora mismo, doscientos diez —dijo Lu.

—Entonces, no todos pueden convertirse en custodios —observó Teo—. No hay suficientes plazas.

Ton-Ton y Lu se miraron el uno al otro.

—Carlos dice que todos los chicos que siguen los Cinco Principios de Correcta Urbanidad y... mmm... las Cuatro Conductas para la Sensatez se convierten en custodios cuando cumplen dieciocho años —dijo Ton-Ton.

Por mucho que Teo les recalcara la diferencia entre doscientos diez aspirantes y veinte plazas, no conseguía hacerlos entrar en razón.

—Lo que pasa... mmm... es que te da envidia —dijo Ton-Ton.

Al menos, Ton-Ton estaba bien informado acerca de otras cosas. Estaba al corriente de lo que sucedía dentro del recinto de los custodios, que estaba rodeado por un muro elevado. Los custodios tenían holojuegos, televisión y piscina, y celebraban fiestas en las que no faltaba comida suculenta y que duraban toda la noche. Teo averiguó que Ton-Ton sabía todo esto porque limpiaba las habitaciones de los custodios y les fregaba los platos. Teo supuso que dejaban entrar a Ton-Ton allí porque pensaban que era demasiado corto de entendederas como para comprender lo que veía.

Sin embargo, y como Celia decía a menudo, hay gente que piensa más despacio, pero es porque son más concienzudos en lo que hacen. Al escuchar a Ton-Ton, Teo se dio cuenta de que el muchacho no era estúpido. Sus comentarios sobre las actividades de los custodios y su comprensión de la maquinaria empleada en el vivero demostraban que tenía una mente despierta. Lo que pasaba era que Ton-Ton expresaba sus opiniones con mucha cautela.

Teo se dio cuenta de que el muchacho estaba totalmente

consternado por el castigo que había recibido la noche antes. Volvía siempre al mismo tema, hurgando en él obsesivamente como si fuera una costra.

—No lo entiendo —decía Ton-Ton, sacudiendo la cabeza—. Yo no había hecho... mmm... nada malo.

—Algo tendrías que haber hecho —dijo Lu—. Casi te mata a golpes.

—Pues no. No había hecho nada.

Teo casi podía oír el lento movimiento de los engranajes del cerebro de Ton-Ton: todo lo que decía Jorge era bueno y Ton-Ton hacía todo lo que Jorge decía; por consiguiente, Ton-Ton era bueno. Entonces, ¿por qué casi matan a golpes a Ton-Ton?

—Jorge está loco de remate —dijo Lu.

—No —insistió Ton-Ton—. Es algo distinto.

Teo no podía imaginarse a qué conclusión estaba llegando el muchacho.

—¿Cómo es el recinto por dentro? —preguntó.

A Ton-Ton se le iluminaron los ojos.

—Es... ¡es algo increíble! Comen ternera asada, chuletas de cerdo y tarta de manzana *à la mode*.

—¿Y cómo es esa tarta? —preguntó Lu.

—¡Con una bola de helado encima! ¡Sin derretir ni nada!

—Yo probé el helado una vez —dijo Lu, con voz soñadora—. Me lo compró mi madre.

—Los custodios beben leche de verdad, y no plancton en polvo, y comen bombones envueltos en un papel dorado.

Ton-Ton robó uno de esos bombones. Ese recuerdo flotaba en su mente igual que la Virgen de Guadalupe flotaba sobre la cama de Teo cuando era pequeño.

—¿No te importa que los custodios tengan todas esas cosas y nosotros no? —dijo Teo.

Ton-Ton y Lu se pusieron firmes, como dos serpientes de cascabel enfadadas.

—¡Se lo han ganado! —dijo Lu—. Han trabajado durante mucho tiempo y, cuando nosotros hayamos trabajado lo mismo, también tendremos todo eso.

—Sí —dijo Ton-Ton, aunque algo parecía estar removiéndose en el fondo de su mente.

—Vale, vale, lo decía solo por preguntar —dijo Teo.

Hizo acopio de fuerzas e intentó coger el vaso de agua. El dolor fue peor de lo que esperaba. Ahogó un grito y se dejó caer sobre la cama.

—Duele, ¿eh? —Lu ayudó a Teo a sujetar el vaso—. ¿Quieres un poco de láudano?

—¡No!

Teo se había pasado años viendo a Felicia convertirse en zombi y no quería seguir su ejemplo.

—Tú sabrás. A mí me encanta, ya ves.

—¿Y para qué lo necesitas? ¿Sufres dolores? —preguntó Teo.

Lu rió por lo bajo, como si Teo hubiese dicho una solemne tontería.

—Te coloca, ¿sabes? Te permite volar a otro sitio.

—Solo eres un aprendiz —le reprochó Ton-Ton—. No deberías... mmm... colocarte hasta que te vayas a vivir al recinto.

—¿Y quién se va a enterar? —Lu cogió el frasco de láudano y lo agitó para mostrar el contenido—. ¿Cómo van a contar las gotas de menos? Esta es mi paga por administrar la enfermería.

—A ver si lo entiendo —dijo Teo—. Entonces, ¿los custodios toman esto?

—Claro —dijo Ton-Ton—. Se lo han ganado.

La mente de Teo iba a toda pastilla.

—¿Quiénes lo toman? ¿Cuándo?

—Pues todos. Cada... mmm... cada noche.

A Teo le daba vueltas la cabeza. Eso quería decir que, todas las noches sin excepción, los custodios se quedaban hechos unos zombis, que el vivero se quedaba sin vigilancia y que la central eléctrica que suministraba electricidad a la alambrada se quedaba sin vigilancia. Teo vio encenderse en su cabeza un cartel luminoso que decía «LIBERTAD».

—¿Alguno de vosotros sabe dónde está San Luis? —preguntó.

Resultó que los dos lo sabían. Ton-Ton había vivido allí. Describió, con su vacilante forma de hablar, una ciudad con casas de paredes blanqueadas y tejados de teja, con paredes rebosantes de hiedra, mercados bulliciosos y jardines hermosos. Pintaba tan bien que Teo se preguntó por qué Ton-Ton no quería volver allí. ¿Por qué ansiaba vivir en un recinto con un frasco de láudano por toda compañía? Era una absurdidad.

—San Luis parece un sitio precioso —dijo Teo.

—¡Ah! Pues sí —dijo Ton-Ton, como si nunca se hubiese parado a pensarlo.

Teo se moría de ganas de decirle que se olvidara de los Cinco Principios de Correcta Urbanidad y las Cuatro Conductas para la Sensatez y que saltara la alambrada para volver a su San Luis, pero eso hubiera sido precipitado. Ton-Ton se acercaba a una conclusión con tanta parsimonia como la cosechadora de plancton con la que se movía de un depósito a otro. Nada podía hacerle ir más rápido y nada podía desviarlo de su curso. Al menos, Teo tenía esa esperanza.

Cuando Teo llegó renqueando al baño y se vio en el espejo, se llevó una enorme sorpresa. Todos los chicos tenían granos. Aunque sabía que él también los tenía, hasta entonces no había podido comprobar los desperfectos, porque en los dormitorios no había espejos. ¡Parecía una pizza llena de tropezones! Se frotó una vez tras otra con el basto jabón de algas pero lo único que consiguió fue que la piel se le pusiera de un rojo encendido.

Ton-Ton y Lu soltaron una risotada al ver a Teo.

—No hay manera de quitárselos de encima, ¿sabes? —dijo Lu.

—Parezco una hamburguesa de plancton —se lamentó Teo.

—¡Qué va! Pareces una hamburguesa de plancton... mmm... vomitada por una gaviota y... secada al sol —dijo Ton-Ton, en un arranque de inspiración.

—¡Ya me hago una idea! —Teo se arrastró penosamente de vuelta a la cama y se tumbó de lado para que no le dolieran las ronchas de la espalda.

—Todos tenemos granos —dijo Lu—. Es la marca que lleva la gente que trabaja con plancton.

«Pues qué bien», pensó Teo. Entonces se le ocurrió que los custodios tenían algunas señales pero no tenían los mismos volcanes de pus en miniatura que cubrían las caras de los chicos. Puede que tuviera algo que ver con la alimentación. Una dieta a base de chuletas de cerdo, tarta de manzana *à la mode* y bombones era claramente mejor para el cutis que el saludable y nutritivo plancton.

Al día siguiente, Jorge obligó a Teo y Ton-Ton a volver al trabajo. Ton-Ton necesitaba realmente pasar un día más en la enfermería, pero obedeció sin rechistar. Teo estaba ansioso por volver. No veía la hora de empezar a preparar su plan de huida. Hasta entonces carecía de sentido, pero ahora sabía que San

Luis estaba a pocos kilómetros al norte, tras una cordillera de montañas poco elevadas.

Como dijo una vez Tam Lin, un carcelero tiene mil cosas en la cabeza, pero un preso tiene una sola: escapar. Toda esa atención concentrada era como un cañón láser fundiendo una pared de acero. Teniendo en cuenta su pasado, Teo supuso que Tam Lin sabía bastantes cosas sobre cárceles y huidas.

Lo único que Teo tenía que hacer era cortar la electricidad de la alambrada y saltar por encima. Parecía sencillo, pero no lo era. Los custodios pasaban lista a los chicos cada noche a las diez y cada mañana a las cinco. Eso le dejaba siete horas para recorrer los ocho kilómetros que había hasta la alambrada (contando con que mientras tanto no volvieran a poner la electricidad) y luego treinta kilómetros más a oscuras hasta San Luis. Si el terreno estaba cubierto de cactus, tardaría más en hacer el recorrido.

¿Qué harían los custodios cuando descubrieran que faltaban tres de los chicos? Y es que Teo tenía la intención de llevarse a Chacho y Fidelito. ¿Utilizaría Jorge un aerodeslizador para perseguirlos? Probablemente habría que dejar a Fidelito atrás. No podría andar treinta y ocho kilómetros. Pero ¿cómo iba a abandonarlo?

«La amistad es un incordio», pensó Teo. Había deseado tener amigos durante años y años, y ahora había descubierto que la amistad entraña compromisos. Decidido: se llevaría a Fidelito, pero entonces iba a necesitar más tiempo. Si sobrecalentase la caldera que había junto al recinto de los custodios, explotaría y...

¿Estaba bien hacer saltar veinte hombres en pedazos? El Patrón no se lo hubiese pensado ni un segundo. Tam Lin había intentado acabar con el primer ministro, pero en su lugar mató a veinte niños.

«El asesinato está mal, hermano lobo», dijo una voz en su interior. Teo dio un suspiro. Probablemente eso era lo que María llamaría conciencia. Era un incordio aún peor que la amistad.

—¿Por qué tenemos que esperarlo a él? —preguntó Chacho, mientras observaban la cosechadora de plancton avanzar lentamente entre traqueteos y resoplidos hacia el depósito en el que estaban.

—Porque sabe cosas que tenemos que averiguar —explicó Teo con paciencia.

Los tres chicos estaban sentados en el depósito más lejano. Tras ellos la alambrada se alzaba imponente, con la parte superior zumbando y chisporroteando bajo el cielo despejado.

—Es un pelota. Cada noche se mete con nosotros.

—Desde la paliza ya no lo hace —le recordó Teo.

—Será porque se ha tomado unas vacaciones.

Chacho se resistía a creer que Ton-Ton tuviera alguna virtud.

—Sé amable con él, ¿vale? —dijo Teo.

—Mi abuelita dice que el alma de la gente es como un jardín —terció Fidelito animadamente—. Dice que no puedes volverle la espalda a alguien solo porque haya malas hierbas en su jardín, sino que tienes que regarlo y darle mucho sol.

—Lo que faltaba por oír —protestó Chacho, pero no llevó la contraria al niño.

Una nube de polvo flotaba detrás de la cosechadora de Ton-Ton. La máquina buscaba un lugar adecuado donde instalarse en el terreno desierto. El aire estaba tan quieto que la polvareda apenas se separaba del camino.

—Tendríais que... mmm... estar trabajando —dijo Ton-Ton a lo lejos mientras la cosechadora se paraba con una sacudida.

—Y tú tendrías que estar en el fondo de uno de los depósitos —farfulló Chacho. Teo le dio una patada.

—Si estabais... mmm... esperándome para darme una paliza, da igual —dijo Ton-Ton—. Podría... mmm... partiros la cara.

—¿Por qué das por hecho que tres personas sentadas tranquilamente junto al camino iban a pegarte? —dijo Chacho—. Aunque podría ser así, claro.

—Solo queremos ser tus amigos —dijo Teo, lanzando una mirada de reprobación a Chacho.

—¿Por qué? —Ton-Ton entornó los ojos, desconfiado.

—Porque mi abuelita dice que a la gente hay que cuidarla como un jardín —gorjeó Fidelito—. Las almas necesitan agua y sol, y además...

—Hay que quitarles las malas hierbas —terminó Chacho.

Ton-Ton volvió a abrir los ojos, mientras intentaba asimilar esa curiosa afirmación.

—Solo queremos hacer las paces, ¿vale? —dijo Teo.

Ton-Ton tardó otro rato en pensárselo, y luego se bajó de la cosechadora.

—¿Cuándo estuviste en San Luis por última vez? —preguntó Teo.

Si a Ton-Ton le sorprendió la pregunta, no lo demostró.

—Pues... mmm... hace un año más o menos. Fui con Jorge.

—¿Tienes parientes allí?

—Mi... mmm... madre cruzó la... frontera hace años. Mi padre fue... mmm... fue... a buscarla y ya no volvió.

Teo notó que las dificultades de habla que tenía Ton-Ton se agravaban cuando mencionaba a sus padres.

—¿No tienes abuelita? —preguntó Fidelito.

—Pues... una. A lo... mmm... mejor todavía vive allí.

La boca de Ton-Ton se curvó hacia abajo.

—¡Entonces, vete con ella, hombre! —exclamó Chacho—. Si tuviera una abuela que viviese treinta kilómetros al norte, echaría abajo esta valla para ir a buscarla. ¿Dónde tienes la cabeza, macho?

—Quieto, Chacho —dijo Teo, poniendo la mano sobre su hombro.

—No lo... mmm... entendéis —dijo Ton-Ton—. Jorge me encontró en el lado malo de la frontera. Había patrulleros y... perros. Perros oscuros, grandes y con los dientes afilados. Hacían todo lo que les decían los patrulleros y... mmm... les dijeron que me comieran —y Ton-Ton se estremeció al recordarlo—. Entonces, Jorge pasó al otro lado de la frontera y los mató a tiros. Se metió en un lío muy grande por culpa de eso. Me... mmm... salvó la vida, y siempre se lo agradeceré.

—¿Te dice Jorge que no vayas a buscar a tu abuela? —preguntó Teo.

—Él dice que nací para ser custodio. Dice que ellos no tienen familia, que solo se tienen los unos a los otros y que eso es... mmm... mejor, porque las familias terminan abandonándote.

—Pero seguro que tu abuelita lloró mucho cuando vio que no volvías —dijo Fidelito.

—¡No hubiera podido volver, listillo! —gritó Ton-Ton—. ¡Ahora estaría en la barriga de un perro!

—Ya vale, Fidelito —dijo Teo—. Ya hemos arrancado muchas hierbas por hoy.

Teo hizo preguntas a Ton-Ton acerca de San Luis, un tema al que el muchacho se abandonó con entusiasmo. Cuanto más hablaba, menos tropezaba con las palabras, y también se le fue borrando la preocupación de la cara. Parecía mucho más joven y feliz.

Ton-Ton describió la ciudad de forma tan minuciosa que parecía tener un mapa desplegado dentro de la cabeza. Recordaba todos los detalles: una adelfa con flores anaranjadas, una pared de ladrillo cubierta de ramas de palo verde, un surtidor con un pilón de cobre sobre el que tintineaba el agua. Era como seguir una cámara que se pasease por la calle. El muchacho se fue confiando cada vez más hasta hablar de su madre y su padre. Su casa estaba abarrotada, y él vivía con tíos, tías, hermanos, primas y una abuela pequeñita que dirigía todo el cotarro. Aunque eran pobres, había felicidad en la casa.

Finalmente, Ton-Ton estiró los brazos y sonrió como si se hubiera quedado a gusto comiendo.

—No le diré... mmm... a nadie por qué llegamos tarde —dijo—. Diré que la cosechadora se ha averiado.

Dejó que Fidelito se subiera con él a la cosechadora durante la mayor parte del viaje de vuelta, y solo lo hizo bajar cuando estuvieron a la vista del recinto de los custodios.

—Todavía no lo entiendo —susurró Chacho, que andaba al lado de Teo, lejos de la polvareda que levantaba la cosechadora entre sacudida y sacudida durante el camino de vuelta—. Es como si le hubieses encendido una bombilla dentro de la cabeza. No creía que Ton-Ton fuese tan listo.

Teo sonrió, contento de que los hechos demostraran que no se equivocaba con Ton-Ton.

—Celia siempre decía que lo que pasa con la gente lenta es que se fija más en las cosas.

—¿Quién es Celia?

Teo casi se detuvo en seco. Había puesto mucho cuidado en no hacer ninguna referencia a su vida anterior a su llegada a

Aztlán, pero bajó la guardia tras escuchar los recuerdos de Ton-Ton.

—Bueno, Celia... es mi... mi madre.

Y al decirlo se dio cuenta de que era la verdad. Todas las veces que ella le dijo que no la considerara su madre durante los años que pasaron juntos fueron en vano. Nadie se había preocupado por él ni lo había protegido o querido tanto como ella, excepto, tal vez, Tam Lin. Y Tam Lin era como su padre.

De pronto, todos los recuerdos, suprimidos con tanta cautela durante su nueva vida, volvieron en tropel. Teo había aprendido a dejar de pensar en Celia y Tam Lin. Era demasiado doloroso. Por eso se encontró de pronto sin defensas. Se dejó caer al suelo, en cuclillas, sin poder reprimir las lágrimas que le corrían a raudales por la cara, aunque se contuvo para no llorar en voz alta y echar por tierra su imagen ante Chacho.

Pero Chacho supo comprenderlo.

—No sé para qué he abierto la bocaza —dijo, arrodillándose sobre el suelo junto a Teo—. Es precisamente eso de lo que ninguno de nosotros debe hablar hasta que el otro esté preparado. Jolín, las primeras semanas estuve desgañitándome hasta quedar afónico.

—¿Te encuentras mal? —gritó Fidelito a lo lejos, subido a la cosechadora.

—Ya lo creo —contestó Chacho—. Y a ti te pasaría lo mismo si te hubieras comido también un puñado de plancton crudo.

Diciendo esto, ocultó a Teo con su cuerpo para que nadie lo viera hasta que recuperara el control de sí mismo y pudiera seguir adelante.

32

AL DESCUBIERTO

Aquella noche, Jorge, con su instinto para detectar las flaquezas de los demás, volvió a atacar a Teo. Lo obligó a reconocer un delito tras otro, y Teo empezó a repetir pecados que ya había confesado. Apenas se fijaba en lo que decía.

Teo se sentía dolorido por dentro. En cierto modo, y por extraño que fuera, no tenía la sensación de estar en la misma habitación que Jorge, porque su mente había vuelto a la mansión del Patrón. Volvía a estar en el apartamento de Celia, y en cualquier momento lo llamaría a la mesa y se sentarían a comer con Tam Lin. Aquella ilusión le producía un gran dolor, pero era mucho mejor que todo lo que rodeaba su vida actual.

—Si el aristócrata no atiende —sonó la suave voz de Jorge—, tendré que hablar con su lacayo.

Teo despertó de su ensoñación al ver que obligaban a Fidelito a salir al centro de la habitación. La cara del niño estaba blanca de terror.

—Has sido malo, ¿verdad que sí? —dijo Jorge con un tono dulce.

—Muy malo, tampoco —dijo Fidelito, con los ojos clavados en el almacén de las varas.

—Eso soy yo quien tiene que decirlo, ¿no? —dijo el custodio.

—Vale, vale —dijo Fidelito.

Teo sabía que la escena que tenía ante sus ojos era importante. Intentaba concentrarse en ella, pero no podía evitar revivir su fantasía acerca del apartamento de Celia.

—Hay que hacer comprender al aristócrata por qué es necesario controlar su conducta —dijo Jorge—. Las abejas obreras saben que todo lo que hagan afecta a la colmena entera. Si una obrera perezosa se pasa el día durmiendo sin que reciba ningún castigo, está incitando a las demás abejas a hacer lo mismo. Si una tras otra empiezan a seguir su ejemplo, el enjambre terminará muriendo.

Por su expresión, Fidelito había seguido perfectamente el razonamiento.

—Por eso, tenemos que corregir a las abejitas a las que les parece divertido seguir un mal ejemplo. ¿No es así?

—No... no lo sé.

Teo se obligó a volver al presente.

—Si lo que quieres es castigarme a mí, ¿por qué no lo haces? —dijo.

—Porque eso no da resultado —contestó Jorge.

La cara le resplandecía de gozo, como si hubiera tenido una revelación maravillosa que estuviera impaciente por contar a todo el mundo. A Teo le volvió a recordar a Tom.

—Voy a confesar. Voy a obedecer. Voy a asumir mi castigo —dijo Teo.

—Eso está muy bien, pero no lo dices de corazón —dijo el custodio—. Sigues la corriente a los demás, pero en tu interior sigues siendo un aristócrata. Estuve mucho tiempo intrigado, hasta que descubrí que un aristócrata no es nadie sin la existencia de un lacayo. Si eliminamos al lacayo, ¡zas! —dijo, chasqueando los dedos—. Se acabó el aristócrata. De cara a la pared, Fidelito.

Teo se había quedado petrificado. Esta vez, estaba claro que sus confesiones no iban a salvar al niño. Repasó con la mirada al resto del grupo. Todos estaban como aturdidos. La última vez que Jorge había amenazado a Fidelito, Teo acudió al rescate. Pero esta vez era distinto. Todo apuntaba a que el custodio había rebasado una frontera invisible, y los chicos estaban conmocionados por lo que estaban a punto de presenciar. Propinar una paliza a Ton-Ton tenía un pase. Era mayor y podía aguantarla. En cambio, Fidelito era un niño flacucho y frágil pese a su tenacidad. Y solo tenía ocho años.

Fidelito hizo lo que había visto hacer a los demás: apoyó las manos en la pared y separó las piernas. Un murmullo pasó de boca en boca, pero Teo no pudo oír lo que los chicos estaban diciendo.

Jorge se dirigió al trastero. Teo tuvo la sensación de flotar por encima de la escena. Igual que otros momentos de su vida en los que las cosas iban mal, deseó refugiarse en su reino particular. Si imaginaba con todas sus fuerzas estar en el apartamento de Celia, tal vez se hiciera realidad.

Jorge se paseó hacia adelante y hacia atrás, sacudiendo la vara en el aire. De un momento a otro iba a empezar su ataque. Se detuvo. Reunió fuerzas para asestar el primer golpe. Tomó impulso...

Teo se arrojó sobre el custodio, le hundió la cabeza en la barriga y le arrebató la vara de las manos. Jorge retrocedió tambaleándose, con la respiración cortada. Teo le atizó con fuerza en el hombro con la vara y luego se sirvió de ella para impedir que se levantara del suelo. Chacho apareció entonces de improviso y se metió en la pelea echándose a descargar puñetazos sobre Jorge.

Los otros chicos se levantaron en tropel y se arremolinaron alrededor del custodio y sus atacantes, animando a los dos muchachos a gritos. Flaco arrastró a Fidelito lejos de la pelea.

—¡Pegas... a los niños... pequeños! —gritó Chacho entre puñetazo y puñetazo—. ¡Mereces... que te peguen... a ti!

A Teo le daba vueltas la cabeza. Jorge se había quedado encogido, formando una bola. ¿Habría sufrido heridas graves? Los demás muchachos daban brincos de entusiasmo a su alrededor, y a Teo le pareció que estaban a punto de unirse a la pelea.

—¡Basta! —gritó. Soltó la vara, sujetó a Chacho y lo apartó de Jorge—. ¡No debemos matarlo!

—¿Y por qué no? —preguntó el muchacho. Sin embargo, la interrupción bastó para que recuperara la serenidad y se sentó bruscamente en el suelo con los puños apretados. Los demás chicos soltaron gemidos de protesta, pero se hicieron a un lado cuando Jorge se apoyó sobre las manos y las rodillas y se escabulló rápidamente por la puerta.

Todos se quedaron en silencio. Chacho, sentado en el suelo, respiraba agitadamente. Fidelito gimoteaba en un rincón, donde Flaco lo sujetaba con fuerza para que se quedara quieto. Teo temblaba como si tuviese un ataque de fiebre. No lograba imaginarse qué iba a pasar a continuación.

Sin embargo, no tuvieron que esperar mucho. Por el pasillo atronaron unos pasos y la puerta se abrió de golpe para dar paso a un ejército formado por los veinte custodios, que irrumpieron en la habitación provistos de armas aturdidoras. Los chicos retrocedieron hasta la pared. Los custodios capturaron primero a Teo y luego a Chacho, les ataron las manos a la espalda y les taparon la boca con cinta adhesiva.

—Os vamos a dejar aquí encerrados —rugió Carlos a los demás chicos—. Mañana decidiremos qué vamos a hacer con vosotros. Mientras tanto, sabed que no vamos a tolerar este tipo de conducta alborotadora. ¿Me oís?

—¿No quieres saber lo que hizo Jorge? —dijo Flaco.

—¡Lo que habéis hecho vosotros es mucho peor! —gritó Carlos.

—Iba a matar a Fidelito.

Carlos se quedó sorprendido al oírlo. Se paró en seco y miró al niño que se escondía detrás de Flaco.

—Está mintiendo —dijo Jorge, que se sujetaba el hombro herido con una mano.

—Es tu palabra contra la de los doscientos chicos que lo hemos visto —dijo Flaco.

Teo se dio cuenta de que esa afirmación escondía una amenaza. Había doscientos chicos en la sala. Por muy bien armados que estuvieran los custodios, ni en sueños podrían contener a un grupo tan numeroso.

Esa idea pareció pasar también por la cabeza de Carlos. Retrocedió hacia la puerta e indicó a los demás hombres que lo siguieran, pero, como un remolino de polvo levantado por la brisa en las llanuras saladas que los rodeaban, los muchachos se movieron al unísono para bloquear la salida, de forma que los custodios quedaron rodeados por todos lados.

—Yo creo que deberíais escucharnos —dijo Flaco.

—Podemos hablar de esto mañana —respondió Carlos.

«No», pensó Teo. «No podéis retrasarlo. En cuanto salgan por la puerta, echarán el cerrojo. Nunca atenderán a razones.»

No podía decir nada porque tenía la boca tapada con cinta adhesiva.

—Creo que es mejor ahora —dijo Flaco.

Carlos tragó saliva y tocó nerviosamente su pistola aturdidora.

—El aristócrata los ha corrompido —dijo Jorge—. Todo empezó a ir mal desde el momento en que llegó ese cerdo arrogante. Es él quien ha dirigido el ataque y los demás lo han seguido. Él es el cabecilla y los demás son sus asquerosos lacayos.

—No empeores las cosas —dijo Carlos.

—Lu, el chico de la enfermería, tiene una información interesante —prosiguió Jorge—. Cuando llevaron allí al aristócrata, Lu fue uno de los que lo metieron en la cama. Vio un tatuaje en el pie derecho del chico.

«¡Ay, no!, ¡no!», pensó Teo.

—Había una cicatriz que lo atravesaba, pero Lu pudo entender igualmente el tatuaje: «Propiedad de la familia Alacrán».

—¿Alacrán? —dijo Carlos—. ¡Es el nombre del viejo vampiro que gobierna el País de los Sueños!

—Exacto —dijo Jorge, complacido—. Yo no entendía cómo una persona podía ser propiedad de una familia, a menos que fuese un esclavo. ¡O que fuese un fingo escapado!

Un grito ahogado recorrió la habitación.

—No utilices esa palabrota —dijo Carlos.

—Lo siento —sonrió Jorge—. Pensé que era mejor utilizar palabras que los chicos pudieran entender. Aún no sabía qué hacer con esa información cuando surgió el problema de esta noche. Hay que reconocer que tiene gracia que todos estos lacayos hayan jurado lealtad a un piojoso fingo, perdón, zombi, en lugar de a un verdadero aristócrata.

«¡No, no, no!», pensó Teo. Habían descubierto su punto débil. Aunque el custodio había llegado a una conclusión equivocada sobre el tatuaje, era igualmente devastadora.

—No me lo creo —dijo Flaco.

—¿Por qué no lo miras tú mismo? —propuso Jorge.

Flaco se acercó al lugar donde estaba Teo y se arrodilló junto a él. Alzó la vista para mirarlo, como pidiéndole disculpas con los ojos. Teo no opuso resistencia. No hubiera servido de nada. Dejó que el muchacho le acercase el pie a la luz y esperó la inevitable reacción.

—Lo que dice Jorge es verdad. Dice «Propiedad de la familia Alacrán» —dijo Flaco.

El sentimiento de revuelta del grupo de muchachos se apagó. Estaban tan acostumbrados a obedecer, pensó Teo, que bastaba con poco para hacer que se rindieran. Se apartaron de la puerta y se retiraron lentamente a las literas.

—Un... mmm... momento —sonó la última voz que Teo esperaba oír—. Cualquiera... puede quedar atrapado en el País de los Sueños. Eso no... mmm... quiere decir que sea una mala persona.

—Cállate, Ton-Ton —dijo Jorge—. Pensar no es lo que mejor se te da precisamente.

—Pues... mmm... pues sí. He estado pensando mucho —dijo el muchacho—. Nuestros padres escaparon al... al País de los Sueños y los... convirtieron en... zombis.

Estaba claro que a Ton-Ton le costó mucho decir aquello.

—A mi padre no —objetó Flaco—. Vive en Estados Unidos. Tiene unos estudios de cine allí y, cuando haya ganado suficiente dinero, vendrá a buscarme.

—Aunque... mmm... prefiramos... pensar cosas así —tartamudeó Ton-Ton—, no es... verdad. Todos nuestros padres son fingos.

371

Un coro de voces se alzó inmediatamente diciéndole que se callara, pero el muchacho siguió hablando con su estilo parsimonioso:

—Nuestros papás y nuestras mamás no son... mmm... malos, sino desgraciados. ¡Y Teo tampoco es malo!

—Anda, vete a la cama —dijo Jorge—. ¿A quién crees que interesan tus tonterías? Siempre fuiste un estúpido y siempre lo serás. Tienes suerte de que te salvara del País de los Sueños antes de darme cuenta de lo idiota que eres.

—¡No soy... un estúpido! —gritó Ton-Ton, pero nadie lo escuchó.

Los chicos se apartaron de Teo como si estuviera contaminado. Los custodios obligaron a salir a los dos muchachos que habían capturado y Carlos echó el cerrojo a la puerta tras ellos.

Los custodios llevaron a Teo y a Chacho a un trastero donde ni siquiera había espacio para tumbarse. Estaba oscuro y apenas había aire. El suelo estaba frío. Los dos chicos se pasaron la noche agazapados junto a la pared, y Teo se alegró de que estuvieran a oscuras y de que tuvieran la boca tapada con cinta adhesiva. No hubiera podido soportar oír a Chacho llamarle fingo o ver cómo rehuía la presencia de un monstruo como él.

33

LA FOSA

Una tenue luz apareció bajo la puerta cuando dos de los custodios más jóvenes regresaron para llevarse a Teo y a Chacho. Teo tenía el cuerpo tan rígido que se cayó al suelo cuando lo obligaron a ponerse en pie.

—¡Mmmf! —sonó la voz de Chacho amortiguada por la cinta adhesiva.

Ya fuera, los custodios apremiaron a los chicos a entrar en una de las vagonetas que se utilizaban para trasladar material de un punto a otro del vivero. Jorge estaba en el asiento del conductor, fumando un cigarrillo. Los custodios inmovilizaron los tobillos de los dos muchachos con cinta adhesiva.

Al principio la vagoneta se movía lentamente, porque funcionaba con energía solar, pero fue ganando velocidad a medida que el sol se elevaba e inundaba las salinas. Teo vio los depósitos de plancton pasar junto a ellos y entonces se dio cuenta de que se dirigían a la parte oeste de la alambrada. Las ruedas de la vagoneta crujían sobre el camino arenoso y el polvo siseaba sobre el terreno llevado por la brisa matutina.

Teo tenía sed y también hambre. Con una satisfacción amarga, vio que el hombro de Jorge estaba enyesado y deseó que le estuviera doliendo mucho.

Al cabo de un rato, la vagoneta giró y empezó a dar trompicones sobre un terreno más áspero. Teo notó que corrían paralelos a la alambrada y vio una blanca bandada de gaviotas arremolinándose hacia arriba y hacia abajo sobre el golfo de California. Los gritos de las aves le llegaban a través del aire polvoriento.

La vagoneta prosiguió su difícil avance. Cuando las ruedas resbalaban sobre la arena, los hombres tenían que bajarse y colocar ramas de gobernadora bajo las ruedas para que el vehículo pudiera seguir adelante. Finalmente, la vagoneta se detuvo bruscamente y los dos custodios jóvenes se llevaron a Teo en volandas.

Llegaron a una elevación del terreno. Ante ellos se extendía el amplio cráter repleto de esqueletos de ballena que testimoniaban que una vez estuvo cubierto de agua de mar. Los huesos sobresalían como si el conjunto fuera un inmenso cuenco lleno de espinas.

—Esto es lo que nosotros llamamos la fosa —dijo Jorge, satisfecho.

Teo recordó las palabras que oyó decir poco después de su llegada: «Aquí no te van a servir de nada esos aires de niño bien. Tenemos un sitio que llamamos la fosa, y cuando metemos ahí a un alborotador, sale más manso que un corderito».

—¿Le quito ya la cinta adhesiva? —preguntó uno de los custodios.

—Solo la de la boca —dijo Jorge.

—¡Pero así no podrá salir nunca!

—¡Intentó matarme! —gritó Jorge—. ¿Quieres dejar que un asesino se salve e incite a la revuelta cuando vuelva?

—A Carlos no le va a gustar esto.

—De Carlos ya me ocupo yo —dijo Jorge.

Teo sintió cómo le arrancaban la cinta adhesiva. Estiró los músculos de la boca y se pasó la lengua por los labios secos.

—Si crees tener sed ahora —dijo Jorge, con una sonrisa—, ya verás mañana.

—¡Él es el asesino! —gritó Teo, pero no le dio tiempo a decir nada más.

Los hombres lo balancearon y lo arrojaron hacia arriba. Teo cayó estrepitosamente sobre los huesos, que cedieron bajo su peso y lo dejaron caer más abajo hasta dar contra una montaña de cráneos. Se había quedado hundido en un mar de huesos y solo se veía el cielo azul a través de un entramado de costillas y vértebras. Teo se ladeó con cuidado y vio bajo él un oscuro foso cuya profundidad solo podía imaginar.

Al cabo de unos minutos oyó a Chacho aterrizar a poca distancia de él. La masa de huesos volvió a moverse y Teo descendió unos cuantos palmos más. Una costilla de ballena se le clavaba en la espalda y una nube de sal y arena le espolvoreó la cara. Oyó toser a Chacho y luego el crujir de los pasos de los hombres alejándose y el zumbido eléctrico del motor de la vagoneta, que se fue desvaneciendo hasta desaparecer por completo.

—¿Estás bien? —oyó decir a Chacho.

—Depende de lo que entiendas por estar bien —Teo se sorprendió de ser capaz aún de reír, aunque fue una risa débil—. ¿Te has hecho daño tú?

—No mucho. ¿Tienes algún plan para escapar?

—Estoy en ello —dijo Teo. En la cara tenía salpicaduras de sal que se le metían por la boca—. Lo que daría por beber algo.

—¡No me lo recuerdes! —dijo Chacho—. Creo que podría cortar esta cinta adhesiva si encontrara un hueso afilado.

—Yo tengo uno pegado a la espalda —dijo Teo.

Hablaba animadamente, como si estuvieran tramando un truco para dormir diez minutos más sin que nadie se diera cuenta, en lugar de buscar una forma de escapar de una muerte larga y dolorosa.

—Los hay con suerte —dijo Chacho, también con tono despreocupado.

Teo supuso que tendría tanto miedo como él.

Se retorció hasta tocar el hueso afilado con las muñecas. Intentó cortar la cinta adhesiva, pero antes de lograr ningún resultado, los huesos se desplomaron y cayó a mayor profundidad, donde todavía había menos luz.

—¡Teo! —gritó Chacho, al borde del pánico.

—Estoy aquí. Nuestra idea no ha salido bien. ¿Y si pruebas tú?

A decir verdad, Teo tenía el corazón desbocado y tenía miedo de moverse más. Todo el foso temblaba, y no quería pensar en lo que pasaría si caía hasta el fondo.

—¡Fuchi! ¡Fuchi! —gritó Chacho, asustado. Teo lo oyó deslizarse hacia abajo por el entramado de huesos.

—Tenemos todo el día. No hace falta que corramos —dijo Teo.

—¡Cállate! Creo que en este agujero hay algo más.

A Teo le pareció oír un grito agudo. ¿Habría realmente algo viviendo en la oscuridad del fondo del cráter? ¿Y qué clase de criatura elegiría un lugar como ese para vivir?

—¡Son murciélagos! ¡Murciélagos viscosos! —aulló Chacho.

—Los murciélagos no son viscosos —dijo Teo con alivio. Un animal corriente era mucho mejor que los monstruos que estaba imaginándose.

—¡No tiene gracia! ¡Los murciélagos te chupan la sangre!

—No es verdad. Tam Lin y yo los hemos observado muchas veces.

—Esperarán a que se haga de noche. Lo vi en una película. Esperarán a que oscurezca y entonces vendrán y nos chuparán la sangre.

El espanto de Chacho era tan frenético y alarmante que Teo empezó a sentir miedo también.

—Tam Lin dice que solo son ratones con alas. Tienen tanto miedo de nosotros como nosotros de...

—¡Que viene uno! —chilló Chacho.

—¡Quédate quieto! ¡Y sobre todo, no te muevas! —gritó Teo. Le había venido un pensamiento horrible y avisó a Chacho antes de que sucediera algo peor.

Chacho siguió gritando, pero habría oído el consejo de Teo, porque dejó de agitarse. Al cabo de un rato, los gritos dieron paso a sollozos.

—¡Chacho! —llamó Teo, pero no hubo respuesta.

El muchacho lloraba sin cesar, respirando entrecortadamente de vez en cuando para no ahogarse. Teo se ladeó con cuidado, buscando otro hueso afilado. Debajo de él, en la fantasmal y casi completa oscuridad, aleteaban y chillaban minúsculos murciélagos. Para ellos, el foso debía de ser casi tan habitable como una cueva. Revoloteaban de un lado a otro y navegaban entre los huesos como peces en el mar. Desde abajo se filtraba un olor agrio que los murciélagos esparcían al agitar las alas.

—¿Chacho? —llamó Teo—. Estoy aquí. Los murciélagos están calmándose. Voy a intentar cortar la cinta adhesiva otra vez.

—No saldremos nunca de aquí —gimió Chacho.

—Claro que saldremos —dijo Teo—, pero tenemos que ir con muchísimo cuidado. No debemos caer más.

—Vamos a morir —dijo Chacho—. Si intentamos escalar,

los huesos se moverán. Y hay una montaña entera. Nos caeremos al fondo y se nos vendrán todos encima.

Teo no dijo nada. Aquel era exactamente el pensamiento que había tenido antes. Por un momento, la desesperación lo invadió y fue incapaz de pensar con claridad. ¿Terminaría así la oportunidad de vivir que le habían brindado Tam Lin y Celia? Nunca sabrían qué había sido de él. Pensarían que los había abandonado.

—Tam Lin dice que los conejos se rinden cuando los atrapa un coyote —dijo Teo cuando se calmó lo suficiente como para que no lo traicionara la voz—. Dice que aceptan la muerte porque son animales y no conocen la esperanza. Pero las personas son distintas. Luchan contra la muerte por mal que parezcan ir las cosas y, a veces, aunque todo esté en su contra, terminan venciendo.

—Ya. Una vez cada millón de años, más o menos —dijo Chacho.

—No, dos veces cada millón de años —corrigió Teo—. Somos dos.

—Eres un tonto de remate —dijo Chacho, pero al menos había dejado de llorar.

A medida que el sol avanzaba lentamente trazando su rumbo a través del cielo, Teo fue sintiendo cada vez más sed. Intentó no pensar en ello, pero no podía evitarlo. Tenía la lengua pegada a la boca y la garganta arenosa.

—He encontrado un hueso afilado —dijo Chacho—. Creo que es un diente.

—¡Qué bien! —dijo Teo mientras intentaba deshacerse de sus ataduras con una costilla.

378

La cinta adhesiva podía estirarse hasta límites insospechados. Teo rascaba y rascaba, pero la cinta no hacía más que alargarse sin llegar a romperse. Sin embargo, al cabo de un rato alcanzó holgura suficiente como para poder sacar las manos.

—¡Lo he conseguido! —exclamó.

—Yo también —dijo Chacho—. Ahora voy a probar con los pies.

Teo sintió auténtica esperanza por primera vez. Levantó las piernas con cuidado y limó las ataduras con un trozo de hueso. El proceso era de lo más extenuante. Debía moverse extremadamente despacio para no hundirse más y tenía que parar a descansar cada dos por tres. Empezó a sentirse cada vez más débil.

Al parecer, Chacho también se tomaba descansos cada vez más largos.

—¿Quién es Tam Lin? —preguntó en una de esas pausas.

—Mi padre —dijo Teo. Esta vez ya no tropezó con las palabras al decirlo.

—Qué raro, llamas a tus padres por sus nombres.

—Es lo que querían ellos.

Hubo un largo silencio. Al fin, Chacho dijo:

—¿De verdad eres un zombi?

—¡No! —dijo Teo—. ¿Crees que si lo fuera hablaría así?

—Pero los has visto.

—Sí.

El viento había dejado de soplar y el aire pesaba con una agobiante quietud. El silencio era inquietante, porque parecía que el desierto entero estuviera esperando a que sucediera algo. Hasta los murciélagos habían dejado de chillar.

—¿Cómo son los zombis? —dijo Chacho.

Y Teo le describió a los hombres y mujeres vestidos de marrón que trabajaban incansablemente en los campos y a los jardineros que daban tijeretazos en los extensos prados de la hacienda del Patrón.

—Allí los llamábamos «zonzos» —dijo.

—Hablas como si hubieras pasado mucho tiempo allí —observó Chacho.

—Toda la vida —confesó Teo, decidiendo ser sincero por una vez.

—Tus padres... ¿eran zonzos?

—Supongo que se podría decir que eran esclavos. Había muchas cosas que solo podían hacer las personas con una inteligencia normal.

Chacho soltó un suspiro.

—Entonces, a lo mejor mi padre está bien. Era músico. ¿Había músicos allí?

—Sí —dijo Teo, pensando en el señor Ortega. Pero él no podía ser el padre de Chacho. Llevaba demasiado tiempo allí.

El sol había empezado a caer por el oeste. Había menos luz de la que Teo hubiera esperado para ese momento del día, incluso teniendo en cuenta las sombras del foso. La brisa volvió a levantarse. Ululaba como un alma en pena al pasar entre los huesos y traía un aire sorprendentemente frío.

—Parece la Llorona —dijo Chacho.

—Eso es solo una leyenda —repuso Teo.

—Mi madre me hablaba mucho de ella, y mi madre no decía mentiras.

Chacho se ponía inmediatamente a la defensiva ante cualquier insulto, real o imaginario, dirigido contra su madre. Teo sabía que ella murió cuando Chacho tenía seis años.

—Vale. Yo creeré en la Llorona si tú te crees que los murciélagos no son peligrosos.

—Ojalá no me los hubieras recordado —dijo Chacho.

El viento había arreciado y levantaba remolinos de polvo por encima del cráter. Los huesos que estaban por encima traquetearon y, de improviso, Teo vio un cegador destello de luz seguido del restallido de un trueno.

—Es una tormenta —dijo, asombrado.

El viento frío le traía el olor de la lluvia, con lo que la sed que tenía se hizo más insoportable. Las tormentas del desierto eran poco frecuentes, excepto en agosto y septiembre, pero tampoco eran algo impensable. Caían de pronto, sembraban el caos y desaparecían casi tan rápido como habían llegado. Esta tenía visos de ser de las más espectaculares. El cielo se volvió blanco y luego rojizo a la luz del atardecer mientras una nube gigante se cernía sobre ellos. Teo contaba los segundos que transcurrían entre relámpago y trueno para calcular a qué distancia estaba la tormenta: un kilómetro, medio kilómetro, un cuarto, y luego ya la tenían encima. La nube abrió su panza y derramó piedras de granizo del tamaño de cerezas.

—¡Cógelas! —gritó Teo, pero el clamor de la tormenta era tan fuerte que probablemente Chacho no lo podía oír.

Teo iba atrapando las piedras de granizo mientras rebotaban de un hueso a otro y se llenaba la boca con ellas. El granizo vino seguido de un auténtico aguacero. Teo abrió la boca bajo el agua que caía a cántaros sobre él. Los destellos de luz revelaban de vez en cuando a los murciélagos que se agarraban con fuerza a los huesos. Teo oía el agua verterse al interior del cráter por los lados.

Y, al cabo de un momento, ya se había ido. El trueno se fue retirando a otras partes del desierto y el relámpago fue perdiendo intensidad, aunque seguía cayendo agua en el foso. Teo se estrujó la camiseta y chupó de ella tanta agua como pudo. La lluvia lo había reanimado, pero no le había dado toda el agua que necesitaba. El cielo estaba ya casi oscuro.

—Fíjate en dónde está el borde más cercano ahora que todavía se ve algo —dijo Teo a Chacho—. Yo ya tengo las piernas libres. ¿Y tú?

No hubo respuesta.

—¿Estás bien? —Teo tenía la terrible impresión de que Chacho había caído hasta el fondo durante el temporal—. ¡Chacho! ¡Contéstame!

—Los murciélagos... —dijo el muchacho, conteniendo la voz. Teo se sintió profundamente aliviado. Chacho todavía estaba cerca de él.

—No te harán daño —dijo Teo.

—Tengo todo el cuerpo lleno —dijo Chacho, con la voz rara de antes.

—Yo también.

Teo acababa de darse cuenta de que los pequeños animales se le estaban encaramando por todo el cuerpo.

—Solo... solo quieren alejarse del agua —tartamudeó, deseando que eso fuera cierto—. Se les ha inundado la madriguera. Supongo que también andan buscando calor.

—Están esperando a que anochezca —dijo Chacho—. Y luego nos chuparán la sangre.

—¡Para ya de decir estupideces! —gritó Teo—. ¡Solo están muertos de miedo y de frío!

Y, sin embargo, no podía evitar sentir un terror instintivo ante los movimientos sigilosos de los murciélagos. Un relámpago lejano le dejó ver a un pequeño animal arrimándosele al pecho. Tenía la nariz chata y las orejas en forma de hoja, y en la boca se le veían unos colmillos delicados y finos como agujas. Pero también arropaba a una cría bajo una de las alas fibrosas. Era una madre protegiendo a su bebé de la avalancha de agua.

—Tú no me vas a morder, ¿verdad? —susurró Teo a la madre murciélago.

Teo se ladeaba lentamente y se paraba en seco cuando veía que los huesos parecían estar a punto de desmoronarse. Luego volvía a moverse, siempre hacia el punto donde calculaba que estaba el borde más cercano. El murciélago se le quedó agarrado a la camisa, pero en seguida se sumergió otra vez en la oscuridad.

Era como nadar en un mar extravagante y aterrador. Cada vez que avanzaba, Teo se hundía un poco más. Llegó un punto en el que sintió el peso de los huesos en su espalda y temió haberse quedado atrapado. Por suerte, se movieron lo justo como para dejarle seguir adelante. Sin embargo, el peso aumentaba a cada brazada y Teo pronto sería incapaz de acercarse más al borde. Y entonces no podría hacer otra cosa que esperar, como un insecto atrapado en ámbar, a que lo sorprendiera la muerte.

El foso estaba completamente a oscuras cuando Teo tocó roca en lugar de hueso. Se sujetó a la pared del cráter y se arrastró centímetro a centímetro hasta que pudo colocar los pies sobre la superficie de piedra. Los huesos le parecían ahora más pesados, pero eso se debía a que tenía que moverlos para poder seguir subiendo. Se apoyó en la roca, jadeando de agotamiento, cuando vio caer por ella un hilillo de agua de la tormenta. Lo lamió como un perro y notó que el agua estaba fría y que tenía un regusto a minerales. Le supo a gloria.

—¿Chacho? —llamó—. Si sigues el sonido de mi voz, llegarás al borde. Aquí hay agua.

Pero Teo no recibió respuesta.

—Seguiré hablando para que sepas dónde estoy.

Así, Teo le contó su infancia, omitiendo las partes que po-

383

drían resultar más difíciles de explicar. Habló del apartamento de Celia y de las excursiones a la montaña con Tam Lin. Describió las cuadras de los zonzos y los campos de opio que las rodeaban. No sabía si Chacho podía oírlo o no. Tal vez se había desmayado, o quién sabe si al final los murciélagos le habrían chupado la sangre.

La noche estaba ya bien entrada cuando Teo tocó el borde, subió por él con un último esfuerzo y se desplomó sobre la tierra húmeda. Era incapaz de moverse. Toda la fuerza de voluntad que había empleado para recorrer el camino hacia la libertad lo había abandonado por completo. Se quedó tumbado de lado, con la cara medio hundida en el barro. No habría podido moverse ni aunque hubiera aparecido Jorge con un ejército de custodios.

Mientras perdía y recuperaba de nuevo la conciencia, oyó un extraño ruido procedente de la fosa. Se puso a escuchar, pensando qué animal haría un sonido como ese, y entonces cayó en la cuenta: Chacho estaba roncando. El chico se había quedado dormido de puro agotamiento. Aunque seguía atrapado en el foso, todavía estaba vivo. Y los murciélagos no le habían chupado la sangre después de todo.

34

LA COSECHADORA DE PLANCTON

El cielo tenía un tono azul marino y el barro había acumulado motas de escarcha cuando Teo se levantó con dificultad del suelo. Se encogió para mantener el poco calor que su cuerpo generaba. El viento rizaba la superficie de los pequeños charcos que salpicaban el desierto. El este ardía con colores rosados y amarillentos.

Teo nunca había tenido tanto frío en su vida. Le castañeteaban los dientes y tenía la piel de gallina en todo el cuerpo. A la luz incipiente vio que se le había desgarrado la ropa por mil sitios distintos durante su recorrido a través del foso y que tenía los brazos y las piernas llenos de rasguños. No había notado las heridas durante su desesperada lucha por la supervivencia, pero ahora le dolía todo.

—¿Chacho? —llamó en dirección al mar de huesos, a los que la luz previa al amanecer daba un color grisáceo—. ¡Chacho! —insistió, con su voz transportada por la brisa—. He salido. Estoy a salvo. Tú también puedes. Solo tienes que seguir mi voz.

No hubo respuesta.

—Te hundirás un poco, pero al cabo de un rato tocarás el borde del cráter. Cuando llegues, yo podré ayudarte —gritó Teo.

No hubo respuesta.

Teo caminó con preocupación a lo largo del borde del foso. Tenía una idea aproximada del lugar en el que estaba Chacho, pero no podía verlo.

—Aquí todavía queda agua de la tormenta. Yo no puedo llevártela, pero tú puedes venir a por ella. Te hará sentir mucho mejor. ¡Por favor, Chacho! ¡No te rindas!

Pero siguió sin haber respuesta del muchacho. Teo encontró en la roca un hueco lleno de lluvia y bebió hasta sentir punzadas de dolor en la cabeza. El agua estaba totalmente helada. Volvió al borde del cráter y se puso a llamar, a suplicar y hasta a insultar a Chacho para arrancarle una respuesta, pero fue en vano.

Cuando el sol apareció por el horizonte desértico y la luz invadió los pequeños montecillos y los arbustos que lo rodeaban, Teo se acurrucó al abrigo de una roca y se echó a llorar. No se le ocurría qué más podía hacer. Chacho estaba allí cerca, pero no podía verlo y, aunque lo viese, no podía ir hacia él. Y en el desierto no había plantas con las que fabricar una cuerda medianamente útil.

Teo lloró hasta agotarse, lo que no fue mucho, porque ya estaba cansado. El sol pareció calentar ligeramente el aire, pero el viento se lo llevó de un plumazo en cuanto Teo se puso en pie.

¿Qué iba a hacer? ¿Adónde iría? No podía quedarse allí arriesgándose a que Jorge volviera para ver qué había pasado, pero tampoco podía dejar atrás a Chacho. Volvió renqueando al borde del cráter y se sentó allí. Se puso a hablar y ya no paró.

A veces animaba a Chacho a seguir el sonido de su voz, y a veces solo divagaba sobre su infancia.

Habló del Patrón y de sus impresionantes fiestas de cumpleaños, y también de María y Bolita. Tenía la garganta seca de tanto hablar, pero no paraba porque le parecía que era la única cuerda que podía lanzar a su amigo. Si Chacho lo oía, no se sentiría completamente solo y se esforzaría por sobrevivir.

El sol se elevó lo suficiente como para iluminar el interior del foso. Teo vio, a poca distancia más abajo, una mancha marrón. Era el color de los uniformes que llevaban los muchachos en el vivero de plancton.

—Ya te veo, Chacho. No estás lejos del borde. Puedes llegar si lo intentas.

Entonces, Teo oyó un traqueteo mecánico. No era la vagoneta de Jorge, pero tal vez el custodio había cogido un vehículo más pesado. Se puso la mano sobre los ojos para ver mejor. Pensó en esconderse, pero vio consternado que había dejado huellas por todo el barro. Y no le daría tiempo de borrarlas antes de que llegara el vehículo.

Se rindió y esperó la llegada del custodio pero, para su sorpresa, lo que vio fue la cosechadora de plancton, que cruzaba el desierto entre sacudidas y chirridos. Fidelito estaba sentado en el capó. Al ver a Teo, el niño se bajó de un salto y corrió hacia él.

—¡Teo! ¡Teo! —gritó Fidelito—. ¡Has salido! ¿Y Chacho?

El niño se arrojó a los brazos de Teo y casi lo tiró al suelo.

—¡Qué contento estoy! ¡Estás vivo! ¡No sabes lo preocupado que estaba!

Teo lo sujetó para impedir que diera saltitos al borde del foso.

La cosechadora de plancton se detuvo bruscamente.

—Me... mmm... pareció que necesitaríais ayuda —dijo Ton-Ton.

Teo se echó a reír, aunque, más que de alegría, su risa parecía ser producto de la histeria.

—¿Que necesitaríamos ayuda? —dijo, casi sin aliento—. ¡No hace falta que lo jures!

—Pues no lo juro —dijo Ton-Ton, sin comprender.

Teo se puso a temblar. La risa se convirtió en un llanto desconsolado.

—¡No llores! —dijo Fidelito.

—Es Chacho —sollozó Teo—. Está donde los esqueletos. No dice nada. Creo que está muerto.

—¿Dónde está? —dijo Ton-Ton.

Teo señaló el uniforme marrón, sin soltar el brazo de Fidelito. Sentía pánico solo con pensar que el niño podría caer al foso.

Ton-Ton llevó la cosechadora hasta el borde y tocó los huesos con el brazo mecánico con el que inclinaba los depósitos para verter el plancton al contenedor. En el extremo del brazo había unas grandes pinzas. Lenta, metódicamente, Ton-Ton despejó la primera capa de huesos hasta dejar ver la cara de Chacho. Tenía los ojos cerrados. Ton-Ton apartó más huesos y le destapó el pecho. El uniforme estaba rasgado y había manchas de sangre en él, pero el muchacho respiraba.

—Sería... mmm... más fácil si nos pudiera ayudar —dijo Ton-Ton.

Maniobraba la máquina con la misma precisión que emplearía un cirujano en una operación.

—¿Y si bajo por el brazo de la cosechadora y le ato una cuerda? —dijo Teo. Había dejado de llorar, pero no podía parar de tiritar.

—¡Buf! —gruñó Ton-Ton—. Conseguirías lo mismo que... mmm... un zopilote borracho intentando llevarse una vaca muerta.

Ton-Ton prosiguió su trabajo con tanta parsimonia y cautela que a Teo le entraron ganas de gritar. Pero era lo más lógico. Al primer movimiento en falso, los huesos se precipitarían encima de Chacho y volverían a cubrirle el cuerpo.

Al fin, Ton-Ton cerró las pinzas de la cosechadora en torno a Chacho. Tenían tanta fuerza que eran capaces de romper una roca, pero Ton-Ton levantó el cuerpo con la misma delicadeza con la que habría cogido un huevo. El vehículo dio marcha atrás. El brazo mecánico osciló por encima del cráter y finalmente depositó a Chacho en el suelo. Después, Ton-Ton elevó el brazo hasta situarlo encima de la cosechadora y lo replegó para que recuperara la posición inicial. Meticuloso en todo momento, no podía dejar el trabajo a medias.

Teo se arrodilló junto a Chacho y le buscó el pulso. Era lento pero claramente perceptible. Fidelito le dio palmadas en la cara.

—¿Por qué no se despierta?

—Ha sufrido un... mmm... colapso —dijo Ton-Ton, mientras se bajaba de la máquina—. No es la primera vez que lo veo. La gente puede soportar el miedo solo durante un tiempo y luego entran en una especie... de sueño. Levantadle la cabeza. Voy a darle líquidos.

Teo sujetó la cabeza de Chacho mientras Ton-Ton le metía en la boca el líquido rojo de una botella de plástico.

—Es un refresco de fresa —explicó Ton-Ton—. Los custodios lo beben todo el rato. Lleva electrólitos. Impiden la deshidratación.

A Teo le sorprendieron los conocimientos médicos de Ton-

Ton, aunque era cierto que se fijaba en todo lo que oía. Lu, el chico de la enfermería, le debía de haber hablado sobre la deshidratación.

Chacho tosió, se pasó la lengua por los labios y dio un trago. Los ojos se le abrieron de golpe. Cogió la botella y empezó a beber ávidamente.

—¡Para un poco! —dijo Ton-Ton, arrebatándole la botella—. Si bebes demasiado rápido, vas a... mmm... vomitar.

—¡Más! ¡Más! —dijo Chacho, con la voz ronca, pero Ton-Ton lo obligó a beber a sorbos.

Chacho soltó un par de palabrotas, pero Ton-Ton hizo caso omiso. Siguió dándole el refresco de fresa de forma racionada hasta que consideró que ya había bebido suficiente.

Luego sacó otra botella de la cabina de la cosechadora y se la dio a Teo.

«El cielo no puede ser mejor que esto», pensó Teo, mientras paladeaba a conciencia el líquido dulce y fresco. El sabor del refresco de fresa debía estar allí, al lado de los cangrejos moros del Patrón traídos del Yucatán.

—Vámonos ya —dijo Ton-Ton al tiempo que ponía en marcha el motor de la cosechadora de plancton.

La euforia de Teo se vino a pique.

—¿Cómo vamos a volver? Jorge quiere matarnos. Se lo oí decir.

—No te pongas nervioso —dijo Ton-Ton—. Nos vamos a San Luis a buscar a mi abuelita.

—Fue idea mía —dijo Fidelito.

—Oye, que fue idea mía —afirmó Ton-Ton.

Teo le tapó la boca a Fidelito para hacerlo callar. Daba igual a quién se le hubiera ocurrido mientras nadie desviara a Ton-Ton de su curso.

390

—No sé si podré andar mucho —dijo Chacho, con aspecto aturdido.

—Por eso vine con la... mmm... cosechadora —dijo Ton-Ton—. Teo y tú podéis ir en el contenedor. Fidelito puede... puede sentarse delante conmigo.

Y con eso ya estaba todo dicho, al menos por parte de Ton-Ton. Teo no le llevó la contraria. Siguiendo algún proceso lento y concienzudo, Ton-Ton había decidido cortar por lo sano. Y si iba a hacerlo a ocho kilómetros por hora, nada de lo que le dijera podría sacarlo de ahí. Teo se preguntó cómo pensaba eludir a los custodios.

Teo ayudó a Chacho a bajar al contenedor por una escalera metálica. Aunque se había vaciado el agua de dentro, el lugar apestaba a marisco podrido. Creyó que se pondría a vomitar, pero lo cierto es que no tenía nada que vomitar. Al menos, así no le entraría hambre por el camino.

Chacho se durmió en el suelo mojado, pero Teo subió por la escalera para que le diera la brisa.

¡Ocho kilómetros por hora! Teo se dio cuenta de que había sido exageradamente optimista. La cosechadora avanzaba a un ritmo mas lento de lo que hubiera ido Fidelito correteando. Ton-Ton tenía que maniobrar para sortear las rocas y los socavones del suelo. La máquina estuvo a punto de volcarse, pero con un tremendo rechinar de frenos volvió a enderezarse.

Los chicos dejaron atrás el enorme cráter lleno de huesos y prosiguieron su camino hacia el norte y luego hacia el oeste. El suelo estaba plagado de rocas, y una profunda capa de arena cubría las partes más despejadas, por donde la cosechadora se balanceaba y chirriaba antes de seguir avanzando penosamente. Finalmente, los chicos llegaron a la alambrada y Ton-Ton paró la máquina.

—Todos fuera —indicó.

Chacho estaba tan débil que ni siquiera podía tenerse en pie, y Teo y Ton-Ton tuvieron que ayudarlo a subir por la escalera. Acompañados por los acostumbrados saltos de entusiasmo que iba dando Fidelito, llevaron a Chacho hasta un espacio de arena blanda.

—Quédate aquí —dijo Ton-Ton a Fidelito—. Lo digo en serio. Si te pillo cerca de la cosechadora, te... mmm... partiré la cara.

—No lo dice de verdad —susurró Fidelito cuando el chico mayor se alejó.

—¿Qué pasa con los custodios? —dijo Teo—. ¿No tiene miedo de que nos encuentren?

—¡No van a poder! —dijo Fidelito, estremeciéndose de emoción—. Están encerrados en su recinto. Las puertas y ventanas están tapadas con sacos de sal. ¡Montañas y montañas de sal! Todos los chicos ayudaron a hacerlo.

—¿Y los custodios no hicieron nada por impedirlo?

—Estaban dormidos —explicó Fidelito—. Ton-Ton dijo que no se despertarían por mucho ruido que hiciéramos.

Teo tuvo un mal presentimiento, pero se asombró tanto al ver lo que Ton-Ton estaba haciendo en ese momento que ya no hizo más preguntas. El muchacho había agarrado uno de los alambres de la valla con las pinzas de la cosechadora. La máquina dio marcha atrás lentamente, tirando del alambre con un chirrido estridente y horrible hasta que, ¡clac!, el alambre se partió. Ton-Ton rompió otro cable y otro más. Cuantos más partía, más fácil le resultaba seguir desmarañando la alambrada, y al cabo de poco rato ya había creado una abertura lo bastante grande como para que la cosechadora pasara a través de ella.

Teo contempló con nerviosismo la parte superior de la valla. El alambre del que verdaderamente tenían que preocuparse seguía allí, zumbando y chasqueando en el viento. Mientras Ton-Ton no alterase el sistema de aislamiento del alambre del resto de la valla, no habría peligro.

—¿Cómo estás? —preguntó Teo a Chacho.

—No lo sé —dijo el muchacho con un hilo de voz—. No sé lo que me pasa. Por la noche intenté ir hacia donde estabas, pero los huesos pesaban tanto que casi no podía respirar. Era como si tuviera una roca encima aplastándome.

Chacho se interrumpió, como si estuviera demasiado cansado como para seguir hablando.

—¿Te duele el pecho? —preguntó Teo. Por fin entendía por qué Chacho no le respondió ni una vez.

—Un poco. Pero creo que no me he roto nada. Es como... si no me llegase el aire.

—No hables —dijo Teo—. Te llevaremos con un médico en cuanto lleguemos a San Luis.

Estaba profundamente preocupado, pero tampoco sabía qué le podía pasar a Chacho.

Ton-Ton condujo la cosechadora a través del hueco que había creado y ayudó a Teo a meter a Chacho en el contenedor. El resto del viaje fue mucho mejor. Una carretera discurría en paralelo junto a la alambrada y la cosechadora pudo avanzar mucho más rápido. De vez en cuando, Ton-Ton la detenía para estirar las piernas y dejaba que Fidelito descargara parte de su energía corriendo un poco.

—La próxima vez... mmm... que te pongas a saltar por encima de mi asiento te... mmm... voy a partir la cara —protestó.

El niño se quedó quieto durante uno o dos minutos.

Todos bebían refrescos de fresa. Ton-Ton tenía una caja entera en la cabina. Decidió hacer una pausa para almorzar. Chacho y Fidelito nunca habían visto una comida tan maravillosa como la que sacó. Comieron chorizo, queso, aceitunas rellenas y panecillos. No les preocupaba que les entrara sed con la comida, porque tenían más refrescos de fresa de los que eran capaces de beberse. De postre comieron bombones envueltos en papel dorado.

—Estoy tan contento que me pondría a volar —dijo Fidelito con un suspiro de satisfacción.

A Teo le inquietaba el ritmo lento y relajado al que estaban viajando.

—¿No tienes miedo de que los custodios se abran paso y consigan salir del recinto? —preguntó a Ton-Ton.

—Le he contado lo de los sacos —dijo Fidelito.

—Están... mmm... dormidos —dijo el chico mayor.

—Pero ya ha pasado mucho tiempo —observó Teo—. A menos que... ¡Ton-Ton! ¿No les habrás dado láudano?

—Se lo han ganado —dijo con el mismo tono obstinado con el que los había defendido en la enfermería.

—¿Cuánto les diste?

—Suficiente —contestó Ton-Ton.

Teo comprendió que no le iba a dar más información.

—¡Fue increíble! —apuntó Fidelito—. Ton-Ton nos dijo que íbamos a ir a rescataros, pero que teníamos que esperar a que saliese el sol.

—La cosechadora funciona con... mmm... energía solar —explicó Ton-Ton.

—Entonces Flaco fue a comprobar que los custodios estuvieran dormidos de verdad —dijo Fidelito—. Luego, él y los demás les quitaron la comida y rodearon el recinto con todos los sacos de sal que encontraron. Flaco dijo que esperaría a que llegara el próximo aerodeslizador y que se iría a la Central de... de...

—Custodia —dijo Ton-Ton.

—¡Eso! Y que les contaría lo que hizo Jorge.

—Flaco se fía de los de la Central. Yo no —dijo Ton-Ton.

—Yo tampoco —musitó Chacho. Estaba apoyado en la cosechadora con una botella de refresco en la mano. Apenas parecía que estuviera despierto.

—Creo que deberíamos darnos prisa —dijo Teo, mirando a Chacho.

—Sí —dijo Ton-Ton.

Y así, la cosechadora prosiguió su chirriante traqueteo hasta llegar a un extremo en el que la alambrada giraba a la derecha. La carretera seguía en dirección norte, hacia una cordillera de montañas poco elevadas. A la izquierda estaba lo que quedaba del golfo de California, pero más adelante desaparecía de la vista para ser sustituido por arena que se amontonaba hasta el horizonte. Sobre la cosechadora flotaban ráfagas de aire de olor nauseabundo. Era el mismo tufillo que Teo había notado en el desierto que rodeaba las cuadras de los zonzos, pero más penetrante y alarmante.

El sol ya estaba bastante bajo en el oeste y las sombras empezaban a alargarse sobre la arena. La cosechadora subió lentamente por la carretera en dirección a la cordillera pero, al llegar a un paso entre montañas, se detuvo.

—Se acabó —dijo Ton-Ton, bajándose de la cabina de un salto—. Esto ya no irá más lejos hasta que amanezca.

Teo lo ayudó a sacar a Chacho del contenedor y entre los dos lo tumbaron a un lado de la carretera y lo taparon con las mantas que Ton-Ton se había traído. Los dos muchachos anduvieron hasta donde terminaba el collado y se agacharon para observar el sol que se hundía entre una neblina violeta.

—¿Cuánto queda para San Luis? —preguntó Teo.

—Cinco kilómetros. Puede que seis —dijo Ton-Ton—. Tenemos que atravesar el río Colorado.

—Creo que Chacho no va a poder aguantar hasta mañana.

Ton-Ton siguió contemplando la puesta de sol. Era difícil imaginarse lo que le pasaba por la cabeza en esos momentos.

—Por allí... mmm... pasé con mis padres para ir al País de los Sueños —dijo, señalando la neblina—. Jorge me salvó de los perros. Yo pensé que era... que era una persona fantástica. Pero él solo pensaba que yo era un estúpido.

Ton-Ton bajó la cabeza. Teo se dio cuenta de que estaba llorando, pero disimuló para que no se avergonzara.

—A mí me pasó algo parecido —dijo finalmente.

—¿De verdad? —dijo Ton-Ton.

—Una persona que me importaba más que nada en el mundo quiso matarme.

—¡Anda! —dijo Ton-Ton—. Eso sí que es malo.

Y ya no dijeron nada más durante un rato. Teo oía a Fidelito decirle a Chacho lo divertido que sería dormir bajo las estrellas y que era lo que hacía con su abuelita cuando el temporal los dejó sin casa.

—Creo que... mmm... será mejor que Fidelito y tú vayáis andando a San Luis —decidió Ton-Ton—. Si encontráis a un médico, traedlo aquí. Si no habéis... vuelto antes del amanecer, seguiré adelante.

Ton-Ton dio unas linternas a Teo y Fidelito. También les dio unas mantas para protegerlos del frío y unos limones para soportar el olor.

—El río está... muy contaminado —dijo—. Se mete en un... mmm... conducto antes de llegar a la carretera, pero es peligroso igualmente. No te acerques a él, Fidelito —le advirtió—. Como no tengas cuidado, te... mmm...

—Me vas a partir la cara —terminó el niño, con tono alegre.

—Esta vez lo digo en serio —dijo Ton-Ton.

35

EL DÍA DE LOS MUERTOS

El camino cuesta abajo era fácil, pero Teo notó que tenía que pararse a descansar cada dos por tres. Le dolía todo el cuerpo por el tremendo esfuerzo de la noche anterior y se le habían infectado algunas de las heridas. Miró hacia atrás y vio a Ton-Ton observándolos con aire de gravedad entre las sombras del collado. Apenas se veía ya el morro de la cosechadora de plancton.

Fidelito agitaba la linterna sin dejar de dar brincos.

—¿Crees que puede verme?

—Seguro que sí —contestó Teo. A veces, la energía que derrochaba Fidelito lo dejaba agotado.

Siguieron andando y Fidelito se puso a hacer preguntas sobre a quién iban a ver. Teo le habló de María y del Convento de Santa Clara. No sabía qué aspecto tendría el convento, pero improvisó una descripción para entretener al niño.

—Es un castillo en lo alto de una montaña —dijo—. En cada esquina tiene una torre con el tejado rojo. Todas las mañanas, las chicas izan una bandera en el patio.

—Como los custodios —dijo Fidelito.

—Sí.

Todas las mañanas, los custodios hacían ponerse en fila a los chicos e izaban una bandera con el emblema de la colmena. Los chicos recitaban los Cinco Principios de Correcta Urbanidad y las Cuatro Conductas para la Sensatez antes de desfilar hacia la cafetería para desayunar gachas de plancton.

—La bandera tiene un dibujo de la Virgen de Guadalupe —prosiguió Teo— y las chicas cantan «Buenos días, paloma blanca», la canción favorita de la Virgen, y luego comen tostadas con miel para desayunar.

Fidelito dio un suspiro.

Teo se preguntó si los custodios habrían logrado despertarse del sueño inducido por la droga. ¿Estarían todos muertos como el pobre Bolita? ¿Detendrían a Ton-Ton por asesinato?

—¿Los custodios tienen agua en su recinto? —preguntó.

—Flaco dice que podían beber de las letrinas —dijo Fidelito.

«Es duro, pero es justo», pensó Teo, con una sonrisa amarga.

—Me estoy poniendo malo con esta peste —dijo Fidelito.

Teo levantó la cabeza. El olor se intensificó de forma tan gradual que no lo había detectado.

—Debemos de estar acercándonos al río —dijo.

Arrancó la piel de un limón y la puso bajo la nariz de Fidelito.

—Esto no matará el olor, pero al menos impedirá que te pongas a vomitar.

Teo oyó una serie de borboteos y sacudidas a su izquierda y dirigió la luz de la linterna en esa dirección. Una extensa y negra masa de agua desapareció por un desagüe gigante. En la superficie relucía algún tipo de combustible y unos cuerpos se asomaban aquí y allá y luego volvían a sumergirse.

—¿Son peces? —susurró Fidelito.

—Yo diría que no —dijo Teo, enfocando con la linterna un largo tentáculo de aspecto grasiento que luchaba por agarrarse a la orilla—. Creo que eso es por lo que Ton-Ton te ha aconsejado que no te acercaras al río.

El tentáculo fue vencido por la corriente y desapareció desagüe abajo entre horribles sonidos similares a chupeteos.

—¡Corramos! —suplicó el niño.

El inmenso río, sumergido bajo la carretera, hacía temblar el suelo. Teo creyó desmayarse por la peste. «Aire contaminado, aire contaminado», pensó frenéticamente. Si perdían el conocimiento allí mismo, nadie iría a buscarlos.

—¡Más rápido! —dijo Teo, con la voz entrecortada, pero en realidad era él quien iba lento. Fidelito iba delante de él, dando saltos como un mono.

Llegaron hasta una parte más elevada, donde una ligera brisa se llevaba el olor nauseabundo del río. Teo se desplomó, respirando agitadamente. Luego empezó a toser y se sintió como si lo estuvieran estrangulando. «¡Oh, no!», pensó. «No puedo tener un ataque de asma ahora.» No tuvo síntomas de la enfermedad desde que se fue de Opio, pero el olor del río le hizo sufrir una recaída. Se inclinó hacia adelante para que el aire le llegara a los pulmones.

Fidelito peló desesperadamente el limón y lo puso debajo de la nariz de Teo.

—¡Respira! ¡Respira! —gritó.

Pero no sirvió de nada. Teo estaba empapado en sudor de tanto esforzarse por respirar.

—¡Voy a buscar ayuda! —le gritó Fidelito en la oreja, como si, además de sin aire, Teo también se hubiera quedado sordo.

«¡No vayas! ¡Es peligroso!», quiso decir Teo.

Sin embargo, tal vez daba igual que el niño se fuera. Teo ya no podía hacer nada para protegerlo.

Teo no supo cuánto tiempo habría pasado. El mundo se había reducido al minúsculo tramo de carretera donde se libraba su lucha por la supervivencia. De pronto, notó que unas manos lo ayudaban a ponerse en pie y que alguien le ponía un inhalador, ¡un inhalador!, en la cara. Se agarró a él y respiró con toda su energía. El ataque de asma se disipó y el mundo volvió a ser como antes.

Vio una cara de mujer tostada y surcada por profundas arrugas.

—Mira lo que ha traído el río, Guapo —dijo la mujer.

Guapo se acercó a la cuneta, se agachó y en su boca casi totalmente desprovista de dientes se dibujó una gran sonrisa. El hombre tendría ochenta años por lo menos.

—Pues vaya sitio que ha elegido para nadar este chico —dijo.

—Era una broma —dijo la mujer—. Nadie puede bañarse en ese río y salir vivo. ¿Puedes andar? —preguntó a Teo.

Teo se puso de pie. Dio unos cuantos pasos inseguros y asintió con la cabeza.

—Quédate a dormir con nosotros —dijo la mujer—. Por tu aspecto, no creo que tu madre te esté esperando para la cena.

—Es un huérfano fugitivo. Fíjate en el uniforme —dijo Guapo.

—¿A estos harapos llamas tú uniforme? —rió la mujer—. No temas, niño. No se lo diremos a nadie. Nosotros odiamos a los custodios tanto como tú.

—¡Chacho! —dijo Teo, casi sin voz.

—El pequeño ya nos ha avisado —dijo Guapo—. Mira, la ambulancia ya va para allá.

Señaló hacia arriba y Teo vio un aerodeslizador volando sobre ellos. El desplazamiento del aire causado por la propulsión antigravedad le erizó el vello de los brazos.

Escoltado por Guapo a un lado y la mujer (que dijo ser su hermana Consuelo) al otro, Teo prosiguió su camino por la carretera. Tenía la cabeza embotada. Todo le parecía irreal: la carretera oscura, el cielo estrellado y el hombre y la mujer que guiaban sus pasos.

Al cabo de un rato, llegaron al pie de un muro elevado. Consuelo apretó un botón y una puerta se abrió para revelar una escena tan inesperada que Teo se preguntó si en realidad no estaría soñando.

El interior estaba repleto, hasta donde abarcaba la vista, de tumbas resguardadas por elegantes arbustos de palo verde. Todas ellas estaban decoradas con hojas de palmera, flores, fotografías, estatuas y cientos de velas parpadeantes colocadas en recipientes rojos, azules, verdes, amarillos y violetas. Las luces parecían fragmentos de arco iris bailando sobre el suelo.

Algunas de las tumbas tenían también ofrendas de comida: tortillas, platitos de chile, botellas de refresco y fruta, además de manadas enteras de caballos, burros y cerdos en miniatura hechos con pasta de azúcar. En una tumba había un precioso gatito con una nariz rosa de azúcar y la cola arremolinada alrededor de las patas.

Teo vio gente sentada entre las sombras hablando en voz baja.

—¿Dónde estamos? —susurró.

—En un cementerio, chico —dijo Consuelo—. No me digas que nunca has visto uno.

«Como este, no», pensó Teo. Los Alacrán estaban enterrados en un mausoleo de mármol, no muy lejos del hospital. Era

401

tan grande como una casa y estaba decorado con tantos ángeles que parecía que se hubieran reunido todos allí. A través de la puerta principal se podía ver algo parecido a grandes cajones a un lado y a otro. En cada uno de los cajones estaba escrito el nombre de los miembros difuntos de la familia Alacrán. Teo suponía que se podían abrir como los cajones de su habitación, donde Celia le guardaba las camisas y los calcetines.

Los zonzos, por supuesto, se enterraban en fosas comunes en el desierto. Tam Lin decía que era imposible distinguir sus yacimientos de los vertidos residuales.

—Parece que haya una... una fiesta —titubeó Teo.

—¡Es que lo es! —exclamó Fidelito, que apareció de pronto entre un grupo de mujeres que estaban abriendo cestas con comida—. ¡Qué suerte hemos tenido! ¡Por pura casualidad, hemos llegado en el Día de los Muertos, mi fiesta favorita del año! —y le pegó un mordisco a un bocadillo.

Teo no lo entendía. Celia celebraba todas las fiestas del calendario, pero nunca le había hablado de esta. La Noche de Reyes, ponía los zapatos de Teo cerca de la ventana para que vinieran a traerle regalos. Decoraba huevos en Pascua. Preparaba pavo relleno el Día de Acción de Gracias y tartas en forma de corazón el Día de San Valentín. Celebraba las onomásticas de San Mateo, el santo de Teo, y Santa Cecilia, de donde venía el nombre de Celia. Sin olvidarse, claro, de las fiestas de cumpleaños del Patrón. ¡Pero nunca, nunca, nunca se le habría ocurrido a nadie celebrar una fiesta en honor a la muerte!

Y, sin embargo, Teo veía que en todas las tumbas había figuras de esqueletos bailando o conduciendo aerodeslizadores de plástico en miniatura. Había esqueletos de madres que salían de paseo con los esqueletos de sus hijos, esqueletos de novias que se casaban con esqueletos de novios, esqueletos de perros que husmeaban las farolas y esqueletos de caballos que galopaban con la muerte a lomos.

Entonces, Teo percibió un olor particular. El muro impedía que llegase la peste infecta del río, pero el aire estaba inundado de otro alarmante aroma al que cada fibra del cuerpo de Teo respondió tensándose. ¡Olía igual que Felicia! Era como si su fantasma merodease justo frente a él, echándole a la cara su denso aliento a whisky. Se sentó en el suelo, sintiéndose mareado de golpe.

—¿Te encuentras mal? —preguntó Fidelito.

—Saca otro inhalador de mi bolso, Guapo —dijo Consuelo.

—No... no... —dijo Teo—. Estoy bien. El olor que hay aquí me ha recordado a una cosa.

—Es el aroma a incienso y resina de copal que quemamos para los muertos —dijo Consuelo—. Si te recuerda a tu mamá o a tu papá, no estés triste, porque esta es la noche en la que volvemos a reunirnos con ellos, para enseñarles cómo vivimos y para ofrecerles su comida favorita.

—¿Los muertos comen? —dijo Teo mirando los tamales, los platitos de chile y los panes espolvoreados con azúcar.

—Sí, pero no como nosotros, cielito. Les gusta el olor de las cosas —explicó Consuelo—. Por eso les damos tantos alimentos con olores ricos.

—Mi abuelita dice que a veces vuelven en forma de palomas o ratones. Dice que no tenemos que espantarlos si se acercan a comer —dijo Fidelito.

—Eso también es verdad —dijo Consuelo, poniendo el brazo sobre el hombro del niño.

Teo pensó en los Alacrán, que descansaban en su mausoleo de mármol. El Patrón estaría allí seguramente (en el cajón más alto, por supuesto). Entonces, Teo se acordó de que Celia le dijo que el Patrón quería que lo enterraran en un almacén subterráneo con todos sus regalos de cumpleaños. ¿Le pondría alguien comida esta noche? ¿Le habría preparado Celia menudo y tamales? No. Celia se escondía en los establos. Y el señor Alacrán no ofrecería ni un solo frijol al Patrón, porque lo odiaba.

Teo parpadeó para limpiarse los ojos de lágrimas.

—¿Cómo es posible que alguien celebre la muerte?

—Porque es parte de todos nosotros —dijo Consuelo, con voz suave.

—Mi abuelita dice que no debo tener miedo de los esqueletos porque yo también tengo uno dentro —dijo Fidelito—. Me dijo que me tocase las costillas y que me hiciera amigo de ellas.

—Tu abuelita era muy sabia —concluyó Consuelo.

—Me voy a la ciudad a celebrar la fiesta —dijo Guapo, que se había puesto un elegante sombrero negro y se había colgado una guitarra al hombro—. ¿Queréis que os deje en algún sitio, chicos?

—¡Eres un viejo granuja! Ya te veo persiguiendo a las mujeres —rió Consuelo.

—A mí no me hace falta perseguir a nadie —respondió Guapo, herido en el orgullo.

—No te pierdas por ahí, Guapito. Ya sabes que me preocupo por ti —dijo Consuelo. Luego dio un beso a su hermano y le enderezó el sombrero.

—¿Qué me decís, chicos? ¿Os llevo a ver a Chacho? Está en el hospital del Convento de Santa Clara.

—¡Nosotros íbamos allí! —exclamó Fidelito.

—¿Y qué pasa con los custodios? —dijo Teo.

—Nunca salen a la calle cuando hay una fiesta. Demasiada diversión para ellos —dijo Consuelo—. Pero, por si acaso...

La mujer rebuscó en el gran bolso que llevaba y sacó un par de máscaras.

—Las reservaba para mis nietos, pero ya les llevaré otra cosa —dijo, y cubrió la cara de Fidelito con una de las máscaras.

Teo tuvo la extraña sensación de que se le encogía el pecho al ver el cuerpo flacucho de Fidelito con una calavera que lo miraba fijamente.

—Ponte la tuya —le animó el niño.

Pero Teo no se podía mover. No podía apartar la mirada de la cara de Fidelito.

—Yo ya tengo la mía —dijo Guapo, colocándose otra máscara.

—Vaya, ahora si que estás guapo —bromeó Consuelo.

El anciano se puso a correr y a brincar festivamente. El sombrero negro se balanceaba sobre la calavera de su cara.

Teo sabía que solo trataban de animarlo, pero no pudo sentir más que horror.

—Escúchame, mi vida —dijo Consuelo, y Teo dio un respingo al oír que lo volvían a llamar de esa forma—. No sé qué fue lo que te pasó, pero tienes que ponerte la máscara por tu propia seguridad. Los custodios no se fijarán en ti si vas disfrazado.

Teo cedió ante la sensatez de las palabras de la mujer. No sin recelo, se puso la máscara, que se le ajustaba como si fuera su propia piel, con orificios para los ojos, la boca y la nariz. Se sintió como si lo enterraran vivo, y tuvo que luchar contra el pánico que amenazaba con invadirlo. Inspiró profundamente y logró alejar sus temores.

—Muchas gracias —dijo.

—De nada —contestó Consuelo.

36

EL CASTILLO EN LO ALTO DE LA MONTAÑA

Mientras seguía a Guapo, Teo se dio cuenta de que todas las tumbas estaban salpicadas de flores amarillas. Cuando llegaron a la carretera, vio un rastro de pétalos dorados que provenía del cementerio.

—¿Qué quiere decir eso? —susurró a Fidelito.

—Son flores de cempasúchil, para que los muertos puedan encontrar su camino a casa.

Teo no pudo evitar sentir un escalofrío mientras pisaban los delicados pétalos esparcidos sobre la tierra del camino.

El anciano tenía un pequeño aerodeslizador personal, y tardó un rato en hacerlo arrancar para que ascendiera, y aun entonces solo se elevó a poco más de un metro del suelo.

—Maldita propulsión antigravedad —masculló Guapo, accionando varios mandos y botones—. Lo compré rebajado de precio. Seguro que lleva electrones mezclados.

El vehículo dejó atrás el cementerio y se acercó a las primeras casas de la ciudad. Todas ellas tenían caminos de flores que llegaban hasta la puerta. Lo que más sorprendió a Teo fue lo bonitas que eran las casas. No se parecían en nada a las casuchas que había visto en la tele. Estaban hechas con un material brillante al que se había dado formas originales. Algunas casas eran como pequeños castillos, otras parecían naves o estaciones espaciales y otras tenían forma de árbol, con balcones extravagantes y jardines en los tejados.

El paso del aerodeslizador por plazas y patios activaba imágenes holográficas que podían mostrar tanto cohetes tripulados por esqueletos que salían zumbando como una comitiva de esqueletos que celebraba una boda en un descampado, con su cura y sus damas incluidos. Fidelito se asomó a la ventana para ver si los podía tocar.

Teo oyó música a lo lejos y el petardeo de fuegos artificiales. Fidelito señaló en el cielo una lluvia de chispas rojas y verdes. La carretera no tardó en llenarse de grupos de personas que salían de fiesta y que terminaron cortando el paso a Guapo.

Un aerodeslizador en buenas condiciones hubiera sobrevolado por encima todas aquellas cabezas, pero Guapo tenía que contentarse con tocar la bocina para abrirse camino entre la multitud. Había tanto ruido entre la música y los gritos que nadie prestaba atención a la bocina.

Teo contempló maravillado la riada de gente. Nunca en su vida había visto tal concentración. Cantaban y bailaban, subían a los niños sobre los hombros para que pudieran ver los fuegos artificiales que coloreaban el cielo, zarandeaban chistosamente el aerodeslizador hasta que Guapo se ponía a gritar. ¡Y qué disfraces! Gorilas, vaqueros y astronautas acudían en masa a los puestos de venta de comida. El Zorro chasqueaba su látigo a un trío de extraterrestres que desfilaban frente a él. La Llorona y el chupacabras bailaban con sendas botellas de cerveza en la mano. Sin embargo, la mayor parte de la gente llevaba disfraces de esqueletos.

Teo cogió a Guapo por el hombro y gritó:

—¿Quién es ese?

El hombre echó una mirada a una figura que llevaba un traje negro y plateado.

—¿Ese? Es el vampiro del País de los Sueños, nada más.

Teo vio una fila de zonzos vestidos de marrón y con calaveras por cabeza que arrastraban los pies detrás de aquella figura que tenía un escalofriante parecido con el Patrón. Teo se hundió en su asiento, respirando profundamente para reponerse de la impresión. Sentía una desgarradora sensación de pérdida, que al fin y al cabo no tenía ninguna razón de ser. Si el Patrón estuviera vivo, él ya estaría muerto.

—¡Los custodios! —susurró Fidelito.

Teo se fijó en un grupo de hombres parados a un lado del camino. Miraban a los juerguistas con aire de reproche, como diciendo: «Sois todos unos zánganos y, cuando llegue el invierno, las abejas obreras os arrojarán a la nieve para que muráis allí».

—Voy a enseñarles el mapamundi —anunció Fidelito, pero Teo lo sujetó para que no se levantara de su asiento.

—Eh, niños, dejad de pelearos ahí detrás —dijo Guapo—, que vais a sobrecalentar las bobinas magnéticas.

Al fin sobrepasaron la fiesta bulliciosa. Los tenderetes quedaron atrás y el olor a carne frita y cerveza se dispersó, y llegaron a la falda de una montaña. Frente a ellos, cuesta arriba, serpenteaba un camino tranquilo y bonito con granados a un lado y a otro. Unas esferas de gas encendidas proyectaban a intervalos una ardiente luz blanca sobre el terreno.

—El aerodeslizador no puede subir por allí —dijo Guapo—,

pero ya no estamos lejos de la cumbre. Dad recuerdos de mi parte a las monjas del hospital. Después de la última juerga, tuvieron que darme unos cuantos puntos y, de paso, me dieron un sermoncillo gratis —y el anciano sonrió a Teo con picardía.

A Teo le dio pena verlo marcharse. No había podido conocer mucho a Guapo y a Consuelo, pero le caían muy bien. Se quitó la máscara y ayudó a Fidelito a hacer lo mismo.

—¿Es aquí donde vive María? —preguntó el niño, estirando el cuello para ver qué había en la cumbre de la montaña.

Teo se sentía lleno de angustia. Quería encontrar a María desesperadamente. Llevaba semanas sin pensar apenas en nada más. Sin embargo, ¿querría ella verlo también? ¿Se habría hecho amiga de él solo por lástima? Teo era consciente de que su papel hasta entonces había sido el de un animal desamparado, y María sentía debilidad por las causas perdidas.

Por aquel entonces, incluso podía haber pasado como un animal más o menos resultón, pero ahora tenía la cara llena de acné. Su cuerpo estaba lleno de cicatrices producidas por los golpes de vara de Jorge y de arañazos que se hizo al escapar de la fosa. Tenía la ropa hecha un asco. Olía a marisco podrido. ¿Se avergonzaría tanto María al verlo tan mal que le cerraría la puerta en las narices?

—Ahí es donde vive —respondió a Fidelito.

—¿Crees que también estarán celebrando la fiesta? —dijo el niño.

«A mí también me gustaría saberlo», pensó Teo, mientras empezaban a subir por la cuesta empinada. Se imaginaba a las chicas del convento con vestidos caros, como las niñas del cortejo de la boda de Emilia. Al peinarse con los dedos notó una espesa capa de arena y sal. A juzgar por el aspecto de Fidelito (y normalmente el niño era bastante mono, a su manera), los dos tenían el mismo atractivo que un par de coyotes sarnosos.

—¡Pues sí que es un castillo! —exclamó Fidelito, asombrado.

Sobre los setos de buganvilla repletos de flores violeta y rojas se alzaban las blancas paredes y torres del Convento de Santa Clara. Por encima de las paredes flotaban en el aire las mismas luces intensas que alumbraban el camino serpenteante. El edificio estaba fabricado con la misma sustancia brillante que las casas de San Luis. Teo no sabía lo que era, pero relucía como la seda.

—Allí comen tostadas con miel para desayunar —murmuró Fidelito—. Ojalá nos puedan dar un poco.

—Antes tenemos que encontrar la puerta —dijo Teo.

Dieron la vuelta al edificio por un camino de piedra. En las altas paredes había ventanas pero no se veía ninguna puerta.

—Tiene que haber una entrada por algún lado —dijo Teo, acercándose a la pared.

Justo entonces, se encendieron unas luces y se abrió una pared, como si alguien hubiera abierto una cortina. Ante ellos había un pórtico que conducía a un patio iluminado. Teo inspiró profundamente y puso la mano sobre el hombro de Fidelito.

El niño estaba temblando.

—¿Es magia? —susurró.

—Es un holograma. Forma parte del sistema de seguridad. Hace que la pared parezca sólida de lejos, pero en cuanto atraviesas esos proyectores —dijo Teo, señalando unas cámaras colocadas entre los árboles— los hologramas desaparecen.

—¿Y no pasa nada? O sea, si se vuelven a encender, ¿no nos vamos a quedar dentro?

—No hay ningún peligro —dijo Teo, sonriendo—. Ya lo había visto antes, donde... donde yo vivía.

Fidelito alzó la vista para mirar a Teo.

—¿Quieres decir cuando eras un zombi?

—¡Anda ya! —dijo Teo—. No me digas que te has creído las mentiras de Jorge.

—¡No! ¡Claro que no! —dijo Fidelito, pero Teo vio que parecía haberse quitado un peso de encima.

Teo llevó a Fidelito por el pórtico. Pasaron junto a una estatua de san Francisco dando de comer a las palomas y llegaron a la sala que había al otro extremo del patio. En ella había monjas y enfermeros que corrían de un lado a otro con vendas y medicinas. A cada lado había camas con heridos que, al ir disfrazados en su mayor parte, hacían que pareciera que las camas estaban llenas de esqueletos.

—¿Qué hacéis vosotros aquí? —gritó un enfermero ajetreado que se había plantado frente a ellos.

—Queríamos ver a Chacho, por favor —dijo Teo.

—Y a María —apuntó Fidelito.

—Esta noche tenemos a cien Marías en el hospital —dijo el enfermero—. Cada año pasa lo mismo por culpa de esta dichosa fiesta, con tanta gente bebiendo y peleándose. Deberían prohibirla... En fin, ¿Chacho, dices? —se interrumpió, mirando a los chicos más atentamente—. Que yo sepa, solo hay un Chacho aquí, y está en cuidados intensivos. ¿Venís del mismo orfanato que él?

—Puede que sí —dijo Teo, con cautela.

—Será mejor que os andéis con cuidado —dijo el enfermero, bajando la voz—. Por aquí rondan algunos custodios. Al parecer ha habido una revuelta en las salinas.

—¿Cómo está Chacho? —preguntó Fidelito.

—No muy bien. Escuchadme, será mejor que hablemos en un sitio menos concurrido.

El enfermero abrió una puerta que conducía a un pasillo mal iluminado que parecía servir de almacén. Al entrar, Teo vio ropa de cama y cajas de material médico amontonadas.

—Yo también era huérfano —dijo el enfermero—. Todavía me despierto algunas noches recitando los Cinco Principios de Correcta Urbanidad y las Cuatro Conductas para la Sensatez.

Cuando llegaron a otro pasillo, donde no se veía a nadie, el enfermero les explicó:

—Esta es la sección de recuperación. Aquí es donde las monjas cuidan de los pacientes que tienen que pasar mucho tiempo en el hospital. Chacho está en la última habitación de la derecha. Si está dormido, no lo despertéis.

Dicho esto, el enfermero se fue para volver al trabajo.

Teo oyó voces que venían del final del pasillo. Fidelito se puso a correr hacia allí.

—¡Chacho! —gritó.

—¡No lo despiertes! —dijo Teo.

Sin embargo, daba igual cuánto ruido hiciera el niño, porque los que ocupaban la habitación gritaban mucho más alto. Teo vio a un par de monjas que protegían la cama. Ante ellas había dos custodios y, junto a ellos, atado por todos lados como si hubieran dejado en el suelo un paquete abultado, estaba Ton-Ton. Al verlos, el muchacho pronunció la palabra «corred» sin emitir ningún sonido.

—Si lo sacáis de aquí, morirá —decía una de las monjas.

—Haremos lo que nos parezca, sor Inés —espetó uno de los custodios.

Teo reconoció la voz al momento. Era Carlos, y el otro hombre, a juzgar por el brazo enyesado, era Jorge.

—Estos chicos han intentado cometer un asesinato. ¿No lo ve? —dijo Carlos.

—Lo que veo es que algunos de sus hombres sufrieron un ataque a su orgullo —dijo sor Inés—. Que yo sepa, nadie se muere de humillación. Pero si sacan de aquí a Chacho, eso sí que será un asesinato. No pienso permitirlo.

—Entonces, nos lo llevaremos sin su permiso —dijo Carlos.

Teo vio que sor Inés se ponía pálida, pero la monja no se arrugó.

—Tendrán que pasar por encima de nosotras —dijo.

—Y de nosotros —dijo Teo.

Los custodios se dieron la vuelta de golpe.

—¡El condenado aristócrata! —gritó Jorge.

Intentó atrapar a Teo pero, al tener solo un brazo útil, tropezó y cayó encima de Ton-Ton que, acto seguido, le dio un cabezazo en el costado.

—¡Basta! ¡Basta! —gritó sor Inés—. Estamos en un convento. Aquí no se permite el uso de la violencia.

—¡Dígaselo a ellos! —dijo Teo, mientras intentaba apartar a patadas los pies con los que le intentaba hacer la zancadilla Carlos, que se había lanzado a la pelea cuando Jorge cayó al suelo.

Teo no tenía ninguna posibilidad de ganar. Las duras pruebas por las que había pasado lo habían dejado totalmente sin fuerzas. Por añadidura, el hombre pesaba como mínimo veinte quilos más que él. Pero Teo se había cansado ya de huir y de esconderse, y no iba a dejar que los custodios se salieran tan fácilmente con la suya. Eran sabandijas que Tam Lin hubiese hecho saltar por los aires sin pensárselo dos veces. La sangre le palpitaba en las sienes y las orejas le zumbaban.

—¡Parad ahora mismo! —sonó una voz autoritaria, con tanta brusquedad que atravesó la neblina roja que envolvía la mente de Teo.

413

Notó que las manos de Carlos lo soltaban y no pudo evitar caer de rodillas. Oyó sollozar a Fidelito.

—¡Qué vergüenza! —atronó la voz autoritaria.

Teo alzó la vista. La escena hubiera sido divertida de no ser tan grave. Sor Inés se había parado en seco mientras tiraba del pelo a Carlos. La otra monja agarraba con fuerza el cuello de la camisa de Jorge mientras este se había detenido a media patada dirigida a la barriga de Ton-Ton. Fidelito se había arrojado sobre Chacho, como si su cuerpo esmirriado pudiera servirle de alguna protección. A todo esto, el pobre Chacho no podía hacer otra cosa que mirar embobado, como si hubiera visto aparecer un dragón por la puerta.

Teo vio a una mujer menuda pero con un aspecto muy severo que los miraba con las manos en la cintura. Llevaba un vestido negro y tenía el pelo moreno trenzado y sujeto sobre la cabeza como si fuera una diadema. Pese a su pequeño tamaño, todo lo que la envolvía proclamaba que estaba acostumbrada a que la obedecieran y a que quien no lo hiciera lo lamentara después.

—Doña... ¡doña Esperanza! —tartamudeó sor Inés.

Teo se quedó boquiabierto. ¡Era la madre de María! La reconoció por la foto del libro, aunque parecía mayor de lo que esperaba.

—Poneos de pie todos —ordenó doña Esperanza.

Carlos, Jorge, las dos monjas, Fidelito y Teo se incorporaron con esfuerzo. Hasta Ton-Ton intentó sentarse derecho.

—Espero una explicación por todo esto —dijo Esperanza.

Entonces, todos se pusieron a hablar a la vez y ella dijo secamente que se callaran hasta que ella lo indicase. Miró uno por uno a todos los que estaban en la habitación, y solo se le suavizó la mirada al ver a Chacho.

414

—¡Tú! —dijo, señalando a Ton-Ton—. Explícame a qué se debe esta vergonzosa y absurda barbarie.

Así, Ton-Ton, sin tropezar con una sola palabra, le contó toda la historia: desde que Fidelito estuvo a punto de ser apaleado hasta que arrojaron a Teo y Chacho a la fosa. Luego relató la rebelión de los huérfanos que se alzaron como un ejército vengador y su escapada con la cosechadora de plancton, y terminó su narración contando cómo llevaron a Chacho volando al hospital. Esperanza era capaz hasta de quitarle el tartamudeo a Ton-Ton con su presencia.

Cuando terminó de relatar lo sucedido, todos se quedaron callados. El silencio se prolongó sin piedad. Teo quería respaldar la versión de Ton-Ton, pero una rápida mirada a aquellos ojos negros y severos le aconsejó que lo mejor sería quedarse callado.

—Perdóneme por expresar mi punto de vista, doña Esperanza —dijo Jorge al fin—. Tengo que aclarar que este chico es deficiente mental. Lo rescaté hace años de la Patrulla de las Plantaciones, pero nunca ha mostrado visos de inteligencia.

—A mí me ha parecido del todo inteligente —repuso Esperanza.

—Repite como un loro todo lo que oye. Casi nunca es capaz de encadenar una frase sin atascarse.

—No... no es... verdad —musitó Ton-Ton.

Esperanza lo hizo callar con una mirada y se dirigió de nuevo a Jorge:

—¿Me está diciendo que nunca ha habido azotes?

—Por supuesto que no —afirmó el custodio—. A veces podemos racionarle la comida a un chico por un día si se porta mal, pero nunca empleamos castigos físicos. Eso iría en contra de todo lo que los custodios sostienen.

—Ya veo —dijo Esperanza—. Y lo de la fosa también es una invención.

—Ya sabe cómo son los chicos —dijo Jorge, zalamero—. Les gusta contarse historias de miedo cuando oscurece y se ponen a hablar de vampiros y del chupacabras. Es una cosa normal, pero a veces van demasiado lejos.

A Teo se le cayó el alma a los pies. Esperanza asentía como si estuviera de acuerdo con Jorge: era cierto que los chicos se contaban historias de miedo, que se inventaban cosas. Pero, entonces, ella dijo:

—Y también es una invención que tengan el almacén lleno de láudano, supongo.

Jorge dio un respingo:

—¿Láudano?

—La policía de Aztlán lleva mucho tiempo preguntándose por dónde entraban las drogas en el país. Les pareció enormemente interesante lo que encontraron en las salinas.

—¡Eso es una calumnia! Alguien debe de estar intentando dañar la reputación de los custodios —gritó Carlos—. Ese tipo de rumores los difunden los idiotas que quieren que los huérfanos holgazaneen por ahí como gatos consentidos. Nosotros sabemos que no son más que unos miserables parásitos hasta que se los reeduca para que se conviertan en buenos ciudadanos. ¡Si se encontró láudano, fue porque la policía lo colocó allí!

—Claro. Entonces, no les importará someterse a un análisis toxicológico para detectar drogas —dijo Esperanza.

La mujer se hizo a un lado y por la puerta irrumpieron en tropel unos hombres en uniforme azul, que debían de haber permanecido ocultos hasta ese momento. Jorge y Carlos estaban tan sorprendidos que no reaccionaron cuando se los llevaron.

416

—Llevo mucho tiempo esperando este momento —dijo Esperanza, chocando las manos como el que acaba de terminar un trabajo difícil—. Sabíamos que los custodios traficaban con drogas, pero no teníamos ningún medio legal para conseguir una orden de registro hasta que Ton-Ton nos dijo lo que vio en el recinto de los custodios.

Le pidió unas tijeras a sor Inés y se puso a cortar con ellas la cinta adhesiva con la que Ton-Ton estaba atado.

—Nadie... mmm... me había escuchado antes —dijo Ton-Ton.

—No tenías a nadie a quien poderle contar que te trataban de una forma tan horrible —dijo sor Inés—. No puedo imaginar cómo debe ser pasarse tantos años alimentándose de plancton. Pero ¡si eso solo se utiliza como pienso para los animales!

Teo estaba anonadado con el cariz que estaba tomando todo de pronto. Hacía tanto tiempo que las cosas iban mal, que ahora le costaba creer que empezaran a ir bien.

—¿Nos podemos quedar con Chacho? —preguntó Fidelito tímidamente.

—Ya nos ocuparemos de eso —dijo sor Inés—. De momento, lo que podéis hacer es ir a daros un baño.

Las mujeres rieron y Esperanza casi parecía simpática.

Un grito agudo interrumpió la escena. Una niña con un vestido de fiesta entró zumbando por la puerta y se arrojó a los brazos de Teo.

—¡Mira, mamá! ¡Mira, mamá! ¡Es Teo! ¡Está vivo! ¡Está aquí!

—¡María, por Dios! —exclamó Esperanza—. ¡Compórtate, o ya nunca podremos quitarle el olor a marisco a este vestido!

37

VUELTA A CASA

Teo apreció como nunca las sábanas blancas y limpias, las blandas almohadas y el aroma a flores que entraba desde el jardín. Sor Inés le ordenó guardar cama cuando vio todas las heridas que tenía en el cuerpo. Fidelito y Ton-Ton entraron en un internado que dependía del convento, pero visitaban a Teo y a Chacho todos los días.

«Pobre Chacho», pensaba Teo. Apenas se daba cuenta cuando alguien le iba a visitar. Salía y entraba de un sueño en el que a veces llamaba a su padre y a veces deliraba con murciélagos. Sor Inés decía que su mente necesitaba tiempo para recuperarse del trauma. Cuando quedó enterrado bajo los pesados huesos de ballena, estuvo respirando mucho menos de lo que le hacía falta. Le faltaba oxígeno en el cuerpo y la presión le había roto algunas costillas.

Para Teo, la mejor parte del día era cuando María lo iba a visitar. Se contentaba con escuchar, mientras a ella nunca le faltaban cosas por contar. Hablaba de gatos abandonados que había rescatado o del día que se equivocó y puso sal en lugar de azúcar en la masa de un pastel. Nunca faltaba emoción en la vida de María. Una flor que se abría en un jardín o una mariposa que se daba golpes contra el cristal de una ventana ya le daban motivos para exaltarse. A través de los ojos de ella, Teo veía el mundo como un lugar lleno de esperanza.

Aquel día, Teo miraba la puerta ansioso porque había oído la voz de María en el pasillo, pero quedó decepcionado al ver que su madre la acompañaba. Esperanza llevaba un vestido de color gris acero. A Teo le recordaba a uno de los misiles teledirigidos que solían regalar al Patrón por su cumpleaños.

—Te he traído unas guayabas —dijo María, poniendo una cesta llena de fruta en la mesita de noche—. Sor Inés dice que tienen mucha vitamina C, y que tienes que comerlas para que se te arregle el problema de la piel.

Teo hizo una mueca. Sabía que tenía un acné horrible. Sor Inés decía que le salió por culpa de la contaminación del agua que utilizaban los custodios para criar el plancton.

—Te veo en forma —dijo Esperanza.

—Gracias —respondió Teo, sin fiarse de ella.

—Tan en forma como para salir del hospital.

—¡Venga, mamá! Tiene que pasar al menos una semana más en cama —protestó María.

—Te advierto que no vas a convertir a este joven en uno de tus inválidos —dijo Esperanza a su hija—. Ya estoy harta de gatos de tres patas y peces que flotan cabeza abajo. Teo es joven y fuerte. Y tiene algo importante que hacer.

«Ay, ay, ay», pensó Teo. ¿Qué estaría tramando Esperanza?

—Estamos muy preocupados —reconoció María.

—Estamos más que preocupados —dijo Esperanza, siempre tan directa—. Ha pasado algo malo en Opio, aunque tampoco se puede decir que en ese dichoso país hayan pasado cosas buenas alguna vez. Pero el Patrón, al menos, se relacionaba con el mundo exterior. Desde el día que murió, no se ha recibido ninguna noticia más de Opio.

—Emilia sigue allí —explicó María—. Y Papá también. Todavía estoy enfadada por la forma en que te trataron, pero no quiero que... que les pase nada malo —y sus ojos empezaron a llenarse lágrimas.

Esperanza soltó un sonido de impaciencia.

—No me importaría lo más mínimo que le pasase algo a tu papá —dijo—. Pero deja de llorar a moco tendido, María. Es una mala costumbre y te nubla la mente. Tu padre es un hombre malvado.

—No lo puedo evitar —sollozó María.

Teo le pasó uno de sus pañuelos. En el fondo opinaba lo mismo que Esperanza, pero su corazón estaba con María.

—Opio se encuentra en régimen de aislamiento —dijo Esperanza—. Que yo recuerde, esto solo ha pasado tres veces en los últimos cien años. Eso significa que no se permite que entre ni salga nada del país.

—¿Y no podemos esperar hasta que decidan ponerse en contacto con nosotros? —dijo Teo.

—Los demás aislamientos duraron unas horas. Este hace ya tres meses que empezó.

Teo se dio cuenta de lo que aquello implicaba. Cada día tenían que salir nuevos cargamentos de opio para que el dinero siguiera circulando en el imperio de la droga. Los traficantes de África, Asia y Europa debían de estar pidiendo suministros a gritos. McGregor y los demás terratenientes no podían cubrir la demanda, porque la mayor parte de sus tierras estaban dedicadas al cultivo de las plantas que producían cocaína y hachís.

—¿Y qué tengo que ver yo con esto? —dijo Teo.

Esperanza sonrió y él supo que había caído en una trampa.

—Todos los aerodeslizadores que entran en el país deben ser aceptados por el sistema de seguridad —dijo ella—. El piloto coloca la mano en una placa de identificación que hay en la cabina. Los datos sobre sus huellas dactilares y su ADN se transmiten instantáneamente a la base. Si se aceptan, el vehículo puede aterrizar. Y si no...

—Lo harán explotar por los aires —dijo María—. Mamá, este plan es horrible.

—En régimen de aislamiento —prosiguió Esperanza, haciendo caso omiso de su hija—, no se acepta la entrada de ningún vehículo, con una excepción: los datos del Patrón anulan todo el sistema.

Teo comprendió el plan al momento: sus huellas dactilares y su ADN eran idénticos a los del Patrón.

—¿Cómo sabe que no han cambiado el sistema?

—No lo sé —dijo Esperanza—. Cuento con que los Alacrán se hayan olvidado de la posibilidad de anulación del sistema. Deben de tener algún tipo de problema, o no se habrían aislado de ese modo.

«¿Qué tipo de problema?», pensó Teo. ¿Se habrían rebelado los zonzos? ¿Se habría apoderado del país por la fuerza la Patrulla de las Plantaciones? Tal vez el señor Alacrán se había visto atrapado en una lucha por el poder entre Steven y Benito.

—Si lo he entendido bien, lo más probable es que explote por los aires —dijo—. Y aunque consiga sobrevivir, los Alacrán me mandarán al matadero como a un perro viejo. Soy un clon, por si no se acordaba. Soy lo mismo que el ganado.

María dio un respingo, pero a Teo le daba igual. Que se enterara de lo que estaban pidiendo de él. No le importaba que

421

Emilia y su padre estuvieran en peligro o no. Pero entonces oyó a María contener el llanto.

—¡Está bien! —dijo, enfadado—. Ya no sirvo como fábrica de piezas de recambio. Ya da lo mismo si me sacrifico de este modo.

—Yo no quiero que te sacrifiques —dijo María, sollozando.

—¿Por qué no respiramos profundamente y empezamos otra vez? —dijo Esperanza—. En primer lugar, tú no eres un clon.

Teo se llevó una sorpresa tan grande que se irguió sobre la cama.

—Bueno, antes sí que eras un clon. Eso lo tenemos todos claro. Pero ahora entramos en el terreno de la ley internacional —dijo Esperanza, y se puso a andar por la habitación como si estuviera dando una clase—. Y la ley internacional es mi especialidad. Para empezar, los clones no deberían existir.

—Pues ya ve de lo que me sirve —dijo Teo.

—Pero, si existen, se registran como ganado, como tú has dicho. Eso es lo que permite que los maten libremente como a las gallinas o a las vacas.

María soltó un gemido y dejó caer la cabeza sobre la cama.

—No se pueden tener dos versiones a la vez de una misma persona —prosiguió Esperanza—. A una de ellas, a la copia, se la declara no persona. Sin embargo, cuando muere el original, la copia ya puede tomar su puesto.

—¿Y qué... significa eso? —preguntó Teo.

—Eso significa que ahora eres realmente el Patrón. Tienes su cuerpo y también su identidad. Posees lo que él poseía y gobiernas lo que él gobernaba. Eso significa que eres el nuevo amo de Opio.

María alzó la cabeza.

—¿Teo es humano?

—Siempre lo ha sido. La ley ha creado una perversa ficción que permite utilizar a los clones para donar órganos. Pero ahora vamos a utilizar esa ley para nuestro provecho, por mala que sea. Si llegas a aterrizar con vida, Teo, haré todo lo que esté en mi mano para que seas el nuevo jefe del mundo de la droga. Para que eso sea posible, cuento con el apoyo de los gobiernos de Estados Unidos y de Aztlán. Pero tú tienes que prometerme que, en cuanto estés al mando, destruirás el imperio del opio y derribarás la barrera que ha separado Aztlán y Estados Unidos durante tanto tiempo.

Teo se quedó mirando a aquella mujer menuda y autoritaria mientras trataba de asimilar el brusco giro que había tomado su vida. Se imaginó que a Esperanza no le importaban tanto sus hijas como su deseo de terminar con Opio. Ya se había marchado una vez sin importarle lo que dejaba atrás cuando María tenía cinco años. Y, en todos los años que pasaron desde entonces, no se había puesto en contacto con ella ni una sola vez. Fue María quien tuvo que dar el primer paso antes de que Esperanza volviera y se pusiera a dar órdenes a quien se le pusiera a tiro.

Teo pensó que a ella no le costaría mucho sacrificarlo si con ello conseguía su objetivo. Pero, por otro lado, ¿cómo podía negarse después de todo el sufrimiento y el horror que el Patrón había causado? Por primera vez, comprendió la magnitud del problema. No se trataba solamente de los drogadictos de todo el mundo ni de los ilegales condenados a una vida de esclavitud. También había que tener en cuenta a los hijos que se habían quedado huérfanos. Hasta podría decirse que el anciano fue responsable también de que existieran los custodios. Si Teo se había convertido en el Patrón, entonces había heredado todo

423

lo que traía consigo: la riqueza, el poder... y el maligno precio que se había pagado por todo ello.

—Lo prometo —dijo.

El aerodeslizador se estremeció por el efecto de los focos de reconocimiento proyectados desde la base. Teo le echó una ojeada al piloto, que tenía cara de circunstancias.

—Cuando se encienda la luz roja, ponga la mano derecha en la placa de identificación —le dijo el hombre.

«AVISO: ARTILLERÍA ANTIAÉREA PREPARADA», parpadeó un panel en los controles.

«Dispararán primero y harán las preguntas después», pensó Teo. Llevaba mensajes de los presidentes de Aztlán y de Estados Unidos, pero no servirían de mucho si iba a explotar por los aires.

—¡Esta es la señal! —gritó el piloto.

La placa de identificación se encendió y Teo puso la mano encima con decisión. Notó la misma sensación de cosquilleo que cuando presionó el alacrán fosforescente en la salida del pasadizo secreto de la mansión. La luz roja del panel se desvaneció para dar paso a un reconfortante verde.

—¡Lo ha conseguido, señor! ¡Bien hecho! —dijo el piloto, y empezó a desactivar la antigravedad como paso previo al aterrizaje.

Teo sintió una oleada de felicidad. ¡El piloto lo había llamado «señor»!

El muchacho miró intranquilo por la ventana y se sintió como si fuera la primera vez que veía la hacienda. Al este quedaba la planta depuradora y al oeste la pequeña iglesia a la que iba Celia (¿podría seguir yendo mientras fingía ser una zon-

424

za?). En el espacio intermedio había almacenes, refinerías de drogas y una fábrica en la que se preparaban los comprimidos de comida para los zonzos. Algo más al norte estaba el hospital soso y gris. Tenía un aspecto siniestro incluso desde aquella altura. Junto a él estaba el mausoleo donde reposaban los Alacrán en cajones de mármol.

La piscina destelló con el reflejo del sol cuando la sobrevolaron. Teo inspeccionó los alrededores buscando rastros de vida. Vio a zonzos que se agachaban en un jardín, a criadas que colgaban la colada y a alguien que parecía estar reparando el techo. Nadie miró hacia arriba ni demostró el más mínimo interés en el aerodeslizador, que ya empezaba a descender.

—¿Dónde está el comité de bienvenida? —murmuró. Nunca había faltado un destacamento de guardaespaldas que corriera a recibir a los visitantes.

El vehículo se posó con una suave sacudida.

—¿Va a querer un arma, señor? —le preguntó el piloto, ofreciéndole una pistola.

Teo lo miró angustiado. Era el tipo de pistola que utilizaron los patrulleros para aturdir o matar a los padres de Chacho, Flaco, Ton-Ton y de los demás huérfanos.

—Seguramente será mejor acercarse de forma amistosa —dijo, y le devolvió el arma.

—Yo me quedaré aquí con los controles a punto para el despegue, por si se ve obligado a escapar rápidamente —dijo el piloto.

Teo abrió la puerta y descendió del vehículo. La pista de aterrizaje estaba vacía. Los únicos sonidos procedían de los pájaros, de los surtidores y, esporádicamente, del martillo de quien fuera que arreglaba el techo.

Teo siguió el camino serpenteante que atravesaba los jardines. Su misión consistía en encontrarse con los Alacrán y poner fin al aislamiento. Podría desactivar el sistema de aislamiento él mismo, pero antes tenía que encontrarlo. Tam Lin o Donald el Bobo sabrían dónde estaba. Entonces, Esperanza y los gobiernos de los países fronterizos entrarían en Opio para que Teo tomara posesión del país.

«Tenía más posibilidades de sobrevivir cuando estaba en la fosa», pensó. Vio un pavo real paseándose por el césped. Una bandada de zorzales alirrojos abarrotaban un árbol y se graznaban los unos a los otros. Un bebé alado lo observaba desde lo alto de un surtidor.

Teo tenía los nervios a flor de piel. De un momento a otro, el señor Alacrán saldría decidido de la casa y gritaría: «Sacad ahora mismo de aquí a este monstruo». Los recuerdos estaban empezando a abrumarlo. No sabía lo que haría si veía a Celia.

Subió los amplios escalones que conducían al salón. Fue allí donde el Patrón lo presentó a su familia hacía ya tanto tiempo, fue allí donde el Viejo había yacido en su ataúd como un pájaro muerto de hambre y fue allí donde Emilia, rodeada por un cortejo de niñas zonzas con flores, se casó con Steven. Era como si el gran salón estuviera atestado de fantasmas que pululaban tras las blancas columnas de mármol y que susurraban sobre el oscuro estanque cubierto de nenúfares. Teo vio aparecer desde el pasado un enorme pez que se asomaba a la superficie para mirarlo con ojos amarillos y redondos.

Teo se paró en seco. Allí había alguien tocando el piano. Fuera quien fuera, tenía mucho talento, pero atacaba las teclas con una ferocidad que rozaba la locura. Teo siguió a toda velocidad el sonido de la música, que sacudía la casa como un maremoto desde la habitación del piano y lo obligaba a taparse los oídos.

—¡Basta! —gritó, pero el sonido no cesó.

Teo atravesó la habitación y cogió del brazo al hombre sentado frente al piano.

El señor Ortega se dio la vuelta bruscamente, abrió los ojos de par en par y se fue corriendo. Teo oyó el sonido de sus pasos alejándose por el pasillo.

—No creo que hubiera sido tan mal estudiante —murmuró Teo.

Pero era de esperar que el señor Ortega lo hubiera dado por muerto. Probablemente estaría dando la alarma por todos los rincones de la casa. Ya solo era cuestión de tiempo que se presentara alguien al fin.

Teo se sentó al piano. Se le habían encallecido las manos en las salinas y tenía miedo de que se le hubieran quedado los dedos torpes por el duro trabajo. Sin embargo, cuando tocó las primeras notas del Concierto para piano núm. 5 de Beethoven, desapareció la sensación de incomodidad. La música fluía por todo su cuerpo y lo transportaba lejos de los horrores que había pasado en los últimos meses. Se sentía tan ligero como un halcón planeando a gran altura sobre el viento del oasis. Siguió tocando hasta que notó una mano en el hombro.

Teo se dio la vuelta, todavía aturdido por la música, y vio a Celia con el vestido de flores que recordaba tan bien.

—¡Hijo mío! —exclamó, envolviéndole en un fuerte e impetuoso abrazo—. ¡Cariño mío, qué flaco estás! ¿Qué te ha pasado todo este tiempo? ¿Cómo has vuelto? ¿Y qué te pasa en la cara? Está muy chupada y... y...

—Llena de granos —dijo Teo, haciendo esfuerzos por no ahogarse.

—Bueno, eso forma parte del proceso de hacerse mayor —concluyó Celia—. Ya se te irán con la comida adecuada —y,

427

separándolo a la distancia de los brazos para verlo mejor, dijo—: Yo diría que has crecido.

—¿Tú estás bien? —dijo Teo, que apenas podía reaccionar al verla aparecer tan de pronto y temía echarse a llorar.

—Claro que sí. Pero al señor Ortega le has quitado cinco años de vida.

—¿Y cómo has...? O sea, Tam Lin dijo que tuviste que esconderte...

Teo tenía miedo de que le fallara la voz si seguía hablando.

—¡Tam Lin! ¡Ay, chico! —Celia pareció de pronto muy cansada—. Llevamos meses aislados y no hemos podido mandar noticias.

—¿Por qué no han hecho nada el señor Alacrán ni Steven? —dijo Teo.

—Será mejor que vengas conmigo.

Celia lo llevó de un pasillo a otro, y a Teo le extrañó una vez más el silencio que reinaba en todas partes.

Cuando llegaron a la cocina, Teo vio al fin una escena normal y tranquilizadora. Frente a las mesas, dos ayudantes de cocina amasaban pan y una criada cortaba verduras. Del techo colgaban ristras de ajos y chiles. En el aire flotaba un delicioso olor a pollo procedente del enorme horno de leña.

El señor Ortega y Donald el Bobo estaban sentados a una mesa con sendas tazas de café y dos ordenadores portátiles.

—¿Ves como no me lo estaba inventando? —dijo el señor Ortega.

Donald el Bobo escribió algo en su ordenador.

—¿Cómo que yo iba corriendo por la casa como una gallina asustada? —dijo el señor Ortega, mirando la pantalla de su aparato—. Tú también te asustarías si un fantasma te cogiera por el hombro.

Donald el Bobo sonrió.

Teo se quedó mirándolos. Nunca había separado a hombres de sus respectivos trabajos de profesor de mú guardaespaldas. Jamás se había parado a hablar con el.us y, además, había dado por sentado que Donald el Bobo no era muy listo.

—Cuanto antes empiece, mejor —suspiró Celia.

Hizo sentar a Teo entre los dos hombres y le pasó una taza de chocolate caliente. El olor le trajo recuerdos tan profundos que toda la cocina empezó a emborronarse ante sus ojos. Por un momento, volvía a estar en la casita del campo de amapolas. Fuera caían rayos y truenos pero en casa se estaba caliente y a salvo. Entonces, la escena desapareció y Teo volvía a estar en la cocina de la Casa Grande.

—¿Te acuerdas de cuando te dije que el Patrón nunca soltaba lo que era suyo? —empezó Celia. Teo asintió—. Tam Lin decía que las cosas, y también las personas, formaban parte del tesoro del dragón que el Patrón había acumulado.

«Habla de Tam Lin en pasado», pensó Teo, sintiendo un escalofrío. «¿Por qué lo hará?»

—Por eso obligó a Felicia a volver y mantenía a Tom a su lado aunque lo odiase. Todos le pertenecían: los Alacrán, los guardaespaldas, los médicos, Tam Lin y yo misma. Y también tú. Sobre todo, tú.

38

LA CASA DE LA ETERNIDAD

Teo reprodujo en su imaginación los sucesos de aquella última noche tal como se los relataron Celia y los demás. Cuando ella no se veía capaz de continuar hablando, Donald el Bobo retomaba el hilo de la narración escribiendo en su ordenador. De vez en cuando, el señor Ortega intervenía para dar su opinión.

Mientras Teo se escondía en el oasis bajo las estrellas, Tam Lin y todos los demás habían sido convocados al velatorio. Celia no fue porque fingía ser una zonza, y el señor Ortega también faltó porque al ser sordo no se había enterado. Además, pasó tantos años viviendo de forma tan discreta que ya nadie se acordaba de él.

Al caer la noche, la Patrulla de las Plantaciones desfiló junto a Tam Lin, Donald el Bobo y otros cuatro guardaespaldas que transportaron el ataúd desde el hospital hasta una parte del desierto que había más allá del mausoleo. Habría bastado un solo hombre para llevar al Patrón, pero el ataúd tenía tantas incrustaciones de oro que los seis guardaespaldas apenas podían levantarlo.

Iban a paso lento, mientras un grupo de niños zonzos entonaban el Coro a Boca Cerrada de la ópera *Madame Butterfly*. Era una de las piezas favoritas del Patrón, y los zonzos la interpretaban con voces dulces y agudas.

—Yo lo oí desde los establos —dijo Celia, secándose los ojos—. Era un hombre malvado, pero aquella música te partía el alma.

La comitiva llegó a una compuerta que había en el suelo y que, al abrirse, reveló una rampa que se adentraba en una amplísima sala subterránea iluminada por velas. Pero aquella cámara era solo una de las muchas que se comunicaban entre sí bajo el suelo. Donald el Bobo dijo que no sabía cuántas había en total.

«El ataúd era una maravilla», escribió el guardaespaldas en su ordenador. «La tapa reproducía la imagen del Patrón, como en los sarcófagos de los faraones egipcios, a los veinticinco años de edad aproximadamente. No se lo reconocía, aunque (y Donald alzó la vista al escribir esto) se parecía mucho a Teo.»

Teo se estremeció al leerlo.

«Todos bajamos a la cámara», siguió escribiendo Donald el Bobo. «Había monedas de oro amontonadas por todas partes. Los pies se te hundían en ellas como si fuese la arena de la playa.» Donald vio que algunos de los guardaespaldas las cogían a puñados y se las metían en los bolsillos a escondidas. Cuando el sacerdote hubo oficiado el funeral, se hizo marchar a los zonzos y a los patrulleros para que empezara el velatorio.

—Aunque también podría llamarse fiesta —interrumpió el señor Ortega—, una celebración de la vida del difunto. O, en este caso, de sus seis vidas. Tú ibas a ser la séptima, Teo.

Teo se estremeció aún más.

«Todos estaban de muy buen humor, entre la comida y el vino», escribió Donald el Bobo. «Todos hablaban de lo canalla que había sido el Patrón y de cómo se alegraban de que estuviera muerto.»

Llevaban horas allí cuando Tam Lin sacó un vino especial que había sido embotellado el año que nació el Patrón. Era una caja llena de musgo y de telarañas y sellada con la marca del alacrán del Patrón.

—Este vino lo reservaba el Patrón para su ciento cincuenta aniversario —anunció el señor Alacrán—. Si no llegaba a esa edad, debía servirse durante su entierro. Propongo un brindis para celebrar la muerte del viejo buitre.

—¡Eso, eso! —gritaron todos.

Steven abrió la primera botella y la olió.

—Huele como si hubieran abierto una ventana en el cielo —dijo.

—¡Entonces, no es para nosotros! —gritó Tom.

Todos los presentes estallaron en risas y se pasaron las exquisitas copas de cristal. El señor Alacrán dijo que, según las instrucciones dadas, tenían que brindar todos a la vez por el Patrón y luego arrojar las copas sobre el ataúd.

«Yo tenía una copa igual que los demás», escribió Donald el Bobo. «Pero Tam Lin se acercó a mí y me dijo: "No bebas eso, chaval. Este vino me da mala espina". Así que yo no bebí.

»Luego alzamos la copa para brindar. El señor Alacrán dijo: "Mañana haré venir un camión para que se lleve todo esto. ¡Por la codicia!". Todos celebraron la idea y luego bebieron. Todos menos yo. No pasó ni un minuto cuando todos cayeron a suelo. Así, sin más. Era como si alguien hubiera apagado un interruptor en su interior.»

—¿Qué pasó? —preguntó Teo, ahogando·un grito.

«Intenté reanimarlos a todos, uno por uno, pero estaban todos muertos», escribió Donald.

—¿Muertos? —exclamó Teo.

—Lo siento muchísimo —dijo Celia.

—¿Y Tam Lin?

—El veneno fue fulminante. Seguro que no sintió nada.

—Pero él sabía que el vino tenía algo malo —gritó Teo—. Entonces, ¿por qué se lo bebió?

—Escúchame —dijo Celia—. El Patrón llevaba cien años gobernando su imperio. Se pasó todos esos años acumulando riquezas y al final quiso que lo enterraran con el tesoro del dragón. Por desgracia —y al decir esto se secó las lágrimas de sus ojos—, ese tesoro incluía a personas.

Teo recordó con un escalofrío todas las veces que el Patrón hablaba de los reyes caldeos. No solo los enterraban con ropa y comida, sino que se mataba también a caballos para que a sus dueños no les faltara transporte en el tenebroso mundo de la muerte. Los arqueólogos descubrieron en una tumba a soldados, sirvientes e incluso bailarinas, en postura de estar durmiendo. Una de ellas, con las prisas, tenía todavía en el bolsillo, hecha un manojo, la cinta azul que debería llevar puesta en el pelo.

El Patrón debía de haber tenido ese plan en mente toda la vida. No tenía la intención de que el señor Alacrán o Steven heredasen su imperio. Su educación era tan falsa como la de Teo. Ninguno de ellos iba a sobrevivir.

—Tam Lin sabía lo que iba a pasar —dijo Celia—. El Patrón se lo había contado todo. Era la persona más cercana al anciano, excepto tú, tal vez.

«Yo ordené los cuerpos, todos los que pude», escribió Donald el Bobo. «Estaba llorando, no me importa admitirlo. Todo

433

había pasado muy de prisa. Fue espantoso. Salí fuera a por dinamita de uno de los almacenes. La instalé en el pasadizo de entrada y la hice explotar.»

—Aunque no oí la explosión, llegué a notarla —dijo el señor Ortega.

—Todos salimos corriendo para ver qué había pasado —dijo Celia—. Y entonces vimos que el pasadizo se había quedado enterrado y que Donald estaba tumbado en el suelo.

—Yo también sentí la explosión —murmuró Teo—. Justo antes del amanecer, el suelo se puso a temblar y me desperté.

—Para Tam Lin, aquello representaba una oportunidad para liberar a los zonzos —dijo Celia—. Por eso no le contó a nadie lo del vino excepto a Donald. Aunque suene horrible, ¿cómo si no iba a terminar con el poder de los Alacrán? El Patrón había gobernado el país durante cien años. Sus descendientes podían haberlo hecho durante cien años más.

Teo podía imaginarse la tumba sepultada: las copas rotas, la imagen del Patrón del ataúd mirando al vacío, los guardaespaldas en el suelo con sus trajes negros. La diferencia era que tenían monedas en los bolsillos en lugar de cintas para el pelo.

Tom también estaba allí, y su engañosa y convincente voz había callado para siempre. ¿Cuántas veces Teo había acariciado pensamientos funestos sobre Tom? Ahora que había llegado su fin, Teo se había quedado helado. Tom no había tenido más control sobre su destino que el más desgraciado de los zonzos.

—Tam Lin hizo lo que creía mejor —dijo Celia—. Cometió un horrible pecado de juventud y nunca pudo perdonárselo. Él pensó que este último acto serviría para compensar sus crímenes.

—¡Pues no sirve! —gritó Teo—. ¡Fue un idiota! ¡Un fingo idiota! —y se levantó de un salto.

El señor Ortega quiso detenerlo pero, con un gesto de la cabeza, Celia le indicó que no lo hiciera.

Teo atravesó los jardines corriendo hasta llegar a los establos.

—¡Quiero un caballo! —gritó, y al cabo de un rato apareció Rosa arrastrando los pies.

—¿Un caballo seguro, señor? —dijo.

Por un momento, Teo estuvo tentado de pedir el corcel de Tam Lin, pero no era lo suficientemente hábil como para montarlo.

—Un caballo seguro —decidió.

Al poco rato, se encontraba cruzando los campos de amapolas como había hecho tantas veces antes. Algunos estaban cubiertos de un manto verde crudo formado por las jóvenes plántulas de opio. Otros lo deslumbraban con el blanco de las amapolas en todo su esplendor. Un olor tenue y viciado flotaba en el aire.

Luego aparecieron los primeros trabajadores. Andaban despacio y se agachaban para cortar las cápsulas de las flores con sus pequeños cuchillos. ¿Qué iba a hacer con ellos? Ahora era su dueño y señor. Todo ese enorme ejército era suyo.

Teo se sentía terriblemente cansado. Había esperado que todo terminara bien de algún modo. Creía que María, Celia, Tam Lin y él serían felices juntos algún día. Pero todo se había echado a perder.

—¡Idiota! —gritó a un invisible Tam Lin.

¿Podría deshacerse la operación que convertía a la gente en zonzos? Aunque buscase a nuevos médicos para el hospital, el proceso tardaría años. Y eso suponiendo que pudiera convencer a los médicos para que viajaran a Opio después de que se enteraran de cómo habían terminado sus antecesores. Tendría que desmantelar la Patrulla de las Plantaciones. Eran delincuentes buscados en países de todo el mundo. Podría decir a la policía de esos países que vinieran a buscarlos. Y luego tendría que contratar a otros hombres menos violentos para que los sustituyeran, porque los zonzos no podían sobrevivir si no se les daban órdenes.

Era un problema abrumador. Tendría que reclutar a otro ejército de guardaespaldas. Las riquezas que poseía Opio atraían a todo tipo de criminales. «Busca siempre a tus guardaespaldas en otro país», susurró el Patrón. «Les costará más buscar aliados y traicionarte.»

«Vale», pensó Teo. Mañana le pediría consejo a Donald el Bobo. Un grupo de hinchas escoceses podrían servir perfectamente para el trabajo.

Hizo beber al caballo y se dirigió hacia las montañas. Un cielo azul y despejado iluminaba el oasis. En la arena que rodeaba la charca había impresas huellas de animales y bajo el armazón de la parra seguía escondido el cofre metálico. Teo rebuscó en su interior hasta encontrar la vieja carta de Tam Lin.

«Querido Teo», leyó. «Escribo fatal *osea* que no me *boy* a alargar. El *Patron dise* que tengo que ir con *el*. Yo no puedo *aser* nada. En este cofre *ay probisiones* y libros, por *siacaso un dia* los *nesesitas*. Tu amigo Tam Lin.»

Teo volvió a doblar la nota y se la metió en el bolsillo, además de una linterna para cuando oscureciera. Encendió una fogata y se calentó las manos en ella mientras escuchaba los sonidos del oasis. Hacía demasiado frío como para nadar.

Levantaría los campos de amapolas y en ellos plantaría cultivos normales. Cuando los zonzos estuvieran curados, Teo les daría a elegir entre volver a sus casas o trabajar para él. También les ayudaría a reunirse con sus hijos.

Teo se incorporó de golpe del suelo. ¡Pues claro! ¡Chacho, Fidelito y Ton-Ton! Les propondría que se fueran a vivir con él. Ya se imaginaba a Fidelito poniendo los ojos como platos de puro asombro y gritando: «¿Todo esto es tuyo de verdad? ¿No me estás engañando?».

«No está mal», diría Chacho, sin querer dejarse impresionar. Teo le daría su vieja guitarra y el señor Ortega podría darle clases de música. Ton-Ton montaría su propia tienda de maquinaria. También podría encargarse del mantenimiento de las máquinas que Teo iba a necesitar para crear nuevas plantaciones.

Podría invitar a María a que se quedara a vivir allí (y rezar para que Esperanza tuviera otros asuntos de los que ocuparse). A María le encantaría ayudar a los trabajadores curados a reencontrarse con sus hijos. Podrían hacer excursiones y montar a caballo, y ella podría adoptar a todos los gatos de tres patas que quisiera.

Teo alzó la mirada al cielo. No faltaba mucho para la puesta de sol. La luz estaba tomando tonos dorados y el sol brillaba a través de un hueco entre las montañas y proyectaba un haz que iluminaba una pared de roca al otro lado del oasis. Teo vio brillar algo allí.

Se levantó de un salto y corrió hacia ese punto antes de que el haz de luz se escurriera entre las montañas. Cuando llegó, la señal casi se había desdibujado entre las sombras pero, a la luz rojiza del sol poniente, Teo vio un reluciente alacrán. Puso la mano sobre la marca.

Lenta, silenciosamente, se abrió una puerta. Teo tocó la pared y descubrió que en realidad no era de piedra, sino que solo era una buena imitación. Tras la puerta había un pasadizo oscuro que se adentraba bajo tierra. Teo encendió la linterna para mirar dentro.

El suelo resplandecía con monedas de oro. Más adelante, había extrañas estatuas que podían ser de dioses egipcios. Teo se apoyó en la pared de falsa roca, respirando agitadamente. Era parte del tesoro del dragón. Tras aquella cámara subterránea había muchas más hasta llegar a la sala donde yacían el ataúd del Patrón y sus subordinados.

El anciano estaba rodeado de guardaespaldas que lo protegerían en el tenebroso mundo de la muerte y de médicos que se preocuparían por su salud. El señor Alacrán le hablaría de negocios y Steven le daría su opinión sobre el cultivo de amapolas. Sin duda, en el cielo del Patrón habría una plantación de opio. Felicia, Fani y Emilia lo admirarían sentadas en mesas repletas de cangrejos moros y flanes al caramelo.

¿Y Tam Lin? Teo volvió a leer la nota: «El *Patron dise* que tengo que ir con *el*. Yo no puedo *aser* nada».

—Sí que podías haber hecho algo —susurró Teo—. Podrías haber dicho que no.

Salió al aire libre y la puerta se volvió a cerrar. Pasó los dedos por la superficie. No era capaz de ver dónde quedaba la abertura, pero podría buscarla de nuevo con luz roja.

Teo se sentó hasta bien avanzada la noche junto al fuego, respirando el aroma de mezquite que subía al cielo estrellado en una fina espiral de humo. Al día siguiente comenzaría la tarea de derribar el imperio de Opio. Era una labor tremenda, pero no estaría solo. Chacho, Fidelito y Ton-Ton lo animarían a seguir. Celia y Donald el Bobo lo aconsejarían y María sería la conciencia de todos. Esperanza también estaría con él, pero eso no podría evitarlo ni aunque quisiera.

Lo conseguiría con la ayuda de todos.

«Tú puedes», dijo Tam Lin mirándolo desde las sombras que el fuego no llegaba a iluminar.

—Claro que sí —dijo Teo devolviéndole la sonrisa.

GLOSARIO

abrojo. Planta de tallo largo que crece a ras del suelo, con hojas compuestas y fruto casi esférico y de púas muy fuertes. Es perjudicial a los sembrados.

algodoncillo. Nombre de varias plantas malváceas.

borrego cimarrón. Carnero silvestre de las partes montañosas del noroeste de México.

burrito. Torta de harina de trigo enrollada alrededor de comida como carne, judías o queso.

cangrejo moro. Crustáceo marino.

cempasúchil. (Del náhuatl *cempoalli*, «veinte», y *xóchitl*, «flor».) Planta herbácea originaria de México, con flores amarillas o anaranjadas, con olor fuerte, que tiene usos medicinales.

cenzontle. (Del náhuatl *centzontli*, «cuatrocientos» [«ave de muchas voces»].) Cierta ave canora.

cerceta. Ave del tamaño de una paloma, con la cola corta y el pico grueso y ancho por la parte superior, que cubre a la inferior. Es parda, con un orden de plumas blancas en las alas y otro de verdes tornasoladas por la mitad.

441

chile. (Del náhuatl *chilli*.) Pimiento, guindilla. || **chile relleno.** Chile cocido sin venas ni semillas, relleno de queso o de picadillo de carne de res y cerdo, con pasas y almendras; se presenta en la mesa con una salsa de aceite, cebolla, ajo y tomates.

choya. Cactus parecido a la chumbera, pero de menor tamaño, que crece aproximadamente unos 20-30 cm de altura. Las espinas son gruesas y muy planas. Las flores tienen pétalos amarillos y florecen de abril a mayo.

coatí. Mamífero plantígrado americano, de cabeza alargada y hocico estrecho, con nariz muy saliente y puntiaguda, orejas cortas y redondeadas y pelaje largo y tupido. Tiene uñas fuertes y encorvadas que le sirven para trepar a los árboles.

copal. (Del náhuatl *copalli*.) Nombre común a varios árboles de los cuales se extrae la resina del mismo nombre. En México se usa para sahumar templos o casas.

dedalera. Planta herbácea cuyas hojas se usan en medicina.

Día de los Muertos. Día de la conmemoración de los difuntos (2 de noviembre).

enchilada. Torta de maíz enrollada alrededor de carne y cubierta de salsa de tomate con pimiento.

espuela de caballero. Planta herbácea de tallo erguido, de 40 a 60 cm de altura, hojas largas y estrechas, flores en espiga, de corolas azules, rosas o blancas, y cáliz prolongado en una punta como si fuera una espuela.

flor de la Pasión. Planta del género *Passifora*, y su flor. Los misioneros españoles del siglo XVI en el Nuevo Mundo imaginaron ver un parecido entre partes de la flor de esta planta y algunos particulares de la Pasión de Jesucristo.

frijol. Judía, habichuela.

¡fuchi! Interjección de asco y repugnancia.

gipsófila. Planta ornamental muy apreciada en floricultura que se cultiva y comercializa para su uso en arreglos florales.

glicinia. Planta de origen chino que puede alcanzar gran tamaño y produce racimos de flores perfumadas de color azulado o malva, o, con menos frecuencia, blanco o rosa pálido.

gobernadora. Arbusto muy común en las tierras semidesérticas del suroeste de Estados Unidos y del norte de México que crece hasta dos metros de altura. Tiene un follaje verde, resinoso y muy aromático y unas flores amarillas y pequeñas.

guayaba. Fruto del guayabo, que es de forma ovalada, del tamaño de una pera mediana, de varios colores, y más o menos dulce, con la carne llena de unas semillas pequeñas.

la Llorona. Mujer legendaria de quien se dice que de noche vaga, desgreñada y gimiendo, por las riberas de los ríos y cerca de las fuentes; la fábula tiene su fundamento en los murmullos de las fuentes y del viento en el silencio de la noche.

manito. («Hermanito.») Amigo, tratamiento popular de confianza.

maquiladora. Fábrica en que se importan, tratan y exportan materias primas para su exportación.

mariposa monarca. Cierta mariposa grande, de alas anaranjadas, con venas y bordes negros.

matraca del desierto. Ave de pequeño tamaño de color pardo. Se alimenta de insectos y pequeños frutos y vive en los desiertos del norte y centro de México. Se denomina así por su canto áspero y acelerado.

melcocha. Pasta comestible compuesta principalmente de miel.

menudo. Callos, pedazos del tejido del estómago de la vaca, ternera o carnero, que se comen guisados.

mezquite. (Del náhuatl *mizquitl*.) Cierto árbol semejante a la acacia.

órale (De *ahora* + *-le.*) Interjección que exhorta al trabajo, a la actividad, a animarse.

palo verde. Arbusto espinoso que crece hasta los ocho metros, de hojas, ramas y tronco de color verde claro, con delicadas y numerosas flores amarillas.

quesadilla. Torta de maíz doblada por la mitad y rellena de queso o de otros alimentos y calentada.

rudbeckia. Planta herbácea cuyas flores, parecidas a margaritas, tienen los pétalos alargados y amarillos y el centro negro. Su color brillante atrae a las mariposas y a las abejas.

taco. Torta de maíz enrollada que lleva dentro carne o chicharrones, queso, aguacate, o una mezcla de varios alimentos.

tamal. (Del náhuatl *tamalli.*) Especie de empanada de masa de maíz cocido al vapor, con relleno de carne y salsa, y envuelta en hojas de mazorca o de plátano.

tecolote. (Del náhuatl *tecolotl* [raíz: *col-* «doblar, curva»].) Clase de lechuza.

tortilla. Alimento redondo y plano que se hace de masa (sin levadura) de maíz hervido en agua con cal y luego cocido.

yuca. Cierta planta que se parece a la palmera y cuya fibra se utiliza para hacer varios utensilios.

zopilote. (Del náhuatl *tzopilotl.*) Clase de buitre.

ÍNDICE